KNAUR

Im Knaur Taschenbuch Verlag sind bereits folgende Bücher der Autorin erschienen:
Das Leben drehen
Wie Sonne und Mond
Regenbogentänzer

Über die Autorin:
Nicole Walter hat Sprachen in München studiert und dann als Werbetexterin und freie Journalistin gearbeitet. Seit 1994 schreibt sie überaus erfolgreich Drehbücher für Fernsehserien und -filme und zählt heute zu den erfolgreichsten und gefragtesten Drehbuchautorinnen Deutschlands. Ihr erster Roman »Das Leben drehen« war ein Bestseller.

NICOLE
WALTER

Das Glück umarmen

Ein
Achtsamkeits-
Roman

KNAUR

Besuchen Sie uns im Internet:
www.knaur.de

FSC
www.fsc.org
MIX
Papier aus verantwortungsvollen Quellen
FSC® C083411

Originalausgabe Januar 2018
Knaur Taschenbuch

Ein Imprint der Verlagsgruppe
Droemer Knaur GmbH & Co. KG, München

Redaktion: Regine Weisbrod
Covergestaltung: FAVORITBUERO, München
Coverabbildung: kidstudio852 / Shutterstock.com
Illustration im Innenteil: kidstudio852 / Shutterstock.com
Satz: Adobe InDesign im Verlag
Druck und Bindung: CPI books GmbH, Leck
ISBN 978-3-426-51969-1

2 4 5 3

Es gibt im Menschenleben Augenblicke,
wo er dem Weltgeist näher ist als sonst
und eine Frage frei hat an das Schicksal.

Johann Christoph Friedrich von Schiller
in *Wallensteins Tod*

Für Edith,
meine Marceline,
auch wenn der Verstand meiner Mutter
bis zum letzten Tag geschliffen war
wie ein funkelnder Diamant …

Frühling

Wie draußen hell der Frühling steht!
Der Erde Klang
ist ein Gebet,
das leise sich im Winde dreht,
ist wie ein Mensch, der kommt und geht
und atmet,
einen Herzschlag lang

Edith Walter, *Die Dichterbühne* 1950

Fly away my little birdy,
fly away
how much I love you
I never could say
I never could say how hard my need
for your tirilli-song, ever so sweet

run away on your golden spurs
my little horse,
my heart is yours
you never can escape
ever running so wild
because I stay by you
like a homeless child

Edith Walter, 2016

und
dazwischen
dieses verdammte wunderbare und viel zu kurze Leben …

Tagesanzeiger Trostberg

Am Donnerstag gegen 15.30 Uhr ereignete sich ein schwerer Verkehrsunfall auf der Staatsstraße 2093 bei Altenmarkt. Ein Porschefahrer war von Altenmarkt in Richtung Truchtlaching unterwegs. Kurz vor Offling kam er aus noch ungeklärten Gründen von der Straße ab. Vermutlich wegen erhöhter Geschwindigkeit. Das Fahrzeug wurde mehrere Meter weit in die angrenzende Wiese geschleudert, der verunfallte Porschefahrer mit schweren Verletzungen vom BRK in ein Krankenhaus gebracht. Die DLRG Truchtlaching war als Ersthelfer vor Ort. Die Polizei Altenmarkt hat den Unfall aufgenommen. *Ch*

Vier Tage später

Tagesanzeiger Trostberg

Korrektur zum Verkehrsunfall am Donnerstag auf der Staatsstraße 2093 bei Altenmarkt. Nicht die DLRG Truchtlaching war als Ersthelfer an der Unfallstelle, sondern Johanna Schmidtbauer (28) aus Offling, Enkelin von Marceline

Schmidtbauer, der bekannten Fotografin und Inhaberin der Whiskeybrennerei Schmidtbauer. *Ch*

Einige Monate später

»Hier sind wir wieder, Ihr Radio Chiemgau 99,4, zu Gast beim Maxi Wildgruber. Heute sitzt mir eine junge Frau gegenüber. Johanna Schmidtbauer. Grüß Gott, Frau Schmidtbauer, oder darf ich Johanna sagen?«

»Johanna ist schon okay.«

»Also Johanna, Sie haben … oder darf ich du sagen?«

»Du ist schon okay. Sonst komm ich mir so alt vor. Und das bin ich nicht … ich meine, schon so alt. Ich bin ja noch nicht mal dreißig, also praktisch noch jung.«

»Du musst nicht nervös sein, Johanna.«

»Ich bin nicht nervös. Ich muss nur kurz atmen. Ist das in Ordnung, wenn ich atme?«

»Ich bitte darum.«

»Ich meine nicht das normale Atmen, sondern … Schauen Sie, wie sich mein Bauch jetzt sanft hebt und senkt. Das bringt die Ruhe zurück und die Aufmerksamkeit, genau auf diesen Moment. Das tut gut. Ich mein, ein Radiomoderator hat bestimmt auch ziemlich viel Stress.«

»Ommmm. Liebe Zuhörer, da wir nur ein Radio sind und kein Fernseher: Johanna macht jetzt zwischendurch mal eine kleine Meditationsübung.«

»Entschuldigung. Ich mach das halt nicht jeden Tag. Das Meditieren schon, im Radio sein, meine ich.«

»Du rettest ja vermutlich auch nicht jeden Tag ein Menschenleben, Johanna?«

»Gleich … Muss nur schnell vorher erzählen, dass ich mir, früher … hihi …, also, wenn ich mir den Pumuckl angehört habe …«

»Wenn wir vielleicht doch zurück zu unserem Thema … Hast du gedacht, dass du mal die …«

»Also, was ich immer gedacht hab, war, dass der Pumuckl und der Meister Eder direkt im Radio sitzen …«

»Johanna!«

»Entschuldigung, ich bin nur so aufgeregt, und wenn ich aufgeregt bin, dann rede ich viel.«

»So viel zum Erfolg der Meditation, liebe Zuhörer.«

»Meditation ist super, liebe Zuhörer. Probieren Sie es aus, achtsam leben. Hab ich von meiner Großmutter, Whiskeybrennerei Schmidtbauer, Offling, gleich hinter dem Ortsschild links, wir geben an jeden jedoch nur eine Flasche ab.«

»Dann hätten wir das mit der Werbung also auch.«

»Entschuldigung, aber das Whiskeybrennen hat Marceline mir beigebracht und … Achtsamkeit.«

»Und das warst du, Johanna, achtsam … Wie fühlt man sich, wenn man einem Menschen das Leben rettet und dafür die Rettungsmedaille verliehen bekommt?«

»Wie man sich fühlt, weiß ich nicht, nur, wie ich mich fühle.«

»Und wie fühlst du dich, Johanna?«

»Mir ist das peinlich.«

»Peinlich?«

»Weil's ja nicht das Leben vom Leon war, sondern nur das Sprunggelenk, und der Kio war ja auch noch da …«

»Das Auto hat angefangen zu brennen, Johanna. Wenn du ihn nicht rechtzeitig herausgezogen hättest … Das war mutig.«

»Es hat nicht gebrannt. Nur ein bisserl aus der Motorhaube gequalmt.«

»Der Wagen hätte aber zu brennen anfangen können.«

»Autos brennen nicht so leicht, das gibt's nur im Film, hat jedenfalls die Feuerwehr gesagt.«

»Das, liebe Zuhörer, ist Johanna Schmidtbauer, die partout kein rettender Engel sein will, ha, ha … Aber rausgezogen, Johanna, hast du ihn schon.«

»Der Leon meint, er hätte es auch allein geschafft, ohne mich und den Kio.«

»Kann es sein, dass ihr beide euch recht ähnlich seid? Du und dein Leon?«

»Er ist nicht mein Leon. Und gleich sind wir auch nicht … denn jeder Mensch ist anders. Einzigartig.«

»Was ich meine ist: Du erkennst nicht an, was du getan hast, und dieser Leon rast wie ein Verrückter und möchte dir absprechen, dass du ihm das Leben gerettet hast?«

»Ein Raser? Nein, das ist der Leon ganz bestimmt nicht. Ein Raser rast, und der Leon ist nur ein bisserl zu schnell gefahren … So was kommt vor. Und jetzt tut's dem Leon weh und nicht mir …«

»Dreimal Leon in einem Statement, das nennt man Namenserwähnungszwang. Ist das der Beginn einer großen Liebesgeschichte?«

»Natürlich nicht! Aber a G'sicht hat er schon … wie ein gemalter Engel vom Botticelli …«

»Du weißt schon, Johanna, wenn man einem das Leben rettet, ist man den Rest seines Lebens für denjenigen verantwortlich.«

»Ich hab sein Leben nicht gerettet. Aber wenn der Leon mich in Zukunft braucht, Herr Wildgruber, dann bin ich für ihn da.«

»Mit diesen wunderbaren Worten und einem kleinen Lehrgang über Achtsamkeit und Meditation …«

»Darüber sollten Sie mal eine Sendung machen, nicht über mich …«

»… verabschiede ich mich, liebe Zuhörerinnen und Zuhörer, Ihr Maxi Wildgruber. Und jetzt, passend zum Thema, gibt's den Song von den Beatles: *Help*.«

Help
I need somebody, help,
not just anybody, help,
you know I need someone, help

»Das ist jetzt aber schon a bisserl kitschig, Herr Wildgruber, und passt auch nicht so ganz.«

»Mikro aus.«

»Oh, das war jetzt auf Sendung?«

»Mikro aus!«

»Atmen, Herr Wildgruber, ganz ruhig durchatmen … der Bauch hebt und senkt sich.«

»Auuuus!«

»Ich hab doch gar nichts gemacht?«

Etwa fünf Monate später

Johanna lief.

Mehr noch, sie rannte, als seien sämtliche Allegorien des Ruhms und der Tugend in Gestalt der Frauenfiguren hinter ihr her, die das Gewölbe des Antiquariums in der Münchner Residenz schmückten.

Gerade war das Antiquarium als der schönste und prächtigste Renaissancesaal nördlich der Alpen bezeichnet worden, da war Johanna aufgesprungen und auf den Saum ihres bodenlangen Dirndls getreten – ein bodenlanges Dirndl ist schließlich festlicher als eins, das nur bis zum Knie reicht –, ein kurzes Ritsch und ein noch kürzeres Ratsch, und der Mann im dunklen Anzug verstummte mitten in seiner Rede. Er sah Johanna an, Johanna schaute verlegen zurück, lächelte etwas schief, raffte ihren Dirndlrock mit dem zerrissenen Saum und lief, so schnell es ihre hohen Absätze zuließen, Richtung Ausgang. Der Redner fuhr mit seiner Rede fort, als sei nichts gewesen. Spontan seien die Helden des Alltags, selbstlos und beherzt … Für den Bruchteil einer Sekunde blieb sein Blick auf einem etwa zwölfjährigen Jungen haften. Im Gegensatz zu der alten Dame im roten Sari, die neben ihm saß, hatte er sich den Gästen des Antiquariums angepasst und trug wie alle anderen einen Trachtenanzug. Seine Hautfarbe war dunkel und sein schwarzes Haar zwar mit viel Pomade sorgfältig gescheitelt, aber dennoch kraus.

Johanna indessen stemmte die Tür des Antiquariums auf, floh aus der Situation, vor den Worten, floh vor der Medaille, die sie nicht verdiente, weil sie so sehr bereute … Rannte durch die weitläufigen Trakte des Sitzes bayerischer Herzöge, Kurfürsten und Könige, bis sie endlich den Brunnenhof mit seinen beiden kleinen Bronzelöwen erreichte.

Rieb man die Löwenköpfe, so hieß es, hatte man Glück.

Sie hatte sie gerieben, sogar wie verrückt hatte sie an den Löwenköpfen gerieben, doch es war sinnlos gewesen.

»Was ist Liebe für dich, Johanna?« Leon hatte sie angesehen mit Augen, die etwas ratlos schienen und Großmutter Marcelines Blick ähnelten, wenn sie mit einer Schachtel voll Rechnungen, Quittungen und Kontoauszügen an ihrer Steuererklärung saß.

»Den, den man liebt, in allen Liedern hören, Leon.« Aus Ratlosigkeit war Hilflosigkeit geworden. Am liebsten wäre sie in ihn hineingeschlüpft, um ihn von innen heraus zu wärmen.

»In allen Liedern? Da höre ich nur alle möglichen Töne.«

»Dann, Leon, hast du noch kein bisserl geliebt.«

Und jetzt war Leon fort, ehe sie noch die Chance gehabt hatte, ihm das Lieben beizubringen und die Wärme und das Sich-sicher-Fühlen.

Sie, Johanna, hatte ihn sich für immer und gründlich versaut.

1

Die ersten Knospen nach einem zu langen Winter.

Verdammt, war er spät dran. Den Fuß noch stärker aufs Gaspedal drücken. Von der Abendsonne durchwirktes junges Grün, Löwenzahngelb in Wiesen, die auf- und abschwangen, sanftes Wellenspiel, nahtlos übergehend in das tiefe Braun der Felder, doch nichts davon nahm Leon wahr.

Geübter Blick. Schneller Reflex. Vom dritten Gang in den vierten schalten und wieder zurück. In einer Stunde ging Sarahs Flugzeug nach Tokio, und wenn es blöd lief, würde er sie vorher nicht mehr sehen. Sarah war *Homestagerin* und von einer großen, international agierenden Immobilienfirma beauftragt worden, Wohnungen, die zum Verkauf standen, mit Möbeln aus Pappe, Art déco und Kunstblumen so aufzuwerten, dass sie höhere Erträge brachten. Stimmte das Ambiente, wurden die Immobilien schneller und zu einem höheren Preis verkauft, vor allem an in Tokio lebende Europäer.

»Ich bin jetzt ein ganzes Jahr weg, und du musst zu diesem blöden Seglerfest!« Sie hatte ihn gekränkt angesehen, während er die Häkchen ihres BHs, eins nach dem anderen, löste.

»Komm halt mit.« Er grinste und band sich mit BH und geübten Fingern das halblange Haar zurück, damit es ihm nicht ins Gesicht fiel und störte bei dem, was er gleich zu tun gedachte. Die Frauen liebten diese Geste. Fanden sie sexy.

»Ich hab noch so viel zu erledigen, Schatz.« Sarah schlang ihm die Arme um den Hals.

»Dann bin ich doch sowieso nur im Weg.« Er befreite sich und machte sich an ihrem Höschen zu schaffen. Frauen liebten es, wenn er es gelegentlich auch mal zerriss. Sarah hatte es ihm verboten. Ihre Dessous waren teuer.

»Aber du bist rechtzeitig zurück, um mich zum Flughafen zu bringen?«

»Sowieso, Schatz.«

»Schön.« Sarah ließ Arme Arme sein und umschlang mit den nackten Beinen seinen Rücken, knapp oberhalb seines Pos, so fest, dass er ihr nicht entkommen konnte. Ein kurzer Moment der Panik, er hasste es, wenn er nicht einfach wegkonnte, wenn er wegwollte. Doch er war der Mann, somit stärker als Sarah, und so stieß er zu, immer wieder, so lange, bis sie losließ und sich ihm seufzend ergab. Mit diesem Ausdruck in den Augen, den er so an ihr mochte, kurz bevor sie kam. Das war gestern Abend gewesen. Ein zufriedenes Lächeln umspielte seinen Mund, während sein rechter Fuß weiter mit dem Gaspedal tanzte.

Sarah war perfekt. Perfektes Aussehen, perfekter Job, fast perfekt im Bett. Draußen raste die Landschaft an ihm vorbei. Genügend *Matchpoints* für eine gemeinsame Zukunft. Wurde auch Zeit mit fünfunddreißig. Hoppla! Was machte der Idiot da vorn. Sightseeing? Leon trat voll auf die Bremse, gab wieder Gas, setzte zum Überholen an, kurbelte das Seitenfenster herunter, blieb kurz auf gleicher Höhe wie der altersschwache Opel neben ihm und schrie: »Depp! Das Gaspedal aus dem Fenster geworfen, oder was?« Der Fahrer, ein alter Mann, wie konnte es auch anders sein, sah ihn erschrocken an. Leon tippte sich gegen die Stirn, gab wieder Gas und scherte knapp vor einem entgegenkommenden Wagen ein. Lautes Hupen. Leon grinste. Adrenalin *at its best* … Fuhr aber etwas gemäßigter weiter. Sein Lebensplan war genau getaktet. Zuerst Karriere, dann Familie.

Das Einzige, das ihn an Sarah störte, war, dass sie ihre Lust nicht hinausschrie. Sogar in den leidenschaftlichsten Momenten blieb sie stumm und er danach irgendwie leer. Seelenverlassen, hätte seine Mutter es genannt. Die Kehle wurde eng. Tote Eltern waren nichts für Feiglinge.

Ein Blick auf die Uhr im Display. Shit, er war wirklich spät dran. Wegen des Seglerfests am Chiemsee. Mitnehmen, was geht. Ablenken und gleichzeitig wichtige Leute treffen. *Business* mal nicht *as usual*. Trotzdem – es wurde allmählich Zeit, zu lernen, seinen Schwanz unter Kontrolle zu halten, selbst wenn ihm die Frauen ihr Dekolleté unter die Nase schoben und er schon ahnte, wie sie duften würden da unten, wo auch sein Himmelreich war. Manche rochen nach Gewürzen, Rosmarin mit etwas Pfeffer, eine feuchte Wildnis wie von Sonne erwärmt. Andere nach Honig. Herb und bitter oder, wie Bea vom Seglerfest, süß wie Marzipan. Ein Wahnsinnsgefühl, sich in dem Duft zu versenken. Bea war der perfekte *Fick* gewesen, sie hatte sich die Seele aus dem Leib geschrien. Er grinste. Männersport! Warum eigentlich mit etwas aufhören, das so guttat, nur weil man liiert war. Der Mensch an sich war nun mal nicht monogam, auch wenn Sarah regelmäßig damit drohte, ihn zu verlassen, wenn er sie betrog. Sie durfte es eben nicht erfahren.

Weiter Kilometer um Kilometer in den Asphalt brennen. Er liebte diese engen Kurven. Dazu wechselnder Fahrbahnbelag. Die Landstraße als eine einzige Herausforderung.

Brauntöne im Schilfgürtel am Ufer der Alz. Der Motor heulte auf. Dieser Sound. Hand auf dem Schalthebel. Fuß abwechselnd auf Gas, Bremse, Kupplung. Keine Zeit, keinen Sinn für das idyllisch gelegene Gehöft vor dunkler Waldschranke mit frühlingsblühendem Bauerngarten vor bläulich-schneeigem Chiemgaugipfel. Stattdessen immer wieder Blick auf den Tacho. Adrenalin pur. »Fuck!« Rausch der Geschwindigkeit. »Yeah!« Sarah abholen und dann auf die Hundertstelsekunde pünktlich vor dem Flughafengebäude einparken. »Jawohl.« Sarah zumindest damit beeindrucken.

»Ich hab ein Lächeln gefunden.« Sein Standardspruch. »Ist es zufällig deins?«

Damit hatte er sie gekriegt.

Er bekam alle …

… und alles. Er war Leon. Leon, der König der Welt.

Es war dieser eine winzige Moment der Unachtsamkeit. Etwas, das ihm so gut wie nie passierte, doch exakt in dieser Sekunde, obwohl die Straße komplett frei war, verlor er die Kontrolle über seinen Porsche. Mit hundertachtzig Stundenkilometern, das registrierte sein Gehirn noch, kam der Wagen von der Straße ab, überschlug sich mehrmals und blieb ordentlich und exakt, wie Leon es ihm abverlangt hätte, auf seinen vier Rädern liegen. Ein ganzes Stück von der Landstraße entfernt. Inmitten von jungem Grün, das sich möglicherweise über diesen seltsamen Gast wunderte, vor einem dunklen Waldgürtel. Leuchtende Abendsonne. Löwenzahnwiese. Idyllisches Geläut von Kuhglocken. Das Wasser der Alz sich in der Ferne spiegelnd wie ein silbernes Tablett. So lag Leon erst einmal da, zusammengestaucht in seinem kaputten Baby, den Kopf recht gemütlich in den Airbag gebettet, der sich vorschriftsmäßig geöffnet hatte. Bewegen? Fehlanzeige! Und dann geschah das, wovon er gelegentlich gehört, was er aber nie geglaubt hatte. Sein Leben begann sich vor seinem geistigen Auge abzuspulen. Oder zurückzuspulen wie eine Filmrolle. Und da er unfähig war, sich zu bewegen, kam er auch nicht mehr aus der Nummer raus.

Das rasante Hinaufklettern auf der Karriereleiter bis zum Management, die vielen Frauen, die er weniger mit dem Herzen als vielmehr mit seinem durchtrainierten Body geliebt hatte und noch liebte. Stressabbau beim gelegentlichen Pokern in von Rauch geschwängerten Räumen, ab und zu eine Nase Kokain, etwas *Chillen*, um den Tag *smooth* ausklingen lassen oder um den nächsten Tag durchzuhalten. Rein ins *Meeting*, raus aus dem *Meeting*, dann ins nächste, rein, raus, rein, raus … auch der Sex war mit Koks besser. Und es war gut gegen die Angst. Davor, dass die anderen ihn erkannten, so wie er war. Dass er nichts war. Nichts! Ein einziger Fake. Studien- und Teenagerzeit folgten, und dann entstand in dem Licht der Abendsonne, das sich in seiner Windschutzscheibe spiegelte, ein Bild.

Das Bild eines etwa sieben- oder achtjährigen Jungen, der durch hohes Gras hüpft, ungelenk wie ein Fohlen, die Beine zu lang und zu dünn, aber den Kopf voller Träume, die in ihm widerhallen, ähnlich einem Glockenspiel. Träume wie Windvögel, ihre Schwingen aus Papier weit über den Stoppelfeldern ausbreitend. Jetzt erkannte Leon den Jungen. Der Junge war er. Etwas in ihm erinnerte sich wieder, als er in dieser zunehmend unbequemen Position lag. Er erinnerte sich, wie frei er sich als Kind gefühlt hatte. Mit so viel Zukunft vor sich. Das Leben unendlich. Er unsterblich. Weil alles möglich war und er sich nicht vorstellen konnte, dass es irgendwann nicht mehr so sein würde. Damals hatte er so viel Freude verspürt. Und heute? Wann hatte er sich das letzte Mal aus tiefstem Herzen gefreut? Er erinnerte sich nicht.

Der Geruch einer frisch gemähten Wiese schob sich durch den schmalen Spalt des nicht ganz geschlossenen Seitenfensters – nachdem er den Alten beim Überholen beschimpft hatte, hatte er es nicht mehr ganz geschlossen –, schlüpfte in seine Nase, setzte sich in den feinen Härchen fest, kroch bis hinauf ins Gehirn, wo die Geruchserinnerung saß. Leons Inneres war plötzlich zum Überquellen voll, erinnerte ihn daran, was alles noch möglich gewesen wäre, und dass er, obwohl er vielleicht erst jetzt sterben würde, im Grunde schon lange tot war. Gleichzeitig schwor er sich, wenn er aus diesem ganzen Mist hier wie durch ein Wunder doch noch lebend herauskommen würde, würde er alles anders machen.

Ein silbernes Flugzeug am tiefblauen Himmel. Sarah. Ihr schönes, regelmäßiges Gesicht mit Himmelsaugen. Sie hatte etwas von Marietta Slomka, der Moderatorin des *heute-journal*. Auch Sarah wirkte immer ein wenig unnahbar. Genau das hatte ihn an ihr gereizt. Sarah. Stets korrekt in exakt gebügelter weißer Bluse. Auch mit ihnen wäre so viel mehr möglich gewesen. Hätte er es zugelassen. Reue. Sinnlos. Weil vorbei. Die Sehnsucht ist der Vorbote von etwas Neuem, auch das war noch in seinem Kopf, ehe sich die Dunkelheit wie ein Grabtuch über Landschaft und Augen legte.

Es war vielleicht dieser eine Augenblick, in dem er dem Weltgeist näher war als sonst und er eine Frage frei hatte an das Schicksal. Dass es unter seiner Motorhaube zu qualmen begann, bemerkte er nicht. Leon war ohnmächtig geworden.

2

Eine Feder. So zart und weiß, als habe sie der Steinengel an deinem Grab verloren, Mama.

Knorrige Wurzeln. Die rauhe Borke der Bäume, warmes, weiches Moos unter bloßen Füßen. Es raschelte. Vermutlich nur eine Maus, die sich durch das Laub vom Vorjahr wühlte. Johanna hatte keine Scheu vor Mäusen, Ameisen, Regenwürmern und Tausendfüßlern, damit war sie im Garten ihrer Großmutter aufgewachsen. Und Angst vor dem Wald und seinen Geräuschen kannte sie ebenso wenig. Dieses Knacken, Knistern, Summen, Schnaufen und Piepsen im Unterholz. Manchmal ging sie sogar nachts auf Erkundungsgang. Eine wichtige Erfahrung, sich nur auf das Gehör verlassen zu können. Das Schreien einer Eule, das Wispern eines Blattes, die Kontaktserenaden von Wald- und Sperlingskauz, das Schmatzen eines Wildschweins, das den Boden nach Fressbarem durchwühlt.

Hätte Johanna dieses Laubrascheln nicht in die Schublade Maus eingeordnet und sich stattdessen umgesehen, hätte sie bemerkt, dass sie verfolgt wurde. Und das wohl schon seit geraumer Zeit. Doch Johanna, sich absolut sicher fühlend, setzte ihren Weg fort. Schritt um Schritt, konzentriert die Ferse ganz langsam bis hin zum Ballen abrollend, spürte sie die lebendige Erde fest unter den Füßen. Der Schatten blieb in einiger Entfernung, aber er blieb hinter ihr. Antilopenleicht, schnell wie der Blitz und nahezu geräuschlos, huschte er von einem Baum hinter den anderen.

Johanna war viel zu sehr im Sein, wie es ihre Großmutter Marceline auszudrücken pflegte. Sie sah und schnupperte. Diese Mischung aus Erde, Tannennadeln und frischem Holz. Wenn Johanna durch den Wald streifte, sammelte sie alles ein, was sie umgab. Sie verschmolz mit dem Wald, gab sich dem Jubilieren der Vögel hin, umarmte den Baum, begrüßte die Sträucher. Und dabei strömte ihr Atem ein und aus wie Nebelschwaden, die weit über die Baumkronen hinaus aufstiegen und sich im Licht der Abendsonne wieder wie Schleier auf sie herabsenkten.

Achtsam sein. Ruhig werden. Ganz und gar im Moment sein. Großmutter Marceline hatte ihr diese, nun ja, Meditationstechnik beigebracht, von der sie behauptete, sie wirke gegen Stress.

Johanna hatte keinen Stress.

Sie war traurig.

Es war schleichend gekommen, das mit Marceline. Aber einen ehemals scharfen Verstand konnte man nun einmal nicht schleifen wie ein stumpf gewordenes Messer. Messerschleifer. Verstandesschleifer. Johanna hätte keine Sekunde gezögert, um dem fahrenden Volk die Tür zu öffnen, hätte auch nur einer von ihnen Marceline zurückgeben können, was sie zunächst fast eher beiläufig verlor. Noch tröpfelte ihr so wacher, lebendiger, neugieriger Geist wie die Milch aus der leicht beschädigten Tüte, die Johanna vor einigen Tagen im Einkaufskorb nach Hause getragen hatte.

Man merkte nichts, nahm es wahr, so wie man an einem warmen Frühlingstag den Wind wahrnimmt, dessen Brise durch das gekippte Fenster ins Zimmer weht. Erst wenn die

Milch überall ihre Spuren hinterließ und der Wind zum Sturm anschwoll, begriff man – vielleicht. Und dass es schlimmer werden würde. Wesentlich schlimmer.

»Wenn du im Fluss in einen Strudel gerätst, dann kämpfe nicht, rudere nicht wie wild herum, sondern leg die Arme dicht an deinen Körper und lass dich ruhig nach unten sinken, bis du den Grund erreichst und mit den Füßen die Steine fühlen kannst. Danach tauchst du wie von selbst auf. Dein Kopf ist über Wasser, und du kannst wieder atmen.«

Nur jetzt sank sie, während Johannas Gedanken weiterhin an Marceline klebenblieben, und der Boden kam und kam nicht.

Johanna blieb stehen. Auch ihr Verfolger blieb stehen. Verschwand im Unterholz und hinterließ nicht mehr als den Hauch einer Ahnung, dass er überhaupt da gewesen war. Nur die Augen waren noch zu sehen. Groß, dunkel, die Iris um die fast schwarzen Pupillen herum strahlend weiß, irritierend weiß, ja fast beängstigend weiß, schienen sie Johanna durch das Gestrüpp zu beobachten.

»Willst du nicht ein bisschen in den Garten gehen, Marceline?« Erst heute Morgen hatte Johanna ihre Großmutter dazu aufgefordert.

»Was habe ich davon, Liebes?«, hatte Marceline geantwortet und weiter versucht, ihrem riesigen Fotoarchiv eine neue Ordnung zu geben, die mittlerweile nur sie selbst durchschaute.

»Die Frühlingssonne genießen, Marceline.« Johanna liebte es, den Namen ihrer Großmutter auszusprechen. *Marceline*. Wie eine Melodie aus ferner Zeit. Johanna dagegen klang profan. *Johanna*. So als hätte man sich um ihren Namen nicht sonderlich viele Gedanken gemacht. Sie wusste, dass es nicht stimmte. Im Gegenteil, ihre Mutter, mit dem ebenfalls klangvollen Namen Lilian, hatte nur alles getan, um sich von Marceline abzugrenzen, die für sie nie eine richtige Mutter, sondern immer nur eine *One-Woman-Show* gewesen war. Etwas, das Johanna wiederum jederzeit von Lilian behauptet hätte. Gerade jetzt hätte sie ihre Mutter gebraucht. Auch wenn die Demenz noch ebenso wenig greifbar war wie die Mücke im Schlafzimmer. Man hörte sie, aber man sah sie nicht. Man machte Jagd auf sie, doch sie war immer schneller, und dann, wenn man es nicht erwartete, stach sie zu.

Heute Morgen hatte sie wieder einmal zugestochen. Schlimmer als je zuvor, und Johanna trug die Schwellung noch immer mit sich herum.

»Komm, Marceline, die Luft ist so klar und rein.« Johanna hatte Marceline über den Kopf gestrichen. Über ihr wundervolles, noch immer schwarzes Haar mit nur wenigen weißen Strähnen. Sie trug es in der Mitte gescheitelt mit einem schweren, kunstvoll verschlungenen Knoten am Hinterkopf.

»Ich sollte endlich nach Hause gehen.« Statt Johanna in den Garten zu folgen, hatte sie weiter ein Foto betrachtet, das sie in Puerto Rico geschossen hatte. Die Familie hatte den Verstorbenen, einen noch jungen Mann, nicht aufgebahrt, sondern im Trainingsanzug und mit Schildmütze lebensecht an einem Tisch positioniert. Als könnte man ihn auf diese Weise noch ein wenig länger lebendig erhalten. Dass er nicht sprach, fiel nicht weiter auf. Er war ein schweigsamer Mensch gewesen. Das zumindest hatte die Familie Marceline über ihn erzählt.

Marceline war schön, wie sie so dasaß, versunken in den lebenden Toten oder Totlebendigen auf dem Foto. Mit ihren dichten, dunklen Brauen, die vom Nasenrücken wegstrebten wie zwei wundervoll geschwungene Flügel. Die Augen waren ebenfalls dunkel und mandelförmig, was sie durch einen feinen

Lidstrich noch betonte. Hob sie die Augenlider, war es wie das leise Flattern zarter Schmetterlingsflügel. Sah sie Johanna obendrein mit diesem besonderen Blick an, war es, als gehe an einem anderen Himmel als diesem die Sonne auf. Marcelines Himmel war weiter als weit, schon immer gewesen. Wie gern wäre Johanna ihrer Großmutter ähnlich gewesen, vor allem äußerlich, doch sie kam wohl nach ihrem Vater, von dem sie nicht viel mehr wusste, als dass es ihn gegeben haben musste, in der Nacht, in der sie gezeugt worden war. Noch eine *One-Woman-Show* ihrer Mutter. Johannas Haar war rotblond und ihre Naturlocken so widerspenstig, dass sie das Haar in einem Anflug von Verzweiflung ratzfatz abgeschnitten hatte. Dementsprechend sah es auch aus. Ihr fehlten außerdem Marcelines hohe Wangenknochen, über die sich die Haut inzwischen wie ein fein gesponnenes Faltennetz spannte. Dafür hatte ihr die Natur Sommersprossen geschenkt, die sich in der Sonne sogar noch gut gelaunt vermehrten. Lilian kam nach Marceline, wusste es jedoch nicht zu schätzen, und Johanna hasste sie auch dafür.

»Wo bin ich?« Mit dieser Frage schwand die Weite in Marcelines Blick. Sie reduzierte sich auf einen schwarzen Punkt, in dem sich alles zusammendrängte, was sie in den vielen Jahren gesehen hatte, bis es sich irgendwo und irgendwann ganz verlor.

»Du bist zu Hause, Marceline.« Sanft hatte Johanna jeden einzelnen Finger ihrer Großmutter von dem Foto gelöst, das sie jetzt krampfhaft umklammert hielt.

»Und wo ist das, dieses Zuhause, Liebes?« Der schwarze Punkt wurde größer. Diese Ratlosigkeit in diesen schönen Augen. Der Schmerz mauerte ein. Stein auf Stein, bis sich auch noch der letzte Stein zwischen Johanna und die Welt draußen schob. Noch gab es genug Sauerstoff. Noch konnte sie atmen. Aber was war, wenn der Schmerz schlimmer wurde?

»Das hier, Marceline, wo du gerade bist, ist dein Zuhause.«

»Oft bin ich aber noch nicht hier gewesen, Liebes?«

Johanna hatte nachgelesen. Das Gefühl der Heimatlosigkeit gehörte zur Demenz.

»Früher, Marceline, da bist du viel herumgereist. Erst als ich bei dir eingezogen bin, hast du damit aufgehört.«

»Du warst nicht schon immer bei mir?«

»Nein, erst als Mama mich mit zwölf bei dir abgegeben hat.«

»Wie ein Paket.« Marcelines ratloser Blick war gewichen, und sie hatte sich kaputtgelacht, bis sie husten musste. Für Johanna war es das schönste Lachen der Welt. Es plätscherte nicht an der Oberfläche einfach so dahin, sondern kam tief aus ihrem Innern.

Johanna fühlte, wie ihr die Erinnerung an diesen Morgen die Beine wegzog. Rasch setzte sie sich ins Gras, unweit eines Brutbaums, von dem sie wusste, dass Dohle und Raufußkauz ihn gemeinsam nutzten. Ihr Verfolger blieb stehen, verharrte gut geschützt hinter einem Baum, regungslos, den Blick starr auf die junge Frau gerichtet.

»Wo war ich, bevor du bei mir eingezogen bist, Liebes?«

»Überall, Marceline, in der ganzen Welt.«

»Und welche Adresse hat die ganze Welt, Liebes? Nur, damit ich sie wiederfinde, falls ich verloren gehe.«

Es gab auch andere, gute Tage, in denen Marceline wieder so war wie früher. Noch überwogen sie, und an die kommenden verbot sich Johanna zu denken.

Traurigsein machte schwer. Es fiel Johanna nicht leicht, mit all der Gedanken- und Gefühlslast wieder aufzustehen, und gerade, als sie sich wieder ganz aufrichten wollte, schoss etwas lautlos auf sie zu. Johanna schrie erschrocken auf, doch da drehte das Etwas nur wenige Zentimeter vor ihrem Gesicht ab, flog davon. Kein Flügelsausen, kein Flattern, nichts, nur die Silhouette, die sich klar vom resthellen Abendhimmel abzeichnete. Ein Waldkauz, der jetzt so leise verschwand, wie er gekommen war. Johanna atmete tief durch und setzte dann ihren Weg fort, von dem sie nicht wusste, wohin er sie führte. Ihr Schatten folgte. Leicht. Behende. Lautlos.

Die Erde unter den bloßen Füßen zu fühlen beruhigte Johanna und nahm etwas von ihrer Angst, Marceline ganz an die Dunkelheit zu verlieren. Dass sie sich mehr und mehr auflöste. Mit allem, was sie ausmachte. Ihren Erinnerungen, ihrem Wissen, ihrer Freude an Musik. Ging Johanna mit ihr in ein klassisches Konzert, dann schloss sie die Augen und hörte nicht nur zu. Sie versank mit allem, was sie war, in Beethoven, Mendelssohn, Mozart, Tschaikowsky und wie sie alle hießen. Nicht selten hatte sie dabei Tränen in den Augen, als fragte sie sich, wie viele Konzerte sie noch erleben durfte, bis der Verstand gänzlich aufgebraucht sein würde. In diesen Momenten mauerte der Schmerz nicht ein, er strömte von Herz zu Herz, von Platz zweiundzwanzig zu Platz dreiundzwanzig, Reihe vier, im großen Saal des Kulturzentrums. Marceline hatte die Plätze ausgesucht: »Ich sitze gern am Rand. Wir Alten müssen öfter mal raus.«

»Du bist doch nicht alt, Marceline.«

»Ach, Johanna, egal, wie du es siehst, es bleibt dasselbe.«

Johanna kannte keinen anderen Menschen, der sich so hingeben, so lieben konnte wie Marceline.

»Ich war nicht immer so, Liebes.«

»Du meinst, du hast nicht immer geliebt?«

»Ich habe es erst gelernt, auf meinen Reisen, von den vielen wunderbaren Menschen, die ich überall getroffen habe. Im

Grunde war ich eine riesengroße Egoistin. Das nehmen mir deine Mutter und ihre Schwestern immer noch übel, und dass jede von ihnen einen anderen Vater hat.«

Nicht mehr denken, Johanna, fühlen und in der Gegenwart sein.

So viele Nerven, nicht nur unter den Sohlen, auch unter der Seelenhaut. Johanna ging weiter, nahm jede Unebenheit wahr. Die Tannennadeln weich wie Moos, die winzigen Holzspäne dagegen bohrten sich in die hauchdünne Haut zwischen die Zehen. Doch für das Barfußlaufen, diesen Gefühlsflash, das sie von zu viel Denken befreite, nahm sie diese kleine Unannehmlichkeit in Kauf.

Lebendige Erde, unter der sich das Reich eines besonderen Lebewesens befand. Sein Hut spitzte unter einem abgebrochenen Zweig hervor. Johanna blieb erneut stehen. Ging wieder in die Hocke. Sie kannten einander schon, Herr Hut und Johanna. Wobei Johanna den Eindruck hatte, dass der Hut von Herrn Hut heute etwas kecker auf dem weißen Stamm saß, der krumm aus dem Waldboden wuchs.

Die hinter ihr herhuschenden Gestalt verharrte ebenfalls, diesmal jedoch ohne sich zu verstecken. Im Licht der anbrechenden Nacht waren nun deutlich die Umrisse eines männlichen Wesens zu erkennen, nicht groß, eher schmal. Dunkel. Johanna bemerkte ihn noch immer nicht, nahm nur das schwammige, leicht ablösbare Röhrengewebe des Steinpilzes mit all seinen Poren wahr. Stellte sich vor, wie der Pilz unter dem Waldboden weiterwuchs, in einem wunderschönen, vielfach verzweigten, ständig aktiven und wachsenden Geflecht. In ihrer Phantasie verband er sich mit den Wurzeln der Bäume und anderer Pflanzen, um einander zu nähren und vor Feinden zu warnen und zu schützen. Eine Symbiose, die ihr Überleben sicherte. Und in diesem Moment geschah etwas Seltsames. Vorstellung, Phantasie und Denken hörten auf, und Herr Hut bekam ein Gesicht. Oder, anders gesagt, Johanna überließ sich einem ihrer Tagträume, in denen sie sich so gern versteckte.

Es war das Gesicht eines jungen Mannes. Mit großen, dunklen Augen. Die Brauen schön geschwungen. Gerade Nase. Eine große Sanftheit ging von dem Gesicht aus. Und – Johanna fiel nur der etwas altmodische Ausdruck ein, den Marceline gelegentlich benutzte – Schalk. Schalk blitzte in seinen Augen auf. Die Wimpern waren dicht, lang und schwarz, legten sich wie ein zauberhafter Schatten über die ausgeprägten Wangenknochen. Härte und Zärtlichkeit zugleich. Johannas Herz verrutschte, hing nun irgendwie schief herum und klopfte wie verrückt gegen die Brustwand, als wolle es Johanna dazu auffordern, es wieder geradezurücken. Johanna war gern und viel verliebt, aber dieses Gesicht vor ihrem geistigen Auge schien von göttlicher Hand aus diesem gewöhnlichen Pilz nur für sie geformt worden zu sein. Deswegen ließ sie ihr Herz erst einmal hängen. Aber nun gesellte sich auch noch die Wehmut dazu, begann an beiden Herzhälften zu zerren, die ohnehin schon ihr Gleichgewicht verloren hatten. Die Zeilen eines Liedtextes der Sängerin Oonagh fielen ihr ein: *Von zwei Welten zueinander und für immer vereint … la, la, la … und denk an mich, im nächsten Leben, da wart ich auf dich …*

Bitte nicht erst im nächsten Leben! Sehnsucht überwältigte Johanna. Sie sehnte sich so sehr nach Liebe. Nicht nach der einer Großmutter und auch nicht danach, einfach nur verliebt zu sein. Johanna wollte die ganz große, bis in alle Ewigkeit währende Liebe zu einem Mann. Dazu viele Kinder, die Familie, die sie selbst nie gehabt hatte. Vater Mr. *Nobody*, Mutter Karrierefrau. Keine Geschwister. Die Tanten wie ihre Mutter emotionale Nullnummern und kaum Kontakt zu Cousin und Cousine – nur eine der Tanten hatte Familie. Immer und immer nur ihre Großmutter Marceline …

Johanna hielt ihre Gefühle nicht mehr aus, schlug die Augen auf, wollte schon nach dem vielversprechenden Märchenprinzen greifen, ihn halten, nie wieder loslassen, doch da war nichts außer Pilz und Wald, kein Hauch mehr von Phantasie, Wärme und Trost.

Johanna hatte sich wieder einmal verträumt in ihrem Sehnsuchtslabyrinth. Romantikerin, schimpfte sie sich, und das Leben ist nicht so. Sei wieder praktisch! Hob jedoch gleichzeitig den Kopf, lauschte dem Wind, hörte die Nacht kommen, auch wenn sie noch Stunden von ihr entfernt war, hörte ihr Flüstern, Wispern, den Schrei der Eule, ihren Atem, der die Seele in den unendlichen Himmel hinaufzutragen schien. Und während sie noch lauschte, träumte und so voll von Gefühl war, stand ihr Verfolger wie aus dem Boden gewachsen vor ihr.

Johanna schrie auf.

Erkannte ihn.

Atmete tief durch.

Wechselte die Farbe von Kreidebleich in ein durch Sauerstoff genährtes Wangenrot, und dann fing sie an zu schimpfen: »Kio, diese ständige Hintermirherschleicherei! Du weißt, dass ich das nicht leiden kann. Frag mich, dann gehen wir zusammen … Aber nicht, wenn ich meine Achtsamkeitsübung mache!«

»Was ist Acht … sam … keit?« Unbeeindruckt von der Heftigkeit ihres Tonfalls sah der Junge sie aufmerksam an. Er war etwa zwölf Jahre alt. Die Pupillen größer als groß. Die Iris weißer als weiß. Sein Gesichtsausdruck war so ernst, dass Johanna lächeln musste. Sie wurde sanft.

»Achtsamkeit, Kio, das ist, ach was, ich erklär's dir ein andermal …« Sie zupfte an seinem Haar, das sich anfühlte wie etwas zu grobe Wolle. Johanna zupfte gern an seinem Haar, was Kio nicht ausstehen konnte. Wie immer drehte er den Kopf rasch zur Seite. Eine Narbe auf seiner linken Gesichtshälfte wurde sichtbar. Eine Schmucknarbe, tief und reich verziert. »Jetzt lauf heim, Kio«, forderte Johanna ihn auf, »ich möchte nicht, dass Marceline allein ist. Nicht heute.« Sie hatte sie schon viel zu lange allein gelassen, in Anbetracht dessen, wie der Morgen angefangen hatte.

Kio machte jedoch keinen Schritt. Stand einfach da mit hängenden Armen. Er war groß für sein Alter, hatte einen sportlichen, drahtigen Körper, die Haut war dunkel, fast schwarz.

»Kio!« Johanna versuchte es noch einmal, bemerkte jedoch, dass Kios Blick weit geworden war. Mehr noch, er war starr vor Entsetzen, richtete sich, an ihr vorbei, in die Ferne. Johanna drehte sich um, und jetzt sah sie es auch.

»Feuer.« Kios Stimme versagte.

Ja, da war Feuer. Es kam aus der Richtung Staatsstraße 2093, die nach Altenmarkt führte. Nein, doch kein Feuer, aber ziemlich viel Rauch.

Johanna zögerte keine Sekunde, sprang auf und lief los. Sie war schnell. Bei den Bundesjugendspielen hatte sie beim Sprint regelmäßig die schnellste Zeit erzielt und war anschließend von Marceline und ihren Freundinnen mit Kuchen vollgestopft worden, damit das Kind erst einmal Fleisch auf die Rippen bekam, so mager sei es vom vielen Laufen.

»Du bist viel zu schnell, Johanna!« Wie oft hatte Marceline das zu ihr gesagt. »Du rennst aus deinem Leben raus, bevor du überhaupt drin gewesen bist. Bleib doch einfach mal stehen, Kind.«

Kio zögerte noch. Wusste nicht, ob er Johanna folgen oder sich in Sicherheit bringen sollte. Er legte die Hand auf die Narbe. Er fühlte den Schmerz, aber auch den Stolz, als sein Vater das Skalpell angesetzt und das Muster des Familienclans in seine Haut geschnitzt hatte: »Damit du immer weißt, wer du bist. Egal, wo du bist. Kio Achebe.« Kio hatte die Tränen zurückgehalten. Nicht der Schmerzen, sondern des bevorstehenden Abschieds wegen. »Jetzt bist du ein Krieger!«

Ja, er war ein Krieger! Und Krieger haben keine Angst. Niemals Angst. Krieger. Er war ein Krieger.

Kio rannte los, wobei er mit den Füßen kaum den Boden zu berühren schien. Rannte wie eine Antilope durch die Savanne mit ihren Bäumen und Gräsern, der Trockenheit und den Feuern, die immer wieder ausbrachen, verschlangen, was die Tiere übrig gelassen hatten. An Feuer war Kio gewöhnt. Nicht aber an dieses Feuer in seinem Kopf. Das sich durch jede Gehirnwindung fraß und die Erinnerung dennoch nicht in Schutt und Asche legte. Diese Bilder. Auch vor ihnen lief Kio davon, überholte Johanna, erreichte vor ihr das qualmende Fahrzeug. Blieb abrupt stehen. Entsetzen auf seinem Gesicht. »Tot!« Eines der ersten deutschen Worte, die er gelernt hatte. Sein Körper spannte sich wie ein Bogen, um was auch immer zu erlegen, Johanna blieb neben ihm stehen, und Kio – begann das Trinklied aus *La Traviata* zu schmettern. Er hatte eine schöne Stimme. Etwas Besonderes lag in ihr, das Johanna noch nicht zu deuten wusste. Vermutlich hätte er sofort einen Job bei den Regensburger Domspatzen bekommen. Kio sang, während er am ganzen Leib zitterte. Johanna wollte ihn in die Arme nehmen, doch er stieß sie weg. Ging auf Abstand, sang noch schneller, noch lauter, sang die Furcht und das Entsetzen in seinem Inneren weg, während Johanna sich vorsichtig dem Wagen näherte.

3

Da kann man noch so viel Zeit und die beste Kamera und die besten Objektive haben, am Ende hilft nur eins: Glück. Nach sechs Stunden Warten: drei Schneehasen mitten auf einem Eisfeld.

Johanna stand vor dem Fahrzeug, aus dessen Kühlerhaube es qualmte. Ohne diesen Rauch hätte sie möglicherweise nur an ein verkehrswidrig geparktes Auto gedacht, so korrekt stand der Porsche auf seinen vier Reifen. »Tot«, hatte Kio gesagt. Im Gegensatz zu ihm hatte Johanna noch keinen Toten gesehen. Und so wie Kio reagiert hatte, der dem Tod schon auf so viele Arten begegnet war auf seiner langen Flucht über Agadez, durch das südliche Algerien bis nach Marokko, würde man sich wohl nie an den Tod gewöhnen. Wenn deine Seele hüpfen soll, hieß es in einem nigerianischen Sprichwort, dann lass die Beine tanzen. Und wenn dein Geist springen soll, lass deine Seele träumen. Doch bewegungslos mit sechsundachtzig anderen Flüchtlingen zusammengepfercht auf einer verrotteten Nussschale ging nicht nur der Mensch, sondern auch der letzte Traum von Bord und versank für immer in einem vom Sturm hochgepeitschten Mittelmeer.

»Tote in Meer komme wieder«, hatte Kio Johanna in der Asylbewerberunterkunft erklärt, wo sie sich zum ersten Mal begegnet waren. Johanna war überrascht gewesen über sein Deutsch.

»Kinder lernen schnell«, hatte die Sozialarbeiterin erklärt.

Johanna hatte Kio weiter angesehen. »Warum werden die Toten wiederkommen?«

»Weil man muss Opfer. Niemand bringt Opfer für Tod.«

»Du meinst für die Toten?«

Kio nickte. Johanna mochte Kios Augen. In ihnen gingen Bitter und Süß miteinander spazieren, auch eine Redensart, die er aus seiner Heimat mitgebracht hatte.

»Die *Deaddeads* ...«

»Die bösen Toten, die nicht zur Ruhe kommen«, erklärte Marceline, die mit in die Asylunterkunft gekommen war.

»... komme zurück und bringe Unglück für alle«, fuhr Kio fort. Seine Großmutter, so hatte er weitererzählt, sei mit vielen Opfergaben besänftigt worden, damit sie kein Verderben über die Lebenden brachte. Sein Vater – von seiner Mutter sprach Kio seltsamerweise nie –, die Geschwister, Onkel, Tanten, Cousins, der Großvater und auch die Nachbarn hatten die Großmutter wunderschön gekleidet und die Gliedmaßen liebevoll im Sarg geordnet, damit sie nicht brachen. Kios Großmutter sollte nicht als Behinderte wiedergeboren werden.

Die Beerdigung der Großmutter hatte die Familie viel Geld gekostet. Für Kios weite Reise in das gesegnete Europa und das heilige Land Deutschland war zu wenig übrig geblieben. Das zumindest hatte Johanna bei ihrer ersten Begegnung aus seinen Wortfetzen für sich zusammengeflickt. Über den Rest, warum und wieso, schwieg sich Kio aus.

Mein Gott, wo war sie schon wieder mit ihren Gedanken. Hier, in diesem Wagen brauchte jemand ihre Hilfe. Um ehrlich zu sein, hätte sie sich lieber neben Kio gestellt und mit ihm Opernarien gesungen. Orpheus und Eurydike zum Beispiel. Allerdings konnte sie nicht so schön singen, dass Zeus ihr erlaubt hätte, in den Hades hinabzusteigen und das Unfallopfer zu den Lebenden zurückzuführen. Sie sah sich um. Noch immer kein anderer Wagen auf der Landstraße und auch sonst alles menschenverlassen. Also gut: atmen, Johanna, atmen. Ruhig, ganz ruhig … atme …

Sie kippte den Kopf etwas zur Seite, um den Mann hinter dem Steuer genauer betrachten zu können. Eigentlich lag er ganz bequem auf einem weißen Kissen, das er wohl über das Lenkrad gebettet hatte. Johanna überlegte. Vielleicht gab es gar kein Unfallopfer. Vielleicht hielt der Fahrer nur ein Nickerchen, ohne zu ahnen, dass es unter seiner Kühlerhaube qualmte und er sich möglicherweise in einer gefährlichen Situation befand. Sie musste ihn einfach wecken. Sie nickte Kio aufmunternd zu. Alles gut! Kio verstummte. Lächelte. Er vertraute Johanna.

Aber nichts war gut. Denn gerade als Johanna die Hand hob, um vorsichtig gegen die Fensterscheibe zu klopfen –»Hallo, aufwachen, Ihr Auto brennt« –, erkannte sie, dass das Kissen ein Airbag war, auf den der Kopf wohl nicht sanft gebettet, sondern in das er mitten hineingeschleudert worden war. »Oh Gott!« Unwillkürlich fragte sie sich, wie oft sie den Herrn noch anrufen würde. Rasch schob sie Kio, der sich vorsichtig nähern wollte, wieder zurück. Sie hatte geschworen, dass er hier in Deutschland wieder Kind sein durfte. Mit Augen, die nichts mehr sehen mussten, was nicht für Kinderaugen bestimmt war, in denen nicht mehr Bitter und Süß, sondern Vertrauen und Hoffnung miteinander spazieren gingen.

»Wer bist du?«

»Kio. Unbegleiteter Jugendlicher ohne Status.« Das waren die ersten Worte, die er gesprochen hatte, nachdem sie und Marceline ihn aus einem überfüllten Tragluftzelt zu sich nach

Hause geholt hatten. Kein Fenster gab es in diesem Zelt. Alles war irgendwie künstlich, sogar die Luft. Die etwa sechshundert Menschen schliefen in Stockbetten, von denen jeweils drei in Räumen wie Blechbüchsen aufgebaut worden waren. Keine Privatsphäre. Kein Augenblick der Stille. Nicht einmal nachts, denn nachts kamen die Alpträume. Und wenn es regnete, klang es, als würde ein Trommelfeuer über das Zelt hereinbrechen. Vor allem die Kinder fürchteten erneuten Krieg, fingen an zu weinen und gingen in Deckung. Hinter dem Rücken des Vaters, der Mutter, dem, der am nächsten stand. Nie wieder! Zumindest nicht für Kio. Nichts sehen, hören, riechen, schmecken müssen, was nicht für ein Kind bestimmt war!

Kio stand da, sang nicht, beobachtete Johannas Körpersprache, die mit nur einem Wort beschrieben werden konnte: Ratlosigkeit.

Johanna hatte eine Eigenschaft, die sie selbst unerhört störte. So schnell sie sonst war, in Konfliktsituationen arbeitete ihr Gehirn langsamer als sonst. Das hier war eine Konfliktsituation. Kopf in Airbag gebohrt, möglicherweise Genickbruch, Mensch dem Feuertod vermutlich nah, gleichzeitig Kühlerhaube, aus der es qualmte wie in Marcelines kleiner Whiskeybrennerei, wenn der heiße Wasserdampf die Maische zum Kochen brachte und der darin enthaltene Alkohol verdunstete.

Kio begann erneut zu singen, wie immer, wenn ihn etwas aus dem Gleichgewicht brachte. Es dauerte noch einmal den Bruchteil einer Sekunde, dann kapitulierte das Denken, und Panik schoss Johanna in den Kopf. Okay. Ich zieh den Typen raus. Nur wie? Johanna hatte noch eine Eigenschaft, wenn sie nicht weiterwusste. Sie redete mit sich selbst. »Ich darf nichts falsch machen.« Kio indessen schmetterte nicht mehr das Trinklied aus *La Traviata*, sondern Puccinis *Nessun dorma*.

Johannas Erste-Hilfe-Kurs war schon ewig her, das Unfallopfer tat ihr nicht den Gefallen, wieder zu sich zu kommen, war also immer noch nicht in der Lage, sie bei der Rettungsaktion zu unterstützen. Ein falscher Handgriff konnte mögliche Verletzungen noch verschlimmern. Kio sang sich die Kehle aus dem schmalen und doch muskulösen Leib. Die Melodie stimmte, der Text war irgendetwas Zusammengestöpseltes aus seiner Muttersprache.

Alles egal, ruhig weiteratmen, Johanna, dann die Autotür öffnen. Erst jetzt wurde ihr bewusst, dass der Motor noch lief. Okay, okay, weiter ruhig bleiben. Zündschlüssel umdrehen, Motor abstellen. Schneller Blick. Wie viele Personen waren im Wagen? Nur der Fahrer. Gut. Atmen, ruhig weiteratmen. Ob er schwer verletzt war? Sie fühlte seine Halsschlagader. Er lebte. Gott sei Dank. Nur – wie sollte sie ihn aus dem Wagen befördern? Ihn sitzen lassen und den Notarzt verständigen? Nein, da waren Qualm und Rauch. Sie musste ihn rausziehen. »Kio, hilf mir bitte!« Kios Gesang brach ab. »Bitte, Kio, ich brauch dich.« Kio senkte die Augenlider, so dass seine schwarzen, dichten Wimpern fast die Wangenknochen berührten. Gleichzeitig schien es, als lege eine unsichtbare Hand einen Pfeil in seinen Körperbogen, bis er von Kopf bis Fuß nur noch Spannung war, und dann kam er – stolz und aufrecht wie ein Krieger und wie sein Vater es ihn gelehrt hatte – auf Johanna zu. Packte ernst und konzentriert die Fußgelenke des Mannes, übernahm auch sonst das Kommando und wies Johanna an, die Hände unter die Achseln des Mannes zu schieben. Johanna tat es: »Eins, zwei, drei …« So zogen, hoben und zerrten sie den bewusstlosen Mann aus dem Wagen. Zerrten ihn weiter, bis er außer Reichweite einer möglichen Explosion war. Betteten ihn gemeinsam ins Gras.

Johanna wählte die Rettungsnummer, gab die nötigen Eckdaten weiter und zog ihr T-Shirt aus – Kios Augen wurden riesig, als er ihre kleinen, festen Brüste unter dem BH erahnte. Johanna hatte keine Zeit, sich darum zu kümmern, was ihr Anblick bei einem Jungen zu Beginn der Pubertät auslöste. Sie rollte das T-Shirt zusammen, hob behutsam den Kopf des Mannes, um das T-Shirt ebenso vorsichtig darunterzuschieben, und – vergaß zunächst alles. Das T-Shirt, Kio, der die Augen nicht von ihr abwenden konnte, ja, sogar den Kopf des Mannes, das heißt, sie vergaß nur den Hinterkopf, denn da war dieses Gesicht, das sie jetzt sanft in beiden Händen hielt. Das Gesicht, das sie sehr viel später in Maxi Wildgrubers Radiosendung als das Gesicht eines Botticelli-Engels bezeichnen würde. Jetzt aber legte erst einmal das Atemzentrum seine Tätigkeit nieder, das sich selbst nachts um seinen Menschen kümmert.

Johanna glaubte nicht an Vorhersehung. Aber ihn, der jetzt vor ihr lag, hatte sie vorhergesehen … und zwar erst vor wenigen Minuten, als sich Herr Hut vor ihrem inneren Auge in einen Prinzen verwandelt hatte. In diesem Moment schlug der Botticelli-Prinz die Augen auf.

4

Lachen, bis der Bauch weh tut und die Augen tränen.

Zuerst sah Leon nur zwei sanfte Wölbungen in zwei blütenweißen Körbchen, die er aufgrund vielfacher Erfahrung als einem BH zugehörig identifizierte. 85 B. Diese richtige Einschätzung hatte er Kio voraus. Er schnupperte. Erdig, gewürzt mit viel frischer Luft und dem Geruch von Moos. Er wollte schon den Kopf in das versenken, was er neben dem etwas tiefer gelegenen Bereich unter dem Bauchnabel ebenfalls als Himmelreich bezeichnete, als ihn drei Dinge von seinem Tun abhielten. Ein messerscharfer Stich, der ihn aufschreien ließ. Und die Frau, deren Gesicht er streifte, roch zwar nach seinem Typ Frau, war es aber nicht. Das Haar rotgolden, das hätte man ja noch durchgehen lassen können, aber es war kurz und stand wie die Borsten eines alten Besens in alle Windrichtungen. Dazu Sommersprossen, wenn auch nur vereinzelt und nur auf der Nase, tiefblaue Augen. Die Augen waren schön. Wie das Meer, in dem sich die Sonne spiegelt. Verdammt! Dieser Scheißschmerz, was war überhaupt los mit ihm? Diese Lippen, mit Mundwinkeln, die sich ganz leicht nach oben wölbten, wie ein sanftes, immerwährendes Lächeln. Egal. Frau bleibt Frau. Offenbar hatte er sie irgendwo aufgerissen, und, da er offensichtlich nüchtern war – weder Alkohol noch Koks –, trotz ihrer unmöglichen Frisur wohl nicht ohne Grund.

Sein Gehirn war zwar vernebelt, doch Gelegenheit macht Sex, er wollte sie schon küssen, da schob sich etwas zwischen ihn und die Frau. Es war ein Blick ohne jede Freundlichkeit. Aus großen, dunklen Augen ohne jede Scheu. Augen, die ihn einzuverleiben schienen, um ihn danach zu verdauen und wieder auszuscheiden. Wo war er da nur hineingeraten? Und in seiner Position war er eindeutig der Unterlegene.

Obwohl Gesichter aus der Perspektive, die er gerade innehatte, immer irgendwie verschoben wirkten und Leon mittlerweile der ganze Körper weh tat, erkannte er nun, dass der Blick ohne Freundlichkeit und Scheu zu einem Jungen gehörte. Sein Gesicht war schwarz wie – Leon fiel kein anderer Vergleich ein – wie das Ebenholz der Intarsien in seinem chinesischen Sekretär, den er und Sarah auf einem Trödelmarkt gefunden hatten und auf den er besonders stolz war.

Leon wollte sich den Jungen näher ansehen, doch da hatte ihn die Frau mit dem rotblonden Besenhaar schon weggezogen. Er spürte noch ihren Atem und bemerkte jetzt, dass sie Knoblauch gegessen hatte. Ganz bestimmt nicht mit ihm. Leon stöhnte auf. Er hasste Knoblauch und untersagte seinen Begleiterinnen, Knoblauch zu sich zu nehmen, falls sie mehr von ihm wollten, und diese Scheißschmerzen im Fuß hasste er noch mehr. Gleichzeitig presste er zwischen den Lippen hervor: »Und wer bist du?« Die Frage war an den Jungen gerichtet.

»Unbegleiteter Minderjähriger ohne Status«, antwortete er wie aus der Pistole geschossen, baute sich im Licht der untergehenden Sonne vor Leon auf und fügte mit dem ganzen Stolz, zu dem er fähig war, hinzu: »Mein Name ist Kio Achebe vom Stamm der Igbo.«

»Er ist ein Krieger«, ergänzte Johanna sanft, nahm Leons Handgelenk und fühlte ihm mit dem Daumen den Puls.

War dies alles schon seltsam gewesen, wurde es jetzt noch seltsamer. Er hatte etwas zugelassen, daran erinnerte er sich dunkel. Nur mit wem? Und wo? Irgendetwas war mit seinem Kopf. Diese verfluchte Leere. So sehr er es auch versuchte, in seiner Vorstellung durch jede einzelne Gehirnwindung tappte er auf der Suche nach irgendetwas, an dem er sich orientieren konnte. Da war nichts. Nur ein riesiges Durcheinander mit ganz viel Watte drum herum. Er erinnerte sich nicht mehr. Hatte keine Ahnung, was geschehen war. Warum er im Gras lag mit diesen merkwürdigen Menschen über sich, dieser Frau, dem farbigen Jungen, und der Wagen … Verdammt noch mal, wo war sein Wagen? Leon versuchte, den Kopf zu wenden, doch ihm wurde schwindlig. Die Sonne verschwamm, und der Mond ging ebenso verschwommen auf.

»Was für einen Tag haben wir?« Hilfesuchend sah er die Frau an. Er brauchte irgendetwas, das geraderückte, was ganz offensichtlich in Schieflage geraten war.

»Samstag.«

»Samstag!« Er stöhnte auf, diesmal nicht der Schmerzen wegen. Sarah! Jetzt fiel ihm zumindest das wieder ein. Sie saß jetzt sicher schon im Flieger nach Tokio und war stinksauer auf ihn, weil er sie vermutlich nicht wie versprochen zum Flughafen gebracht hatte. Wie sollte er, wenn er jetzt hier mitten in der Pampa herumlag. Sie würde sauer sein. Mehr als sauer. »Lüg mich nicht an!«, würde sie sagen und ihn etwas von oben herab ansehen, insofern das über Skype möglich war. Da sah man eher immer etwas aneinander vorbei wie auch im wahren Leben, in dem man obendrein aneinander vorbeihörte und -fühlte. »Du hast es verpennt.« Falls es überhaupt noch zu einem Skypekontakt kommen würde. Sarah gehörte zu den Frauen, die einen ganz unspektakulär per SMS zum Teufel jagten. Und ihm war gerade weder nach Himmel noch nach Hölle. Wie hatte seine Mutter schon immer gesagt: »Nicht übertreiben, Junge. Immer schön im Mittelmaß bleiben.«

Hätte er nur irgendwann auf sie gehört. Dann wäre ihm vermutlich zumindest das hier erspart geblieben. Er musste Sarah zuvorkommen. Brauchte ein Handy. Streckte die Hand nach dem Handy aus, das die Frau in der Hand hielt, berührte dabei leicht ihre rechte Brust. Gänsehautfeeling. Bei Leon und Johanna. Leon war überrascht. Johanna nicht, Kios Augen dagegen wurden riesengroß. Mit einer blitzschnellen Bewegung zog er sein T-Shirt über den Kopf, drückte es Johanna in die Hand, mit einer Geste, die keinen Widerspruch duldete. Johanna verstand, lächelte leicht und zog sich das T-Shirt an. Es war ein bisschen eng, aber okay.

Leon war das alles egal. Er stöhnte: »Handy, ich brauch ein Handy, ich muss …« Da wurde Sirenengeheul laut. Kio drehte sich um, und diesmal weiteten sich Leons Pupillen, als habe er Cannabis geraucht. Kios Rücken war mit Narben übersät. Keine Schmucknarben. Das waren tiefe, schrecklich anzusehende Verletzungen. Grundgütiger! Der Junge war höchstens zwölf!

Ein nie gekanntes Gefühl überwältigte Leon. Am liebsten hätte er denjenigen, der dem Jungen das angetan hatte, mit dem Kopf zuerst in den Boden gerammt.

Er ist ein Krieger, hörte er Johannas Stimme. *Fuck*, mit zwölf Jahren ist man kein Krieger, da sollte man in die Schule gehen und was lernen! Leon war so wütend, dass Sarah zumindest für einen Augenblick zur Nebensache wurde. Vielleicht hatte er sie ja zum Flughafen gebracht und war schon wieder auf dem Rückweg nach irgendwohin gewesen …

Er wollte die Frau schon fragen, wer einem Kind so etwas antut, als das Sirenengeheul lauter wurde, jetzt obendrein untermalt vom Blaulichtflash. Feuerwehr-, Rettungs- und Notarztwagen holperten über den Feldweg auf die drei zu, die unterschiedlicher nicht hätten sein können. Leon dachte noch, was ist denn jetzt schon wieder los, dann wurde er erneut ohnmächtig.

Er bemerkte nicht, dass Kio, kaum sah er die Polizisten, eine Kehrtwendung machte und mit nacktem Oberkörper davonflitzte, als seien nun wiederum die Teufel hinter ihm her. Er bemerkte nicht, wie Johanna Notarzt und Sanitäter belagerte, um zu erfahren, wie es um ihn stand. Ob der Sarg auf ihn wartete oder ein gemütliches Krankenbett, und, wenn ja, in welchem Krankenhaus. Er nahm nicht wahr, dass sein Porsche von Feuerwehrmännern mit einem Schaumteppich überzogen wurde, was neben einer vermutlich heftigen Gehirnerschütterung mit Gedächtnislücke bei ihm auch noch einen Herzinfarkt ausgelöst hätte. Und er bemerkte auch nicht, dass er jetzt auf einer Trage in den Krankenwagen geschoben wurde.

Was wiederum auch Johanna stark beunruhigte, da sie noch keine Antwort auf ihre Frage erhalten hatte, wohin sie den Mann bringen würden, der ihre Zukunft war. Sie hatte im Wald ja nicht nur diese Vision gehabt. Obendrein hieß es: Rettet man einem Menschen das Leben, bleibt man für immer mit ihm verbunden. Dass auch Kio beim Lebenretten kräftig mitgeholfen hatte, blendete sie in diesem Moment aus.

Johanna musste handeln. Und das schnell. Wenn nicht sofort etwas geschah, verschwand ihre Zukunft auf Nimmerwiedersehen hinter den geschlossenen Türen eines Krankenwagens, und sie würde nie erfahren, wie es gewesen wäre, wenn …

Mit einem Satz war Johanna bei dem Sanitäter, der auf den Beifahrersitz klettern wollte, klammerte sich an seinen Arm wie eine Klette, die es hier zuhauf gab, und sah ihn flehend an: »Wohin bringen Sie ihn?«

Der Sanitäter hielt kurz inne: »Wer sind Sie?«

»Johanna Schmidtbauer.« Und weil ihr nichts Besseres einfiel, um den Sanitäter von der Wichtigkeit ihrer Existenz für diesen Mann zu überzeugen, fügte sie hinzu: »Ich bin seine Verlobte.«

Prompt wurde der Blick des Sanitäters besorgt. »Waren Sie mit im Wagen? Sind Sie verletzt?«

»Nein, nein ...«, beruhigte sie ihn. »Alles okay. Er war auf dem Weg zu mir. Als er nicht gekommen ist, habe ich ihn gesucht. Instinkt, wissen Sie, die unsichtbare Verbundenheit zweier Liebender ... tiefe Seelenverwandtschaft ... Ich meine, Sie kennen das doch bestimmt. Man fühlt, was der andere denkt.«

Der Sanitäter wurde ungeduldig. »Wir müssen los.«

»Kann ich mitfahren?«

»Sie können mich endlich loslassen«, knurrte der Sanitäter.

»Und wir brauchen Sie noch fürs Protokoll«, mischte sich nun auch ein Polizist ein.

»Geht das nicht später?« Ihr Blick wurde noch flehender. Noch eindringlicher.

Der Sanitäter schüttelte sie mit einer schnellen Handbewegung ab. Schloss die Tür mit einem lauten Knall. War offenbar von Seelenverwandtschaft, Intuition und ihr überfordert.

Der Fahrer ließ den Motor an, was für ein furchtbares Geräusch unter diesen Umständen, der Krankenwagen setzte sich in Bewegung, und Johanna konnte nur fassungslos mit ansehen, wie ihre Zukunft an einen ihr unbekannten Ort verschleppt wurde, an dem sie hoffentlich überleben würde – die Zukunft. Erst als der Krankenwagen nicht mehr zu sehen war, wandte sich Johanna an den Polizisten, der Block und Stift zückte. »Wissen Sie, wohin sie meinen Verlobten bringen?«

»Ich nehme an, dorthin, wo ein Bett frei ist.« Johannas gerade noch hoffnungsvoller Blick erlosch. Die Stimme des Polizisten wurde väterlich: »Wie heißt denn Ihr Verlobter?«

»Schmidtbauer …«

»Schmidtbauer«, notierte der Polizist.

»Nein, ich heiße Schmidtbauer«, korrigierte sie ihn sanft. »Johanna Schmidtbauer.« Irgendwie war gerade alles im Ungleichgewicht. »Darf ich Sie nach Ihrem Namen fragen?«

»Warum?«

»Weil es netter ist, ich meine, so auf Augenhöhe.« Ihre Lider flatterten, wie immer, wenn sie aufgeregt war.

»Wir sind hier nicht beim Kaffeeklatsch, Frau Schmidtbauer.«

»Aber es gibt doch auch keinen Grund, mir nicht zu sagen, wie Sie heißen.« Ihre Mundwinkel schoben sich, versuchsweise, ganz leicht nach oben.

»Stettner.« Der Polizist seufzte. »Ich heiße Stettner, und das ist …«, er deutete auf seinen Kollegen, der mit einem Feuerwehrmann sprach, »mein Kollege Xaver Ried.«

»Danke schön!« Fast hätte Johanna einen Knicks gemacht, weil sie zumindest etwas erreicht hatte.

Polizist Stettner notierte etwas, hob den Kopf und sah Johanna zum ersten Mal interessiert an: »Schmidtbauer … Von der Whiskeybrennerei Schmidtbauer? Spitzenwhiskey, hab ich gehört. Aber auch, dass man bei euch immer nur eine Flasche kaufen kann …«

»Ja, leider, wir haben nur ein begrenztes Kontingent. Weil das ist alles Handarbeit von der Marceline …« Für den Bruchteil einer Sekunde sah Johanna Marceline vor sich. Wie sie Roggen, Gerste und Malz in dem riesigen Bottich erhitzte, der in der kleinen Scheune neben dem Haus stand. Daneben das

Destilliergerät. Auch wenn Marcelines Kopf nicht mehr derselbe war wie früher, hatte sie mit dem Whiskeybrennen keine Probleme. Der Teil ihres Gehirns arbeitete fehlerlos. Wieder diese Traurigkeit, die in der letzten Zeit schon am Morgen ihre Schultern besetzte und sie nach unten drückte. Oft ging das den ganzen Tag so, trotz Yoga und Achtsamkeitsübungen. Sie richteten sie kurz wieder auf, dann kam die Last, und der Körper sackte erneut in sich zusammen.

»Und ihr macht keine Ausnahme … für mich?« Polizisten waren also tatsächlich in der Lage zu lächeln.

»Na ja, in Ihrem Fall, da kann man vielleicht schon mal eine Ausnahme machen.«

»Nicht nötig.« Das Lächeln erlosch, und Stettner kam wieder zu seinem Thema zurück. »Also jetzt, bitte … Wie heißt Ihr Verlobter?«

Johanna schluckte. Seit sie als Dreijährige von Beamten an einer Erkundungstour zum nächsten Spielplatz gehindert worden war, hatte sie ein eher zwiespältiges Verhältnis zum Freund und Helfer entwickelt. Auch wenn sie heute einsah, dass man mit drei Jahren kurz vor Mitternacht die Wohnung besser nicht mehr verließ. Trotz einer Mutter, die wieder einmal lieber über ihren Akten saß – sie war Anwältin, Familienrecht –, als der Tochter Gutenachtgeschichten zu erzählen. An den Ausflug mit Einsatzwagen und Lautsprecher, der in der näheren Umgebung des nur durch eine Straßenlampe beleuchteten Spielplatzes nach den Erziehungsberechtigten suchte, hatte Johanna eher eine angenehme Erinnerung. Quietschvergnügt hatte sie sich in ihrem rosa Lieblingsschlafanzug mit himmelblauem Teddybären und ohne Schuhe in den Kindersitz auf dem Rücksitz heben lassen und die allgemeine Aufmerksamkeit genossen. Allerdings war das Verhältnis zu ihrer Mutter danach eher etwas gespalten gewesen. Vor allem nach einer kurzen, aber einprägsamen Zeitungsmeldung: Dreijährige besucht zur Geisterstunde einen Spielplatz. Die Mutter, eine bekannte Familienanwältin und alleinerziehend, hatte den Ausflug ihrer unternehmungslustigen Tochter nicht einmal bemerkt …

»Wenn Sie mich nach Hause fahren, verkauft Ihnen meine Großmutter bestimmt nicht nur eine, sondern mehrere Flaschen Whiskey.«

Stettner zögerte, Johanna atmete auf, das Ablenkungsmanöver war offensichtlich gelungen, doch in diesem Moment wurde Rieds Stimme laut: »Und jetzt bitte den Namen.«

5

In einem Antiquariat in Budapest einen Roman entdecken mit den Initialen meines im Krieg verschollenen Vaters. Sein letzter Gruß.

Das hatte sie von ihren Abendträumereien, ihrem blindwütigen Herumtasten im Sehnsuchtslabyrinth und ihrem klitzekleinen Schwindel. Eine wenn auch nur mündliche, aber dennoch polizeiliche Verwarnung, dass man Polizisten nicht auf den Arm nehmen durfte.

»Okay, Sie haben ja recht.« Sie gab es ja schon zu. »Wir sind nicht verlobt.«

»Warum behaupten Sie dann so was?« Stettners Tonfall blieb streng. Ein weiterer Auflockerungsversuch war möglicherweise gar nicht schlecht.

»Ein Versuch von sicherem Auftreten bei kompletter Ahnungslosigkeit?« Normalerweise konnte niemand Johannas Lächeln widerstehen. Es gab Menschen, die sie »Sonnenschein« nannten. Stettner gehörte nicht dazu.

»Dann sind Sie eine Hochstaplerin!«

»Das war eher eine Spontanaktion.« Die Mundwinkel bewegten sich versuchsweise erneut leicht nach oben.

»Und das hier ist eine mündliche Spontanverwarnung.«

Stettners Gesichtsausdruck hatte in diesem Moment etwas von Pfarrer August Theodor Braun, der seine Gemeinde mit der Entschiedenheit eines Dirigenten führte, dessen Blaskapelle nach einigen Maß Bier im Bierzelt aneinander vorbeitrompetete, -posaunte und -flötete. Pfarrer Braun war so gläubig, dass er im Anschluss an den Gottesdienst die Papiertaschentücher einsammelte, mit denen seine Schäfchen ihre vom Weihwasser bespritzten Brillen reinigten. Nicht, dass jemand auf die frevelhafte Idee kam, das nun praktisch auch geweihte Papiertaschentuch in den Müll zu werfen.

Marceline rätselte gelegentlich, was ihr guter Freund August Theodor Braun wohl mit den vielen Papiertaschentüchern anstellte, die er im Lauf seines jahrelangen und temperamentvollen Weihwasserspritzens an sich genommen hatte. Nur allzu gern hätte sie ein Foto davon gemacht und es ihrer Sammlung der besonderen Momente hinzugefügt. Johanna dagegen war überrascht, dass er nicht auch noch sicherheitshalber die Brillen der Gläubigen einsammelte, falls auf ihnen ein kostbarer Tropfen übrig geblieben war.

Während Johanna noch über Pfarrer Braun und seine geweihten Papiertaschentücher nachdachte, inspizierten Stettner und Ried ihre vom Barfußlaufen schmutzigen Füße. »Wir fahren Sie nach Hause.« Das kam unisono.

»Sehr gern!« Johanna setzte sich auf den Rücksitz, Ried ließ den Motor an, und gleich darauf stolperte der Streifenwagen über den Feldweg zurück auf die Landstraße. Diesmal ohne Lautsprecher. Sie war ja auch kein Kind mehr und kannte ihre Adresse. Gewisse Vorteile brachte das Erwachsenwerden mit sich.

Mit viel Gas ging es in Richtung Offling, dem kleinen idyllischen Ort mitten im bayerischen Chiemgau. Vor den Wagenfenstern zog die blaue Stunde an Johanna vorbei. Gerade noch hatte sich die Landschaft in den letzten Sonnenstrahlen gesonnt, jetzt kam die Dämmerung, verabschiedete den Tag und glitt langsam hinein in die Nacht, mit ihrem stillen Sein und Schein. Ob Kio gut nach Hause gekommen war? Sicher. Er hatte es von Nigeria bis nach Bayern geschafft, da machte ihm das bisschen Weg nichts aus. Nur kam er auch mit Marceline zurecht, falls sie … Johanna schob jeden weiteren Gedanken an Marcelines morgendlichen Gedächtnisausfall beiseite, schaute wieder aus dem Wagenfenster. Wie für Marceline hatte auch für sie die blaue Stunde ihren besonderen Reiz. »Johanna, schau dir an, wie viele Schattierungen ein einfaches Grau haben kann. Schau sie dir an, die geheimnisvollen Wege, die sich irgendwann in der Dunkelheit des Waldes verlieren.«

Erst Marceline hatte Johanna gelehrt, ihre Sinne zu nutzen. Zu sehen, wie sich die Ähren im Wind wiegen, sich am Glühwürmchen- und Käfergoldgeflimmer zu erfreuen, den Duftzauber zu riechen, der aus den üppig blühenden Frühlingswiesen stieg, zu tasten und vor allem zu fühlen. Manchmal fühlte sie jetzt schon den Schmerz, obwohl Marceline noch da war, nur weil sie wusste, dass sie eines Tages gehen würde. Gehen musste. Johanna rutschte unruhig auf dem Rücksitz hin und her. Prompt drehte sich Stettner zu ihr um.

»Hey, wir brauchen den Rücksitz noch.«

Johanna nickte, saß jetzt völlig ruhig da, die Hände auf den zusammengepressten Knien. Eigenartig, in was sie da wieder einmal hineingeraten war. Sie rekapitulierte: nüchterner Polizeiwagen, nüchterne Landstraße, inmitten idyllischer Landschaft. Dazu kam ein innerer Tatsachenbericht: Irgendein Typ, zu schnell auf der Landstraße unterwegs, baut Unfall, Auto qualmt, er bewusstlos, sie und Kio ziehen ihn raus, verständigen den Notarzt. *That's it.* Das war's, sonst nix!

Wenn da nicht diese Frage in ihrem Kopf gewesen wäre, die sich unentwegt wiederholte, als habe jemand in ihrem Gehirn – da, wo das Gefühlszentrum saß – auf *Replay* gedrückt: *Wo verdammt noch mal bist du gewesen, während ich nach dir gesucht habe und dabei immer nur auf die Falschen getroffen bin*. Wie sie alle geheißen hatten, Benedict, Hannes, Cornelius, Alex ... In ein paar Jahren würden auch die Namen vergessen sein. Außer Benedict vielleicht, die erste große Liebe mit vierzehn, Emotionsergüsse, festgehalten im Plüschtagebuch. Kurze Verliebtheit mit achtzehn da, kleine Affäre mit Anfang zwanzig dort, gelegentlich die Macht fühlen dürfen, wenn der andere mehr von einem wollte als man von ihm. Sehr viel öfter aber hatte sie ins Kopfkissen geheult, sich in ein erbärmliches Geschöpf verwandelt, das dem Falschen nachtrauerte, von dem sie geglaubt habe, er sei der Richtige.

Und gerade jetzt, als sie die Männer endgültig ins Abseits geschoben hatte, weil sie mittlerweile wusste, dass sie unter ihren Testosteronschwankungen ebenso litten wie die Frauen am Östrogen, kam *er* daher, das Herz pumpte ihr Gehirn fast um den Verstand und signalisierte gleichzeitig: Bisher alles sinnlos vergebene Liebesmüh, die Leber umsonst gequält mit all den unzähligen *Mojitos* im *Hacienda*, einer Tapasbar in Prien, in der sie immer wieder von neuem den Männerfrust weggespült hatte. Sie wusste jetzt: Wenn das Schicksal so weit ist, schleudert es den Richtigen von der Staatsstraße 2093 direkt in deine Arme.

Während Johanna sich durch die blaue Stunde philosophierte, lachten sich die Polizisten auf den Vordersitzen über einen Einbrecher kaputt, der aufgrund seiner Leibesfülle zwischen zwei schmiedeeisernen Gitterstäben stecken geblieben war, durch das er sich ins Haus hatte zwängen wollen. Johanna tat der Einbrecher irgendwie leid. Wer sich so dumm anstellte, konnte kein schlechter Mensch sein. Vermutlich war er nicht nur dick, sondern auch ziemlich verzweifelt gewesen.

Marceline hätte den dicken Einbrecher niemals ausgelacht, sie hätte die Kreissäge angeworfen und den armen Mann unter dem Beifall der Umstehenden befreit. Weil jeder sein Schicksal hatte. Vermutlich hätte sie ihm sogar die Beute überlassen. Verdienter Lohn für getane Arbeit, die Versicherung sollte ruhig zahlen, denn für Marceline waren Versicherungen die wahren Verbrecher.

Johanna fühlte wieder die Traurigkeit. Marceline hatte sie heute Morgen erschreckt. Wie verwundbar sie gewirkt hatte. Sie, die immer stark gewesen war und selbständig. So verlassen. So bedrückt. Diese Heimatlosigkeit in Augen, die in der ganzen Welt zu Hause gewesen waren, hinter und vor der Linse ihrer Kamera. Ob sich Marceline ähnlich fühlte wie Johanna jetzt, wenn sie durch das Seitenfenster des Polizeiwagens auf die still vorbeiziehende Landschaft blickte? Waldrand, Wiese, ein Bauer, der sich mit seinem Traktor durch rötliches Ackergold pflügte. Die Luft reif und müde. Endloshorizont. Es war alles noch da, man musste bloß die Hände danach ausstrecken, doch streckte man sie aus, war da nur Glas. Glas riecht nicht, schmeckt nicht, wärmt nicht. Kaltes Glas. Unerbittliches Glas. Demenz war wie Glas. Sie versprach den Durchblick, doch wenn es darauf ankam, ließ sie einen nicht mehr zu den anderen durch.

Der Polizeiwagen bog links von der Straße ab, folgte dem schmalen Weg, bis Marcelines windschiefes, sich zur Hälfte am Hang festkrallendes Haus hinter Georginen und Goldlack auftauchte, die den schadhaften Zaun versteckten. Strahlend gelb die Schlüsselblumen, sanft lila die Waldhyazinthe, blütenweiß die Schlehe. Dahinter üppig blühende Apfelbäume, während die Kirschblüte schon fast wieder vorbei war. Ahorn und Linde. Erinnerung an heimelige Plauderstunden in warmer Sommernacht, bis fern irgendwo das Donnern begann. Lachend unter den ersten Tropfen, schwer und gleichzeitig weich, alles zusammenpackend.

»Komm, Marceline, beeil dich.«

Die Gläser, den Wein, den Emmentaler vom Bergbauern, den Schinken aus der Hausschlachtung des Nachbarn, das selbstgebackene Brot.

»Ach was, Johanna, lass uns lieber im Regen tanzen.«

»Und wenn uns der Blitz trifft.«

»Ach was, der Blitz ist doch mein Freund.« Der Donner donnerte, die Blitze blitzten, und sie und Marceline hatten sich an den Händen gefasst und sich immer schneller und schneller um die eigene Achse gedreht.

Wie oft noch?

Angst.

Nicht zum ersten Mal hatte Johanna vor dem Nachhausekommen Angst. Denn je näher sie Marcelines Haus kam, desto weniger ließen sich die Gedanken verdrängen. Angst davor, in welchem Zustand sie Marceline vorfinden würde. Der Morgen war nicht nur ein Alarmsignal gewesen. Es war, als habe sich für ein paar Sekunden der Vorhang geöffnet und Johanna einen Blick auf die Zukunft werfen lassen, in der Marceline nicht mehr in der Lage sein würde, allein zurechtzukommen. Ganz auf Johannas Fürsorge angewiesen war.

Der Polizeiwagen hielt.

Die Polizisten und Johanna stiegen aus.

Ein weiterer Moment ohne Atem.

In der Ferne sehnsüchtiges Kuhgebrüll. Die Tür ging auf, und Marceline kam heraus. Im tiefroten Sari, mit schwerem Goldgehänge, das von den Ohren baumelte. Sie stoppte abrupt vor dem Polizeiwagen. Schien präsent und wach. Der lange, schlanke Hals reckte sich wie der eines Schwans, der gleich zum Angriff überging, und sie fuhr die Beamten an, die mit bedächtigen Schritten auf sie zukamen.

»Was wollen Sie von Johanna?«

»Keine Aufregung, bitte. Ihre Enkelin hat einem Mann das Leben gerettet, der einen Autounfall hatte, und wir bringen sie einfach nur nach Hause.«

Johannas Blick ging nach oben, und wie erwartet saß Kio wie ein Gemälde umrahmt von weißen Blüten und Blätterwerk auf dem Apfelbaum und sah herunter. Marceline aber kehrte ohne ein weiteres Wort auf dem Absatz um und ging ins Haus.

Stettner und Ried sahen einander an. Johannas Herz klopfte bis zum Hals. Die Polizisten wollten schon wieder ins Auto steigen, da kam Marceline mit zwei Flaschen Whiskey zurück: »Für Sie. Mit einem Dankeschön fürs Nachhausebringen.«

»Das ist sehr nett von Ihnen«, wehrte Stettner ab, während Ried zögerte. »Aber wir dürfen nichts annehmen.«

»Unsinn.«

»Wir sind im Dienst«, meinte nun auch Ried, wobei seine Stimme nicht so entschlossen klang wie die seines Kollegen.

»Dann nehmen Sie den Whiskey halt Ihrer Frau oder Ihrer Mutter mit.« Warum etwas kompliziert machen, wenn es auch einfach ging. Auch das war Marceline. »Sie haben doch eine Mutter, wenn Sie vielleicht keine Frau haben.«

Ein kurzer, nonverbaler Austausch. Gleichzeitiges Nicken. Johanna nutzte die Gunst der Stunde, bat um den Namen des Unfallopfers, in der Hoffnung, dass die Vorfreude auf die durch Destillation aus Getreidemaische gewonnene und mindestens drei Jahre im Holzfass gereifte Spirituose die Beamten ein wenig entgegenkommender werden ließ, und – hatte Erfolg. Eine kurze Anfrage über Funk, schließlich sollte das Unfallopfer die Chance haben, sich bei seiner Retterin zu bedanken, und Johanna hatte seinen Namen. Leon Duwé.

Leon Duwé. Jetzt, da sie wusste, wie er hieß, schien auf einmal alles irgendwie gut zu sein. Marceline war wieder die, die sie war. Der Spuk war vorbei.

6

Schwarzer Himmel. Flug der Milane
im muslimischen Viertel von Alt-Delhi.

Normalerweise mochte Johanna keine Namen. Namen drückten Stempel auf, die man nie wieder loswurde. Hildegard war eine andere als eine Claudine. Otto ein anderer als Alijosha. Johanna, die Gottbegnadete. Ha, das hatte sich ihre Mutter so gedacht. Dem lieben Gott das Glück ihrer Tochter überlassen und sich damit aus der Verantwortung stehlen. Aber nicht mit ihr, die ja laut der Bedeutung ihres Namens, ganz gleich, was sie tat, höchstpersönlich vom lieben Gott begnadet wurde.

Wie auch immer, der Gesichtsausdruck ihrer Mutter war ihr ein inneres Fest gewesen, als sie kurz vor dem Abi die Schule geschmissen hatte. Diese Fassungslosigkeit, als sie auch auf die Lehre als Einzelhandelskauffrau keinen Bock mehr gehabt hatte, als Azubi in einer Schreinerei gnadenlos scheiterte und sich danach mit Jobs in der Gastronomie über Wasser gehalten, viel zu viel getrunken und gefeiert hatte.

Irgendwann gab ihre Mutter auf. Marceline aber hatte eines Morgens auf Johanna gewartet. Sie hatte im Schein der Nachttischlampe auf Johannas Bett gesessen. Obwohl Johanna vom vielen Laufen total erschöpft gewesen war und auch nicht mehr ganz nüchtern – sie und ihre Kollegen hatten es sich zur Gewohnheit gemacht, selbst noch etwas trinken zu gehen, sobald die Kneipe zumachte –, musste sie auch heute nur die Augen schließen, um sich zu erinnern, wie schön Marceline ausgesehen hatte. So klar, so ganz und gar in sich ruhend. Ein Jutebeutel lag neben ihr auf Johannas Blütenbettdecke. Marceline nahm ihn, reichte ihn ihrer Enkelin.

»Was ist das?«

»Schau nach.«

Johanna gähnte, wünschte sich, ihre Großmutter hätte einen anderen Zeitpunkt für eine ihrer Spontanaktionen gewählt, zu denen sie gelegentlich neigte. Tat ihr jedoch den Gefallen und sah neun Steine. Bunte Steine. Sie sah Marceline fragend an.

Marceline nahm den Jutebeutel wieder an sich, griff hinein und zog den ersten Stein heraus. Er war braun und glänzte wie frisch poliert. »Das ist ein Opal aus Brasilien. Er regt die Phantasie an und stärkt die Seele in der Meditation.« Ein Hämatit aus Ägypten folgte. »Man nennt ihn seiner Farbe wegen auch Blutstein. Er macht mutig, entscheidungsfreudig und achtsam.« Der dritte Stein funkelte in hellen und violett gezackten Streifen. »Den hier habe ich in England gefunden, in Castleton bei Derbyshire. Es ist ein Blue-John-Fluorit. Er wird deine Konzentration stärken und Ordnung in dein Denken bringen.« Der Rosenquarz kam aus Madagaskar, stärkte, wie Marceline erklärte, die Sensibilität, die Liebeskraft und die Lebensfreude. Der orange-weiße Karneol wiederum war aus Indien. Er sollte einen darin unterstützen, den eigenen Standpunkt zu bewahren. Der Türkis kam aus dem Iran, schützte vor Unfällen und Enttäuschungen, der Larimar aus der Dominikanischen Republik in der Farbe des Himmels erweiterte den Horizont, und der schwarze Turmalin aus Mosambik war der Schutzstein vor negativer Energie.

»Der wichtigste Stein aber«, sagte Marceline und legte den letzten Stein aus dem Jutebeutel neben die anderen in Farbe und Form so besonderen Steine, »ist der hier.« Es war ein gewöhnlicher Kieselstein.

Johanna sah sie erstaunt an.

»Ich habe ihn an der Alz gefunden. Er steht dafür, dass du erst weggehen musst, bevor du wieder nach Hause kommen kannst.«

»Logisch.«

»Ich glaube nicht, dass du mich gerade wirklich verstanden hast. Ich rede davon, dass man erst danach weiß, wo man wirklich zu Hause ist.«

Johanna hatte sich höflich bedankt, wollte nur noch schlafen, wusste mit den Steinen nichts anzufangen.

Marcelines Gesicht wurde ernst, und auf einmal sahen Johannas Mutter und ihre Großmutter einander auf fast unheimliche Weise ähnlich. Mutter und Tochter, in diesem Moment hätten sie es nicht leugnen können. »Leg von nun an jedes Mal vor dem Zubettgehen die Steine auf deinen Nachttisch, von denen du glaubst, dass sie dir über den Tag geholfen haben«, sagte Marceline ruhig, aber bestimmt. »Dann wirst du sehen, ob es ein guter, ein mittlerer oder ein schlechter Tag gewesen ist.«

Der Tag zog vor Johannas geistigem Auge vorüber. Sie hatte lange geschlafen, der Rest war laut gewesen, die Luft vor der Kneipe nicht frisch, sondern geschwängert von den Rauchschwaden unzähliger Zigaretten. Sie rauchte nicht, aber die anderen. Die Gespräche irgendwie sinnlos. Das Trinkgeld okay. Und jetzt schwamm der Kopf von den Kurzen, die sie unter grölendem Gelächter in sich hineingeschüttet hatte.

»Jetzt bist du auch unzufrieden mit mir.« Johanna war auf einmal traurig gewesen.

»Bist du denn zufrieden mit dir?«, hatte Marceline nur geantwortet und sie dann mit den Steinen allein gelassen.

Johanna legte sie sorgfältig in den Jutebeutel zurück, kündigte am nächsten Tag ihren Kneipenjob und fragte Marceline, ob sie ihr alles beibringen könne, was sie zum Whiskeybrennen wissen musste.

Johanna konnte sich nicht erinnern, ihre Großmutter schon einmal so zufrieden, ja glücklich gesehen zu haben. Und reisen würde sie auch, sich die Welt anschauen, so wie Marceline, und erst danach eine eigene Familie gründen. Johanna war so voller Pläne gewesen, ohne zu ahnen, dass sich Marceline schon damals gelegentlich in ihren Gehirnwindungen verirrte und nicht mehr den Ausgang fand, so sehr sie auch nach ihm suchte.

Sie redete nicht darüber, auch weil sie glaubte, es handle sich um die ganz normale Vergesslichkeit im Alter. Für Johanna jedoch hatte sie ein Post-it neben so vielen anderen Post-its ans Küchenbüfett geklebt, die sie im Lauf ihres Lebens gesammelt hatte. Es sollte Johanna unauffällig daran erinnern, was zu tun war: *Jeder Tag lässt genau das in einem zurück, was man aus ihm gemacht hat …*

An diesem Tag würde Johanna vor dem Einschlafen drei Steine neben sich auf den Nachttisch legen. Den Hämatit, den Rosenquarz und den Türkis. Sie war mutig gewesen, der Wagen war nicht explodiert, und wenn ihr Seelenflugerlebnis im Wald recht behielt, war sie in Leon Duwé ihrer Zukunft begegnet.

Heute würde sie ihn nicht mehr im Krankenhaus besuchen.

Es war schon zu spät.

Morgen jedoch würde sie ihr Haar bändigen, sich schminken, sich vor allem Schuhe anziehen und anschließend nach

Trostberg ins Krankenhaus fahren, wo sie Leon nach unzähligen Telefonaten ausfindig gemacht hatte. Jetzt aber ging sie in die Küche, um für Kio den versprochenen nigerianischen Eintopf zu kochen, mit Scotch-Bonnet-Paprika, Eiertomaten, Zwiebel, Knoblauch, Ingwerwurzeln, Goya-Adobo-Würze, eine Art Pfeffer, koscheres Salz, rotem Palmöl und Fischfilet. Es war sein Lieblingsgericht. Während sie die Zutaten bereitlegte, fiel ihr Blick auf ein weiteres Post-it, das neben all den anderen am Küchenbüfett klebte. *Als Gott die Welt erschuf, gab er den Europäern die Uhr, uns Afrikanern schenkte er die Zeit.*

Auch Marceline hatte dieses Geschenk angenommen. Irgendwann hatte sie aufgehört, die Küchenuhr und all die anderen Uhren aufzuziehen, so dass die Zeit in ihrem Haus, das Marceline für sich und ihre Mutter nach dem Krieg mit eigenen Händen gebaut hatte, mittlerweile ihre ganz eigene Qualität hatte. Marcelines Zeit war zeitlos.

Zeitlose Zeit steckte in jedem Winkel, lugte hinter und unter dem Diwan mit dem abgeschabten knallroten Lederbezug hervor, sprang einen von der antiken indischen Kommode im Kolonialstil ebenso an wie die Dorfkatzen, für die Marcelines Haus das Haus der offenen Terrassentür war. Immer und überall standen Tellerchen mit Katzenfutter und Schälchen mit Wasser für sie bereit.

Zeitlose Zeit hing an den Wänden, etwas schief neben dem Kunstdruck von van Gogh. Marceline liebte Sonnenblumen. Das Sinnbild der Hippiebewegung für eine friedliche Welt. Auch in dem Garten war die Zeit keine Getriebene, sondern tänzelte mit den Schmetterlingen durch die tagsüber himmelblaue und jetzt nachtschwarze Luft. Bestäubte mit den Bienen die Blüten der alten Obstbäume, in deren Baumhöhlen Meisen, Feldsperlinge, Kleiber, Stare und Gartenrotschwänze brüteten, und setzte sich auf das Unkraut, das nicht gejätet werden durfte.

»Das perfekte Büfett«, hatte Marceline Johanna erklärt, als sie es zupfen wollte, »für Raupen, aus denen später Schmetterlinge schlüpfen.«

Während Johanna noch über Zeit sinnierte, war der nigerianische Eintopf fertig geworden. Seine Duftschwaden zogen wie Wolken über Afrika hin zur Whiskeybrennerei und lockten Marceline und Kio an den niedrigen Tisch, den Johanna schon gedeckt hatte. Um den Tisch herum lagen kunstvoll gestickte Sitzkissen aus Indien. In Marcelines Haus aß man auf dem Boden.

Jedes Mal war Johanna aufs Neue überrascht, mit welcher Geschmeidigkeit Marceline in die Hocke ging. Sie saß mit weit gespreizten Beinen da, wie auch die Frauen aus Kios Dorf, wenn sie über der Feuerstelle kochten oder am Fluss Wäsche wuschen. Die Kraft kam aus Rücken und Oberschenkeln. Der Po berührte dabei kaum den Boden. Und stand Marceline nach Stunden wieder auf, dann so leichtfüßig wie eine Gazelle.

Johanna entschied sich wie immer für den Schneidersitz. Gab es afrikanisches Essen, aßen sie stets mit den Fingern. Dabei rissen sie das Injera, ein gesäuertes Fladenbrot aus Teffmehl, auseinander, tunkten es mit den Händen in den großen Fischtopf, der in der Mitte des Tisches stand, löffelten damit den Fisch in seiner köstlich würzigen Soße auf und führten alles zusammen zum Mund. Marceline hatte die nigerianische Tradition der Nahrungsaufnahme eingeführt, damit Kio in der Fremde zumindest etwas vertraut war.

Zunächst ging es lebhaft zu. Sie lachten, diskutierten, palaverten und übertrumpften sich gegenseitig in ihrer Lautstärke, wobei Johanna immer ein Auge auf Marceline hatte. Es gab Tage und Abende, da aß Marceline nicht, sondern stopfte die Nahrung in sich hinein, als sei in ihr ein tiefes schwarzes Loch, das es zu füllen galt. Dabei verschlang sie Unmengen. Beim ersten Mal hatte sie sich danach mit wahnsinnigen Schmerzen ins Bett geschleppt, und Johanna war die ganze Nacht aufgeblieben, um sie zu versorgen. Damals hatte sie nicht verstehen können, was plötzlich in Marceline gefahren war, die immer auf gesundes, leichtes Essen geachtet hatte. Heute wusste sie, dass schleichendes Abhandenkommen der Normalität, des Umgehens mit alltäglichen Selbstverständlichkeiten wie Essen und Trinken zur Demenz ebenso gehörte wie das Verlieren jeden Maßes.

Hatte der Morgen mit ihrem Aussetzer schlecht angefangen, so war jetzt zum Glück wieder alles in Ordnung. Marceline aß langsam und mit Genuss. Johanna entspannte sich, Kio dagegen wollte wieder Geschichten von *Damals* hören, aus einer Zeit, in der Marceline wie er ein Flüchtling gewesen war oder, exakt ausgedrückt, eine Heimatvertriebene.

»Du bist auch ein Flüchtlingskind, *Nne nne?*«, hatte Kio sie gefragt, nachdem sie vor einigen Wochen von ihrer Flucht aus der Tschechoslowakei erzählt hatte. Sie waren im Winter gegangen. Ihr Großvater war Monate später beim berüchtigten Brünner Todesmarsch ums Leben gekommen.

»Ja, Kio, ich bin auch ein Flüchtlingskind.«

»Ein unbegleiteter Jugendlicher ohne Status?« Sein erster deutscher Satz, den er so schnell beherrscht hatte wie keinen anderen.

»Ja, Kio, auch das«, hatte Marceline geantwortet, »weil Status kein Mensch ist, kein *mmadu*. Status ist ein Zustand, ein …«

»... *aghaa, anaa, onodu* ...«, schlug Johanna vor, die in ihrem Smartphone das Deutsch-Igbo-Wörterbuch gegoogelt hatte.

Kio sah sie verständnislos an.

»Gib mal die drei Worte umgekehrt ein, was dabei auf Deutsch herauskommt«, schlug Marceline vor.

»... großer Fehler, Abbildung, Büro ...« Johannas Blick war nun ebenso verständnislos wie Kios.

Marceline lachte. »So bringen wir Kio jedenfalls kein korrektes Deutsch bei.«

»Wir sind kein Status«, versuchte Johanna es erneut. »Wir sind einfach nur Menschen.«

»*Mmadu.*«

»Richtig, Kio. Wir sind *mmadu.*«

»Menschen«, wiederholte er. Er war intelligent. Er lernte schnell. Sie verbesserte sich. Er hatte schon sehr viel und das sehr schnell gelernt.

»Menschen ohne Heimat.« Marceline verlor sich, aber nur für den Bruchteil einer Sekunde. Kio dagegen hatte sie fragend angesehen. Johanna hatte gegoogelt, jedoch im Igbo kein Wort für Heimat gefunden.

Kio hatte überlegt und erneut genickt: »Mensch ohne Haus.«

»Und *Nne nne*« – Nne nne stand in seiner Sprache für Großmutter – »erzählst du uns wieder eine Geschichte aus deinem Krieg?«

»Kein Krieg ist mein Krieg oder dein Krieg oder der Krieg irgendeines vernünftigen Menschen«, antwortete Marceline. »Er ist immer nur der Krieg von verwirrtem Denken.«

»Erzählst du, *Nne nne?*«

Warum Marceline an diesem Abend ausgerechnet diese Geschichte auswählte, die sie auch Johanna noch nie erzählt hatte, Johanna hätte es nicht zu sagen gewusst. Vielleicht wollte sie Kio damit zeigen, dass es für ihn an der Zeit war, über seine Erlebnisse zu sprechen.

Ein nicht verarbeitetes Kindheitstrauma, weggesperrt irgendwo im Gehirn, an einer Stelle, von der man glaubte, es richte keinen Schaden an, konnte sich jederzeit zurückmelden. Ein Bild, ein Geruch oder ein Geräusch, und es war alles wieder da und konnte eine posttraumatische Belastungsstörung auslösen. Spätestens im Alter, wenn das Gehirn im Lauf der Jahre zunehmend die Fähigkeit verlor, Verdrängtes unter Verschluss zu halten, konnte sie Flashbacks, Angstträume, aber auch emotionale Stumpfheit auslösen. Vielleicht war es auch Marcelines unbewusster Versuch, der drohenden Demenz zu entgehen. Lag alles auf dem Tisch, gab es für Hirn, Seele und Herz keinen Grund mehr, zu vergessen.

»Wir sind also geflohen«, begann Marceline ihre Schilderung. Wie immer hatten sie Kios wegen darauf verzichtet, im Kamin Feuer zu machen, obwohl Marceline und Johanna das rhythmische Orchester aus knisternden Holzscheiten und gemächlich vor sich hin flackerndem Feuer liebten. Kio dagegen machte Feuer Angst. Auch darüber sprach er nicht.

»Nur meine Mutter und ich«, fuhr Marceline fort. »Der Großvater wollte unsere Wohnung verteidigen, bis alles vorbei war, mein Vater war in Russland an der Ostfront. Ich kann mich noch gut erinnern, wie zentnerschwer der Rucksack auf unseren Rücken wog, vollgestopft mit dem, was wir aus der Vergangenheit mitnehmen konnten. ›Aufrecht gehen‹, hat meine Mutter immer gesagt. ›Marceline, was auch geschieht, geh aufrecht, einen geraden, starken Rücken kann niemand brechen.‹ Doch aufrecht gehen war kaum noch möglich. Der Rucksack zu schwer, die Glieder und Knochen zu müde. Und dann nichts als Nebel.« Marceline war, ohne es zu bemerken, in der Gegenwart angekommen. Vergangenheit und Jetzt wurden eins. »Sogar der Kopf ist voll von Nebel; und die Gefühle sind verstummt. Was bleibt, ist nur dieser eine Schritt. Schritt für Schritt durch den eisigen Wintertag.« Kio lauschte ebenso aufmerksam wie Johanna.

»Ich habe den Winter immer geliebt. Den Geruch von frisch gefallenem Schnee. Das leise Knistern bei jedem Tritt, so als flüstere einem jede einzelne Schneeflocke ihr kleines Geheimnis zu.« Marceline verstummte, verlor sich in Erinnerung. Es war vollkommen still. Als Johanna schon glaubte, sie werde nicht weitersprechen, hob Marceline wieder ihre Stimme. »Der Winter ist etwas Wunderbares. Er reinigt die Welt und deckt Schmutz, Hass und Grausamkeit zumindest für einige Monate zu. Und die kalte Luft – sie reinigt Lunge, Kopf und Herz. Tief atmen. Atme tief. Schritt um Schritt.« Erneut rutschte sie gedanklich zurück in jene Zeit. »Nicht fühlen. Immer weitergehen. Alles halb so schlimm. Bis zum Knie im Schnee versinken. Das wird schon wieder. Dann auf einmal dieses Gefühl, als ob der Rücken bricht. Andere sind schlimmer dran. Ich stolpere und kann mich gerade noch fangen. Ich bin auf etwas getreten, verborgen vom vielen Schnee. Dazu ein Geräusch, das ich noch nie gehört habe. Ein furchtbares Geräusch. Ich schaufle mit den Füßen den Schnee weg und lege den Kopf eines Menschen frei.«

»*Mmadu*«, flüstert Kio. »*Mmadu.*«

»Ja, ein *Mmadu.*« Marceline nickte. »Und nicht nur einer. So viele Leichen, verhungert, bizarr verrenkt, erstarrt oder von Tieffliegern verstümmelt.« Kio verstand sicher nicht alles, und dennoch wusste er genau, wovon sie sprach. Johanna sah es seinem Gesicht an, wollte die Hand ihrer Großmutter nehmen.

Marceline wich ihr aus. Keine Berührung. Berührungen machten schwach. Tonlos sprach sie weiter. »Dieses Geräusch brechender Knochen unter meinen schweren Stiefeln … immer und immer wieder …« Marceline stand auf, ging zum Kamin, öffnete die Whiskeyflasche, die auf einem kleinen Mahagonitisch stand, schenkte sich ein Glas ein, trank einen Schluck, drehte sich zu Johanna und Kio um. Wie schön sie aussah, so groß, klar und stark mit ihren achtundachtzig Jahren. »Ich konnte nicht mehr über verschneite Wiesen laufen. Der Krieg hat mir nicht nur meine Familie, meine Heimat, nein, er hat mir lange Zeit auch den Winter gestohlen. Mit dem Fotografieren habe ich ihn mir aber zurückerobert.« Ein kurzer stolzer Augenblick, dann verebbte Marcelines Stimme wie der letzte Ton einer Klangschale. Langsames Schwinden. Stille.

Sie sah Kio an, als wollte sie ihn fragen: Was, Kio, was haben sie dir noch gestohlen, außer deiner Familie und deinem Dorf? Sie fragte nicht. Sie ahnte, auch diesmal würde sie von ihm keine Antwort bekommen.

Kio entkam ihrem Blick. Er stand auf und begann, den Tisch abzuräumen. Johanna half ihm dabei. Marceline schenkte sich noch einen Whiskey ein. Sie hatte das Ritual aus Schottland mitgebracht. Sie liebte den milden und leicht rauchigen Geschmack des Whiskeys ebenso wie das Kratzen in Hals und Rachen, wenn er Schluck für Schluck langsam die Kehle hinunterlief und den Körper wärmte. Weiche Vanillearomen, verbunden mit ausgeprägten Gewürz- und Holznoten, die wie ein guter Wein ihr Können entfalteten, sobald sie mit Luft in Berührung kamen.

Marceline trank, aber an diesem Abend in Maßen, wie Johanna erleichtert feststellte. Sie trank, bis sie die nötige Schwere erreichte, die alles etwas leichter machte. Hätte Marceline die Küchenuhr irgendwann doch aufgezogen, hätte sie auf kurz vor zweiundzwanzig Uhr gezeigt, als Kio gute Nacht sagte.

Marceline strich ihm wie jeden Abend leicht über die rechte Wange: »Die Sonne geht an keinem Dorf vorüber.« Sie lächelte. »Schlaf gut.«

Als Kio das Wohnzimmer verlassen hatte, musterte Marceline Johanna mit einem Blick, als weinten alle Menschen, die jemals gelitten und getrauert hatten. »Seit ich alt geworden bin, habe ich die ganzen Bilder im Kopf. Nicht am Tag. Sie kommen nachts. Ich möchte sie nicht mehr sehen.« Mit dem vollen Whiskeyglas in der Hand verließ Marceline das Zimmer. Johanna sah ihr nach. Auch noch, als die Tür längst hinter ihr zugefallen war.

Johanna liebte den Moment kurz vor dem Einschlafen, wenn die Gedanken im Kopf spazieren gingen wie durch einen verwunschenen Park. Was es da alles zu entdecken gab. Blühende Geschichten. Üppige Farben. Eine Zukunft, die vor ihrem geistigen Auge eine Seite nach der anderen aufschlug, als lese sie in einem Buch der noch ungeborenen Träume.

Vor dem Fenster ein runder Mond, umgeben von einem Lichthof aus Regenbogenfarben. Ihre Augen drifteten ab, ihr Blick verlor sich im Himmel. Ein guter Ort. Nicht einmal Marceline hatte ihn verloren, doch zum ersten Mal fragte sich Johanna, ob ihre Großmutter einfach nur gereist war, weil sie das Reisen liebte. Oder ob sie davongelaufen war vor den Alpträumen, Depressionen, Panikattacken, Herzschmerzen und Angstzuständen. Vielleicht war sie immer nur auf der Suche gewesen. Nach innerem Frieden und Heilung.

Sie legte den Rosenquarz, den Türkis und den Hämatit auf das Nachttischchen.

Ob Leon auch die Vorhänge nachts offen ließ, damit er Himmel, Mond und Sterne im Schlaf nicht verlor? Johanna stand auf, machte ein Foto mit ihrem Smartphone, dachte an Leon und dass sie ihm das Foto jetzt am liebsten schicken würde, mit einem Gutenachtkuss. Sie konnte es ihm morgen zeigen, wenn sie ihn besuchte. Herzklopfen. Und etwas, das sich anfühlte, als habe ihr jemand einen Schlauch in den Rachen geschoben, durch den flüssige Lava floss, die sich über den Brustkorb verteilte und zu rotem Sandstein erkaltete. Angst. Sie hatte plötzlich Angst, Leon noch einmal zu begegnen. Was, wenn sie sich getäuscht hatte und nach der zweiten Begegnung nichts weiter blieb als Leere. Diese verdammte Leere, die wie ein schreiendes Kind an ihrem Rockzipfel hing und um Aufmerksamkeit bettelte.

Johanna lauschte in die Stille. In letzter Zeit hatte Marceline begonnen, nachts umherzuwandern, und war völlig verstört, wenn Johanna sie endlich nach langer Suche fand. Im Garten. Auf der Straße. *Was machst du auf der Straße, Marceline? Weiß nicht, herumwandern, vielleicht. Warum schaust du so? Ich tu doch keinem damit weh.* Doch sobald ihr Geist wieder klar und Marceline wieder ganz bei sich war, wurde sie ratlos: »Irgendwann werde ich dir zur Last werden, Liebes.«

Niemals, Marceline, ein weiteres stilles Versprechen, das Johanna bisher nur sich selbst gab. *Wie schwer auch immer es werden mag, ich schleppe dich mit mir rum.* Mein Rücken, *glaub mir, der bricht genauso wenig, wie deiner gebrochen ist. Wir sind eine Familie, Marceline. Dasselbe Fleisch, dasselbe Blut. Aufrecht gehen, Marceline, okay? Egal, wohin. Und wenn es sein muss, gemeinsam in die Dunkelheit.*

Johanna schrak auf. Da war er wieder, der Blues. Die Melancholie seit Kindertagen. Wie aus der Erde, aus der alles Lebendige hervorging, ging auch aus ihrer Melancholie das Lachen hervor, Enttäuschung, Wut, Freude und Tränen. Mutter Erde. Mutter Melancholie, wenn man schon keine Mutter hatte, die für einen da war.

In dieser Nacht schien jedoch alles ruhig zu sein. Marceline ging nicht auf Wanderschaft, sondern schnarchte im Nebenzimmer leise vor sich hin. Für Johanna war es wie der beruhigende Sound von Wellen, die gegen den Fels schlugen. Auf dem Fels ein Leuchtturm. Sie war der Leuchtturm, dessen warmes Licht dem Schiff in Seenot den Weg durch die Dunkelheit wies. Oder war sie das in Seenot geratene Schiff, das dem leise ihr zuwinkenden Licht folgte? Aus Licht wurde ein Gesicht, aus Gesicht wurde Herr Hut, der Wald, der Waldkauz, der sie erschreckt hatte, das qualmende Auto, all das, was sie an diesem Tag hatte erleben dürfen. Auf dem Nachttisch lagen der Rosenquarz, der Hämatit und der Türkis … Mut, Liebe und Schutz vor Enttäuschung.

Johanna schnarchte nun ebenfalls leise vor sich hin. Hörte nicht, dass nun doch eine Zimmertür geöffnet wurde. Es war nicht Marceline, die jetzt über den langen Flur zum Wohnzimmer tappte, sorgfältig die Dielenbretter vermeidend, die beim Auftreten leise knarrten, es war Kio.

Die linke Hand lag schützend auf der ausgebeulten Schlafanzugjacke, unter der er etwas verborgen hatte. Er schlich an der verschlossenen Tür vorbei, hinter der Marceline etwas verbarg, das außer ihr niemand sehen durfte. Sie nannte es das Zimmer der besonderen Momente, und diesmal dachte er nicht darüber nach, wie er das Schloss knacken konnte, um hinter das Geheimnis der besonderen Momente zu kommen. Mit der rechten Hand drückte er behutsam die Klinke der Wohnzimmertür herunter, schlich sich auf Zehenspitzen hinein, zog einen Gegenstand nach dem anderen unter der Schlafanzugjacke hervor und stellte alles auf den niedrigen Tisch neben dem offenen Kamin. Einen schwarzen Stein, ein Fläschchen mit Honig und ein kleines Stück Eisen. Dann öffnete er die Vitrine ebenso behutsam, wie er Stein, Fläschchen und Eisen abgelegt hatte, nahm zuerst das Milchkännchen des Teeservices, das Marceline aus Shanghai mitgebracht hatte, und ließ den schwarzen Stein hineinplumpsen. In der Zuckerdose verstaute er das Honigfläschchen und in einer Teetasse das Eisenstück. Zufrieden betrachtete er sein Gesamtwerk, verschloss die Vitrine wieder, ging vor dem Kamin in die Hocke, warf ein Stück Zeitungspapier hinein und zündete es an. »*Oku nwanyi, oku nwanyi!*« Dabei waren seine Augen groß und weit. »Feuerfrau«, flüsterte er so leise, dass es nur die Götter hörten. Zum Schein der züngelnden Flamme begann er leise vor sich hin zu summen. Eine hübsche Melodie. Einfach. Ein Kinderlied, es stammte aus seiner Heimat.

Tsché sché kule – lege deine Hände auf den Kopf.
Tsché sché kofisa – lege deine Hände auf die Schulter.
Kofisa langa – stütze deine Hände in die Taille.
Kata schilanga – lege deine Hände auf die Knie.
Kumandende – führe deine Hände zu den Knöcheln.
Cok – spring in die Höhe.

Seine Mutter hatte es ihm oft vorgesungen. Keine Tränen, aber der Tag hatte auch bei ihm Spuren hinterlassen. *Ich habe die Bilder im Kopf. Nicht am Tag. In der Nacht. Ich möchte sie nicht mehr sehen.* Es war, als ob nicht nur seine Seele, sondern sein ganzer Körper weinte.

7

Im Bett bleiben, während draußen der Regen gegen die Fensterscheiben prasselt.

Vogelgezwitscher, leuchtendes Wiesen- und Blättergrün, Schmetterlingstanz, Blütenduft und Hummelgeflatter. Und mittendrin Marcelines Haus wie eingetaucht in flüssiges Sonnengold, an ein Haus erinnernd, wie Johanna es noch aus ihren Kinderbüchern kannte. Warm, heimelig, efeubewachsen, dunkelgrüne Fensterläden, Fenster und Türen weit offen. Wie sehr hatte sie sich gefreut, wenn sie beim Umblättern erneut auf so ein Haus traf.

Johanna umarmte den Tag, begrüßte die Sonne, atmete tief ein und wieder aus, stieß alles, was über Nacht schal geworden war, hinaus in eine Welt, in der Seelen- und Umweltmüll gesammelt und auf einer Halde verbrannt wurde, saugte den Morgen auf, bis Seele, Lunge und Herz ebenso gereinigt wurden wie die Pariser Straßen am frühen Morgen. Das Wasser perlt und spritzt aus der *laveuse de trottoir,* einer kleinen, hellgrün glänzenden Reinigungsmaschine, die den Müll der Nacht wegschwemmt, dessen Rest von Straßenkehrern aus Mali und dem Senegal in ihren Uniformen, ebenfalls hellgrün, weiter mit einer Art Reisigbesen in Richtung Seine gefegt wird. Marceline hatte den Morgen in Paris geliebt, vor allem im Sommer, die Bürgersteige noch nass und so frisch wie nach einem Sommerregen. Wenn sie Johanna von Paris erzählte, waren die Bilder, die sie benutzte, so stark, dass Johanna sie nie wieder vergaß. Fast war es, als sei sie selbst dort gewesen. Sie war es nicht, aber sie sehnte sich danach. Sie war noch nie irgendwo gewesen, außer als Kind im Ferienlager an der Ostsee.

Wie auch immer. Heute ging es nicht ums Reisen. Heute brauchte sie vor allem Mut. Mut, Leon Duwé gegenüberzutreten. Es würde nicht einfach sein, da sie außerordentlich hohe Erwartungen mit ihm verband. *Der Mann meines Lebens*, das klang, als würde ein Leben ohne ihn sofort an Wert verlieren, vielleicht nicht mehr möglich sein.

Zumindest konnte Leon erst einmal nicht davonlaufen, gleichgültig, wie bescheuert sie sich benahm. Und das würde sie tun. Sich bescheuert benehmen. Das tat sie immer, wenn ihr etwas wichtig war. *Danke schön, Charaktereigenschaft – oder wer auch immer dafür verantwortlich war.* Sie verneigte sich vor Himmel, Bäumen, Blumen und dem Unkraut, das nicht gejätet werden durfte.

»Was machst du da, Johanna?«

Sie hob den Kopf. Von oben herabbaumelnde Adidas-Turnschuhe. Kio, der Junge auf dem Apfelbaum. Umrahmt von weißen Blüten, wirkte sein Gesicht noch dunkler.

»Yoga, Kio, wie jeden Morgen.«

»Cool.« Er sprang vom Apfelbaum. »Hunger.« Lief ins Haus. Sie würde ihm noch beibringen müssen, öfter in ganzen Sätzen zu reden. Er würde keiner der Generation »*Wenn du nisch abhaust machisch disch Messer, Alta! Ischwör*« werden. Das schwor sich wiederum Johanna.

Der Kaffeeduft zog alle Register seiner Verführungskunst. Der Frühstückstisch wartete. Mit selbsteingemachter Marmelade, frisch gepresstem Orangensaft, Brezeln und Semmeln, die Kio vom Bäcker geholt hatte. Kio und der Bäcker waren *Best Buddies*, seit eine Frau, die eine Unterschriftenliste gegen Flüchtlinge in der Bäckerei hatte auslegen wollen, einmal gemeint hatte: »Und merk dir eins, mein Junge. Nie eine Oma in die Büsche schmeißen.« Kio hatte sie groß angesehen, und der Bäcker Franz – Johannas Freund, so wie alle irgendwie ihre Freunde waren – hatte erwidert: »So was gehört in Afrika zum Volkssport.« Dann hatte er Kio ein Schokocroissant geschenkt und der Kundin gesagt, ihre Liste könne sie sich in den Arsch stecken. Die Kundin hatte gezögert, vermutlich nicht, weil sie überlegte, wie sie das bewerkstelligen sollte. Sie wollte sich verständlich machen. »Ich schau mir die Bilder an, vom Krieg, in Afrika, in Syrien, überall, diese Menschen können nix dafür, aber die haben eine schlechte Energie …« Fast bedauernd sah sie Kio an, der nicht alles verstand. »Ich will die nicht in unserem schönen Land.« Sie nickte Franz zu und ging hinaus in den bayerischen Frühling mit seiner Zuckerwattewelt, die manchmal fast zu rosa war, um wirklich zu sein.

Kaffee und Frühstück lockten also, doch Johanna war auf einmal wie von innen blockiert. Yoga war auch nicht immer das, was es versprach. Da war mit einem Mal diese Scheißangst, dass nach ihrem Besuch bei Leon aus ihrem Traum die Luft herausgelassen sein würde. Nix Zwillingsseelen, die aufeinander gewartet hatten. Kein Herausschreien von Glück, sondern Kotzen vor Enttäuschung, Scham und Tränen.

Sie betrat das Haus, ging aber an der Küche vorbei, stellte sich unter die kalte Dusche und überlegte: Vielleicht sollte sie so eine Art Anti-Emotionsvereinbarung mit sich selbst treffen? *Und wie willst du das anstellen*, kniff ihr wenig später die Jeans ins Gehirn, in die Oberschenkel und in den Körperteil, den sie einer Jungfrau ähnlich von nun an für Leon aufbewahren würde, falls sie die im wahrsten Sinn des Wortes hautenge Jeans überlebte. Sie war neu erworben und so knapp, dass nicht nur der Besuch bei Leon, sondern auch jeder Toilettengang zum Abenteuer werden würde.

»Du hast einen Superknackarsch da drin«, hatte ihr Freundin Lise Mut gemacht, ein derartig gewagtes Kleidungsstück zu kaufen. Johanna bevorzugte weit und bequem. Aber so hatte sie sich Leon schon präsentiert. Dazu auch noch im Sport-BH und barfuß. Logisch, dass sie sich für das Wiedersehen etwas Neues einfallen lassen musste. Aber jetzt, wo sie Lise dringend gebraucht hätte, an diesem Tag, an dem man jedes einzelne Verbindungselement wie bei einer komplizierten Montageanleitung exakt zusammenfügen musste, um Erfolg zu haben, war Lise nicht da. Abgehauen nach München, weil ihr Offling, nachdem sie hier alle in Frage kommenden Typen ausprobiert hatte, zu klein geworden war. Sie stand nicht auf Internetbekanntschaften, und das amouröse Betätigungsfeld in München war einfach größer.

Leiser Wind durchs offene Fenster. Streicheln der noch winterblassen Haut. Johanna knöpfte ihre weiße Bluse zu. Erst vor ein paar Tagen hatte sie in einer Frauenzeitschrift gelesen, dass Männer auf diese Kombi abfuhren. Mädchenhaft plus Knackarsch. »Den Girlie-Touch, den hast du.« Auch das kam von Lise. »Das mögen die Männer.«

Die Sonne breitete ihre Strahlen über den türkisfarbenen Teppichboden ihres Zimmers. Stimmen wurden vor ihrem Fenster laut. Fässer waren angeliefert worden, in denen der Whiskey seine besondere Reife erwerben würde.

Während Marceline wie im großen Basar von Marrakesch um den Preis feilschte, obwohl der natürlich schon vorher festgelegt worden war, versuchte Johanna vor dem Spiegel, ihr kurzes Haar mit viel Schaumfestiger in weibliche Formen zu kneten. Gleichzeitig überlegte sie, was sie Leon mitbringen sollte. Sie würde mit dem Fahrrad fahren. Trostberg war nur acht Kilometer von Offling entfernt. Anschließend würde die Jeans entweder sitzen, oder sie konnte sich das mangels Blutzufuhr abgestorbene Gewebe in der Klinik gleich wegoperieren lassen.

»Schenk ihm Glück«, schlug Marceline vor, als sie die Fässer gemeinsam zur Brennerei rollten.

»Und wenn du mir jetzt auch noch verrätst, wie man Glück in buntes Geschenkpapier wickelt?«

Kio war das alles wurscht. Er saß wieder im Apfelbaum. *Träumen heißt, durch den Horizont blicken.* Ebenfalls ein afrikanisches Sprichwort, das auf dem Küchenbüfett klebte. Johanna vermutete, dass Kio dort auf dem Baum genau das versuchte: durch den Horizont hindurchblicken, bis er ihn erreichte, den Sehnsuchtsort mit seinem dampfenden Regenwald, der Savanne unter stechender Sonne, das Land am Ufer des Niger mit seinen Eisvögeln, Milanen, Fischreihern und Kormoranen, die im dunklen Wasser nach Fischen jagten, während Wanderhirten ihre Rinder- und Ziegenherden ans Ufer trieben, Frauen ihre Wäsche wuschen und Eselskarren beladen mit dünnem Buschholz vorbeizogen. Ihre Phantasie ging mit ihr durch. Jede Zelle, jede Faser ihres Körpers wollte es Marceline gleichtun. Sie alle wollten reisen!

Marceline sah zum Apfelbaum hinaus: »Was ist eigentlich mit Schule, Kio mio?«

»Hab heute erst in der dritten.«

»Dann kannst du uns ja jetzt helfen, die Fässer in die Brennerei zu transportieren.«

Kio sprang vom Baum.

Noch ging er in die Förderklasse, aber es sah aus, als würde er nach den Sommerferien schon die Regelschule besuchen können.

Johanna und Kio rollten das Fass, während Marceline neben ihnen herlief. »Und was soll ich jetzt diesem Leon Duwé ins Krankenhaus mitbringen?«, kam Johanna zu ihrem eigentlichen Thema zurück.

»Stimmt, Glück braucht der junge Mann nicht, rast auf der Landstraße und kommt mit einem Beinbruch davon.« Marceline schüttelte den Kopf über so viel Massel.

»Vielleicht ist er ein Juju-Mann, weil ihm nichts passiert ist.« Kio richtete sich auf und sah Johanna fragend an.

»Sicher nicht«, antwortete Marceline und wandte sich erklärend an Johanna. »Ein Juju-Mann ist so eine Art Zauberer, der Kontakt zu den guten und den bösen Geistern hat.«

»Die bösen Geister besuchen deine Träume und machen dich verrückt.«

Johanna erschrak über die plötzliche Furcht in Kios Augen und versuchte, ihn zu beruhigen: »Nein, Kio, Leon ist kein Zauberer, und es gibt auch keine bösen Geister. Alles Aberglaube.«

Marceline schüttelte nachdenklich den Kopf. »So einfach ist es leider nicht.«

»Du glaubst an böse Geister?«

»Der Glaube daran ist böse. Ich habe mal eine Bootsfahrt durch die Mangroven des Niger-Deltas südlich von Port Harcourt gemacht. Na ja, und dann schwamm die erste Leiche im Fluss, ohne Kopf.«

»Ein Bootsunfall?« Johanna schluckte.

»Das dachte ich zunächst auch. Schließlich bleiben ja in Nigeria auch nach Autounfällen die Leichen tagelang am Straßenrand liegen. Bis ich dann die zweite Leiche entdeckt habe und die dritte … alle ohne Kopf. Es war ein Sonntag.«

»Am Sonntag passieren oft solche Sachen«, sagte Kio leise.

Marceline nickte: »Ja, Kio, am Sonntag passieren solche Sachen.« Sie sah Johanna an. »Rituelle Menschenopfer, manchmal braucht der Zauberer einen Kopf oder ein Geschlechtsteil für seine Machenschaften.«

»Ich denke, die Igbo sind Christen.« Johanna war entsetzt.

»Und trotzdem werden gerade Kinder und Frauen dort oft noch der Hexerei beschuldigt«, antwortete Marceline. »Und kann die Familie die Hexenaustreibung nicht bezahlen, verstoßen sie die Opfer, damit sie nicht mit in den Strudel hineingezogen werden.«

Kio fing an zu summen. Eine fremdartige Melodie. Johanna fragte sich unwillkürlich, ob das der Grund gewesen war, dass die Familie den damals Zehnjährigen fortgeschickt hatte. Eineinhalb Jahre auf der Flucht. Ein halbes Jahr in der Unterkunft für unbegleitete Jugendliche. Seinen zwölften Geburtstag hatte er noch im Tragluftzelt gefeiert.

Da Kio auch der Asylbehörde nicht erzählte, weshalb er gekommen war, ging die davon aus, man habe ihn nur aus einem Grund auf den gefährlichen Weg nach Europa geschickt: Er sollte seine Familie nachholen. Konnte man ihr nicht das Gegenteil beweisen, würde Kio vermutlich mit achtzehn Jahren abgeschoben werden. Bis dahin war er allerdings sicher. Trotzdem würde er irgendwann reden müssen. Kio summte.

»Wir sind in Deutschland«, fuhr Johanna fort. »Hier gibt's keine Juju-Männer. Ich versprech dir, hier passiert dir nichts.«

Kio hörte auf zu summen.

»Alles gut?«, fragte Johanna.

Kio nickte.

»Dann kann ich jetzt fahren?«

Kio nickte erneut.

Johanna zupfte ihn am Haar. Er verzog das Gesicht, ließ es aber zu. Johanna lächelte, Kio lächelte auch, doch es war eher, als ahme er etwas nach, von dem er vergessen hatte, wie es ging.

Johanna ging ins Haus, um das Geschenk für Leon zu holen. Sie überlegte lange, ob sie das auch wirklich tun sollte. Sie hing an ihren Steinen, aber sie fühlte auch, dass die Begegnung mit Leon etwas Besonderes gewesen war. Sie entschied sich für den Rosenquarz, den Stein, der Liebe und Freude symbolisierte. Auch wenn sie nicht an böse Geister glaubte, die guten konnten gelegentlich recht nützlich sein. Nach wenigen Minuten kam sie mit dem Rosenquarz zurück, den sie in einem Jutebeutel verstaut hatte, packte beides in ihren kleinen Rucksack und setzte sich aufs Fahrrad.

»Denk an die Geschichte mit dem Häschen«, meinte Marceline, als sie losfahren wollte.

»Häschen?« Johanna trat in die Bremsen, dass sie fast stürzte, drehte sich um, sah Marceline erschrocken an. Nicht jetzt, lieber Gott, bitte keinen Aussetzer. Nicht jetzt!

»Es seufzt, wie weh die Liebe tun kann, und umarmt den Igel.« Marceline zwinkerte ihr zu.

Johanna atmete auf. Kein Aussetzer, sondern Humor. »Dann schauen wir mal, wie viele Stacheln der Typ hat«, antwortete sie betont locker, radelte erleichtert davon und verfluchte im nächsten Moment ihre Eitelkeit. Denn die Jeans zwickte und kniff bei jeder Bewegung.

Marceline sah Johanna nach, bis sie aus ihrem Blickfeld verschwunden war.

Die Veränderung kam langsam. Die Schultern sackten leicht nach unten, und auch ihr Körper schien zu schrumpfen. Kio bemerkte davon nichts. Er saß sicher auf seinem Apfelbaum und träumte sich in die Wolken hinein. Dass sie die lange Reise aus Afrika bis nach Offling nur deswegen angetreten hatten, um sein Heimweh zu stillen. Flauschig weiße Luftschiffe mit so vielen Erinnerungen, Bildern und Geschichten an Bord. Vermissen wog nicht nur ein paar Gramm. Vermissen wog bleischwer.

Marcelines Augen suchten ebenfalls nach Bildern und Erinnerungen, aber im Gegensatz zu Kio fanden sie nichts außer Leere, als habe sie alles, was sie bisher ausgemacht hatte, verlegt wie ihre Lesebrille.

Doch dann füllte sich die Leere in ihren Augen wieder, als habe sie eine Idee. Sie betrat rasch das Haus, kam wenig später mit einem vollen Abfalleimer zurück, klappte den Deckel der Tonne für Biomüll auf, die neben den wenigen Stufen stand, die zur Haustür führten. Die Mülltonne war schon bis zum Rand voll. Ein erneuter Moment der Ratlosigkeit. Dann ein zufriedenes Lächeln. Mit einem Fußtritt stieß Marceline die Tonne um, die mit so lautem Scheppern zu Boden krachte, dass Kio vor Schrecken fast vom Baum fiel. Obst- und Gemüsereste, gebrauchte Teebeutel und Kaffeefilter, Kartoffelschalen, Katzenstreu und noch vieles mehr ergoss sich über das Pflaster neben der Treppe. Kio brach seine Wolkenreise ab, sprang wie immer den letzten Meter vom Baum direkt vor Marcelines Füße.

»Umgefallen«, sagte Marceline und wirkte schuldbewusst wie ein Kind, das Tadel erwartete. »Einfach so.«

»Du hast sie getreten, *Nne nne«*, antwortete Kio. »Peng!« Er ahmte Marceline mit einem Tritt in die Luft nach.

»Pfff. Hab ich nicht.« Marceline wurde böse. »Erzähl nicht so einen Unsinn, mein Junge.«

Kio kannte diesen Stimmungswechsel schon. Es war besser, sich nicht darauf einzulassen. Schweigend stellte er die Tonne auf.

Marcelines Augen wurden weich. »Braver Bub.« Sie tätschelte ihm die Wange. Ihre Hand roch nach Abfall. Kio wollte ihr schon ausweichen, bevor sie ihm auch noch mit den Abfallhänden an den Haaren zupfte wie Johanna, doch in diesem Moment flatterte eine Krähe laut krächzend auf sie zu, landete knapp neben seinen und Marcelines Füßen und machte sich über die Leckerbissen her.

»Hau ab!«, schrie Kio sie an. Die Krähe reagierte nicht. »Hau ab!« Kio wurde noch lauter. Die Krähe kümmerte sich nicht um ihn, und in Kios Augen blitzte etwas auf. Härte. Für den Bruchteil einer Sekunde war er nicht mehr Kio. Der Junge verschwand hinter dem Mann, der er schon bald sein würde. Er straffte die Schultern, bot dem Gegner die Brust in dem Wissen, dass er der Stärkere war, nahm den Deckel der Tonne, wollte ihn nach der Krähe schleudern, da hob die Krähe den Kopf, eine leise, unwillige Flügelbewegung, und dann sah sie Kio an. Nicht mit gewöhnlichen Krähenaugen. Kio wich zurück. Kein Krieger, kein Mann. Da war nur noch von Kopf bis Fuß Angst. Die Augen der Krähe machten ihm Angst. Böse Augen.

»Deaddead«, flüsterte Kio. »*Deaddead.*«

Während Marceline ungerührt den Restmüll in die Biotonne kippte, in der sie durch den Fußtritt genügend Platz geschaffen hatte, drehte sich Kio um und rannte ins Haus, stolperte mit Beinen, die zu schnell für ihn waren, die steile Holztreppe hinauf, fiel fast hin, fing sich in letzter Sekunde, stürmte ins Badezimmer, schloss die Tür hinter sich zu, lehnte sich mit dem Rücken dagegen, atmete schwer. *Deaddead. Deaddead.* Löste sich wieder, trat vor den Spiegel. Schweiß stand ihm auf der Stirn, und es war, als begegnete er in jedem Schweißtropfen den drohend funkelnden schwarzen Knopfaugen der Krähe. Der Blick, mit dem sie ihn angesehen hatte, hing in den Wimpern, brannte in den Augen, lief über Wange, Mund und Hals, versickerte da, wo sein Herz war.

Kio war nicht sicher. Johanna hatte sich getäuscht. Die Kraft und die Magie der bösen Geister reichten bis nach Offling. Er drehte bei allen Hähnen das heiße Wasser auf, ließ es laufen, bis es fast kochte, setzte sich auf den Rand der Badewanne und wartete, bis der Spiegel beschlagen war, so dass die sich in seinem Schweiß spiegelnden Krähenaugen vom Wasserdampf überlagert wurden und verschwanden.

Er wusste nicht, welchen Schwur *Nne nne* gebrochen oder was sie sonst getan hatte, aber eines wusste er – die bösen Geister hatten Marcelines Träume schon besetzt. Und wenn er nicht sofort etwas dagegen unternahm, würden sie *Nne nne* nicht nur ab und zu verrückt machen, sondern sie am Ende töten. Er brauchte einen Zauber. Einen starken Zauber. Kio rannte los, ohne die Wasserhähne über Becken, Badewanne und in der Dusche abzudrehen. Rannte aus dem Haus und schlug den Weg zur Kirche ein.

Dass Kio seine Schultasche zurückgelassen hatte, fiel Marceline nicht auf. Sie war verärgert. Irgendjemand hatte den Deckel der Mülltonne offen gelassen und somit die Krähen eingeladen, die Abfälle auf dem Boden zu verstreuen. Sie seufzte. Holte Besen und Schaufel, machte sich daran, das Chaos zu beseitigen, sah, dass die Mülltrennung nicht beachtet worden war, korrigierte auch das, ging ins Haus zurück, um sich die Hände zu waschen, und bemerkte, dass im Badezimmer sämtliche

Wasserhähne liefen. Sie drehte sie ab und fragte sich, wer das wohl getan haben mochte.

Hätte der Schmerz ein Gesicht, wäre Schmerz für alle Zeit das Gesicht von Marceline gewesen, als sie nach und nach begriff, dass sie es selbst gewesen sein musste. Niemand in diesem Haus außer ihr veranstaltete gelegentlich diesen Unsinn. Vermutlich war auch sie das mit dem Biomüll gewesen.

In dir, Marceline, ist etwas alt geworden. Sie war jetzt manchmal so müde. Das Leben lebte, und sie kam kaum noch hinterher.

Erschöpft stützte sich Marceline auf das Waschbecken. Suchte den wachen Geist in ihren Augen. Doch der Spiegel war noch immer beschlagen. *Ich bin an meinem Ende angekommen.* Marceline hob die rechte Hand. *Wenn ich jetzt weitergehe, dann nur noch rückwärts.* Sie beugte sich leicht über das Becken und schrieb ein Wort in den Nebel aus Dampf: *Ich.*

Verließ das Badezimmer, kehrte mit einer analogen Kamera zurück, kippte das Fenster und begann zu fotografieren, was der Wasserdampf, der sich wie Nebel über die gesamte Spiegelfläche gelegt hatte, nach und nach freigab: Ihr Gesicht vor dem Spiegel hinter der Kamera.

Ihre Kamera hatte sie nie belogen. Sie würde es auch jetzt nicht tun, sondern ihre vielleicht letzte große Frage beantworten. *Was wird aus mir werden?*

Die Antwort war eindeutig, als Marceline etwas später in ihrer Dunkelkammer ein Foto nach dem anderen aus dem Fixierbad zog und sie mit einer Wäscheklammer befestigt zum Trocknen aufhängte. Die Fotoserie – ein Zeitraffer. Fünf Selbstporträts, die deutlich symbolisierten, wie ihr einst glasklarer Verstand allmählich wie unter einer Dunstglocke verschwand. Am Ende würde nichts mehr sein. Außer Nebel. Wie in dem

Winter, in dem sie aus ihrer Heimat vertrieben worden war und auf die Haut und Knochen der Toten getreten hatte.

Jetzt wurde sie wieder vertrieben. Nur diesmal waren es nicht andere. Sie war sich selbst zum Feind geworden. Irgendwann würde sie nirgends mehr zu Hause sein. Nicht einmal mehr in sich selbst.

Marceline war kein sehr gläubiger Mensch, aber jetzt bat sie – wen auch immer –, ihr noch etwas Zeit zu schenken. Bisher war für sie Zeit nur relativ gewesen, eine Empfindung, nichts groß von Bedeutung. Jetzt aber wurde ihre Zeit knapp und somit zu einer festen Größe. Andere übergaben ihren Nachkommen eine Firma, bei ihr sollte sozusagen eine Lebens- und Erfahrungsübergabe stattfinden. Nicht an ihre Töchter. Sie straften ihre Mutter mit nicht-wissen-wollen dafür, dass Marceline das Wissen-wollen auf ihre Kosten durchgezogen hatte. Ohne Rücksicht auf den möglichen Verlust von Nähe und Zuneigung ihrer Kinder. An Johanna wollte sie weitergeben, was sie glaubte, begriffen zu haben. Denn wozu wäre sie sonst ständig auf der Suche gewesen nach dem, was Leben wirklich ist? Dafür brauchte sie aber Zeit. Johanna hatte noch viel zu lernen.

Marceline betrachtete das zweite Foto der Serie, auf dem ihr Gesicht schon fast im Nebel verschwunden war. Wie auch immer. Wenn es so weit war, würde sie gehen.

Im Morgengrauen würde sie das Haus verlassen, wenn noch alle schliefen. Das Haus, das sie, gerade achtzehn geworden, für sich und ihre Mutter gebaut hatte. Sie hatte die Ziegel selbst gebrannt und einen auf den anderen gesetzt. Ohne Bauplan. Sie hatte gespachtelt, gestrichen, das Dach gedeckt, die Innenwände bunt bemalt, Terrasse und Garten angelegt. Ihr Zuhause nach diesem unendlich langen Weg der Ungewissheit, vierhundert Kilometer zu Fuß, immer Richtung Westen, die einzige feste Größe, die sie zugelassen hatte. Bisher!

Ja, eines Tages würde sie das Haus verlassen, das so lange Heimat, Zufluchts- und Glücksort gewesen war. Sie würde der aufgehenden Sonne entgegengehen, so lange, bis auch der letzte Schatten für immer hinter ihr lag. Das Bahngleis, auf dem sie ihre Reise antreten würde, hatte sie schon ausgesucht.

8

Es gibt Momente, die dauern ewig. Selbst wenn sie vorbei sind. Sie sind alles und überall gleichzeitig. Sie sind das Einzige, worauf es ankommt.

Von Lauren Oliver aus *Before I Fall*

Krankenhäuser konnte Johanna nicht leiden. Sie erinnerten sie daran, wie schnell alles vorbei sein konnte. Dass sie Menschen verlieren, dass sie leiden würde. Marceline war achtundachtzig, würde in wenigen Monaten ihren neunundachtzigsten Geburtstag feiern. Verdammt noch mal, Johanna hatte Angst um sie. Am Morgen ein Aufatmen, wenn der Kaffeegeruch verriet, dass Marceline in der Küche herumfuhrwerkte. Am Abend die Erleichterung darüber, dass wieder ein Tag gutgegangen war, und dazwischen Angst, die sie so weit wie möglich zu verdrängen versuchte.

Marceline ging gelassen mit dem Tod um. Zu oft war sie ihm schon begegnet: »Der Anblick eines friedlich sterbenden Menschen ist, und das überall auf der Welt, wie ein fallender Stern. Er flackert auf und verschwindet für immer in der endlosen Nacht.«

Für Johanna war nichts daran eine tröstende Vorstellung. Sie schob das Fahrrad energisch in den Ständer und blieb dabei. Sie konnte weder den Tod noch Krankenhäuser leiden. Allein dieses lange, sterile, unübersichtliche Flursystem. Der beißende Geruch von Desinfektionsmitteln. Das Licht zu grell. Ärzte und Pflegepersonal ohne Blick und Lächeln. Krankheiten waren nichts weiter als ein elementarer Störfall in einem Leben, das gerade so schön vor einem herlief. Leon hatte es ja gerade erlebt. War auf dem Weg nach irgendwohin und dann – nur eine Sekunde, und er lag flach.

»Der Tod, Johanna, macht uns immer wieder bewusst, dass jeder von uns einzigartig ist. Mit einer Biographie, die sich nie wiederholen wird. Mit dem Tod geht sie ein in das Meer aller Biographien der Menschen, die leben, leben werden und gelebt haben.«

Manchmal hatte Johanna das Gefühl, dass Marceline zu ihr sprach, auch wenn sie nicht da war. In diesen Augenblicken war die Verbindung zwischen ihnen wohl besonders intensiv. Das innere Zittern setzte wieder ein. Die Angst, dass zu Hause etwas schieflief. Sie zwang sich zur Ruhe. Nicht übertreiben. Schritt für Schritt. Bestimmt war alles gut.

Dennoch wäre sie am liebsten sofort wieder auf ihr Fahrrad gestiegen und nach Hause gefahren. Aber sie hatte doch auch ein Leben … Tränen stiegen ihr in die Augen. *Cut*, um Himmels willen, *Cut*, kein Depri-Moment. Nicht jetzt!

Johanna wischte mit dem Handrücken die Tränen energisch fort, sperrte das Fahrrad ab, machte ein paar Bewegungen wie ein Cowboy, der gerade von seinem Pferd gestiegen war, und zupfte am unteren Rand der Jeans herum, bis sie wieder einigermaßen saß. Beim Fahrradfahren hatte sie so eingeschnitten, dass sie bestimmt rote Streifen hinterlassen hatte. Kein Problem. Dieses Desaster würde Leon nicht zu sehen bekommen.

Johanna holte tief Luft, verstaute sämtliche unerfreuliche Gedanken und Ängste in einer Schublade, ganz weit weg im Hinterkopf, betrat die Klinik mit nach vorn gestrecktem Kinn. Sie fand sich in der schwarz-weiß gehaltenen Lounge wieder, die sie eher an den Empfangsbereich eines modernen Bürogebäudes erinnerte als an ein Krankenhaus. Am Rand der Lounge war ein Glaskasten, in dem eine Frau Mitte vierzig saß. Sie trug ein blassgrünes Twinset, dazu einen Schottenrock, in dem sich das blasse Grün aus dem Twinset ebenso wiederholte wie in dem Brillengestell. Unwillkürlich fragte sich Johanna, ob Brillengestell passend zur Garderobe der neue Trend war oder einfach nur das Hobby von Lady Blassgrün.

»Ja?« Die Frau sah Johanna über den Brillenrand hinweg an. Ihre Augen waren ebenfalls blassgrün.

»Leon Duwé!«

»Station?«

»Äh.«

»Geburtsdatum?«

»Uups.«

»Falls Sie Ihre Sprache irgendwann wiederfinden, würde ich mich über eine Antwort in ganzen Sätzen freuen.« Lehrerin, vermutete Johanna, aufgrund aufmüpfiger Schüler in Frührente und jetzt Aufstockerin hinter Glas.

»Dann haben Sie Ihren Verlobten also gefunden?« Der Sanitäter, der am Vortag nicht gerade entgegenkommend gewesen war, schob sich kurz zwischen Johanna und die Frau hinter Glas. Wünschte ihr alles Gute und war auch schon wieder verschwunden, ehe Johanna richtigstellen konnte, dass sie und Leon nicht verlobt waren.

Bei Lady Blassgrün allerdings hatte er Wirkung hinterlassen. Sie rückte die Brille wieder auf der Nase zurecht, machte eine halbe Umdrehung mit ihrem Schreibtischstuhl, betätigte mit flinken Fingern die Tastatur, schwang sich, die Beine parallel und elegant in Pose, Johanna wieder zu: »Orthopädie, dritter Stock links, Zimmer 305.«

»Danke.«

Johanna wollte schon gehen, doch da setzte sie noch eins drauf. »18. August 1983.«

»Wie bitte?«

»Das Geburtsdatum Ihres Verlobten.«

»Natürlich. Klar, das weiß ich doch. Bin nur so aufgeregt.« So, jetzt aber schnell, ehe der Dame noch etwas einfiel, um Johanna das Gefühl zu vermitteln, irgendein Mistkäfer zu sein, den man mit der Schuhspitze getrost zermalmen konnte.

Johanna lief los.

Notaufnahme. Alte Menschen auf Tragen, das Gesicht unverwandt zur Decke gerichtet, nicht mehr erkennbar, ob Männlein oder Weiblein, den Arm unter der Decke herausbaumelnd, so dehydriert, dass man die Haut mit Daumen und Zeigefinger heben konnte, und sie blieb stehen. Aufgeregte Angehörige, die wirkten, als hätten sie sich verlaufen, überforderte Schwestern und Pfleger, eine betrunkene junge Frau, die lallend auf dem Boden hockte und jetzt von zwei kräftigen Männern hochgezogen und trotz heftiger Gegenwehr zu einer Trage geschleift wurde. Ein Kind weinte. Eine Frau lachte. Vermutlich aus Erleichterung, weil, was immer sie auch vermutet hatte, wohl doch nicht so schlimm war. Jetzt schluchzte sie auf und fing an zu weinen. Lachen als Überbrückung, bis die Seele das ganze Ausmaß der Katastrophe begriff. Eins hatten sie alle gemein. Sie wirkten, als hätte das Schicksal ihnen einen heftigen Fußtritt versetzt und sie mitten hineingeschleudert an einen Ort, an dem sie ganz und gar nicht sein wollten.

Waren es wirklich nur Sekunden, die darüber entschieden, welchen Weg man einschlug? Abertausende von Sekunden. Johanna stellte sich vor, wie die Sekunden herumwimmelten und flirrten wie Bienen in ihrem Stock. Und immer wieder mal stach dann eben eine Biene zu. Das Leben, eine Ansammlung von Entscheidungs- oder Zufallssekunden oder beides? Sie und Leon jedenfalls hätten sich ohne diese eine Sekunde wohl nie kennengelernt. Johannas Herz zerfloss und verteilte sich über ihren ganzen Körper. Ihr wurde heiß.

Wo war der Lift? Da war nur eine Tafel mit der Aufzählung diagnostischer Abteilungen, die in lange Gänge abzweigten, ähnlich wie Nervenstränge vom Rückenmark. Sie bog in den rechten Nervenstrang ab und stand vor den Personenaufzügen. Sie drückte auf den Knopf, wartete, doch der Lift kam nicht. Ebenso wenig wie der zweite und auch der dritte Lift. Sie fror. Sie konnte nicht länger warten. Wählte nun doch das Treppenhaus, auch wenn sie damit die Körpertemperatur wieder nach oben fuhr und damit auch ihr Herz. Die Stufen rauf. Dritter Stock, endlich die orthopädische Station mit – Verkehrsstau. Servierwagen, Rollstühle und leere Betten versperrten ihr den Weg. Doch Johanna ließ sich von nichts mehr aufhalten. Zog den Bauch ein, schob sich rigoros an allem vorbei, achtsam, dass sie weder Rollstuhl und Servierwagen noch leeres Bett berührte.

Eine Schwester mit kurzen schwarzen Haaren, randloser Brille, weißem, kurzärmligem Hemd und Joggingschuhen betrat nach kurzem Klopfen ein Zimmer. Zwei nackte dünne Beine in einem Rollstuhl, wie eine Momentaufnahme, dann fiel die Tür wieder zu. Ein Pfleger bugsierte ein Bett mit Patient Richtung Fahrstuhl, ein anderer hing am Stationstelefon: »Nein, tut mir leid, er ist gerade nicht da, kann er zurückrufen?« Ein Arzt blätterte in einer Akte, zwei Frauen, vermutlich Physiotherapeutinnen, sprachen über einen Patienten, eine

Raumpflegerin leerte die Mülleimer aus. Wieder das Läuten eines Telefons, dazwischen eine Karawane aus Ärzten und einer Schwester, die zwischen Krankenzimmer und Verbandswagen hin- und herpendelte, Binden, Scheren, Watte holte.

Da das Zimmer.

Atempause.

Die Pulsfrequenz stieg. Der Herzschlag war nicht mehr zu bremsen. Johanna fühlte förmlich den Hormoncocktail durch ihre Blutbahnen rauschen. Ihre Hände zitterten leicht. *Vergiss es, du hast dich schon bei Lady Blassgrün blamiert. Wie soll dir in diesem Zustand auch nur ein einziges vernünftiges Wort einfallen, geschweige denn ein normaler Satz: Ich muss, Leon, ischwör!*

Sie musste sich beruhigen. Yoga, Meditation, sich ganz und gar auf das »Jetzt« konzentrieren und der Gedankenprozession in ihrem Kopf keine Beachtung schenken. Sollten die Gedanken doch quatschen, vermuten, hinweisen, warnen ... es interessierte sie nicht. Nicht ihre Gedanken und Vorstellungen, was sie sah, hörte, roch und fühlte, war Realität, wenn sie auch von jedem Menschen anders wahrgenommen wurde. Es gab keine gemeinsame Existenz. Es gab nur Schnittpunkte, an denen man Ähnliches sah, hörte, roch und empfand wie ein anderer. Je mehr Schnittpunkte, desto mehr Gemeinsamkeiten. Stopp Gedanken- und Gefühlskarussell – stopp!

Einige Meter von ihr entfernt kräftigte ein Patient auf Krücken seine Muskeln, mit der Wand als Sparringspartner.

Johanna entschied sich für die Achtsamkeitsübung *Beweglich sein wie ein Bambus*. In dieser Umgebung fiel sie bestimmt nicht weiter auf. Eben ein Patient mehr, der sich um seinen Körper kümmerte. Sie legte den Jutebeutel mit dem Rosenquarz auf den Boden, stellte sich beckenbreit hin, faltete die Hände und streckte die Arme weit über den Kopf, wobei die Handflächen zur Decke zeigten. Dann beugte sie sich mit gestreckten Armen und gefalteten Händen im Zeitlupentempo nach unten – *alles in dir fließen lassen* – und richtete sich ebenso langsam wieder auf – *annehmen, was ist*. Sie liebte diese Übung, die Marceline ihr gezeigt hatte. Man fiel aus der Zeit, war ganz bei sich und beruhigte mit jeder Wiederholung Atem, Herzschlag, Puls und Gedanken. *Nicht urteilen. Geduldig sein. Den Geist des Anfängers bewahren. Vertrauen haben. Nichts erzwingen wollen. Akzeptieren. Loslassen*. Die sieben Säulen der Achtsamkeitsübung. Auch die hatte Marceline so oft wiederholt, bis Johanna sie jederzeit abrufen konnte. Es half. Zumindest theoretisch.

Dass eine Schwester Leons Zimmer betrat und es gleich darauf wieder verließ, bemerkte Johanna ebenso wenig wie die Tatsache, dass die Tür offen stehen blieb und Leon den Blick freigab auf eine etwas seltsame junge Frau, die sich bewegte wie im Trancezustand aufgrund von psychedelischen Drogen.

Der Oberkörper beugte sich wieder langsam nach vorn, und das durchaus hübsche Hinterteil zog erneut Leons Aufmerksamkeit auf sich. Einen Augenblick hing Johannas Kopf, die Augen geschlossen, zwischen Beinen, die breit und fest standen, und zwei vor sich hin pendelnden Armen, was obendrein den Rücken ganz wunderbar entspannte.

Sie genoss die Stellung noch ein wenig, öffnete dann, warum auch immer, ganz leicht die Augen, sah sich Leon gegenüber, der sie mit einem Grinsen beobachtete, klappte sich so schnell sie konnte wieder auf. Drehte sich um und sah Leon vor sich, der sich offenbar gerade zu fragen schien, an wen ihn diese Frau mit dem rotblonden Haar erinnerte, dessen einzelne Strähnen aufgrund der seltsamen Körperertüchtigung und zu viel Haarsprays wie bei einer Stachelblume in alle Richtungen standen. Sein Blick wirkte zumindest irgendwie suchend. Ratlos. Johanna dagegen gab ihre Frisur auf, in die sie leicht verzweifelt versucht hatte, mit beiden Händen etwas Ordnung zu bringen. *Vertrauen haben, nichts erzwingen wollen*. Entschlossen betrat sie sein Zimmer: »Hi!«

»Hallo.«

Schweigen. Er lag in und sie stand vor seinem Bett, und keiner von ihnen hatte eine Ahnung, was er dem *Hi* und dem *Hallo* inhaltlich noch hinzufügen könnte. Offenbar war das der Tag des reduzierten Wortes. Doch da war das Bein, das zu seiner Entlastung auf eine Schiene gebettet worden war. Und in seinem Krankenhaushemd sah er so schutzbedürftig aus. »Schlimm?« Johannas Stimme und Augen wurden weich.

»Katastrophe.« Endlich eine Regung auch in seinem Gesicht. Wenn auch schmerzerfüllt und verzweifelt. »Schienbeinbruch. Morgen OP. Drei Monate Komplettausfall.«

»Oh.«

»Genau, oh.«

»Schöne Scheiße.«

»Das kannst du laut sagen.«

Erneutes Schweigen. Niemand ist so fremd wie jemand, von dem man möchte, dass er einem vertraut ist. Jedes Wort könnte das falsche und somit das letzte sein. Johanna war das bewusst. Leon schien ohnehin keine besondere Lust auf Besuch und Unterhaltung zu haben.

»Ich hab dir was mitgebracht.«

»Was?«

Sein Blick fiel auf ihre leeren Hände. Ihr Blick fiel auf ihre leeren Hände. Der Jutebeutel mit dem Rosenquarz lag noch draußen auf dem Flur. »Bin gleich wieder da.« Sie war froh, das

Krankenzimmer für einen Moment verlassen und erst einmal wieder Luft holen zu können. Sie hob den Rucksack mit dem Rosenquarz auf und kehrte gleichzeitig mit einer Schwester ins Zimmer zurück.

Schwester Gabi, wie ihr Namensschild verriet, stellte das Tablett mit dem Mittagessen auf den Beistelltisch. Lächelte Leon an: »Na sehen Sie, Ihre Verlobte wird Sie bestimmt aufheitern.«

Leon sah sie fassungslos an: »Verlobte?«

»Nee, also …« Johanna schluckte. Offenbar hatte Lady Blassgrün sie im Schwesternzimmer angemeldet oder Schwester Gabi erzählt, dass Leon Duwés Verlobte Schwierigkeiten mit dem Geburtsdatum ihres Zukünftigen hatte oder so ähnlich.

Sie wollte das Missverständnis schon aufklären, doch Schwester Gabi fuhr fort: »Soll ich einen Rollstuhl bringen? Dann können Sie nach dem Essen rausgehen. Das Wetter ist herrlich …«

Johanna schwieg. Leon sagte ebenfalls nichts.

»Schwester Gabi an Sprunggelenk … Rollstuhl, ja oder nein?«

»Eine gute Idee.« Das kam von Johanna.

»Nein danke.« Das kam ungefähr zeitgleich von Leon. Dieser Matchpoint saß schon einmal nicht.

Mit schiefem Grinsen wandte sich Leon an Johanna. »Muss ganz schön besoffen gewesen sein, wenn wir beide … und dann auch noch verlobt …«

Johanna hatte nicht einmal Zeit, innerlich zusammenzuzucken, da antwortete Schwester Gabi schon: »Sie hatten keinen Alkohol im Blut, Herr Duwé. Den Führerschein dürfen Sie also behalten.« Sie schmunzelte in Johannas Richtung. »Und Sie Ihren Verlobungsring.« Mit diesen Worten verließ Schwester Gabi das Zimmer.

»Dann war ich nüchtern, als wir beide …«

Nicht was, sondern mit welchem Blick er das sagte, dieser Unglauben in seinen Augen … Johanna hatte sich ohnehin schon auf Glatteis bewegt, so zumindest kam es ihr vor, jetzt brach sie ein. Muskelzittern, Muskelstarre, gleich würde auch noch ihr Herz versagen. Am liebsten hätte Johanna ihn angeschrien: *Du hältst mich für so indiskutabel, dass du dir nicht einmal vorstellen kannst, dass wir beide … nicht mal für eine Nacht?*

Sie ging nicht, souveränes Pokerface, falls es das überhaupt gab, lächelte sogar: »Wie lang musst du bleiben?«

»Morgen OP, dann noch zwei oder drei Tage …« Er ahnte nicht einmal, was er angerichtet hatte.

»So schnell wirst du wieder entlassen?«

»Ja, und wenn die mir jetzt auch noch verraten, wie ich auf Krücken und ohne den Fuß zu belasten fünf Stockwerke hoch in meine Wohnung komme?«

Liebes Herz, er hat gerade andere Sorgen, du darfst ihm nicht böse sein. Schlagartig wurde sie wieder weich. »Lift?«

»Hätte ich einen, würde ich mir darüber keine Gedanken machen.« Seine Stimme klang schroff, und sie kam sich vor, als habe sie schon wieder etwas Dummes gesagt. Das hatte sie wohl auch.

»Natürlich. Blöd.«

»Blöd, genau.«

Wenn sie nur gewusst hätte, wen er damit meinte. Lift oder sie. Der Gedanke flutschte aus ihrem Mund, ehe sie noch die Chance hatte zu überlegen. »Komm doch zu uns! Fast alles ohne Treppe. Total idyllisch. Toller Garten. Whiskey gibt's umsonst. Wir haben gern Gäste. Meine Oma würde sich freuen.«

»Nee, lass mal, ist nett, aber ich komm schon klar.« Er sah aus, als habe sie ihm einen unsittlichen Antrag gemacht.

Johanna schluckte erneut, sammelte auf, was er gerade so achtlos auf den Boden geschmettert hatte. Ihr Herz. Ihren Stolz. Ihr Mitgefühl. Legte den Rosenquarz auf den Beistelltisch. »Na dann, viel Glück.« Sie gab sich betont gelassen. »Ich muss jetzt los, in unserer Brennerei ist viel zu tun.«

Ein letzter Blick, mit dem sie hoffte, dass er sie zurückhalten, fragen würde, was es mit dem Rosenquarz auf sich hatte, oder dass er sich zumindest nach ihrer Handynummer erkundigte. Nichts. Er ließ sie einfach gehen. Noch einmal wandte sie sich zu ihm um. Hoffnungsvoll. *Akzeptieren. Loslassen.* Wenn sie jetzt ging, käme sie nicht wieder.

Leon zögerte. Ihr Blick irritierte ihn. Er war ohne diese heruntergelassene Jalousie, die er bei anderen Menschen beobachtete. Er wollte die junge Frau schon fragen, wie man so mutig sein konnte, mit einem dermaßen offenen Blick durchs Leben zu gehen. So ohne Scheu, so hundertprozentig bei sich selbst. Und er wollte nach dem Jungen mit den Narben fragen, so furchtbar, wie er sie noch nie gesehen hatte. Woher rührten diese Narben? Wo kam der Junge her?

Er sagte nichts.

Die Tür fiel hinter ihr ins Schloss.

Irgendwie war das Zimmer, auch durch sein Schweigen, auf einmal leer.

Leon nahm sein Smartphone, öffnete sein Adressbuch, suchte nach jemandem, der diese Leere füllen konnte. Aber da waren nur Kollegen und Körper, zu denen irgendwelche Frauen gehörten. Er blätterte weiter. Kein einziger Freund. Dabei war er als Kind immer der Anführer gewesen.

Er wählte Sarahs Nummer.

Sechs Stunden Zeitunterschied.

Sie musste gerade aufgestanden sein.

Sarah drückte ihn weg, und Leon gierte plötzlich nach einer Nase Koks oder wenigstens nach einem Joint. Sich kurz wegzubeamen von diesem Gefühl, das an ihm hing wie ein Kind am Rockzipfel seiner Mutter, *Mama, Mama, ich will dir was sagen!* Er wollte dieses Gefühl nicht, wollte das Kind weder sehen noch auf sein Geschrei hören. Doch in letzter Zeit wurde es immer lauter und zerrte wie verrückt an ihm. Diese Ruhe im Krankenzimmer. Diese Bewegungslosigkeit in diesem verdammten Bett. Er hielt sich selbst kaum noch aus.

»Brauchen Sie noch was?« Als habe sie sein inneres Flehen gehört, steckte Schwester Gabi den Kopf durch die Tür.

Jetzt musste sie ihn nur noch erhören. »Ein bisschen Koks?« Schwester Gabis Lächeln klappte nach unten.

»Spaß, aber ich hab niemanden, der mir ein paar Dinge besorgt …« Er sah sie mit diesem Blick an, dem nur schwer zu widerstehen war. Eine Mischung aus ein paar Gramm Traurigkeit, ein wenig verloren, aber auch mit wohldosierter Leidenschaft, um zu vermitteln, dass diejenige, der er sich in diesem Augenblick offenbarte, die begehrteste aller Frauen für ihn war. Das wirkte immer.

Schwester Gabi lächelte: »Was brauchen Sie?«

Und schon ratterte er herunter: »Ein paar Boxershorts, Joggingklamotten, T-Shirts und vor allem Waschzeug. Ich brauch Waschzeug.«

Schwester Gabis Mundwinkel wanderten noch weiter nach oben. »Okay. Ich hab gleich Dienstschluss und Sie hoffentlich genug Geld.«

Leon lächelte ebenfalls, zog einige Scheine aus seinem Portemonnaie und schenkte ihr den Rosenquarz, den Johanna ihm dagelassen hatte.

»Der Stein der Liebe.« Schwester Gabi wog den Rosenquarz in der Hand. »Na, den behalten Sie lieber selbst.«

Sie legte ihm den Rosenquarz zurück in die Hand.

Der Stein der Liebe. Leon war verblüfft und wusste in diesem Moment noch weniger, was er von der jungen Frau halten sollte, die mitten im Sommer in sein Leben geschneit war …

Während Leon zumindest den für ihn ungewöhnlichen Versuch machte, ein wenig vor sich hin zu philosophieren, lief Johanna blind vor Scham und Traurigkeit durch die Gänge, hechtete förmlich aus dem Gebäude, schnappte sich ihr Fahrrad und strampelte los. *Wie Einsamkeit dich packen kann.* Johanna trat in die Pedale. *Heimtückisch und blitzschnell wie ein Krokodil, das dich in die Tiefe zieht.* Fuhr noch schneller. *Arme dicht an den Körper legen, dich ohne Gegenwehr nach unten sinken lassen, bis du das Ende allen Wassers erreichst, fest auf dem Grund stehst.* Überfuhr eine Ampel bei Rot. *Doch du steigst nicht mehr nach oben.* Ein Autofahrer drückte auf die Hupe. *Das Krokodil frisst dich auf.*

»Muss ganz schön besoffen gewesen sein, wenn wir beide …«

»Sie hatten keinen Alkohol im Blut, Herr Duwé …«

Diese Fassungslosigkeit in seinem schönen, von erster Sekunde an geliebten Botticelli-Gesicht, allein nur bei dem Gedanken, dass sie Sex gehabt hatten und er obendrein nüchtern gewesen war. *Danke, Amnesie, dass ich mich nicht erinnern muss an diese Frau, an diesen Körper.*

»Verdammter Idiot! Was unterstellst du mir! Samenraub?« Johanna schrie die Worte mit jedem Tritt in die Pedale aus sich heraus. *Oder Betäubung mit K.-o.-Tropfen? Bilde dir bloß nicht so viel ein, Leon Duwé. Du überhebliches Arschloch mit deinem verkrüppelten Y-Chromosom. Ich bin bisher gut ohne dich klargekom-*

men. Und komme auch in Zukunft gut ohne dich klar, Mr. Testosteronbolzen. Lange Haare, geiler Arsch und dicke Titten. Zum Reden hab ich meine Kumpels, hö, hö! Verpiss dich endlich aus meinem Kopf! Vom Herzen wollte sie erst gar nicht reden.

Warum war sie nicht sofort gegangen? *Weil du nie sofort gehst, wenn jemand nicht okay zu dir ist. Du glaubst, das ganze Universum ist ein Heiliger Gral der Harmonie. Naiv bist du und viel zu gutmütig.* Und den Rosenquarz hatte sie ihm auch dagelassen! Scheiße. Am liebsten hätte sie auf der Stelle umgedreht und ihn sich wieder geholt. Doch diese Blöße würde sie sich niemals geben. Sie strampelte weiter. »Bescheuerter Macho mit Schwanz im Kopf und Gehirn in der Hose …«

9

Mit meinen Töchtern an der Hand in alle Pfützen springen.

Etwa zur selben Zeit betrat Kio die Kirche. Es war ein recht langer Weg von Offling nach Truchtlaching, und er hatte sich Zeit gelassen. Er hatte die Fische in der Alz beobachtet, von denen Marceline behauptet hatte, dass sie lächeln könnten. Durch ihre Formen und Farben. Und sie hatte ihm vom Meer erzählt, das sie Karibik nannte und in dem sie getaucht war. Er hatte sich ans Ufer gesetzt, an einem Grashalm herumgekaut und auf das Lächeln der Fische gewartet. Um seine Nase hatten Schmetterlinge getanzt. Es war friedlich gewesen. Wunderschön.

Kio lächelte noch, und das tat er selten, als er sich umsah. Diese Kirche war so anders als die in seinem Dorf. Ihr Turm sah aus wie eine Zwiebel, sie hatte hohe, bunte Fenster und schöne Bilder und ganz viel Gold. Die Kirche in seinem Dorf war dagegen ohne feste Mauern gewesen. Und auch nicht so still, dass man vor den eigenen Schritten erschrak und kaum zu atmen wagte. Die Kirche, die ihm vertraut war, war ein rauschendes, nie enden wollendes Fest unter freiem Himmel.

Die Frauen so schön in ihren bunten Wickelröcken und mit ihren weißen Blusen und Puffärmeln. Von allen Seiten strömten die Menschen lachend, tanzend und singend auf den Dorfplatz zu, in dessen Mitte ein Altar mit dem Kreuz Jesu stand. Gemeinsam beten, singen – *Halleluja, Halleluja* – und zum Rhythmus der Trommeln tanzen, bis die Seele davonfliegt, weit über die Wolken hinaus, mitten hinein in Gottes Schoß, in dem sie dann einen Augenblick verweilen und sich ausruhen darf. So zumindest hatte er es sich immer vorgestellt.

Bis in alle Ewigkeit, Amen, auf Gottes Schoß sitzen, das hätte sich Kio manchmal gewünscht, weit fort aus der Zeit, in der man sich nach dem Ausbruch von Ebola nicht mehr die Hand geben durfte, die Jungen in die Berge flohen, damit sie nicht für viel Geld an die Boko Haram verkauft und zu Kämpfern versklavt wurden. Mädchen wurden nicht gekauft. Mädchen wurden geraubt.

Einmal war eins der Mädchen zurückgekommen. Sunita! Sunita war keine Christin, sondern Muslima. Kio hatte mit ihr die anglikanische Schule besucht, und auf dem langen Schulweg hatten sie sich oft über ihren Glauben ausgetauscht. Dabei war ihnen klargeworden, dass ihr Glauben zwar unterschiedlich war, sie aber trotzdem nichts weiter waren als ein Junge und ein Mädchen aus demselben Dorf, die denselben Schulweg hatten und an etwas glaubten, das so viel größer und mächtiger war als sie.

Wissen ist ein Affenbrotbaum, hatte sein Vater gesagt. *Die Hände können ihn nicht umspannen*. Kio wollte lernen. Arzt werden. Fast alle Jungs, die in die Schule gehen durften, wollten Arzt werden. Sunita hatte Lehrerin werden wollen. Manchmal hatte er ihre Schultasche getragen. Nicht, weil sie es nicht allein gekonnt hätte. Sunita war stark und fröhlich. Sie hatte immer gelacht. Bis sie zurückkam aus dem Wald, über den sein Vater, sein Großvater und sein Urgroßvater sagten, ein Fluch aus der Urzeit läge auf ihm, und wer da hineingerate, fände nie wieder heraus. Nichts als messerscharfes Dornengestrüpp und

Dickicht aus knorrigen und ineinander verwachsenen Bäumen, der Blick zum Himmel verwehrt, als gäbe es ihn nicht. Im Sambesi-Wald gab es tatsächlich keinen Himmel. Dieser Wald war die Hölle auf Erden.

Sunita war es gelungen, den Fängen der Boko Haram zu entkommen. Doch danach war nichts mehr zu spüren gewesen von dem Mädchen, das sie einmal gewesen war: *Sie haben mich ausgenommen wie ein erlegtes Tier und mir nur die Hülle gelassen. Ich bin jetzt jemand, den ich selbst nicht kenne.* Sunita war nie wieder zur Schule gegangen. Sie hatte ein Kind geboren. Vom Teufel persönlich, wie sie sagte. *Ich kann es nicht lieben. Ich hätte es töten sollen.* Damals war Sunita dreizehn gewesen. Sunita hatte ihm nie wieder in die Augen gesehen. Als habe sie Sorge, dass sich ihre und Kios Augen ineinander verhaken und sie ihn dadurch mit in ihre Dunkelheit reißen und damit seinen Plan, Arzt zu werden, verhindern würde. *Wir brauchen Ärzte, Kio. Damit die Wunden heilen.*

Es hatte nichts genützt. Sunitas und sein Schicksal waren wohl außerhalb dieser Zeit miteinander verknüpft und ineinander verhakt worden. Dass er jetzt in Offling lebte, hatte vor allem mit ihr zu tun. Auch Sunita war ein Grund, warum er hatte fliehen müssen. Wie die bunten Perlen der Ketten, die seine Mutter geknüpft hatte, hatten sich die Ereignisse nach Sunitas Rückkehr aneinandergereiht. So als hätte nichts etwas daran ändern können. Manchmal musste er darüber lächeln, dass *Nne nne* und Johanna glaubten, das Schicksal durch Atmen verändern zu können. In seiner Heimat hieß es: *Mag sein, dass du sehr früh aufstehst, aber dein Schicksal ist schon vor dir aufgestanden.*

Feuerfrau. Da waren sie wieder, die Bilder, die er schon so lange loswerden wollte. Dabei schob er sie immer wieder fort.

Doch sie kamen genauso schnell zurück. Wie der Menschenfresserlöwe, von dem es hieß, er habe vor langer Zeit über hundert Menschen aus den Dörfern gezerrt. Wie ein Geist aus der Dunkelheit tauchte er auf. Irgendwann hatte ihn ein Jäger erschossen. Kio wünschte sich, er hätte auch eine Waffe gegen die Gedanken. Könnte sie einfach abknallen, *peng*, und alles war gut.

Johanna atmete nicht nur. Sie sagte auch: »Lass Gedanken, die du nicht willst, einfach weiterziehen, Kio. Wie die Fische im Fluss. Du weißt, sie sind da, aber wenn du keine Angel auswirfst und sie fängst, schwimmen sie einfach weiter, ohne dass du wirklich etwas mit ihnen zu tun hast.« Gute Worte. Nur, wenn die Gedanken kamen und die Erinnerung, dann zappelten sie nicht an seinem, er zappelte an ihrem Haken.

Bilder. Aber keine Tränen. Stark sein. Ein Krieger. Ein Mann. Kein *Halleluja*, keine Trommeln, die Füße standen still, und die Seele war aus Gottes Schoß längst wieder nach unten gerutscht. Zurück in den Körper, um die Last zu tragen, wie seine Mutter in guten Zeiten den Wasserkrug, das Brennholz, den Korb voller Gemüse, gebettet auf einem gefalteten Palmenblatt, stolz und aufrecht durch den heißen Staub getragen hatte.

Zeit der kalten Nächte und heißen Tage, mit Sonnenuntergängen ebenso magisch wie das Licht, das durch die farbenprächtigen Mosaikfenster fiel. Kio wusste nicht viel. Begriff nicht, weshalb Menschen so etwas tun konnten. Menschen, die seine Nachbarn gewesen waren. Manche von ihnen sogar seine Freunde. Er wusste nur, dass er nicht auch noch *Nne nne* an die bösen Geister verlieren durfte. Er musste tun, was zu tun war.

Kio betete das Vaterunser in seiner Sprache – *nna anyi* –, suchte und fand die Sakristei. Die Tür war offen. Ein schneller

Blick nach links und rechts, er war allein. Blitzschnell schlüpfte er hinein und blieb staunend stehen.

Farbenfrohe Gewänder lagen ausgebreitet auf einer Art Tisch. Daneben ein zweiter Tisch, auf dem Blumengestecke gefertigt wurden und vieles, das der Pfarrer wohl für den Gottesdienst brauchte. Kerzen, ein dickes Buch und Schalen aus Gold und Silber. Weniges kam Kio bekannt vor. Vieles nicht. Gott war in Bayern offenbar reicher als in seinem Dorf. Kio ging auf einen Schrank zu, in dem er die geweihten Papiertaschentücher vermutete. Er war verschlossen. Kio wurde ratlos. Bis sein Blick auf eine Packung Papiertaschentücher fiel, die neben dem halb gefertigten Blumenschmuck lag. Er überlegte. Wenn er sie ins Weihwasser tauchte, müssten sie noch einen viel stärkeren Zauber haben als die, mit denen die Gläubigen ihre mit Weihwasser bespritzten Brillengläser geputzt hatten. Er sah sich weiter um, entdeckte einen kleinen Eimer mit zwei Griffen aus Metall. Er trat näher, sah, dass er mit Wasser gefüllt war, nahm an, dass es sich dabei um das heilige Wasser handelte, zog drei Papiertaschentücher aus der Packung, legte sie in den Eimer, bis sie ganz und gar von Weihwasser durchtränkt waren – und in diesem Moment hörte er Stimmen. Kio öffnete die Tür zur Sakristei einen Spalt und lugte hinaus.

Eine Gruppe von Kindern und Jugendlichen betrat schwatzend und kichernd die Kirche, ein älterer Mann mit weißem Haarkranz stemmte die schwere Tür auf, hinter der knarrende Holzstufen hinauf zum Chor führten. Das Schwatzen wurde nicht einmal dann leiser, als sich die etwa fünfzehn Mädchen und Jungen in Reih und Glied aufgestellt hatten. Kio wusste, was ein Kirchenchor war, und er ahnte, dass gleich die Probe beginnen würde. Aber was dann kam, hätte er niemals erwartet.

Er liebte *Nne nnes* Langspielplatten mit Opernarien, die sie an manchen Abenden auflegte. Zuerst wischte sie mit einem Tuch sorgfältig und langsam die schwarze Oberfläche ab, als wolle sie schon mit den Fingern jede Arie einzeln begrüßen. Dann nahm sie die Schallplatte behutsam mit den Handinnenflächen am äußeren Rand und legte sie auf den Plattenteller. Neben der Musik faszinierte Kio, wie die Nadel die Rillen ertastete, als wolle sie damit die Töne wecken, die gleich darauf den Eindruck vermittelten, als würden sie auferstehen, allein nur um den Raum zu füllen und weit darüber hinaus. Sie zogen Kreise wie das Wasser, nachdem man einen Stein in den See oder den Fluss geworfen hat. Der Stein verschwand. Und irgendwann verschwanden die Töne ebenso wie die Kreise. Das Wasser stand still. Der Plattenteller auch.

Am schönsten waren die Abende, an denen sich *Nne nne* schön machte, als gingen sie in ein Konzert. An diesen Abenden trug sie ein langes, mit Pailletten besetztes Kleid, die im Schein der Stehlampe miteinander um die Wette glitzerten. Das Haar, das bis in den halben Rücken reichte, ließ sie offen, nur von einem Glitzerkamm oder seitlich von einer Rose geschmückt, und die Augen wurden durch schwarzen Kajal zum Leuchtfeuer. Darüber schwangen sich die dunklen Augenbrauen wie die Flügel eines Silberreihers. *Nne nnes* Lippen waren tiefrot, die Wangen mit den hohen Wangenknochen blieben blass.

Manchmal zwickte Kio die Augen zu, bis *Nne nne* so unscharf wurde, dass die Falten verschwanden und die Haut, die noch immer in einem braunen Goldton schimmerte, glatt wurde. Als junge Frau musste *Nne nne* sehr schön gewesen sein.

An den Abenden, an denen sich *Nne nne* herausputzte und in ihrem Ohrensessel Platz nahm wie in der ersten Reihe der Oper, in der Kio noch nie gewesen war, an diesen Abenden war

Kios Heimweh besonders groß. *Nne nne* erinnerte ihn an die stolzen schwarzen Frauen in seinem Dorf. Er war der einzige schwarze Junge in Offling, und manchmal erschien es ihm unter all den Weißen, als habe Gott mit ihm einen Fehler gemacht.

Doch sobald die ersten Töne von der Langspielplatte ertönten, vergaß Kio alles. Und selbst wenn er inzwischen nicht mehr wusste, wie sich Glück anfühlte, sobald er die Arien aus *Aida* oder der *Entführung aus dem Serail* hörte, kam er dem, was er schon vorher und auf seinem langen Weg nach Europa verloren hatte, vielleicht einen halben Millimeter näher. Der Fähigkeit, glücklich zu sein.

Und auch jetzt mit diesen Jungen und Mädchen, die sich die Seele aus dem Leib sangen. »Singt alles aus euch heraus«, forderte der Chorleiter. »Freude, Trauer, Sorgen, einfach alles, was euch beschäftigt.« Bisher hatte Kio immer allein gesungen. »Singen kann heilen!« Jetzt erkannte er, dass es auch gemeinsam ging. »Und deshalb möchte ich, dass ihr es schafft, die Seelen der Menschen zu erreichen.« Das klang schön. »Noch mal von vorn!« Mit dem Gesang die Seelen der anderen erreichen, und damit auch die eigene. Das wollte Kio auch.

Er trat aus der Sakristei. Lauschte. Begann leise mitzusummen. Nicht allein sein. In der Wüste, auf dem Meer. Manchmal war er so einsam gewesen, dass er nicht einmal mehr hatte sprechen können. Aber singen. Singen hatte er immer können. Weg mit dem Schmerz. Fort mit der Angst. Verschwindet, Hass, Wut, Tränen – einfach singen.

Da war es wieder, das Heimweh nach dem Vertrauten in einer Welt, in der alles anders war. Sogar die Farben. Kio summte nicht mehr. Seine Stimme erhob sich. Breitete sich aus, stark, klar, ausdrucksvoll, keine glockenhelle Knabenstimme, da schwang noch etwas anderes mit.

Der Chor verstummte nicht sofort. Die Stimmen perlten aus. Sie fielen langsam wie die letzten Tropfen von einem regennassen Blatt. Dann war es stiller als still. Kio nahm nichts davon wahr. Er sang. Kein Kirchenlied und kein Halleluja mehr. Er sang ein Lied, das in ganz Westafrika gesungen wurde, vor allem aber in den Schulen. *Funga alafia, ase, ase* – es war ein fröhliches Lied, um andere zu begrüßen – *funga alafia, ase, ase, funga alafia, ase, ase, ikabo alafia, ase, ase* … Er sang mit solcher Inbrunst, dass ihm zunächst nicht auffiel, wie sich nicht nur der Chorleiter, sondern der ganze Chor über die Balustrade beugte, um zu schauen, woher der Gesang kam. Und da stand Kio. Niemand kicherte. Sie hörten zu. Bis ein Mädchen in die einfache Melodie mit dem unkomplizierten Text einfiel. *Funga alafia, ase, ase* … Ein Junge machte ebenfalls mit … *funga alafia, ase, ase!* Erst jetzt bemerkte Kio, was geschehen war. Dass er sang, dabei beobachtet wurde, mehr noch, dass jetzt der ganze Chor fröhlich mitsang. *Funga alafia, ase, ase, ikabo alafia, ase, ase*! Kio brach erschrocken ab.

»Hallo, du da!« Der Chorleiter winkte ihm zu.

Kio stürmte ins Freie. Sein Herz klopfte bis zum Hals.

Das Ufer der Alz, der Duft von Flieder und Hyazinthen, von sonnenwarmer Erde und von im Wind flatternder, frisch gewaschener Wäsche.

Lost Boy hatten sie ihn auf der Flucht genannt. In den Tagen und Monaten auf unwegsamem Gelände. Er hatte sich von unbekannten Früchten ernährt, von Pflanzen, Blättern, manchmal sogar von Tierkadavern, die nicht einmal mehr die Geier und die Hyänen hatten fressen wollen. Meist jedoch war er hungrig geblieben. Es gab Tage, da hatte er einfach liegen bleiben wollen und sich den wilden Tieren überlassen oder, noch schlimmer, den Menschen. Aber dann war er doch weitergegangen. Immer weiter. Jetzt wusste er, warum. Weil es Momente gab wie diesen. So vollkommen, dass er es nicht aushielt. Angst hatte, dass ein falscher Atemzug genügte, um das Wunderbare zu zerstören.

Sie hatten nichts gegen ihn, sie hatten mit ihm gesungen. Ein Lied aus seiner Heimat, mit dem man den anderen willkommen hieß. Lange schon hatte er so etwas Besonderes nicht mehr gefühlt. Vielleicht damals, als sie ihn aus dem Wasser gezogen hatten, das sie Meer nannten und von dem er gedacht hatte, es sei ein riesengroßer Fluss. So viele waren in diesem Meer gestorben. Er nicht! Er war da! Noch immer! Er, Kio Achebe, lebte! Kio hielt das Gesicht in die wärmende Sonne, war ganz ruhig. Alles schien vollkommen. In diesem Augenblick war alles so, wie es sein sollte.

Dass sich seine Leinenhose in der Zwischenzeit durch die nassen Taschentücher in der Hosentasche dunkel gefärbt hatte, bemerkte er erst, als sich ein Junge vor ihm aufbaute und ihn angrinste: »Hallo, Afrika, da hast du dir ja schön in die Hosen gepisst.«

Kio wollte keinen Streit. Nicht jetzt. Er wollte einfach weggehen. Zurück in die Kirche und mit den anderen singen. Doch da standen noch drei andere Jungs, ungefähr in seinem Alter oder etwas älter.

»Hi, Bimbo«, sagte einer.

»Integrationsverweigerer«, nannte ihn ein anderer.

»Negerkuss!« Der dritte Junge grinste.

Kio presste die Lippen zusammen. Kein falsches Wort. Falsche Worte konnten töten! Er wollte sich an den drei Jungen vorbeischieben, doch da fingen sie an, ihn zu schubsen. Was er hier mache, er solle dahin gehen, woher er gekommen sei, verdammter Islamist. Kio ließ sich das Ganze noch einen Augenblick gefallen, dann aber kehrte der Stolz zurück. In jeder Zelle seines Körpers spürte er die Kraft seiner Väter und Vorväter. Sie alle waren Krieger gewesen. *Kio Achebe, auch du bist ein Krieger.* Er reagierte blitzschnell und ebenso geräuschlos wie eine Raubkatze, die ihre Beute ausgemacht hatte. Seine Faust flog dem Anführer mitten ins Gesicht.

Er jaulte auf. Presste die Hand gegen die Nase. Blut floss. Er schrie Kio an: »Verdammt, du hast mir die Nase gebrochen.«

Für den Bruchteil einer Sekunde schien es, als würden sie von Kio lassen, so verblüfft waren sie über den unerwartet blutigen Angriff, dann jedoch fielen sie über ihn her. Und mit einem Mal waren auch die anderen wieder da. Die Männer aus seinem Dorf. Gegenwart und Vergangenheit überlagerten sich wie zwei Filmrollen, die man aufeinandergelegt hatte. Alles unscharf. Bis auf den Schmerz. Mit Stöcken hatten sie auf ihn eingeprügelt. *Du musst den Kopf schützen.* Mit Füßen traten sie jetzt auf ihn ein. *Schütze deinen Kopf.* Stockhiebe auf den Rücken. Fußtritte, jetzt in den Bauch und in die Oberschenkel. Kio hörte förmlich, wie die Haut auf seinem Rücken platzte, damals, in diesem anderen Leben, bis es keine heile Stelle mehr gab. Er hörte jemanden schreien. Er war es, der schrie. Die Machete. Sie sauste auf seinen Kopf zu, knapp an ihm vorbei. Das Blut strömte. Er wollte fort. Weit, weit fort aus der Situation, aus der es kein Entkommen gab. Sie hatten ihn festgehalten. Auch jetzt hielten sie ihn fest, und der Boden unter seinen Füßen, der ihn hätte tragen sollen, rieselte ins Nichts. Keine Tür, durch die er fliehen konnte, in das innere Haus, in dem er sicher war.

Damals hatte ihm sein Körper Gnade gewährt. Ihn ohnmächtig werden lassen. Bis er wieder zu sich gekommen war und sich mit letzter Kraft unter den Schatten eines Baumes gezogen hatte, aus dem ihn dann Sunita gezogen und verarztet hatte. Sunita! Er sehnte sich nach ihrem Lachen. Sie war so fröhlich gewesen. Für immer vorbei!

Diesmal blieb er bei Bewusstsein, während ihn die Jungen weiter mit Fußtritten in Rippen und Brust und mit Schimpfworten traktierten. Den Kopf mit beiden Armen schützend, versuchte er zu entkommen, unter ihren Füßen, die in ähnlichen Turnschuhen steckten, wie er sie trug, und zwischen ihren Beinen davonzukriechen. Keine Chance. So viel hatte er geschafft, so weit war er gekommen, und jetzt … *Lost Boy, Lost Boy, Lost …*

Wieder trat einer zu, er krümmte sich, diesmal jedoch blieb er stumm. Nicht so wie damals. Damals waren es Männer gewesen. Das hier waren nur Jungs. Keinen einzigen Ton würden sie von ihm hören. Auch wenn jetzt ein anderer ansetzte, um ihm mit beiden Beinen auf den Bauch zu springen. Körper so übervoll mit Schmerz. Er wunderte sich, dass immer noch neuer Schmerz in ihm Platz hatte. Er spannte sämtliche Muskeln an, war bereit für diesen einen ultimativen Sprung, er hörte schon die Gedärme platzen, so wie seine Haut am Rücken geplatzt war, presste die Lippen fest aufeinander, er würde nicht flehen und nicht schreien, *Lost Boy, Lost Boy* … So wie damals, als die Männer zurückgekommen waren, ihn unter dem schattigen Baum gefunden und lebendig begraben hatten. Auch jetzt wurde es dunkel um ihn.

10

Junger Seelöwe, der mir im Golf von Kalifornien einen Seestern zuwirft.

Johanna legte das alte Käfervehikel von Marceline fast schräg in die Kurven, so dass sich Marceline, durchaus gefahrenerprobt, förmlich am Beifahrersitz festklammerte. Das Gaspedal schien mit Johannas rechtem Fuß zu verschmelzen. Marceline presste die Lippen zusammen, sagte jedoch nichts, auch nicht, als Johanna zu einem Überholmanöver ansetzte, obwohl ihr ein Wagen entgegenkam. Erst als sie wider Erwarten überlebt hatten, meinte Marceline trocken: »Mein Käfer ist alt, Liebes, nix mit Turbobeschleunigung.«

Auch Johanna atmete schwer. Da hatte sie sich doch ein klein wenig überschätzt. Fast demütig ein Gebet sprechend, zog sie den Fuß vom Gaspedal zurück. Sie wollte ja nicht aus der Kurve getragen werden wie Leon. Leon! Verdammt, der war doch längst ad acta gelegt, in den Kellern eines staubigen Archivs, zu dem sie den Schlüssel in die Toilette geworfen und hinuntergespült hatte. *Finito, over, good bye*. Kio brauchte sie, und zwar lebend und ohne Ganzkörperblessuren.

Vor einer halben Stunde hatte sie Klaus Hofstätter, Leiter des Truchtlachinger Kirchenchors, angerufen. Er hatte ihre Nummer in Kios Handy gefunden und ihr erzählt, dass es eine Schlägerei unter Gleichaltrigen gegeben habe, bei der Kio übel zugerichtet worden sei. Jetzt lag er in der Notaufnahme, und der andere Junge, Benedict, dessen Nasenbein angebrochen war, behauptete, Kio habe angefangen.

Kio sollte angefangen haben? Johanna war vor Entrüstung fast durchs Telefon gesprungen: »Wollen Sie etwa behaupten, dass Kio gewalttätig ist?«

Durch Johannas aggressiven Tonfall wurde Marceline aufmerksam. »Was ist passiert?«

Johanna beachtete sie nicht. Schimpfte weiter ins Telefon: »Damit eines klar ist, Herr Hofstätter: Kio ist der friedfertigste Junge, den ich kenne, und …«, der Hauch von Triumph lag in ihrer Stimme, »… er spricht schon verdammt gut Deutsch.« Sie wusste zwar selbst nicht, was das eine mit dem anderen zu tun hatte, aber egal. Sie hoffte, damit etwas zu bewirken. Vielleicht, dass Jungen, die Deutsch sprachen, einander nicht verprügelten, sondern nur die anderen. Auch das ein Vorurteil. Wahrnehmungsfehler. Schablone im Kopf. Evolutionäre Neandertalerin.

Während Johanna innerlich noch mit sich zu Gericht ging, kam Klaus Hofstätter endlich dazu, zu sagen, was er sagen wollte. »Frau Schmidtbauer, bitte …« Zumindest hatte er das geglaubt. Er kannte Johanna nicht. War sie erst einmal in Fahrt, versagte jede Stimmbandbremse: »Kio will Arzt werden und liebt die Oper. Und er hat …«, sie holte tief Luft, »… er hat eine wunderschöne Stimme.«

»Ich weiß.«

Endlich. Stille.

»Woher?«

»Er hat in unserer Kirche gesungen.«

Verblüffung.

Dann jedoch brauste Johanna wieder auf: »Und deshalb wurde er angegriffen? Von wem? Ihren Chorknaben?«

»Die haben sich schützend um ihn gestellt! Auch die Mädchen.« Klaus Hofstätter am anderen Ende des Drahtes wurde langsam ungeduldig. »Jetzt schwingen Sie sich schon in Ihren Wagen und kommen her, die Eltern des anderen Jungen wollen Anzeige erstatten.«

»Anzeige?«

»Polizei?« Marceline warf Johanna einen entsetzten Blick zu. »Kio hat Angst vor der Polizei.«

Ehe Johanna noch reagieren konnte, hatte Marceline sich schon das Telefon geschnappt und brüllte förmlich in die Muschel hinein: »Wir sind sofort da.« Wie eine Löwin mit ausgefahrenen Krallen, bereit, ihr Junges mit allen Kräften zu verteidigen. Auch an diesem Tag trug Marceline wieder ein bodenlanges, reich besticktes Kleid, das sie von ihren Reisen mitgebracht hatte. Eine Abaya wie aus Tausendundeiner Nacht. Türkisfarbene, kostbare Seide betonte den Glanz ihres dunklen, mit weißen Strähnen durchzogenen Haares, das sie wie immer zu einem Knoten geschlungen hatte. Manchmal legte sie auch ein weißes Tuch um den Kopf wie die schöne Muslima aus Damaskus, als Damaskus noch ein wunderbarer Ort gewesen war, um dort zu leben. Obwohl katholisch getauft, fühlte Marceline sich keiner Religion besonders zugehörig, irgendwie hatte sie auf ihren Reisen alle Religionen in sich vereint. Das Christentum, das Judentum, den Islam und den Buddhismus. Religion war für sie der Glaube an etwas Höheres, die Seele, die sich in unterschiedlichen Formen zeigte.

Fünf Minuten später saßen sie in Marcelines Vehikel, und Johanna steuerte noch immer etwas zu schnell dem Krankenhaus in Trostberg entgegen. Ein letztes, nicht mehr ganz so gewagtes Überholmanöver, und weitere zehn Minuten später stoppte Johanna mit quietschenden Reifen zum zweiten Mal an diesem Tag vor dem dreistöckigen Bau aus roten Ziegeln, Glas und Stahl.

Raus aus dem Wagen. Durch die Glastür auf Lady Blassgrün zu, die nicht nur Johanna, sondern auch Marceline mit einem merkwürdigen Blick bedachte. Leicht von oben herab, als stünde vor ihr *the crazy family*, teilte sie ihnen mit, dass ein Kio Achebe nicht stationär aufgenommen worden war. »Er wird noch in der Notaufnahme sein«, vermutete sie.

Johanna und Marceline stürzten weiter und fanden Kio umrundet von einer Schar junger Mädchen und Jungen. Offenbar hatte ihn der ganze Chor ins Krankenhaus begleitet. Alle redeten durcheinander, bestürmten Kio mit Fragen, und Kio hielt Hof wie Königin Elisabeth zur Feier ihres neunzigsten Geburtstages. Er lächelte kaum wahrnehmbar, sprach nichts. »Er hat Glück gehabt, nur ein paar geprellte Rippen, Blutergüsse und ein blaues Auge.« Ein Arzt trat auf Johanna und Marceline zu. »Allerdings würde ich Kio noch gern einen Tag zur Beobachtung dabehalten, damit wir eine Gehirnerschütterung ausschließen können.«

»Natürlich.« Marceline und auch Johanna nickten.

Kio jedoch reagierte panisch: »Ich will nicht allein bleiben … Ich will nicht …«

Marceline nahm seine Hand. »Und wenn Johanna bei dir bleibt?« Sie wandte sich an den Arzt. »Wäre das in Ordnung?« Sie nahm ihn beiseite: »Kio bekommt Atemnot, wenn er nachts allein in fremder Umgebung ist. Er zittert. Hat Angst.«

»Okay.« Der Arzt nickte. »Dann geb ich jetzt auf der Kinderstation Bescheid, dass sie Ihren … Ihren …«

»Kio ist Asylbewerber, ich hab die Vormundschaft übernommen«, erklärte Marceline, und in der Sekunde, in der sie es aussprach, war Johanna wie elektrisiert. Zum ersten Mal wurde ihr das Ausmaß dessen bewusst, was in den letzten Wochen mit Marceline geschehen war. Der Arzt verabschiedete sich und ging, doch bei Johanna begannen die Gedanken zu kreisen.

Als sie die Vormundschaft übernommen hatte, war von Marcelines Demenz noch nichts zu bemerken gewesen. Zumindest für Außenstehende, sie selbst hatte vielleicht schon eine gewisse Unsicherheit gespürt. Johanna erinnerte sich, dass Marceline sich zunächst dagegen gesträubt hatte, die Vormundschaft zu übernehmen. Johanna sollte es tun, was dem Jugendamt sehr viel lieber gewesen wäre.

Doch Johanna hatte abgewehrt. Auch wenn Marceline inzwischen ein hohes Alter erreicht hatte, hatte sie argumentiert, sei sie mit ihrer Auslandserfahrung die Richtige. Sollte ihre Großmutter jedoch krank werden oder gar sterben, was sich Johanna nicht im Entferntesten vorstellen konnte, würde sich eine andere Lösung finden. Wichtig war doch vor allem das Jetzt. Was morgen war, konnte niemand vorhersagen. In Marcelines Haus lebte Kio in einer Umgebung, die darum wusste, was Flucht bedeutete. Marceline wusste, wie es war, wenn allein schon die Gesten und die Mimik der anderen fremd waren. Wie viel Kraft und Konzentration man benötigte, um zu verstehen, was in dem Gegenüber vorging, der so verschieden war von einem selbst. Deutschland war eine Distanz-, Afrika eine Kontaktkultur. In Deutschland stand das »Ich« im Vordergrund, in Afrika das »Wir«.

Marceline konnte die Welt durch die Augen des anderen sehen. Marceline hatte gelernt, in die Haut des anderen zu schlüpfen. Johanna nicht.

Schließlich hatte Johanna das Jugendamt tatsächlich überzeugen können, dass Kio bei ihnen einziehen durfte. Die Vormundschaft für Kio wollte sie jedoch nicht übernehmen. Allein schon bei dem Gedanken fühlte sie sich überfordert. Sie war zwar erwachsen, aber dafür nicht erwachsen genug.

Während Marceline liebevoll Kios Socken hochzog und einen Schnürsenkel band, fasste Johanna einen Entschluss: Sie musste Marcelines beginnende Demenz für sich behalten. Solange es irgendwie ging, musste diese verdammte Krankheit ihr Geheimnis bleiben.

Nun kam Klaus Hofstätter auf Marceline zu. Er stellte sich vor und beschrieb, wie er die Situation vorgefunden hatte. »Es hätte böse ausgehen können«, beendete er die Schilderung. »Gott sei Dank sind wir durch das Geschrei aufmerksam geworden und konnten helfen.«

Johanna bedankte sich erneut, und Marceline wollte nun genau wissen, was geschehen war.

Sofort redeten die jungen Mitglieder des Chors durcheinander. Sie hätten Schreie gehört, seien hinausgelaufen und hätten gesehen, wie vier Jungs auf Kio, der schon am Boden lag, eingeschlagen hätten.

»Und die Polizei?« Marceline wandte sich an Klaus Hofstätter. Johanna bewunderte ihre Großmutter dafür, dass sie so gelassen bleiben konnte.

»Sie haben die Namen notiert«, antwortete Klaus Hofstätter, »und haben sich die Kids und die Eltern vorgenommen. Allerdings …« Seine Augen wanderten zu dem Jungen, dem Kio offenbar die Nase angebrochen hatte. Er saß nur wenige Meter von ihnen entfernt auf einer Trage. Seine Nase war verklebt, Wangen und Augen waren geschwollen. Seine Kumpels waren *gone with the wind*. Aber seine Eltern waren bei ihm. Ein kurzer, eisiger Blicktausch zwischen ihnen, Marceline und Johanna, dann fuhr Klaus Hofstätter fort: »Sie behaupten, Kio habe angefangen und zumindest ihr Sohn habe sich nur verteidigt. Deshalb bestehen sie auf einer Anzeige.«

»Anzeige!« Jetzt war Marceline nicht mehr gelassen. Jetzt stürmte sie wie ein angriffslustiger Stier auf die Familie zu. »Sie wollen also Anzeige erstatten!«

»Er, er …« Der Vater des Jungen war von Marcelines Auftreten offensichtlich ebenso beeindruckt wie alle, die ihr zum ersten Mal begegneten. Diese Leidenschaft, die sie ausstrahlte, diese Würde in ihrer türkisfarbenen Abaya und das Feuer in den mandelförmigen, dunklen Augen.

»Er«, versuchte der Vater es noch einmal und nickte in Kios Richtung, »er hat meinen Sohn schwer verletzt. Schauen Sie sich Benedict doch einmal an.«

»Der Afrikaner hat ihm fast die Nase gebrochen.« Die Mutter zitterte vor Aufregung.

»Der Afrikaner heißt Kio Achebe«, antwortete Marceline mit fester Stimme, und dann ratterte sie los, ohne auch nur ein Mal Luft zu holen. »Wenn Sie Anzeige erstatten, erstatte ich Gegenanzeige!«

Es gäbe genügend Zeugen, fuhr sie fort, die erklären würden, wie massiv Kio von seinem Sohn und dessen Freunden attackiert worden sei. Nichtsdestotrotz, ob Anzeige oder Gegenanzeige, sie würde beiden Jungs ohnehin raten, von ihrem Zeugnisverweigerungsrecht Gebrauch zu machen, da man, allein aus pädagogischer Sicht, die beiden nicht einer unnötigen Belastungssituation aussetzen solle, wie es nun mal ein Verhör bei der Polizei sei. Beide seien noch keine vierzehn, somit strafunmündig, und es käme ohnehin nichts dabei heraus. Sollten die Eltern jedoch auf einer Zivilklage bestehen und es dadurch tatsächlich auf einen Rechtsstreit ankommen lassen, gäbe es, wie schon erwähnt, genügend Zeugen, die aussagen würden, dass Kio sich nur verteidigt habe. Des Weiteren würde sie vorschlagen, an Benedicts Aggressionsverhalten zu arbeiten und an seinem mangelnden Selbstbewusstsein, da er es offenbar nötig habe, mit seinen Kumpels auf einen Einzelnen loszugehen.

Nicht umsonst war ihre Tochter Lilian Anwältin.

Der Vater schnappte nach Luft.

Die Mutter schnappte nach Luft.

Benedict hielt den Kopf gesenkt.

Dann hatte sich der Vater wieder gesammelt. »Unverschämtheit«, fuhr er Marceline an. »Ihr Schützling braucht eine Therapie. Hört man doch ständig, dass die unter einer posttraumatischen Belastungsstörung leiden.«

»Richtig«, ergänzte die Mutter. »Habe erst kürzlich gelesen, dass die dadurch richtig aggressiv werden. Ich meine, sie können ja nichts dafür. Aber wir auch nicht.«

»Die sollen erst mal ihr eigenes Land in Ordnung bringen und nicht unseres mit runterziehen.« Das war wieder der Vater.

»Die stecken ihnen das Geld hinten und vorne rein, aber bei uns hungern die Rentner.« Die Mutter.

»Und wer bitte sind die …?« Während Marcelines verbaljuristischer Abhandlung hatten sich Klaus Hofstätter und sein Chor von Johanna und Kio verabschiedet, wobei Kio noch einmal ausdrücklich eingeladen worden war, an der nächsten Probe teilzunehmen. Jetzt stand Johanna neben Marceline mit Kio auf seiner Trage, die sie herangerollt hatte. »Haben Sie das alles von Facebook, oder waren Sie schon mal selbst in einem Flüchtlingsheim?«

Marceline warf ihr einen anerkennenden Blick zu. Für den Bruchteil einer Sekunde spürte Johanna, wie sie innerlich wuchs. Gleichzeitig ärgerte sie sich. Sie war neunundzwanzig.

Kein Kind mehr. Es gab keinen Grund, sich manchmal so klein zu fühlen.

»Sie tun ja so …« Während der Vater noch Blut durch seine Adern pumpte, war die Mutter nun richtig empört. »Sie wollen uns unterstellen, dass wir …«

»Das Wort heißt rassistisch.« Marceline lächelte.

Der Vater pumpte. Die Mutter pumpte. »Wir haben sogar was gespendet. Und das haben wir jetzt davon …« Sie deutete auf das geschwollene Gesicht ihres Sohnes.

Johanna wandte sich an Kio und fragte: »Hast du angefangen?«

In Kios Augen flackerte Angst auf. Marceline nickte ihm beruhigend zu. *Keine Angst. Du wirst nie wieder allein sein.* Und Johanna ergänzte: *Ich bin da.* Kio verstand, nickte leicht und schüttelte den Kopf.

»Warst du allein?«, mischte sich nun auch Marceline wieder ein. Kio nickte.

Marceline wandte sich jetzt, nicht unfreundlich, an den Jungen. »Und wie viele seid ihr gewesen?«

Benedict hielt den Kopf weiter gesenkt.

»Ihr wart zu viert, oder?«

Schweigen, auch von den Eltern.

»Ist das okay, vier gegen einen?«

Benedict reagierte noch immer nicht.

»Hättest du dich da nicht auch gewehrt?«

Vielleicht lag es an Marcelines Stimme, die so einfühlsam sein konnte, als nehme sie den Menschen erst einmal so an, wie er war. Mit all dem Guten, aber auch Bösen in sich. Der Junge jedenfalls hob endlich den Kopf und nickte leicht.

Es war der Vater, der dazwischenging: »Lassen Sie meinen Sohn in Ruhe. Er hat die gebrochene Nase und nicht Ihr … Ihr …«

Marceline blieb ungerührt und ganz auf den Jungen konzentriert: »War es wegen seiner Hautfarbe?«

»Mein Mann hat Ihnen doch gerade gesagt, dass Sie damit aufhören sollen.« Die Mutter stellte sich schützend vor ihren Sohn. »Für uns sind alle Menschen gleich, und das haben wir unserem Sohn auch beigebracht.«

Doch Benedict hob langsam den Kopf und murmelte etwas.

»Benedict!«, sagte der Vater warnend.

»Ich hab dich nicht verstanden«, hakte Marceline nach.

»Er hat sich in die Hose gepisst«, brach es aus Benedict heraus. »Ich meine, der ist so alt wie ich und pisst sich noch in die Hose.« Er konnte sich ein Grinsen nicht verkneifen.

»Na sehen Sie!« Zufrieden sahen sich die Eltern an, merkten, dass ihre Zufriedenheit nicht ganz passend war, fuhren rasch fort: »Es tut uns natürlich sehr leid, dass Ihr ... also Kio so traumatisiert ist, dass er sich wieder einnässt.«

Marceline ignorierte die Eltern, blieb mit den Augen bei Benedict. »Und wenn es so wäre ...«

Nun reichte es Kio. Empört ging er dazwischen. »Ich hab mich nicht eingepisst!« Gleichzeitig sah er so aus, als wolle er diesmal nicht dem Jungen, sondern den Eltern an die Kehle springen. Johanna hielt Kio fest.

»Da sehen Sie!« Die Stimme des Vaters war eine Mischung aus Spott und Zufriedenheit. »Aber nein, Ihr Schützling ist nicht aggressiv, und lügen tut er auch nicht, oder wie war das?«

»Das Taschentuch vom Herrn Pfarrer.« Kio zog die in Weihwasser getränkten Papiertaschentücher aus seiner rechten Hosentasche. »Das war wegen dem Weihwasser, das war nass ...«

»Du hast dir seine Papiertaschentücher geholt?« Johanna war verblüfft, und Marceline verbiss sich ein Lachen.

»Es hilft gegen böse Geister«, fuhr Kio aufgeregt fort und flüsterte Johanna ins Ohr: »Weil die bösen Geister manchmal zu *Nne nne* kommen und sie verrückt machen.«

Marceline konnte das Lachen nicht mehr zurückhalten: »Das geweihte Brillenwischtuch der Hostienempfänger?« Ihr bellendes, rauhes Lachen war so voll, als versammle sich darin alles Lachen der Welt. Gleichzeitig oder gerade deswegen wirkte es aber auch so fremd in der Notaufnahme mit ihren Ängsten, Schmerzen und Nöten, dass nicht nur die Eltern Marceline ansahen, als sei sie tatsächlich gerade übergeschnappt. Marcelines Lachen ging in Husten über. Ein besorgter Arzt eilte herbei, doch Johanna beruhigte ihn: »Alles okay. Sie lacht immer so … mit Husten.«

Und dann – mitten in Marcelines lachenden Husten hinein, meldete sich Benedict, jedoch eher leise: »Wir haben auch Integrationsverweigerer zu ihm gesagt und Bimbo und Negerkuss.«

Marcelines Lachen brach ab.

Die Mutter reagierte als Erste: »Was habt ihr?«

Sie war aufrichtig entsetzt, und auch der Vater ergänzte: »Warum sagst du so was?«

»Nur so aus Spaß.« Benedicts Stimme wurde noch leiser.

»Aus Spaß!« Die Eltern sahen einander an.

Und mitten hinein in diese Fassungslosigkeit reichte Kio Benedict die Hand, als habe er nur auf dieses Eingeständnis gewartet. »Sorry, wegen der gebrochenen Nase.«

Benedict nahm die Hand. »Sorry, dass ich dich Afrika genannt habe.«

»Bayer.« Kio grinste.

Benedict grinste.

Johanna wollte sich Marceline erleichtert zuwenden, doch Marceline war fort. Johannas Herz setzte aus. Sie machte auf dem Absatz kehrt und begann im Gängelabyrinth des Krankenhauses nach ihrer Großmutter zu suchen.

Kio und Benedict indessen setzten ihre begonnene Unterhaltung fort: »Und wegen dem da«, Kio hielt Benedict das Papiertaschentuch vor die Nase, »hast du mich geschlagen?«

»Nicht nur.« Benedict grinste schief. »Auch weil du einer von den Sing-Spackos bist.«

»Ich singe gern«, antwortete Kio etwas erstaunt. »Du nicht?«

»Na … i ned …« Benedict verfiel ins Bayerische. »Für mi klingt des ois wiera Presslufthammer.«

»Presslufthammer?« Kio sah ihn verständnislos an.

»Du woaßt ned, wos a Presslufthammer is?« Kio schüttelte den Kopf, und Benedict führte es ihm ziemlich eindrucksvoll und lautstark vor. »Rattattata rattattata …«

»Nicht so wild, Benedict«, versuchte ihn die Mutter zu bremsen. Er beachtete sie nicht.

Sie beließ es dabei und ging zu ihrem Mann, der sich mit dem Arzt unterhielt.

Kios Blick wurde bedauernd. »Echt jetzt? Wieso?«

»Weil i a Amusie bin …« Erneut ein verständnisloser Blick von Kio. »I bin so was wierra Farbenblinder bloß für Töne … Ich hör einfach nix außer Klappern und Scheppern.«

Kios Augen waren jetzt voller Mitgefühl. »Das ist schlimm.«

»Schon okay«, antwortete Benedict, aber er wirkte auf einmal traurig. »Ned a jeder muass des megn. I fotografier liaba … bunte Insekten und Fisch. Soll ich dir's amal zoagn?«

»Zoagn?« Kio verstand nicht.

»*Zeigen.*«

»Okay.«

»Okay!« Sie schlugen ein.

»Meine *Nne nne* fotografiert auch.«

»*Nne nne*?«

»Großmutter.«

»In Afrika?«

»Nein, die in Afrika ist tot. Die, die gerade da war.«

»Ah, jetza.«

»Und sie hat ein Zimmer für besondere Momente.«

»Besondere Momente … Schmarrn.«

»Schmarrn?«

»So ein Quatsch.«

»Nein echt.«

»Und wos soll da drin sei?«

»Keine Ahnung.«

»Okay.« Benedict lehnte sich zufrieden zurück. »Dann komm ich halt amoi vorbei, und wir schaun nach.« Benedict hob die rechte Hand. Kio zögerte noch. Dann klatschte er Benedict erneut ab.

Verschollen. Nicht im Krankenhaus, sondern im Labyrinth der Angst, die wieder einmal von Johanna Besitz ergriff. Angst davor, dass Marceline verschwunden blieb. Angst davor, dass ihr Geheimnis gelüftet wurde, ehe für Kio eine gute Lösung gefunden worden war, und sei es, dass Johanna die Verantwortung für ihn übernahm. Aber noch war sie nicht bereit dazu.

Sie wollte ihre Großmutter noch nicht an die Dunkelheit verlieren. Und sich selbst nicht ans Erwachsenwerden. Sie wollte keine Großmutter haben, die sie nur noch in einzelnen Fragmenten wiedererkannte, wollte nicht in Marcelines Erinnerung verloren gehen. Wie sehr sie diesen seltsam leeren Blick bei Marceline hasste. Wie eine feindliche Übernahme in ihren sonst so lebendigen Augen.

Johanna lief weiter durch die Gänge, oft länger als ein Fußballfeld. Zum Glück trug sie Joggingschuhe und bequeme Hosen. Der Gang hatte nur am Ende ein Fenster, war daher schwach beleuchtet. Johanna beschleunigte den Schritt, bog in den nächsten Gang ein und den nächsten und wieder nächsten. Von Marceline keine Spur. Eine alte Frau in einem Rollstuhl war offenbar verwirrt, blickte sie mit leeren Augen an. Eine andere schrie aus einem Zimmer: »Komm mir zu der Hilfe! Komm mir zu der Hilfe!« Niemand beachtete sie. Johanna brach es fast das Herz. Würde Marceline irgendwann auch einmal mit hoher, spitzer Stimme in einem Krankenhauszimmer nach Hilfe rufen, weil ihr die Umgebung Angst machte, und würde auch dann niemand kommen, um sie zu beruhigen? Weil die Zeit fehlte. Weil man alte demente Menschen zu Grabe trug, während sie noch am Leben waren. Johannas Atem wurde flach. Sie blieb stehen, atmete bewusst zwei-, dreimal tief durch.

Eine Schwester kam ihr entgegen, schob in flottem Schritt einen Rollwagen mit Akten vor sich her, hinter ihr eine andere Schwester, ein Arzt kam ihnen entgegen.

»Haben Sie eine alte Frau gesehen?« Alt, wie sehr sie den Ausdruck für Marceline hasste. Marceline war nicht alt, sie lebte nur schon eine gewisse Anzahl von Jahren. Aber interessierte sich jemand wirklich dafür, wie Marceline war? Eine Frau zwischen allen Zeiten und zwischen jedem Alter, eine Frau, die mehr über das Leben erfahren hatte als die meisten anderen?

»Nein, wir haben niemanden gesehen.«

»Sie trägt eine Abaya …«

»Eine was?«

»Ein bodenlanges buntes Kleid aus Ägypten.«

»Eine Ägypterin, also … Nein, die haben wir nicht gesehen.«

Johanna beließ es dabei. Lief weiter. Dabei fiel ihr ein, dass sie Kio noch seine Stofftiere ins Krankenhaus bringen musste, wenn er eine Nacht blieb. Ein weiteres Familiengeheimnis, das in den Wänden des Hauses bleiben musste.

Und dann stand Marceline plötzlich so unerwartet vor ihr, dass Johanna vor Schreck aufschrie.

»Was ist passiert, Liebes?« Marceline sah sie besorgt an. »Geht es dir nicht gut, ist was mit Kio?«

»Du warst auf einmal weg!«

»Ich bin nicht weg. Ich hab mir nur gedacht, gut, wenn Kio und Benedict das jetzt unter sich ausmachen, da lernen sie wenigstens was.«

»Ich denke, sie sind dabei, Freunde zu werden.«

»Siehst du?« Marceline lächelte, beugte sich ganz nah zu Johanna und flüsterte ihr ins Ohr: »Und jetzt sorg ich dafür, dass du glücklich wirst.«

Leon rollte heran, begrüßte Johanna mit einem Nicken, Johanna reagierte wieder mit Flachatmung, versuchte, sich erneut zu beruhigen, doch da hatte sich Leon schon an Marceline gewandt und setzte die Unterhaltung fort, die sie offenbar schon länger führten: »Und Sie haben das Haus wirklich eigenhändig gebaut?«

»Und ob ich das habe, Leon. Natürlich hat es den einen oder anderen männlichen Helfershelfer gegeben in der Hoffnung, irgendwann mit mir in das Haus einziehen zu können.« Marceline schmunzelte.

»Und wer war der Glückliche?« Auch Leon grinste.

Marceline deutete Johanna an, dass sie Leons Rollstuhl bitte schieben solle, damit der arme Junge sich mit den Rädern nicht so abmühen musste, und entgegnete: »Keiner. Wissen Sie, junger Mann, damals war der wichtigste Grund für eine Ehe, versorgt zu sein. Ich hatte aber niemals Lust, für einen Mann zu waschen, zu kochen und zu bügeln. Und mich … mich musste sowieso keiner versorgen.«

Leon drehte den Kopf in Johannas Richtung: »Du bist nicht Marcelines Enkelin?«

Marceline lachte ihr lautes und kräftiges Lachen: »In Ihrem Alter, Leon, sollte man eigentlich wissen, dass man auch ohne Trauschein etwas für den Fortbestand der Gene des einen oder anderen männlichen Wesens tun kann.« Sie zwinkerte Johanna zu. Johanna verzog die Mundwinkel zu einem müden Lächeln.

»Ich habe drei Töchter.«

»Wow! Von drei verschiedenen Männern?«

Marceline war nun höchst vergnügt. »Und das ohne Ehering.«

»Wow!«

Leon schien beeindruckt, und Johanna fragte sich, ob sie seine Aufmerksamkeit erst bekommen würde, sobald sie mehrere Kinder von verschiedenen Männern aufweisen konnte. Dass sie mindestens achtzig Kilo Körpergewicht vor sich herschob, schien ihn da weniger zu tangieren.

Johanna wusste nicht, was Leon schließlich dazu bewegte, auf den Vorschlag doch noch einzugehen, die nächsten Wochen bei ihnen zu wohnen. War es die Affinität zu Marcelines ehemals lockerem Lebenswandel oder die Tatsache, dass auch die Nähe der Klinik von gewissem Vorteil war, wie es Marceline ausdrückte. »Und … die Nähe zu unserem wirklich ausgezeichneten Whiskey.«

Leon lachte, so wie sich Johanna erhofft hatte, dass er einmal mit ihr lachen würde. Der Deal wurde geschlossen, und nun war es an Johanna, wie Marceline es viel später ausdrückte, die bevorstehenden gemeinsamen Wochen für sich zu nutzen.

Sie gingen noch ein wenig im Park spazieren, während sich Marceline und Leon angeregt unterhielten und Johanna schweigend den Rollstuhl vor sich herschob. Danach brachten sie Leon gemeinsam in sein Zimmer zurück. Marceline verabschiedete sich mit den Worten, sie werde gleich wieder da sein, um Johanna und Kio die Sachen zu bringen, die sie für eine Nacht im Krankenhaus brauchten.

Marceline ging.

Johanna ging.

Leon blieb mit dem unbehaglichen Gefühl zurück, dass er am nächsten Morgen operiert werden würde.

Das war alles.

Vor allem jedoch war es ein Anfang.

Johanna war mit sich und der Welt sehr zufrieden, als sie sich nach diesem ereignisreichen Tag ins Bett legte. Kio lag in seinem Krankenbett, ganz dicht neben ihr. Da Kio weiterhin keine Symptome wie Kopfschmerzen, Übelkeit oder Erbrechen zeigte, hatte der Arzt darauf verzichtet, ihn an einen Monitor anzuschließen, der jede Veränderung der Herzfrequenz und der Sauerstoffsättigung anzeigte. Stattdessen wurden nur in regelmäßigem Abstand sein Blutdruck und seine Pupillenreaktion geprüft. Erst vor wenigen Minuten war der Arzt wieder gegangen und hatte gemeint, bis jetzt sähe alles gut aus. Er war gegangen, ohne die Tür hinter sich zuzuziehen, und Kio und Johanna sahen einander zufrieden an. Das Atmen des anderen zu hören und zu wissen, dass er nicht allein war, wenn die Alpträume kamen, das tat Kio gut.

»Was macht dir Angst, Kio?« Johanna hatte ihn das schon oft gefragt, und Kio hatte bisher nie geantwortet. Mittlerweile wusste sie, dass ihm nicht nur Feuer, sondern auch Erde Angst machte. Während sie es liebte, die Hände in warmer, weicher Erde zu versenken, um etwas Neues, Blühendes entstehen zu lassen, weigerte sich Kio strikt, ihr beim Jäten und Pflanzen zu helfen.

Die Nachtschwester kam, brachte ihnen noch etwas zu trinken, und Johanna bat auch sie, die Tür offen zu lassen, denn Kio hatte auch Angst vor geschlossenen Räumen.

Johanna träumte mit offenen Augen.

Leon und sie am Meer. Sein Arm um ihre Schulter. »Was hältst du von einem Mitternachtsbad?«, würde er sie fragen. Und zum ersten Mal würden sie einander nackt sehen. Bei jeder Bewegung das Muskelspiel unter seiner gebräunten Haut. Ihr Körper, zart und hell im Mondschein. Sich von den kühlen Wellen treiben und wiegen lassen in einem Meer, das bei jedem Spritzer Funken zu sprühen schien. Sich küssen, einander wund lieben, immer und immer wieder den Körper des anderen erforschen, ihn spüren, bis tief unter die Haut. Einander erkennen, sich vereinen, ohne auch nur einen Gedanken daran zu verschwenden, dass es auf der Welt irgendetwas gab, das sie je wieder trennen konnte.

Über diesen wunderschönen Bildern schlief Johanna irgendwann ein.

11

Im Heißluftballon aufsteigen, bis es vollkommen still ist und ich die Erdwölbung erkennen kann.

Totenstille, der Leichnam eines Gebäudes, und wieder einmal lief Johanna durch das Krankenhauslabyrinth. Die Flure wie das feingesponnene Netz einer Spinne nur darauf aus, dass man an ihnen kleben blieb, bis die Spinne kam, einen mit einem alles zersetzenden Gift vollpumpte und man am Ende nichts weiter war als ein für die Spinne appetitlicher Nahrungsbrei.

Dabei wirkten die Flure so harmlos in dem fahlen Licht der gedimmten Lampen. Gelegentlich ein rotes Blinken über der Tür eines Patientenzimmers. Ein lautloser Hilferuf und kurz darauf eine Schwester, die wie ein Geistwesen an Johanna vorbeihuschte und in dem Zimmer verschwand.

Nachts wirkte das Krankenhaus auf Johanna noch fremder und bedrohlicher. Schräg einfallende Schatten. Der abgestandene Geruch von Parfum und Desinfektionsmitteln. Nur die Uhren waren verlässlich. Nach jeder Abzweigung, in die sich Johanna verlaufen hatte, tauchten sie auf. Wie bläuliche Neonlichtreklame hingen sie unter der Decke und zeigten Johanna an, dass sie auf der Suche nach Kio nun schon fast eine Stunde durch die Gänge irrte.

Draußen wurde es allmählich hell, die Vögel jedoch blieben stumm. Während der letzten Stunden hatte sich der Regen leise, fast unbemerkt vom Himmel herabgeschlichen. Der gleichmäßige Tropfensound – *tock, tock, tock* auf Fensterbrett und Fenster – hatte Johanna geweckt. Normalerweise liebte sie die Melodie regelmäßig fallender Tropfen. Sie passten zu der Melancholie, die sich immer wieder in ihre Seele einistete, als habe sie extra für sie ein Nest gebaut, aus Blättern, Zweigen und allem, was dazugehörte. Aber das hatte sie nicht. Die Melancholie war ein Kuckuckskind, einfach in ihr abgelegt, von wem auch immer. Sie passte nicht zu ihr. Auch wenn Marceline sie tröstete: »Liebes, Melancholie ist nichts anderes als in Traurigkeit verpacktes Glück.« Sie wollte das Glück pur, nicht eingewickelt in düsteres Geschenkpapier, das man erst aufreißen, zusammenknüllen und wegwerfen musste, um dann vielleicht einen Hauch von Glück zu verspüren. Sie. Wollte. Einfach. Nur. Glücklich. Sein. Deshalb hätte sie den Regen an diesem frühen Morgen am liebsten in seinem eigenen Nass ertränkt.

Er hatte sie aus ihren Träumen von Leon gerissen. Leon war so nah gewesen, als sie ihn durch den Park geschoben hatte, mit seinem Hinterkopf fast an ihrem Busen. Nicht nur der frische Geruch seines Haares hatte sie benebelt, offenbar hatte er gerade geduscht, nein, vor allem benebelte sie der Duft seiner Haut. Süß und gleichzeitig herb im Abgang, durch die Nase mitten ins Herz.

Gleich nach dem Aufwachen hatte ihr Blick nach Kio im Nebenbett gesucht, aber nur seine Kuscheltiere gefunden, die er jeden Abend exakt in derselben Reihenfolge neben sich aufbaute. Zuerst kam der Schimpanse, dann die Giraffe, dann der Bär, das Schaf und schließlich der Hund. Er war zwölf Jahre alt, tagsüber ein Krieger, aber nachts gaben ihm die Kuscheltiere Sicherheit. Doch nun war Kio weg, und auch das Schäfchen fehlte.

»Kio?« Vielleicht war er auf der Toilette. »Kio?« Keine Antwort. Nur das Tock, Tock auf dem Fensterbrett.

Mit einem Satz war Johanna aus dem Bett gesprungen, in ihre knallgelben Turnschuhe geschlüpft und durchsuchte im Laufschritt jeden Winkel des Krankenhauses.

Zuerst Marceline, jetzt Kio. Möglicherweise war das ihre Bestimmung, sich den Rest ihres Lebens um Menschen Sorgen zu machen, die sie liebte. Für den Bruchteil einer Sekunde sehnte sie sich danach, wieder unbeschwert zu sein. Aber sie wusste nicht einmal mehr, wie das ging – das Unbeschwertsein.

»Hey, Superstar! Hauptrolle im Horrorfilm?« Johanna zuckte zusammen. Stoppte und sah Leon, der in der Raucherecke in einem Rollstuhl saß und sich gerade eine Zigarette ansteckte. Sie war so irritiert, ihm unerwartet gegenüberzustehen, dass sie völlig vergaß, ihn nach Kio zu fragen. Sie starrte ihn an.

»Willst du auch?« Er hielt ihr die Zigarettenschachtel mit der Lässigkeit eines Franzosen entgegen, zumindest so, wie Marceline die französischen Männer beschrieben hatte. Dabei fiel ihm eine Locke in die Stirn. Johanna wollte sie ihm schon spontan und sanft hinter das Ohr streichen, als sie gerade noch rechtzeitig erkannte, was sie da vorhatte. Ihre Hand rutschte stattdessen etwas tiefer und griff nach der Zigarette. Nur – sie rauchte nicht. Sie wollte Leon die Zigarette zurückgeben, da hielt er ihr schon das Feuerzeug hin, und ehe sichs Johanna versah, hatte sie ihren ersten Zug getan. Es schmeckte bitter, verbrannt und eklig. Sie hustete. »Wieso rauchst du, wenn du gar nicht rauchst?« Leon lachte vergnügt.

Doch gerade, als Johanna dachte, in dieses Lachen würde sie sich gern hineinlegen, so sympathisch war es, brach es wieder ab. Leon zog an seiner Zigarette, inhalierte, und für den Bruchteil einer Sekunde beneidete Johanna das Nikotin in seiner Lunge. Und er? Er verglich sie mit einem Horrorfilm.

Nun ja, vermutlich hatte er sogar recht. Wirres Haar, wirrer Blick, kurzes T-Shirt, die Haut ihrer zumindest langen schlanken Beine im Kontrast mit den gelben Turnschuhen noch blasser als sonst, desorientiert durch die Flure irrend. Kio!!!

»Kio ist weg.« Die Sorge um den Jungen war wieder da, sie wollte die Zigarette im Aschenbecher ausdrücken, aber auch das klappte nicht auf Anhieb. Leon übernahm es für sie, wobei sich kurz ihre Finger berührten.

»Wie, Kio ist weg?«

»Als ich aufgewacht bin, war er nicht in seinem Bett.«

»Auf der Toilette?« Sie sah ihn nur an. »Sorry, natürlich hast du da schon nachgeschaut. Wo kann er sein?«

Er war nicht perfekt. Er stellte dumme Fragen. »Wenn ich das wüsste, hätte ich nicht so große Angst um ihn.«

»Große Angst?« Natürlich stieg er sofort darauf ein. »Dafür nimmst du dir recht viel Zeit, um mit mir zu plaudern.«

»Ich such ihn, ich …« Tränen schossen ihr in die Augen. Wieso kam sie sich in Leons Nähe immer so komplett verrutscht, so falsch, so ganz und gar idiotisch vor? »Ich … tut mir leid, ich muss weiter …« Sie wollte schon loslaufen, als seine Stimme sie aufhielt.

»Woher hat er die Narben?«

»Das sind Stammeszeichen.« Johanna blieb stehen.

»Nicht im Gesicht. Die grauenhaften Narben auf dem Rücken.«

»Ich weiß es nicht.« Johanna blieb stehen. »Er redet nicht darüber. Ich lasse ihm Zeit.«

»Gut.«

Johanna wartete noch einen Augenblick. Als nichts mehr kam, meinte sie nur: »Also dann … viel Glück für die OP.«

Sie wollte nur noch weiter. Schnell fort von ihm. Doch da hielt ihr Leon die Trainingsjacke hin, die sorgfältig gefaltet über seinen Oberschenkeln lag. »Zieh das an!« Das war keine Bitte, sondern ein Befehl. Johanna nahm die Jacke ebenso automatisch, wie sie die Zigarette genommen hatte. Sie wollte schon sagen, dass sie nicht fror, er sie endlich in Ruhe lassen sollte, doch ehe sie dazu kam, war Leon schon davongerollt.

Johanna sah ihm enttäuscht hinterher. Hatte sie sich für den Bruchteil einer Sekunde etwas anderes erhofft, so ließ er sie jetzt doch mit der Sorge um Kio allein. Sie hatte noch nicht zu Ende gedacht, da stoppte Leon den Rollstuhl, drehte sich zu ihr um und forderte sie ungeduldig auf: »Was stehst du noch da, komm endlich!«

»Du hilfst mir Kio suchen?«

»Sag mal«, er wirkte verärgert, »stellst du öfter so dumme Fragen?«

Er schaffte es immer wieder. Kurze Schnappatmung. Konnte Leon nicht ein einziges Mal so reagieren, dass sie sich neben ihm nicht klein, hässlich und dumm fühlte?

»Mein zweites Ich«, versuchte sie einen Scherz. Er gelang. Leon grinste, und Johanna fuhr ermutigt fort. »Wo sollen wir suchen?«

»Na, draußen.«

»Draußen? Wieso draußen? Es regnet.«

Leon, der schon wieder losgerollt war, stoppte erneut. Wider Erwarten kein herablassend ungeduldiger Blick, seine Stimme klang ernst: »Wenn jemand nachts in Zimmern Angst bekommt, dann ist er meistens draußen.«

»Er hat keine Angst«, widersprach sie. »Es muss nur das Licht brennen und die Tür offen stehen.«

»Hat das Licht gebrannt?«

»Selbstverständlich.«

»Und die Tür?«

Sie antwortete nicht sofort, überlegte, sah Leon an. »Die Tür war zu!«

»Er könnte sie beim Gehen selbst zugezogen haben. Egal. Komm!« Leon rollte so schnell weiter, dass Johanna Mühe hatte, ihm zu folgen.

»Warum hat er mich nicht geweckt, wenn er Angst bekommen hat?« Sie keuchte im Laufschritt hinter ihm her.

»Keine Debatten, okay?«

Sie hatten die Lobby erreicht. Leon steuerte auf die Drehtür zu, Johanna wollte mit auf das Karussell aufspringen, doch sie war zu langsam und knallte fast gegen den rotierenden Glasflügel. Ein erneuter Versuch. Diesmal nahm die Drehtür sie mit. Leon jedoch hatte nicht auf sie gewartet, was sie einerseits nicht verwunderte, andererseits fragte sie sich, wie oft sie noch hinter ihm würde herjoggen müssen. Erst im lieblos angelegten kleinen Krankenhauspark holte sie ihn ein.

Fünf Uhr morgens, und es regnete. Bis auf eine kleine Amsel, die über den Boden huschte, um Schutz unter dem nächsten Busch zu suchen, war der Park leer.

»Siehst du?«

Leon beachtete sie nicht, rollte auf einen Holzpavillon zu, der einsam und verlassen mitten im Park stand und Johanna an einen Menschen erinnerte, der sich mit aufgeschlagenem Kragen und hochgezogenen Schultern versuchte gegen den Regen zu schützen. Auch sie war inzwischen trotz Trainingsjacke ebenso nass wie Leon, auf ihrem Kopf entwickelte sich zunehmend die befürchtete Lockenkatastrophe und – sie fror. Sie wollte schon eine Kehrtwendung zurück in die Klinik machen, als sie sah, was Leon schon vor ihr entdeckt hatte.

Fest in sich eingerollt, wie ein Welpe, lag Kio auf der kreisrunden Holzbank des Pavillons. Er schlief, das Schäfchen gegen den mageren Brustkorb gedrückt.

»Kio!«, flüsterte Johanna. Keine Reaktion. Johanna betrat den Pavillon. »Kio!«, wiederholte sie etwas lauter. Noch immer nicht die kleinste Bewegung. Kein Zucken. Kein Flattern der Wimpern. Er atmete, zumindest das. Sie wandte sich an Leon. »Ich bring ihn jetzt rein. Er holt sich sonst noch den Tod.«

»Nicht.« Leon wollte es noch verhindern, konnte von seinem Rollstuhl aus jedoch wenig tun, und da war Johanna auch schon bei Kio, legte ihm die Hand behutsam auf den Arm. »Kio, Aufwachen! Du kannst nicht hier draußen schlafen.«

»Sei vorsichtig«, warnte Leon, zu spät, Johanna rüttelte ihn schon leicht an der Schulter, und in diesem Moment geschah etwas, das sie noch bei keinem Menschen gesehen hatte. Kio riss die Augen auf.

»Guten …«, das fröhliche »Guten Morgen« blieb Johanna im Hals stecken. Das war nicht Kios Gesicht. Er war völlig verändert. Wäre sie ihm auf der Straße begegnet, sie hätte ihn nicht erkannt. Er war gealtert und auch wieder nicht. Nein, es war eher, als habe ein Bildhauer Kios Gesicht bearbeitet und Millimeter um Millimeter das Grauen in ihn hineingemeißelt. Und – er lag völlig starr.

»Kio!« Sie versuchte es noch einmal. Behutsam. Zart. Kios Augenhöhlen blieben leer. Pupille und Iris wie Attrappen, eingesetzt, um dem Gegenüber den furchterregenden Anblick zu ersparen. »Was ist mit dir?«

Sie sprach es nicht aus. Aber genau so stellte sie sich die *Deaddeeds* vor, die Untoten aus seiner Kultur, die Kio Angst machten. Johanna glaubte nicht an die Juju-Magie. In Nigeria jedoch war sie die Realität der am Sonntag abgeschlagenen Köpfe, die dann am Montag auf dem Niger trieben.

Johanna fröstelte, und diesmal lag es nicht am Regen. Sie hatte vor Kio Angst, vor einem zwölfjährigen Jungen.

Sie war so auf Kio konzentriert, dass sie Leon erst bemerkte, als er sich vorsichtig neben Kio setzte. Trotz vermutlich heftiger Schmerzen hatte er sich aus dem Rollstuhl gezogen und sich in den Pavillon bugsiert. Er beachtete Johanna nicht. Klopfte neben Kio leicht auf die Bank.

»Okay, Kio, was ist das?« Keine Reaktion. Leon fuhr locker, fast beiläufig fort: »Ganz schön hart unter dem Hintern. Fühlst du, wie hart die Bank ist?« Kio blieb völlig starr. »Boah, echt verdammt hart, die Bank. Fühl mal. Fühlst du das?«

»Ich hol jetzt einen Arzt.«

Leon beachtete sie nicht, blieb auf Kio konzentriert. »Was meinst du, Kio? Ist das Holz? Fühl mal, ob das Holz ist?«

Etwas in Johanna bäumte sich auf. Was bildete sich Leon ein, ihren einzig vernünftigen Vorschlag zu ignorieren. Doch da begann Kio, die Bank zu ertasten. Ganz vorsichtig bewegten sich seine Finger, kaum wahrnehmbar. Johanna war gegen ihren Willen fasziniert.

»Und jetzt schau mal, Kio.« Wie sanft, fast zärtlich Leons Stimme sein konnte. »Was meinst du, welche Farbe haben die Blätter?«

»Grün.«

Johanna war nicht mehr nur fasziniert. Sie war zutiefst erleichtert. Kios Stimme war zwar noch schwach, aber er sprach, und ganz allmählich wurde wieder ein Mensch aus ihm, zumindest das, was Johanna darunter verstand.

»Und was für ein Wetter haben wir?«, fuhr Leon fort.

»Es regnet.« Nicht nur die Stimme festigte sich. Kios Gesicht verwandelte sich weiter in das Gesicht des Jungen, den sie kannte. Fast wie bei einem Theaterschauspieler, der nach der Vorstellung Streifen um Streifen der Maske abzog, die ihm ein Maskenbildner in stundenlanger Arbeit aufgelegt hatte. Johanna atmete auf, glaubte schon, alles sei wieder gut, doch da begann Kio zu zittern. Er schlotterte. Von Kopf bis Fuß. Kein Millimeter seines Körpers schien unbewegt. Der Kiefer. Das Becken. Die Knie. Er wirkte wie ein völlig aus den Fugen geratenes inneres System, das nach außen unkontrollierbar wurde. Johanna wollte Kio in den Arm nehmen, halten, beruhigen, doch erneut hinderte Leon sie an dem, was ihr als richtig erschien.

»Lass ihn, das ist gut …«

»Gut? Spinnst du? Mir reicht's! Ich hol jetzt einen Arzt.« Leons scharfes »Nein!« hielt sie zurück.

»Der Stress wird über das Zittern der Muskeln aus dem Körper geleitet. Bitte, lass ihn.«

Kio zitterte und schlotterte. Johanna wollte, sie musste was tun. Einen Arzt holen. Kio halten. Irgendetwas.

»Lass ihn!«, fuhr Leon sie erneut an. Und es klang fast wie eine Drohung. Johanna zuckte erschrocken zurück, wollte Leon die Meinung sagen, da begann Kio sich zu beruhigen. Das Zittern legte sich. Zuerst die Knie. Dann das Becken. Der Kiefer entspannte sich zuletzt. Leon lächelte ihn an. Kio lächelte probeweise zurück. Leon nickte, und wieder klang seine Stimme betont locker, als er vorschlug: »So, und jetzt 'ne Runde heiße Schokolade, okay?«

Kio nickte kaum wahrnehmbar, fing an zu summen. Wieder eine eigenartige Melodie, die Johanna nicht kannte. Der Kirchenchor würde Kio guttun. Aufgenommen in seiner Mitte würde Kio endlich dazugehören. Ein Anfang. Jetzt zitterte Johanna. Nicht außen, da war sie ruhig, aber im Körper fühlte sie sich wie eine Espe, deren Blätter sich beim kleinsten Windstoß bewegten.

Sie hatte die Aufgabe unterschätzt. Es ging nicht nur darum, für einen unbegleiteten Jugendlichen da zu sein. Für ihn zu sorgen, ihn zu integrieren. Um Verantwortung und um Schutz. Es ging nicht mehr und nicht weniger um sein Leben.

Johanna half Leon zurück in den Rollstuhl. Kio plazierte das Schäfchen auf Leons Schoß und ließ es sich nicht nehmen, Leon zurück ins Krankenhaus zu rollen. Er war stark. Er war ein Krieger, und er summte weiter seine eigenartig fremde, wundervoll beruhigende Melodie.

Sie zogen sich ins Besucherzimmer zurück. Eine Schwester brachte Kio Kakao und Johanna eine Tasse Früchtetee. Johanna hasste Früchtetee, protestierte jedoch nicht, und die Wärme tat ihr gut. Leon bekam nichts. Er sollte in weniger als zwei Stunden operiert werden, weigerte sich jedoch hartnäckig, jetzt schon in sein Zimmer zurückzukehren. Er wollte Kio noch nicht allein lassen, und so war es nicht nur der Früchtetee, der Johanna beim nächsten Schluck das Herz erwärmte, auch wenn Leon ihr offensichtlich noch misstraute und glaubte, sie sei nicht in der Lage, mit Kio zurechtzukommen.

Sie setzte sich über den Gedanken hinweg, wandte sich an Kio und stellte die Frage, die sie bewegte, seit sie ihn in dem Pavillon schlafend vorgefunden hatten.

»Wieso warst du nicht im Bett? Hast du einen Spaziergang gemacht und bist müde geworden?«

Kio wich ihrem Blick aus.

Johanna tastete sich weiter an ihn heran. »Zu Hause schläfst du doch auch im Zimmer und nicht draußen.«

Es dauerte einen Augenblick, dann schüttelte Kio den Kopf.

»Du schläfst nicht in deinem Bett?«

Kio schüttelte wieder den Kopf.

»Aber wo schläfst du dann?« Johanna warf nicht Kio, sondern Leon einen fragenden Blick zu.

Kio zog sich wieder in sich selbst zurück, und Leon deutete Johanna an, ihn nicht weiter zu bedrängen. Johanna verstand. Es war noch zu früh.

Leon nickte. »Also dann werde ich jetzt wohl tun, was die strenge Schwester von mir will. Ich verabschiede mich ins Bett.« Er zwinkerte Kio und nickte Johanna zu und rollte los.

Johanna sah ihm nach, wandte sich an Kio und meinte einer Eingebung folgend: »Ich bin gleich wieder da.« Lief Leon hinterher, überholte und stoppte ihn.

Sie wollte es wissen. »Was war das da draußen, Leon?«

Leon runzelte leicht die Stirn, doch Johanna blieb unbeeindruckt: »Du sagst mir auf der Stelle, was das da draußen gewesen ist.«

Leon hielt Johannas Blick fest: »Ich vermute, Kio hatte einen Alptraum. Oder eine plötzliche Erinnerung hat bei ihm so was wie ein Flashback ausgelöst.«

»Flashback?«

»Das funktioniert wie in 'nem Horrorfilm. Du erlebst etwas Traumatisches, denkst, es ist vorbei, aber die Erinnerung an das Ereignis hat sich nur irgendwo in deinem Hirn versteckt. Ein winziger Auslöser, und plötzlich ist alles wieder da, als wär's nie weg gewesen.«

»Auslöser? Was für ein Auslöser?«

»Ein Geruch. Ein Geräusch. Irgendein Körpergefühl. Es ist dunkel, und – wie bei Kio gerade – die Tür ist zu.«

Johanna überlegte. »Glaubst du, dass Kio im Gefängnis war?« Bilder kamen. Unzählige Männer, zusammengepfercht in einer Zelle. Nur ein winziges Fenster. Gitterstäbe. Finger, die sie umklammern. Wenigstens ein Atemzug frische Luft. Ein Atemzug Leben. Fort von Enge, Gewalt und Gestank. »Kio hat Angst vor der Polizei. Die Narben auf dem Rücken. Vielleicht ist er gefoltert worden. Mein Gott, er war damals erst zehn.«

Leon zuckte mit den Schultern, und in seinen Augen blitzte etwas auf. Der Tonfall aber blieb sachlich: »Seine Reaktion kann, muss aber nicht mit dem traumatischen Ereignis in Zusammenhang stehen.«

»Das ist unheimlich.«

»Ja.« Für den Bruchteil einer Sekunde schien er ihr zu entgleiten. Kam wieder zurück, sah sie an. »Ja, das ist es.« Sprach's und rollte ohne ein weiteres Wort davon.

Johanna blieb mit dem Gefühl zurück, keinen Schritt weitergekommen zu sein. Doch, das war sie. Nicht unbedingt bei Kio, aber bei Leon. Woher wusste er so viel über Traumatisierung und wie man mit ihr umging? Es war, als habe sie ein Zipfelchen des riesigen Tuchs gehoben, mit dem ein Bildhauer sein Kunstwerk abdeckte, um zu verhindern, dass es zu früh Blicken ausgeliefert wurde, die damit vielleicht nichts anzufangen wussten.

Nachdenklich kehrte sie zu Kio zurück.

Er nahm ihre Hand, und seine Stimme klang fast feierlich, als er sagte: »Wenn es dunkel wird und ich allein bin, fressen mich die Wände auf.«

»Und wo schläfst du dann?« Sie versuchte es noch einmal, und diesmal antwortete er.

»Unter meinem Baum.«

Eine Stunde später, nachdem Kio noch eine letzte neurologische Untersuchung hinter sich gebracht hatte, gab sein behandelnder Arzt endgültig Entwarnung. Kio hatte keine Gehirnerschütterung und durfte nach Hause. Das nächste Mal, so meinte der Arzt jedoch streng, habe sich Kio an seine Anweisungen zu halten. Dreimal sei er ins Zimmer gekommen, um Blutdruck und Pupillen zu kontrollieren, und wer war nicht da – ein gewisser junger Mann. Aber nicht nur Kio, auch Johanna bekam ihr Fett weg, sie hätte sofort der Nachtschwester Bescheid geben müssen, als sie Kios Fehlen bemerkt hatte. Es hätte nicht viel gefehlt, und es wäre eine Suchaktion gestartet worden. Johanna und Kio grinsten einander etwas schief an, versprachen beide, das nächste Mal, das es hoffentlich nicht geben würde, folgsam zu sein, der Arzt wünschte Kio noch viel Glück, verabschiedete sich lächelnd, und Johanna rief Marceline an, die sich sogleich auf den Weg machte. Im Gegensatz zu Johanna malträtierte sie den Motor ihres Vehikels jedoch nicht mehr, sondern gönnte ihm den Ruhestand. Gemeinsam zuckelten sie nach Hause zurück, da sich Marceline weigerte, das Steuer Johanna zu überlassen.

Später, als Kio in seinem Baum saß, überlegten sie, was sie für ihn tun konnten, wobei Johanna sich fragte, ob sie je wieder würde nachts ein Auge zumachen können. Von jetzt an würde sie nicht nur auf Marceline, sondern auch auf Kio aufpassen müssen. Schöne Aussichten. Sie war neunundzwanzig, wollte Familie und Reisen oder Reisen und dann erst Familie. Die Zeit wurde knapp.

Mit einer Therapie für Kio, da waren sie und Marceline sich einig, wollten sie noch warten. Auf dem Land einen geeigneten Kinderpsychologen zu finden, war nicht einfach, falls es überhaupt einen gab, der mit Traumata umgehen konnte, und Kio nach München in eine Klinik zu schicken, hätten sie beide nicht übers Herz gebracht, nicht jetzt, da Offling immer mehr zu seinem neuen Zuhause wurde. Und da Marceline ohnehin nicht viel von Psychologen hielt, sondern sehr viel mehr von Lebenslust und Menschen, die sie mit einem teilen, hofften Johanna und sie erst einmal auf den Kirchenchor – und beschlossen, ein Zubettgehritual zu entwickeln. Zuerst würden sie gemeinsam eine heiße Schokolade trinken, dann würde sich Marceline zu Kio ans Bett setzen und ihm eine Geschichte erzählen, wobei es zu jeder Geschichte ein Foto gab, das sie dann gemeinsam an der Decke über dem Bett befestigen würden. Wenn Kio Angst bekam, musste er nur die Augen aufmachen, und die Geschichte, die Marceline ihm erzählt hatte, wurde zum Fixpunkt, an dem sich seine durcheinandergeratenen Gefühle festhalten konnten, bis sie wieder zur Ruhe gekommen waren. Obendrein würden die Türen zu ihrem und Johannas Zimmer ebenso offen bleiben wie die Tür zu Kios Zimmer, und sie würde auf dem Boden Leuchtstreifen befestigen, die Kio daran erinnern sollten, dass sie und Marceline immer für ihn da waren. Zu jeder Stunde. Dieses Versprechen nahm Johanna sich innerlich ab.

12

Nachts im Wald durch den frisch gefallenen Schnee stapfen.

Eine Woche später zog Leon tatsächlich ein. Johanna fegte gerade die Terrasse, als sich das Taxi näherte, in einem Tempo, als sei es nicht ganz sicher, ob es die richtige Adresse ansteuerte. Vielleicht lag es an dem Haus, das auf Fremde wirkte wie aus einer anderen Zeit gefallen. Vielleicht lag die Scheu des Taxifahrers auch an dem ungeteerten Weg, der zu dem Haus führte, oder an dem wuchernden Gras links und rechts des Weges, dem der Bauer wohl nur noch mit einer Sense würde beikommen können. Dazwischen kunterbunte Wildblumen.

Manchmal, wenn Johanna inmitten der Streuwiese mit all ihren sich auf Blüten tummelnden und taumelnden Insekten meditierte, hörte sie den Wind flüstern: *Putputput, putputput.*

Bisher war ihr nur ein einziges Mal die vollkommene Verschmelzung gelungen, so dass sie nicht einmal mehr den eigenen Körper gespürt hatte. Es war, als habe sie ihn abgestreift wie eine zu enge Jeans, ihn achtlos ins Gras geworfen, während alles, was sie ausmachte, mit dem Wind gegangen war. Bis mitten hinein in die Wüste, in der sie alles gewesen war, und alles in ihr. Die Luft, das Licht, jedes einzelne Sandkorn. So muss es nach dem Sterben sein, hatte sie gedacht. So losgelöst, körperlos, so durch und durch frei, und dennoch jeden Augenblick wissend, dass man noch immer derselbe ist. Nicht tot, sondern in all dem lebendig, was ist. Dieser winzige Augenblick, dieser ganz kurze Moment war so schön gewesen, dass er mit Worten nicht zu beschreiben gewesen war.

Johanna stützte sich mit beiden Händen auf den Besenstiel und beobachtete, wie das Taxi allmählich näher kam. Als es jedoch die Hofeinfahrt passierte, halfen weder Meditation noch Yoga, da half nur noch …

Johanna schleuderte den Besen in eine Ecke, stürzte förmlich durch die Haustür und rannte zwei Stufen auf einmal nehmend die Treppe hinauf in den ersten Stock. In ihrem Zimmer lehnte sie sich gegen die Tür, die sie hinter sich zugeknallt hatte. Er war da! Er war tatsächlich gekommen. Der Mann, den ihr die Großmutter praktisch auf einem Tablett umrahmt von roten Rosen präsentiert hatte, als wolle sie auch dies noch regeln, ehe sie … Johanna brach den Gedanken ab. Ihr Herz pumpte. Das Glück wurde zu einem Kormoran, der wunderschön und majestätisch die Flügel ausbreitete. Die Liebe wie ein junges Mädchen, das in die offenen Arme eines Mannes läuft.

Während der nächsten Wochen würden sie und Leon nachts nur durch eine Wand getrennt sein. Wenn sie ganz still war, würde sie Leon womöglich sogar atmen hören. Nicht durch die Wand. Durch die offenen Fenster. Sie würde lauschen und versuchen, den eigenen Atem mit Leons Atem in Einklang zu bringen und damit auch den Herzschlag. So wie man zwei Tonspuren übereinanderlegt, damit daraus ein neuer Rhythmus entsteht. Eine neue Melodie.

Das Gästezimmer, das neben ihrem Zimmer lag, hatte Johanna schon vorbereitet. Das Metallbett hatte sie an die Wand geschoben, hinter der auch ihr Bett stand. Es war verdammt schwer gewesen. Auf dem Schreibtisch stand ein Sommerstrauß aus Klatschmohn, tiefblauen Kornblumen und Kamille. Auf dem Kopfkissen lag ein süßer Willkommensgruß. Das Bett hatte sie mit ihrer Lieblingsbettwäsche überzogen, die mit den vielen bunten Schmetterlingen drauf. Über das Bett gegenüber hatte sie ein Aquarell gehängt, ein Tisch mit drei Stühlen unter einem Olivenbaum in der Toskana. Sie hatte Romane ausgelegt, die man ihrer Meinung nach gelesen haben musste: *Krabat* von Otfried B. Preußler, *In 80 Tagen um die Welt* von Jules Verne, *Siddhartha* von Hermann Hesse und zu guter Letzt *Doktor Dolittles schwimmende Insel*. Würde Leon mit einem dieser Bücher irgendwann unter dem Apfelbaum sitzen und lesen, wäre das schon einmal ein gutes Zeichen. Neben dem CD-Player würde er einige ihrer Lieblings-CDs finden, Pink Floyd, Joan Baez, Silbermond und ein bisschen Jazz.

Mehr konnte sie vorerst nicht tun, außer hinter der Gardine seine Ankunft beobachten. Allein das Aussteigen aus dem Taxi war für ihn offensichtlich so mühsam, dass sie am liebsten ihr Versteck aufgegeben und ihm geholfen hätte. Den klobigen Schuh der Sprunggelenksbruchopfer hatten sie ihm schon angepasst. Krücken hatte er auch. Sie waren pink, und man merkte ihm an, wie unwohl er sich mit der Farbe fühlte.

Johanna beobachtete, wie der Taxifahrer die Reisetasche auf dem Boden abstellte, ohne Anstalten zu machen, sie ins Haus zu tragen, wieder in sein Taxi stieg und davonfuhr. Leon humpelte auf Marceline zu, die für seine Ankunft die Rolle der Grande Dame gewählt hatte. Nicht bewusst. Sie kleidete sich generell intuitiv. An diesem Vormittag war es möglicherweise eine Art vertrauensbildende Maßnahme, als sei ihr bewusst, dass ihr Haus nicht mehr besonders einladend wirkte. Trotz des kunterbunten Sammelsuriums aus Willkommensgrüßen in fast allen Sprachen der Welt auf der ehemals weißen Haustür. Darunter fanden sich natürlich *Benvenuto*, *Welcome*, *Bienvenue* – oder *Istèn hozta*, das ungarische »Herzlich willkommen«, aber auch auf Albanisch: *Mire se erdhet*, oder das suahelische *Karibuni*. Polnisch: *Witamy*, türkisch: *Hos geldiniz*, arabisch: *As-Salaam Alaikum*, dazu noch ein paar andere Sprachen, und seit Kio in Marcelines Haus eingezogen war, stand da auch groß und breit: *N'dalu* – herzlich willkommen auf Igbo. Darunter hatte Kio eine Schildkröte gemalt, die auf einer Stange von zwei Vögeln durch die Luft getragen wurde. So sei er nach Bayern gekommen, behauptete er, und die Geschichte dazu würde er irgendwann erzählen.

Die anderen Willkommensgrüße hatte Marceline von ihren Reisen mitgebracht, und Johanna hatte schon die Tür mit ihnen bekritzeln dürfen, als sie noch kaum richtig hatte schreiben können.

Marcelines Outfit am Tag von Leons Ankunft war amerikanisch, eine weiße Hemdbluse und eine weite Marlene-Dietrich-Hose. Die langen, schlanken Beine elegant übereinandergeschlagen saß sie auf der Bank vor dem Haus und beobachtete, wie sich Leon mühsam auf seinen Krücken auf sie zubewegte, nahm aus einem silbernen Zigarettenetui eine Lucky Strike, steckte sie grazil auf eine Zigarettenspitze, wartete ladylike, bis Leon sie erreicht hatte, reichte ihm das Feuerzeug und forderte ihn mit vornehmem Lächeln auf, ihr Feuer zu geben. Johanna verstand nicht, was sie sagten, aber sie spürte, wie allein Leons Anblick nicht nur ihr Herz, sondern auch ihr Gehirn umsortierte. Verbindungen wurden gekappt und stattdessen viele Neuronen neu verdrahtet. Die Knie gaben nach, und sie fiel rücklings aufs Bett, holte sich den Blue-John-Fluorit aus dem Jutebeutel, der für Konzentration und Ordnung im Denken stand, entschied sich obendrein für den Karneol aus Indien, der einen darin unterstützte, den eigenen Standpunkt zu bewahren. Mit der linken

Hand Blue John umklammernd und den Karneol felsenfest in der rechten Hand, wanderten ihre Gedanken zu der Stunde zurück, irgendwann zwischen Abend- und Morgenrot, in der sich Marceline in der Nacht zuvor zu ihr ans Bett gesetzt hatte. In ihrem durchscheinenden weißen Nachthemd, dem ihr alt gewordener Körper schutzlos ausgeliefert war.

Johanna hatte ihre Großmutter noch nie so zerbrechlich erlebt. In diesem Widerspiel von erschlaffender Haut über gespannten Sehnen und leicht geschwollenen Adern und den zwar schon abnehmenden, aber noch überraschend kräftigen Muskeln.

Der Sari, in den sie sich ebenso gern wickelte, wie sie den chinesischen Cheongsam trug, machte sie um viele Jahre jünger. Ebenso der russische Sarafan, ein langes, formloses Polloverkleid, oder die Abaya, die traditionelle Kleidung der Muslima. Johanna nahm an, dass ihre Großmutter auf diese Weise noch spüren konnte, wer sie gewesen war. Eine Reisende. Eine Suchende. Eine, die die Welt in sich vereint hatte, die von sich sagte, nicht nur ihr Herz und ihr Geist seien multikulturell, sondern auch ihre restlichen Organe. Die Vielfalt steckte ihr unter der Haut, bis tief in den Knochen. In dieser Stunde zwischen Abend- und Morgenrot war Marceline jedoch einfach nur müde, schutzlos und so alt, wie sie war. Achtundachtzig, in wenigen Wochen würde sie neunundachtzig werden.

Marceline hatte Johannas Hand sanft in ihre Hand gelegt und sie mit einer für sie ungewöhnlichen Ernsthaftigkeit angesehen.

»Und du bist wirklich bereit dazu?«, hatte sie Johanna gefragt.

»Wofür, Marceline? Wofür soll ich bereit sein?«

»Für die Liebe, mein Kind.«

Johanna antwortete nicht sofort, folgte mit den Augen der Lichtspur, die sie am Nachmittag, von ihrem Zimmer aus, in das von Kio gelegt hatte, der hoffentlich in seinem Bett lag und schlief. Alles schien ruhig.

Sie wandte sich wieder an Marceline. »Ist man das nicht immer?«

»Wahrscheinlich schon. Nur, zur Liebe gehört halt mehr als nur Liebe.«

»Was gehört denn noch dazu?« Vielleicht war Johanna naiv. Doch sie war der festen Überzeugung, dass Liebe *a bisserl* war wie Schokopudding mit viel Schlagsahne obendrauf. Mit ihr war irgendwie immer alles gut.

Marceline war offenbar anderer Ansicht. »Mut gehört dazu«, antwortete sie. »Und vor allem muss man klug mit ihr umgehen. Sie einteilen wie Vorräte, die zur Neige gehen können.«

Johanna hatte schon erlebt, dass Liebe zu Ende ging. Oder zumindest das, wovon sie geglaubt hatte, es sei Liebe. Aber allein die Vorstellung, Leon wieder zu verlieren, war unerträglich. Dabei wusste sie nicht einmal, ob es überhaupt jemals zwischen ihnen beginnen würde. Etwas in ihr wurde streng, vermutlich der Verstand: Falls er überhaupt der Richtige für sie war, so wie er sich ihr gegenüber benommen hatte. Aber da war auch noch das Herz, das sich so unendlich nach ihm sehnende Ding in ihrer linken Brust. Sie seufzte.

»Was ist mit Leidenschaft?« Liebe und Schokopudding einteilen, so viel Standhaftigkeit hatte doch kein Mensch.

»Leidenschaft zupft an Saiten von uns, die uns unkritisch werden lassen.«

Johanna wurde es zu kompliziert. »Können wir diese Unterhaltung vielleicht auf morgen verschieben?«

»Besser nicht, Liebes.« Marceline lächelte wehmütig. »Wenn man sich selbst nicht mehr so richtig vertrauen kann, nicht einmal, dass man am nächsten Tag so aufwacht, wie man am Vorabend eingeschlafen ist, vertagt man nichts mehr. Dann sagt man das, was man zu sagen hat – jetzt.«

»Nicht schön.« Etwas anderes fiel Johanna nicht ein. Die Vorstellung und die Wehmut ihrer Großmutter taten zu weh.

»Im Gegenteil! Das ist gut.« Marcelines wehmütiges Lächeln ging in ein Strahlen über. »Das Leben findet ganz und gar im Moment seinen Platz. Denk immer daran, Liebes. Sobald es dir gelingt, alles andere zu vergessen, wenn du ganz da bist, mit jeder Faser deiner Seele, deines Körpers, deines Geistes, dann erreichst du die intensivste Form der Freude. Fast ein bisschen so, als ob du schon mal einen Blick in den Himmel werfen darfst.« Für den Bruchteil einer Sekunde rutschte Marceline aus dem Moment, von dem sie gesprochen hatte. Johanna erkannte es inzwischen an den Augen. Sie zogen sich langsam zurück. Ihr sonst wacher Ausdruck löste sich auf, als sei er müde geworden vom vielen Schauen und Sehen. In Johanna pochte wieder die Angst.

Sie hatte den Himmel so geliebt, diese Weite, seinen stetigen Wandel, aber jetzt, da er Marceline mit jedem Tag und jeder Stunde näher kam, hätte sie den Himmel am liebsten mit einem Luftgewehr in winzige Stücke zerschossen, so dass es zumindest für die nächsten Jahre einen Aufnahmestopp gab.

Man sieht die Sonne langsam untergehen und erschrickt doch, wenn es dunkel ist. Viel hatte sie aus ihrer Schulzeit nicht behalten, doch gerade jetzt war Kafka sehr klar in ihrem Kopf.

Der Pegel unterdrückter Tränen stieg weiter an, doch die Dämme hielten – noch. Marceline fuhr mit klarer Stimme fort.

»In einer Ecke eines Innenhofs in Verona«, begann sie, »steht eine wundervolle Bronzestatue der Julia.«

Johannas innere Verkrampfung lockerte sich wieder etwas. »Du meinst die Julia von Romeo?« Die Angst blieb.

Marceline nickte. »Jeder will sie berühren.«

»Also ich möchte nicht als Statue von allen betatscht werden.« Johanna verlieh ihrer Stimme einen lockeren Klang. Die Angst weglächeln. Sich selbst vorgaukeln, dass alles in Ordnung ist.

»Ich auch nicht, aber sie glauben, es bringt ihnen Glück.«

»Super Glück. Am Ende sind beide tot.« Tot, dieses schreckliche Wort, sie würde es zum Unwort des Jahres vorschlagen.

»Sind wir das am Ende nicht alle?« Marceline machte eine kleine Pause. »Auf das Zwischendrin kommt es an.«

»Ich mach mir doch nicht über das Zwischendrin schon Gedanken, wenn ich noch nicht einmal weiß, ob es einen Anfang gibt.«

»Solltest du aber. Weil, steckst du einmal drin …«

»… komme ich nicht mehr so schnell raus aus dem Schlamassel.« Obwohl sie sich um diese Uhrzeit von Marcelines philosophischem Diskurs überfordert fühlte, musste Johanna grinsen. Diesmal war es echt. »Das meinst du doch, oder?«

»Genau das meine ich.« Marceline schmunzelte ebenfalls.

Johanna liebte es, wenn sie beide sich so verschwörerisch ansahen. *Wir zwei, und dann erst der Rest der Welt.*

»Übrigens ist mittlerweile an der Stelle«, fuhr Marceline fort, »an der sich die Leute bei Julia ihr Glück abholen wollen, ein Loch. Genau in der Mitte der rechten Brust.«

»Wieso nur die rechte Brust?«

»Keine Ahnung.«

»Und jetzt meinst du, wenn man bei der Liebe nur ans Glücklichsein denkt, macht man was kaputt.«

»Ich meine, es reicht nicht, die Julia zu betatschen, wie du es ausdrückst, wir müssen selbst etwas für unser Glück tun.«

»Denkst du, ich habe überhaupt eine Chance bei Leon? Ich fühl mich neben ihm wie ein Trampel.« Marceline, die schon im Aufstehen begriffen gewesen war, setzte sich wieder, legte die rechte Hand unter Johannas Kinn, zwang sie durch diese Geste, ihr in die Augen zu sehen, und als sie sprach, war es auf eine Art, die Johanna wohl nie wieder vergessen würde.

»Liebes, weißt du noch immer nicht, was für ein wunderbarer Mensch du bist?«

»Ich?« Johanna schluckte. »Ich mach doch nix. Gar nix. Und von dem Nix krieg ich den Rest auch nicht hin.«

»Du bekommst alles hin. Du musst es nur versuchen.«

Marceline küsste Johanna auf die Stirn, etwas, das sie zum letzten Mal getan hatte, als Johanna so alt wie Kio gewesen war. Sie stand auf, ging zur Tür, wollte sie hinter sich zuziehen, doch gerade noch rechtzeitig fiel ihr ein, dass es in diesem Haus fortan nicht mehr nur ein Zimmer der besonderen Momente gab, von dem außer ihr niemand wusste, was darin aufbewahrt wurde. Kio zuliebe hatte es sich obendrein in das Haus der offenen Türen verwandelt. Nur Leon hatte als Gast ein Sonderrecht. Ihm würde erlaubt werden, seine Tür zu schließen.

Marceline ließ Johannas Tür offen.

Johanna blieb zurück. *Weißt du noch immer nicht, was für ein wunderbarer Mensch du bist?* Die Worte klangen in ihr nach wie eine schöne Melodie oder das Ende eines Films, der das Herz berührt. Sie liebte ihre Großmutter. Sie liebte sie so sehr, dass ihr das Herz vom vielen Liebhaben weh tat.

Johanna schloss die Augen, und als sie sie wieder öffnete, war ihr noch etwas klargeworden: Dass der Kampf um Leons Liebe eine noch größere Herausforderung darstellen würde, als von ihr angenommen.

13

Mit Freunden in der Kneipe sitzen
und verrückte Ideen spinnen.

Die Idee mit der übereinandergelegten Tonspur von Atem und Herzschlag war an sich schön, aber sie hatte nicht so ganz funktioniert, wie Johanna es sich vorstellte. Leon hatte nicht einfach nur geatmet, er hatte geschnarcht – und zwar in der Lautstärke eines Sägewerks oder eines getunten Motorrads. Johanna hatte kein Auge zugetan, und da sie Leon am nächsten Morgen nicht mit Tränensäcken begegnen wollte, die bis zu den Knien hingen, hatte sie diesmal ihr Bett verschoben. Und zwar an die gegenüberliegende Wand. Aber auch das hatte kaum geholfen, und nun stand er auch noch vor ihr, gerade, als sie blitzschnell im Badezimmer hatte verschwinden wollen. Prompt begrüßte er sie mit einem: »Guten Morgen, Pumuckl.«

»Danke für das Kompliment. Der Tag fängt gut an.« Auf dem Kopf rotblondes Chaos, an den Füßen Pantoffeln und in der Mitte ein kurzes Nachthemd mit einem großen, roten Herzen vorne drauf. Na bravo! Über Leidenschaft würde sie sich mit Marceline nun sicher nicht mehr unterhalten müssen.

»Du schnarchst«, fuhr Leon indessen gelassen fort. »Ich hab kein Auge zugekriegt.«

»Ich schnarche?« Sie fasste es nicht. »Du schnarchst.«

Ohne ein weiteres Wort zog er sein Smartphone aus der Tasche seines Bademantels und spielte das Video ab, das er von ihr aufgenommen hatte. Sie lag da wie ein Baby, das die Decke weggestrampelt hatte, die Haare wie immer in alle Windrichtungen auf dem Kopfkissen verteilt und – sie schnarchte tatsächlich.

Johanna schnappte nach Luft: »Das darfst du nicht. Das ist Verletzung der Persönlichkeitsrechte. Ich zeig dich an.«

Leon blieb unbeeindruckt. »Deine Tür stand offen. Ich konnte nicht anders, als das Beweismaterial sichern – auch hinsichtlich unseres zukünftigen Zusammenlebens.« Er wechselte die linke Krücke in die rechte Hand und hielt ihr galant die Badezimmertür auf. Johanna warf ihm einen Blick zu, von dem sie hoffte, dass er vollendete, was der Unfall nicht geschafft hatte, wollte schon ins Bad schlüpfen, da meinte Leon trocken. »Miles Davis, Betthupferl auf dem Kopfkissen, Doktor Doolittle und die schwimmende Insel …«

»Ja und?«

»Interessante Mischung.« Er drehte sich um, wollte schon davonhumpeln, als sie spontan sagte: »Und die Blumen?«

»Die Blumen?« Er drehte sich wieder zu ihr um, sah sie ratlos an.

»Na, die Blumen halt.«

»Ach so, die Blumen. Schön.« Sprach's und humpelte nun endgültig davon.

Er hatte den Sommerstrauß nicht einmal gesehen. Aber die CDs und die Bücher. Johanna rutschte das Herz so weit nach unten, dass sie es unterhalb des Bauchnabels pochen hörte. Er hatte sie wahrgenommen. Zum ersten Mal. Oder hatte er sie nur verscheißert?

Stopp! Keine negativen Gedanken. Negative Gedanken ziehen das Negative an. Er, Leon Duwé, hatte sie wahrgenommen und damit basta.

An diesem besonderen Morgen sang Johanna unter der Dusche. Jolene von *The BossHoss*. Ein Song, dazu geeignet, sämtliche vorhandenen Gefühle in die Stimme zu legen. Johanna legte all ihre Gefühle hinein. Was sie vermutlich nicht getan hätte, hätte sie bemerkt, wie Marceline einmal ganz tief durchatmete, Leon leicht verwundert den Blick gen Badezimmertür richtete und Kio eher besorgt feststellte: »Bei uns im Kirchenchor will Johanna aber nicht mitsingen?«

Bei uns im Kirchenchor! Marceline und Johanna hatten es sich nicht nehmen lassen, Kio zu seiner ersten Chorprobe zu begleiten. Gleich am übernächsten Tag nach seiner Entlassung aus dem Krankenhaus hatte sie stattgefunden, und in der Nacht davor hatte Kio kein Auge zugemacht, so aufgeregt, so voller Vorfreude war er gewesen. Kein Wunder also, dass sie etwas zu früh dran gewesen waren. Pfarrer August Theodor Braun hatte noch mit den Jungen und den Mädchen des Bläserensembles geprobt, wobei vor allem ein Junge durch ein besonders inbrünstiges Blasen in seine Trompete auffiel. Irgendwann warf Pfarrer August Theodor Braun einen leicht verzweifelten Blick auf das Kruzifix und trompetete nun ebenfalls ziemlich laut, aber mit Worten: »Zur nächsten Probe bring ich unserem Herrgott Ohrstöpsel mit!«

Paul, so hieß der Junge, gab jedoch nur trocken zurück: »Kann der Herrgott überhaupt falsche Töne von richtigen unterscheiden, Herr Braun?«

Marceline und Johanna unterdrückten ein Lachen. Die Mitglieder des Bläserensembles hielten die Luft an, doch Pfarrer Braun blieb gelassen. Er klopfte nur auf Pauls Trompete und meinte: »Da drin, Paul, und …«, er legte die Hand auf sein Herz, »… und vor allem da drin kann er sehr wohl das Falsche vom Richtigen unterscheiden.«

Die Jungen und die Mädchen aus dem Bläserensemble lachten ebenfalls. Touché.

Kio dagegen saß von alldem völlig unberührt da und dachte immer wieder nur eins: *Ich werde immer den richtigen Ton treffen, und ich werde so singen, dass die anderen nur noch an meiner Hautfarbe merken, dass ich woanders geboren worden bin als sie.* Nie wieder Bimbo, Negerkuss oder, was er am schlimmsten empfand, nachdem er sich das Wort hatte erklären lassen: Integrationsverweigerer. Er wollte doch nur eins. Alles richtig machen. Dazugehören. Nie wieder fortmüssen.

Gleichzeitig wünschte er sich, seine Mutter könnte ihn so sehen. Nachts kroch er in seinen Träumen an sie heran, schmiegte sich an ihren runden, weichen Körper. Mariama, der Name hatte so gut zu ihr gepasst. Sie hatte ihm zugehört, wenn er ihr von den Bäumen erzählte, denen er Namen gegeben hatte. Manchmal war er auch zu ihr gekommen mit einer Hand voll Käfer, Schnecken und wundersamsten Schmetterlingen, die auf seine Hände geflattert waren und erst weiterflogen, wenn er den Arm weit in die Luft streckte.

Feuerfrau. Feuerfrau. Während die Jungen und Mädchen des Bläserensembles ihre Instrumente einpackten, knisterte es auf einmal in ihm, loderte, brannte und … *Feuerfrau, Feuerfrau* – verkohlte. Ihm wurde schwindlig. Wollte sitzen bleiben. Musste sich jedoch aufstellen mit den anderen. Gleich würde er singen dürfen. Wenn er sang, wurde es leichter … Am Sonntag bei dem Gottesdienst, für den sie probten, würde er singen, so wie er noch nie gesungen hatte, für seine Mutter, damit auch jeder Ton sie erreichte, dort, wo sie jetzt war. Es sollte in ihren Ohren klingen wie die Termiten im Schokomantel schmeckten. Seine Mutter hatte sie geliebt. Zuerst kam die Süße, dann knackte es und wurde sauer und scharf.

Bei ihrem ersten gemeinsamen Einkauf im Supermarkt hatte Kio eine gefühlte Ewigkeit vor dem Regal mit den Süßigkeiten gestanden. »Kann ich dir helfen, Kio?«, hatte Johanna ihn gefragt.

»Termiten im Schokomantel, wo sind die?«

Johanna hatte ihn etwas fassungslos angesehen, und Marceline war ihnen beiden zu Hilfe gekommen. »Die gibt es nicht in Europa, Kio.«

»Warum nicht? Sie schmecken so gut.«

»Unser Lebensmittelgesetz verbietet es.«

Kio hatte ihr nur einen ratlosen Blick zugeworfen und sich dann für Schokokekse entschieden.

Kio, sing etwas für mich, sing, sing, sing … Wenn du singst, fühle ich keine Schmerzen mehr, nicht da … Die Mutter hatte sich die Hand auf den Kopf gelegt, dann auf das Herz, *und da auch nicht. Wenn du singst, tut nichts mehr weh … nichts mehr weh …*

Dann war auf einmal dieses Feuer da gewesen, und er hatte gesungen. Sie war davongelaufen, vor dem Feuer, und er hatte gesungen. Doch das Feuer war schon in ihr, mit ihr, um sie herum, fraß sich in sie hinein, und er sang. Er hatte gesungen, als sie zu Boden fiel, er hatte gesungen, als sein Vater mit einer Decke auf sie einschlug, um das Feuer zu löschen. Er hatte gesungen, als das Feuer gelöscht war. Er hatte gesungen, als die, die sie angezündet hatten, fortschafften, was einmal seine Mutter gewesen war. Mariama Achebe, so warm, so schön, so stolz – nie mehr!

Die Übelkeit nahm zu. Etwas würgte sich bitter die Speiseröhre hinauf. Kio hielt die Hand vor den Mund, stürzte nach draußen und übergab sich.

»Die Aufregung«, sagte Pfarrer Braun.

»Er freut sich so, dass er dabei sein darf«, ergänzte Johanna.

Nur Marceline blieb still. Sie hatte in Kios Augen etwas gesehen, was sie an sich selbst erinnerte, als sie unter dem Schnee auf die Skelette der toten Menschen getreten war. Es war nicht immer da. Blieb hinter einem Vorhang verborgen. Doch manchmal zog eine unsichtbare Hand den Vorhang zurück. Es war der Moment, in dem man den anderen in seiner Gesamtheit für den Bruchteil einer Sekunde begriff. Sie ließ Kio allein, folgte ihm nicht. Wissend, dass er zurückkommen würde, sobald ihn die Erinnerung aus den Klauen ließ und die Gegenwart ihn umarmte.

Kio kam zurück.

Nahm seinen Platz im Chor ein.

Pfarrer und Chorleiter tauschten Platz. Die Probe begann, und Kio hatte sein inneres Versprechen an Gott gehalten.

Wenn jemals drei Worte auf einen Menschen zugetroffen hatten, dann am Tag der ersten Chorprobe auf Kio. Er sang »wie ein Engel«. Aber etwas war noch wichtiger. Es schien, als habe Kio etwas gefunden, das ihm niemand mehr nehmen konnte. Nicht nur die äußere Heimat bei Marceline und Johanna. Nein, er hatte jetzt auch ein inneres Zuhause. Etwas, das nur ihm gehörte und ihn glücklich machte. Dazu kam sein neuer Freund. Als sie eine Stunde später die Kirche verließen, wartete Benedict mit noch immer bunt verfärbter Nase auf ihn.

»Hallo Sing-Spacko!«

»Hi, du Amusie!«

Sie hatten einander abgeklatscht, und Benedict hatte gefragt, ob Kio mit zum Fußballspielen kam. Kio hatte Marceline und Johanna fragend angesehen, die beiden hatten genickt. Kio hatte sich auf den Gepäckträger von Benedicts Fahrrad gesetzt, Fußballschuhe würde er von Benedict bekommen. Davon, dass Benedict auf Kio einredete, sie müssten unbedingt herausfinden, was sich im Zimmer der besonderen Momente befand, ahnten weder Marceline noch Johanna etwas.

Johannas Gedanken kehrten von der ersten Chorprobe zurück zum Frühstückstisch, an dem zum ersten Mal auch Leon saß. Noch sein »Pumuckl« im Ohr, hatte sie das Haar mit einem Schal in Regenbogenfarben gebändigt, den Marceline aus Namibia mitgebracht hatte. Dazu trug sie eine weiße, schulterfreie Bluse, ihre etwas zu engen Jeans und hatte sich obendrein geschminkt. Etwas, was sie zu Hause nie tat. Marceline bemerkte es, lächelte, und Kio verriet Johanna mit einem bewundernden: »Du siehst heute aber schön aus, Johanna. Viel schöner als sonst.«

Prompt wurde Johanna rot, und Leon grinste. Offenbar kannte er seine Wirkung auf das weibliche Geschlecht. Johanna bändigte ihr spontanes Bedürfnis, ihn unter dem Tisch einmal heftig gegen das Schienbein zu treten, und Leon wurde zum Glück durch Marceline von ihr abgelenkt.

Marceline interessierte sich vor allem dafür, was ein Manager in der IT-Branche so machte, Kio dagegen wollte bis ins Detail alles über die Operation erfahren. Vor allem, wie viel Nägel und Metall sich jetzt in Leons Fuß befanden und was passieren würde, wenn man einen Magneten an seinen Knöchel hielt. Befriedigende Antworten bekam er keine.

Johanna saß ganz still. Prägte sich ein, wie Leon seinen Kaffee trank. Schwarz. Dass er nur eine Semmel aß. Eine Hälfte mit Butter und einem Drei-Minuten-Ei, die andere mit Marcelines selbstgemachter Erdbeermarmelade. Dazu ein Glas frisch gepressten Orangensaft.

Zufrieden klopfte er sich auf den Bauch. »Das tut gut. Sonst schütte ich immer nur zwei Espresso in mich rein.«

Johanna notierte. Keine feste Beziehung. Genießer. Nimmt sich aber nicht die Zeit, gut zu sich selbst zu sein.

Kio verabschiedete sich in die Schule. Marceline forderte Leon auf, mit in die Brennerei zu kommen.

Denn heute war der Tag, den Marceline auch als drei Jahre und einen Tag bezeichnete. Es war für einen Whiskeybrenner der Höhepunkt eines Whiskeylebens, nach dem Mälzen, dem Roh- und dem Hauptbrand. Der Tag, an dem die Flaschen endlich mit der Hand abgefüllt, verkorkt, versiegelt und zum Verkauf bereitgestellt wurden. Marceline holte einen Klappstuhl, bedeutete Leon, darauf Platz zu nehmen und den operierten Fuß auf eine Holzkiste zu legen. Füllte ein Glas Whiskey ab, reichte es ihm.

»Das Holzfass, in dem unser Whiskey reift, wurde aus einer zweihundert Jahre alten Eiche gefertigt.«

Leon trank einen Schluck. Sein Blick war überrascht. »Der ist großartig.«

Marceline nickte zufrieden, erklärte weiter, bei anderen Holzarten könne das Fass nicht atmen, und die europäische Eiche sei es, die für das volle, intensive Aroma sorge. Johanna ergänzte, dass die Faserrichtung ebenfalls stimmen müsse und das Holz daher nur nach einem besonderen Muster geschnitten werden dürfe. Doch schon an dieser Stelle schien Leon nicht mehr richtig zuzuhören. Er warf einen Blick auf seine Armbanduhr und dann nach draußen, als erwarte er jemanden.

Johanna versuchte es erneut: »Wir verschweißen die Flaschen mit Schrumpfkapseln. Dabei ist das Timing wichtig. Einen Moment zu kurz, und die Kapsel fällt ab, einen Moment zu lang, und die Kapsel reißt.« Für den Bruchteil einer Sekunde schien es, als sei Leon wieder interessiert. Johanna nahm zu Demonstrationszwecken eine Flasche, befand sich gerade im Augenblick höchster Konzentration und Fingerspitzengefühls, als sie von einem VW-Bus abgelenkt wurde, der vor dem Haus mit quietschenden Bremsen stoppte. Und nicht nur von ihm, sondern von den außerordentlich langen, schlanken Beinen, die gleich darauf zum Vorschein kamen. Der Rest war das Gesicht von Miss America auf einem sensationellen Oberkörper. Und auf all das schien Leon gewartet zu haben, während Johanna versucht hatte, ihm mit ihrem Wissen über das Whiskeybrennen zu imponieren. Am liebsten hätte Johanna von Marcelines Hausrecht Gebrauch gemacht und Miss America des Grundstücks verwiesen.

Zu spät.

Leon sprang wie elektrisiert auf.

Die erste Kapsel sprang wie elektrisiert ab.

Leon packte seine Krücken, humpelte auf Miss America zu. Die nächste Kapsel riss, als Leon diese weibliche Sensation, die es sonst nur mit Hilfe des Photoshops zurechtgetunt gab, mit einem Bussi links und einem Bussi rechts begrüßte. »Na endlich, Sigrun!«

Sigrun? Johanna jubelte innerlich auf. Wenigstens das. Der Name war ja noch spießiger als ihrer, doch dann holte Marceline sie auf den Boden der Tatsachen zurück: »Hübsch! Sehr hübsch!«

»Danke schön, Marceline, sehr ermutigend, Marceline.«

Marceline blieb gelassen. »Männer sind mehr an Frauen interessiert, die sich für sie interessieren, als an langen Beinen.«

Davon wiederum war Johanna alles andere als überzeugt.

»Was denkst du?« Johanna schluckte. »Seine Freundin?«

»Wäre er dann hier?«, meinte Marceline trocken, straffte den Rücken und verließ die Brennerei, um den photoshopgetunten Spoilerkit namens Sigrun zu begrüßen. Johanna blieb zurück, dachte nur »Verräterin« und beobachtete aus sicherer Entfernung, wie Marceline die junge Frau freundlich begrüßte und dann mit ihr gemeinsam unzählige Reisetaschen und Koffer ins Haus schleppte, während es sich Leon auf der Bank gemütlich machte, das Bein hochlagerte, sich eine Zigarette anzündete und den beiden Frauen seelenruhig zusah, wie sie sich abmühten, offenbar Leons ganzen Hausstand in seinem Zimmer unterzubringen. Entweder warf Sigrun ihn gerade aus ihrer Wohnung, in der sich so einiges angesammelt hatte, oder ihre Beziehung war von der Art, dass sie ihn nicht bei sich aufnehmen wollte.

Johanna versuchte sich erneut im Verschweißen einer Schrumpfkapsel und beobachtete gleichzeitig, wie sich die junge Frau mit Bussi links und Bussi rechts von Marceline und von Leon verabschiedete. Marceline kehrte in die Brennerei zurück, informierte Johanna, dass es sich bei der jungen Frau um Leons Sekretärin handelte. Johannas innerer Daumen ging nach oben, Marceline hatte sie nicht verraten, sie hatte für sie spioniert, augenblicklich riss noch eine Schrumpfkapsel, in dem Moment, in dem Sigrun Leon ein Briefchen in die Hand drückte, das nicht viel größer als eine Briefmarke war. Leon schaute sich verstohlen um, als beinhalte das Briefchen etwas Hochbrisantes, und schob es nach einem erneuten Rundumblick rasch und unauffällig in seine Jeanstasche.

»Mit dir und dem Flaschenabfüllen wird das heute nichts mehr«, knurrte Marceline und forderte Johanna auf, Leon dabei zu helfen, die Berge von Anzügen, Hemden, Jeans, T-Shirts und Pullovern irgendwo im Haus unterzubringen. »Der Schrank in seinem Zimmer wird wohl kaum genügen«, fügte sie trocken hinzu, »um mit dem Ausmaß seiner Vorliebe für das perfekte Outfit zurande zu kommen.« Marceline drückte sich selten so gewählt aus. Nur wenn sie etwas Außergewöhnliches hervorheben wollte. Und Leons Vorliebe für Klamotten war außergewöhnlich.

Ebenso wie der Duft, der Johanna empfing, als sie sein Zimmer betrat. Es war eine Mischung aus Eau de Toilette, etwas herbem Rasierwasser und dem genetisch festgelegten, individuell einzigartigen Geruch, der nur zu Leon gehörte. Johanna schnupperte: »Hm, bei dir riecht's gut.«

»Und du riechst nach Knoblauch, wollte ich dir heute Morgen schon sagen.« Sprach's, öffnete das Fenster, und der Hauch von Selbstsicherheit, den Johanna gerade im Umgang mit ihm gewonnen hatte, flatterte durch das Fenster davon.

Dabei hatte sie sich so große Mühe gegeben, als sie am vergangenen Abend für ihn gekocht hatte. Lamm mit Tsatsiki. Und zur griechischen Küche gehörte Knoblauch wie Spaghetti zu Italien. Leon hatte nur herumgestochert und Müdigkeit vorgeschoben. Jetzt wusste sie, warum. *Kein Knoblauch* kam zusätzlich zum Frühstück auf ihre innere kulinarische Liste seiner Vorlieben, mit der sie sich schon einmal auf ein Leben mit Leon vorbereitete. »Okay, dann geh ich mal wieder und dampfe aus.«

Sie war schon bei der Tür, als er sie aufhielt: »Jetzt sei nicht so empfindlich.«

Sie hätte ihm sagen sollen, dass er empfindlich war und es ihm offenbar nur darum ging, dass sie seine Klamottenflut auspackte und irgendwo unterbrachte. Sie schwieg. Blieb, und Leon setzte noch eins obendrauf: »Kleiner Tipp. Wenn du geküsst werden willst, dann lieber ohne Knoblauch.«

»Das wäre das Letzte, das ich will.«

Es reichte. Was bildete dieser Typ sich eigentlich ein. »Ich meine, von dir geküsst zu werden.« Bingo! Das saß. Sie wollte sich innerlich schon zufrieden zurücklehnen, da entgegnete er trocken. »Ich hab nicht von mir gesprochen.« Und dann lächelte er sie auch noch zuckersüß an.

Da war es wieder, das Gefühl, ihn so lange schütteln zu wollen, bis seine Überheblichkeit wie der Apfel vom Baum aus seinem Gehirn fiel.

Sie packte ein paar T-Shirts, wollte sie in ein Schrankfach räumen, doch seine Stimme hinderte sie daran: »Shirts und Hemden nach Farbe und Anlass ordnen. Und bei den T-Shirts Kante auf Kante.« Spätestens jetzt hätte sie das Zeug zusammenknüllen und zurück in seine vor der Brust verschränkten Arme schleudern sollen. Und – sie tat es nicht. Welcher Teufel sie auch immer ritt, sie ordnete tatsächlich alles so in den Schrank, wie von ihm gewünscht. Dabei kaute sie sich allerdings fast die Unterlippe wund, aus Wut über sich selbst. Irgendwann war der Schrank voll, und es lagen immer noch diverse Anzüge, Pullover und Jacken herum.

»Hast du deiner Sekretärin gesagt, dass du nur vorübergehend hier wohnst?«

»Stimmt, sie hat ein bisschen übertrieben.« Er lächelte Johanna so gewinnend an, dass die Wut auf ihn verrauchte. Gegen sich war sie allerdings nicht so gnädig. Sie nahm den Koffer, der noch bis obenhin voll war, schleppte ihn zur Tür. »Wo bringst du das Zeug hin?«

»Auf den Dachboden.«

»Nein.« Seine Stimme klang alarmiert.

Johanna drehte sich überrascht um.

In Leons Augen stand nicht nur Abwehr, weil er seine Klamotten nicht auf dem Dachboden haben wollte. Seine Augen waren voller Angst. Mehr noch, sowohl Körperhaltung als auch Gesichtsausdruck waren panisch.

14

Im tiefen Polarwinter
der nächtliche Umriss eines Schwertwals.
Wir folgen ihm acht Stunden und orientieren uns
dabei nur am Geräusch seiner Blasen …

Johanna liebte den Morgen. Man ahnte das Frösteln, dieses wohlige Schaudern, wenn die klare Luft durch eine Pore in den Körper glitt und ihn durch eine andere verließ, aber man fröstelte nicht. Die Temperatur blieb immer knapp vor dem Punkt, an dem sie unangenehm wurde.

Im Haus war es noch ruhig, und Johanna hatte die Stille nützen wollen, um zu meditieren, doch die aufregenden Ereignisse im Garten hielten sie davon ab.

Da war der Buntspecht, der sich zunächst am Stamm des Apfelbaums versuchte und sich dann doch für die Birke entschied, deren grüne Blätter von der Morgensonne so durchleuchtet wurden, dass sie an den Spitzen silbrig-golden glänzten. Das Eichhörnchen sprang im Haselnussbaum von Ast zu Ast, knabberte auch an unreifen Haselnüssen, wohl um zu verhindern, dass die Krähen ihm die Beute wegschnappten. Manchmal bewarf es auch diejenigen mit Haselnüssen, die die Frechheit besaßen, es sich unter dem Baum gemütlich zu machen. Leons Hinterkopf hatte schon einmal mit Eichhörnchen und Haselnuss Bekanntschaft gemacht, an dem Tag, als er sich geweigert hatte, dass Johanna seine Kleidung auf dem Dachboden unterbrachte. Johanna hatte in den sauren Apfel gebissen und den Bauernschrank im Flur mit ihren Winterklamotten für ihn frei gemacht. Natürlich hatte sie Leon gefragt, weshalb er sich so vor einem harmlosen Dachboden fürchtete, jedoch keine Antwort bekommen und es vorerst dabei belassen. Vielleicht war das der Grund, weshalb sie so behutsam mit ihm umging. Sie fühlte, dass er noch eine andere Seite hatte. Ein Zitat von Marceline fiel ihr ein. *Mut ist nichts als Angst, die man nicht zeigen will.* Johanna wandelte es um. *Sich wie ein narzisstischer Idiot zu benehmen, ist nichts als Angst, die man nicht zeigen will.* Und noch etwas hatte Marceline in jener Nacht vor Leons Ankunft zu ihr gesagt, als sie über die Liebe gesprochen hatten. *Liebe ist, als könntest du durch den anderen atmen.*

Eine Amsel pickte in der Erde herum, eine zweite nahm in der Vogeltränke ein Bad und breitete danach im Gras ihr Gefieder zum Trocknen aus. Spatzen flatterten von Strauch zu Strauch und lieferten sich einen gezwitscherten Disput.

Mittlerweile war auch Marceline aufgestanden, Kaffeeduft wehte mit den Klängen von Mozart zum Küchenfenster hinaus.

Am vergangenen Tag hatte Kio zum ersten Mal beim sonntäglichen Gottesdienst in der leider nur zur Hälfte besetzten Kirche gesungen. Was hatte er dafür geübt. Jeden Tag. Nahezu ununterbrochen. Er war auf seinem Baum gesessen und hatte gesungen. Er war mit dem Fahrrad gefahren und hatte gesungen. Er hatte beim Essen gesungen, unter der Dusche, beim Hausaufgabenmachen. Johanna konnte es schon fast nicht mehr hören. Sein *Halleluja, Halleluja, Halleluhujaha …* Aber als es endlich so weit gewesen war und er im Presbyterium gestanden hatte, gleich neben dem Altar, schmal und noch dunkler wirkend als sonst, zwischen den hellhäutigen Sängern und Sängerinnen, platzte Johanna fast vor Stolz. Sein *Halleluja* kam wie aus anderen Sphären. Johanna griff nach Marcelines Hand, und auch Marceline packte ergriffen zu. Ein Blick auf Leon, der zunächst nicht hatte mitgehen wollen – »Ich bin so was von einem Atheisten« – und der schließlich doch von Kio überredet worden war. Fand er es genauso schön wie sie beide? Er reagierte nicht. War wohl zu sehr mit seinem Smartphone beschäftigt. Johanna bemerkte Kios missbilligenden Blick. Stupste Leon in die Seite. Und zu ihrer Überraschung legte Leon tatsächlich das Smartphone beiseite und hörte zu. Kio lächelte, und es war, als würde er jetzt nicht nur mit dem Chor singen, sondern *mit allen Engeln, welche Gott umschwebten. Einige ganz nahe, andere um diese herum in großen Kreisen und immer weiter fort in das Unendliche, aber alle gleich glücklich. Und alle sangen sie, klein und groß, samt dem guten, gesegneten Kind und der armen Feldblume, die verdorrt dagelegen hatte, hingeworfen in den Schmutz einer engen dunklen Straße*. Ein wenig hatte Johanna die letzten Sätze des Märchens von Hans Christian Andersen verändert. Der Engel – ihr Lieblingsmärchen. Auch Leon war jetzt ganz still. Schien zu spüren, was alle zu spüren schienen. Frieden. Der kleine Junge aus Nigeria mit der großen Stimme war gekommen, damit sie alle in dem kleinen bayerischen Ort Frieden fanden. Magie? Oder einfach nur eine kitschige Vorstellung.

Johanna jedenfalls war in diesem Moment so glücklich wie lange nicht mehr. Am liebsten hätte sie Leons Hand genommen. Sie hatte es nicht gewagt.

Selbstverständlich legten Menschen ihre schlechten Angewohnheiten nicht einfach ab, weil ein Knabe engelsgleich sang. Schon gar nicht Leon. Sobald der Gottesdienst vorüber war, hatte Leon schon wieder an seinem Smartphone gehangen wie ein Baby, das gierig an seiner Flasche saugte. Er war hungrig nach Nachrichten. Als sei der Job für ihn die einzige Möglichkeit, sich lebendig zu fühlen. Dass er vor allem mit Sarah chattete, wusste Johanna zu diesem Zeitpunkt nicht.

Selbst bei schönem Wetter wie an diesem Morgen, der sich selbst inszenierte wie ein ziemlich abwechslungsreiches Theaterstück, saß Leon in seinem Zimmer und arbeitete. Immer höher und höher hinauf auf der Karriereleiter. Nur wozu. »In den Himmel kommen wir irgendwann alle«, pflegte Marceline zu sagen, »egal, ob wir die Zeit mit Sinnlosigkeiten verbringen wie Arbeit, die keinen Spaß macht, oder das Leben genießen. Aber dafür müssen wir erst wissen, was wir wirklich brauchen und was uns guttut.«

Leon war nicht nur eitel und arrogant, das zumindest hatte Johanna in der einen Woche festgestellt, in der er jetzt bei ihnen war, sondern er war auch verdammt ehrgeizig. Wollte *on top of the world*, wie er es ausdrückte. Er sagte Dinge wie: »Strategisches IT-Management ist eine Managementaufgabe, die den Geschäftserfolg direkt beeinflusst, indem sie den Wertbeitrag der IT zum Unternehmenserfolg steigert und gleichzeitig die mit der IT verbundenen Risiken und Kosten minimiert.«

Johanna verstand nur Bahnhof. Stattdessen fragte sie ihn, ob er schon einmal wirklich bewusst in die Natur gegangen sei und sich gefragt habe, ob er Himmel, Sterne, Bäume, Wasser und Steine wirklich so sah, wie sie seien.

»Du meinst, weil wir gewohnt sind, alles zu bewerten und in Kategorien zu ordnen, sind wir auf stereotype Reaktionsmuster beschränkt?«

»Wow.« Sie übersetzte kurz und antwortete mit einem knappen: »Ja, das meine ich.«

»Das ist nur etwas für Leute, die zu viel Zeit haben.« Schublade auf. Schublade zu. Hatte sie gehofft, sie hätten zumindest diese Gemeinsamkeit. *Niente, nada, nix da …*

Aber so schnell gab sie nicht auf, wollte sich ihm erklären: »Ich will einfach nur mein eigenes Leben leben. Augenblick für Augenblick.«

»Ohne Ziel?«

Sie wusste nicht, was sie darauf antworten sollte, und Leon beantwortete seine Frage selbst. »Wer selbst kein Ziel hat, arbeitet automatisch für die Ziele anderer, Jojo.«

»Jojo?«

»Passt. Weil deine Gedanken auch immer auf und ab und hin und her springen.«

Es reichte. Und wenn sie den Philosophen Hegel auf die Schnelle bemühen musste, um zu beweisen, dass sie durchaus mithalten konnte: »Wer etwas Großes will, der muss sich zu beschränken wissen, wer dagegen alles will, der will in der Tat nichts.«

Und tatsächlich – Leon hatte nichts mehr hinzugefügt. Sie nur angesehen mit diesem ihm ganz eigenen Ausdruck, den sie nicht zu deuten wusste. Noch nicht zu deuten wusste. Wäre sie unbefangener gewesen, hätte sie es als ein bewunderndes *Touché* gedeutet.

In den dunklen Momenten dachte Johanna, dass Leon und sie viel zu verschieden waren, um einander wirklich nahezukommen. Vermutlich würde sie zu den bemitleidenswerten Frauen gehören, die ihre wahre Liebe unerwidert bis zum Ende im Herzen trugen und irgendwann den Zweitbesten heirateten, um nicht auf Dauer allein zu sein. In den guten Tagen jedoch sagte sie sich, dass sie nur noch weiter buddeln musste, um an den Kern des wahren Leon heranzukommen.

Sonst lief in diesen Tagen alles so ziemlich okay. Mit Leons Heilungsprozess waren die Ärzte zufrieden. Die Kunden standen wie immer Schlange, wenn es bei Marceline neuen Whiskey gab. »Der Rubel rollt«, wie Marceline sich auszudrücken pflegte. Vor allem jedoch hatte Marceline keinen einzigen Ausfall mehr gehabt, so dass Johanna schon hoffte, es sei vielleicht doch nur ein Virus gewesen, das ihren Geist von Zeit zu Zeit vernebelt hatte.

Doch dann kam es, wie es eben so oft kam. Der Tag mit diesem wundervollen Morgen endete in einer dunkelschwarzen Nacht, in der sich Marceline wieder einmal auf Wanderschaft begab.

Johanna wachte von Marcelines Fluchen auf: »Verdammt … so ein Mist … jetzt geh halt schon … blöder Baum.« Wie elektrisiert sprang Johanna aus dem Bett, warf einen Blick durch das Fenster – im selben Augenblick wie Leon, den Marcelines Fluchtirade wohl ebenfalls geweckt hatte.

Es war vier Uhr morgens und die Lichtstimmung von ganz besonderer Art. Sie war wie dichter Nebel. Alles wirkte ein wenig so, als habe es menschliche Umrisse. Die Bäume, die Sträucher, die Steine erschienen wie isländische Trolle, die den Sonnenaufgang vergessen hatten und deshalb für immer als Baum, Strauch oder Stein weiterleben mussten. Marceline hatte nichts von einem Troll, sie war eher wie eine Elfe, die vergessen hatte, dass man nachts im Bett blieb und schlief. Von diesem eigenartigen Mond beleuchtet, hinter dem sich schon der Tag ankündigte, stand sie da in ihrem dünnen, weißen Nachthemd, umarmte nicht Kios Baum, sondern rüttelte wie wild an ihm herum und fluchte: »Himmelsakradi noch amal, jetzt mach halt. Saudummer Baum, du.« Jetzt kniete sie sogar nieder und versuchte, ihn mit bloßen Händen auszugraben.

»Was machst du da, Marceline?«, rief Johanna ihr zu.

Marceline hob nur kurz den Kopf: »Geh ins Bett, Kind, du erkältest dich.«

»Geh du auch ins Bett, Marceline, aber schnell.«

»Ich hab zu tun.« Eine unwillige Handbewegung folgte, und Marceline wühlte wieder mit beiden Händen in der Erde herum.

»Du kannst den Baum nicht ausgraben, Marceline«, versuchte es Johanna noch einmal vom Fenster aus, während sie in Jogginghose und Schuhe schlüpfte.

»Warum nicht? Ich stell ihn in die Vase, und dann hat Kio es nicht so weit, wenn er draußen schlafen will, und das blöde Lichtzeug«, sie meinte die Lichtspur, die zu Kios Zimmer führte, »die kriegen wir auch wieder weg. Krieg damit kein Auge zu.«

Statt einer Antwort lief Johanna aus dem Zimmer, begegnete im Flur Leon, der ebenfalls Jogginghosen und Schuhe angezogen hatte und ihr auf seinen Krücken entgegenhumpelte. »Was hat sie?«

Johanna antwortete nicht, stolperte über den Lichtstreifen, der zu Kios Zimmer führte, rumpelte weiter die Treppe hinunter nach draußen zu Marceline.

Leon folgte ihr. »Jetzt sag schon, was ist los mit deiner Großmutter?«

Jetzt wurde auch Kio wach, knipste seine Nachttischlampe an. »Was ist mit Line?« Seit einigen Tagen kürzte er Marceline ab, weil ihm der ganze Name wohl auf Dauer zu kompliziert war.

»Schlaf weiter«, wollte Johanna ihn beruhigen. Doch Kio war schon aus seinem Bett gesprungen, ohne sich die Zeit zu nehmen, sich etwas anzuziehen. In Schlafanzughose, mit bloßem Oberkörper und barfuß lief er hinter Johanna her, überholte dabei Leon und stoppte neben Johanna, die sich jetzt vor dem Haus neben Marceline kniete und sanft versuchte, ihre Großmutter am Weitergraben zu hindern.

»Es geht nicht, Marceline, der Baum ist fest im Boden verwurzelt.«

»Aber Kio soll nicht immer rausmüssen. Nicht bei Regen. Und Winter wird es auch bald wieder. Ich hasse den Winter. Er macht mir Angst.« Wie ein furchtsames Kind legte sie den Kopf an Johannas Schulter. Ihr ganzer Körper zitterte. Johanna nahm sie fest in den Arm, wiegte sie und spürte, wie Marceline ruhiger wurde.

»Es ist okay, Line.« Kio strich vorsichtig über Marcelines Haar, das ihr wirr und ungeordnet ins Gesicht fiel. Er war so behutsam, als scheue er davor zurück, es zu berühren. Gleichzeitig war seine Stimme sehr zärtlich. »Ich bin gern draußen, Line.«

»Und genau das sollst du nicht sein.« Marceline richtete sich mit einem Ruck auf, ihre Stimme wurde streng. »Du sollst in deinem Bett schlafen und nicht auf einem Baum. Du bist ein Junge und kein Flughund. Die schlafen auf dem Baum … verkehrt herum.«

Kio zog die Hand zurück und kicherte. »Verkehrt herum?«

»Mit dem Kopf nach unten. Es gibt sie auch in Nigeria. Hast du sie noch nie gesehen?«

»Doch schon … Aber verkehrt herum ist lustig.«

Johanna wünschte sich in diesem Moment Kios gute Laune und versuchte, ihre Großmutter wieder zur Vernunft zu bringen: »Du kannst den Baum nicht ausgraben, Marceline, das schafft niemand.« Sie wollte ihr beim Aufstehen helfen, und da geschah etwas, das Johanna nicht von Marceline kannte und niemals erwartet hatte. Sie stieß Johanna mit einer Heftigkeit von sich, wie Johanna es ihrer Großmutter niemals zugetraut hätte. Sie wäre möglicherweise sogar gestürzt, hätte

Leon nicht seine Krücken weggeworfen und Johanna aufgefangen.

Marceline legte den Kopf schief, als überprüfe sie, ob das in Ordnung war, was Leon getan hatte, nickte zufrieden, sprang behende wie ein junges Mädchen auf die Beine und bot Leon den rechten Arm. »Und jetzt, junger Mann, bringen Sie mich bitte nach Hause.«

Leon ließ Johanna los, sah Marceline etwas unglücklich an. »Würde ich gern, Marceline, aber so … mit den Krücken.«

»Die jungen Männer, zu nichts taugen sie.« Sichtlich verärgert wandte sich Marceline an Johanna. »Dann bringst halt du mich nach Hause, wo immer es auch sein mag.«

»Du bist hier zu Hause, Marceline.« Johanna deutete auf das Haus, von dem in der Dunkelheit nur die Umrisse zu sehen waren. Aber es war da. Und das war gut. Mauern, die Bestand hatten, Mauern, die bleiben würden, auch wenn alles andere zusammenbrach. Marceline schien das allerdings anders zu empfinden.

»Etwas Respekt, wenn ich bitten darf«, fauchte sie Johanna an. »Ich bin deine Großmutter.« Es war das erste Mal, dass Marceline ihr verwandtschaftliches Verhältnis auf diese Weise betonte. »Und jetzt nimm den Baum«, sie sah Leon an, zum zweiten Mal ignorierend, dass er sich nur auf Krücken fortbewegen konnte, »und wir suchen zusammen mein Zuhause.«

»Das ist dein Zuhause, Marceline«, wiederholte Johanna und schluckte die immer stärker werdende Verzweiflung hinunter.

»Theoretisch schon.«

»Und praktisch?«

»Weißt du was, du Fräulein Naseweis? Das alles interessiert mich bei weitem nicht so sehr wie dich.« Sie hängte sich nun endgültig bei Johanna ein und ließ sich zurück ins Haus bringen. Ohne Baum. »Den soll Leon schleppen. Meinetwegen zusammen mit Kio. Kinder ...« Sie lächelte nachsichtig. »Lässt man sie machen, hüpfen sie herum wie die Märzhasen.«

Leon und Kio blieben zurück. »Zu viel Whiskey?«, fragte Leon.

Kio schüttelte den Kopf. »Die *Deaddeads*.«

»*Deaddeads?*« Leon sah Kio verwundert an. »Toter als tot? Was meinst du damit, Kio?«

Kio sah zu den Sternen, die wie geheimnisvolle Zeichen am Himmel angeordnet waren und in ihrer Fülle die Silbersichel des Mondes aus dem Himmel hinauszudrängen schienen, und wandte sich wieder an Leon. Seine Stimme war nicht viel mehr als der Hauch des Nachtwinds. »Zuerst verdunkeln sie den Geist, und dann töten sie.« Er machte eine Pause, als suche er nach einer Möglichkeit, nicht fortfahren zu müssen.

»Du sprichst von Marceline. Kio, das ist Aberglaube. Wir sind hier in Deutschland, da gibt es so was nicht. Niemand wird Marceline töten.«

Leon meinte es gut. Aber Kio wusste es besser. Er senkte die Lider, um Leon nicht ansehen zu müssen, und fuhr fort: »Sie töten immer, wenn die Zeit gekommen ist.«

»Kio, das ist Blödsinn!«

»Sie werden Line töten, wie sie Mariama getötet haben.«

Leons Stimme wurde sanft. »Wie ist Mariama gestorben?«

»Im Feuer.«

»Und wer ist Mariama?«

»Meine Mutter.« Kios Stimme blieb tonlos. »Sie haben gedacht, sie hat einen bösen Geist unter ihrem Kleid. Aber es war nur eine Melone, die ihr jemand geschenkt hat.«

Leon wusste kaum etwas über Afrika. Der Kontinent interessierte ihn nicht. Zu viel Dreck. Zu viel Armut. Seit einigen

Jahren boomte dort zwar die IT-Start-up-Branche, aber noch war sie für Leon uninteressant. Jetzt aber wollte er mehr wissen. Nicht über Afrika. Über Kio.

»Was genau ist passiert?« Doch er hatte die Frage zu spät gestellt. Während Leon noch über Afrika nachdachte, hatte sich Kio auf leisen Sohlen davongestohlen. Vielleicht, um einer Antwort zu entgehen. Vielleicht aber auch, um Leon nicht beim Nachdenken zu stören. Leon war kurz irritiert, dann erleichtert. Wenn er ehrlich war, wollte er keine Antwort auf seine Frage. Er wurde ohnehin schon viel zu sehr in die Angelegenheiten dieser Familie verwickelt. Und das wollte er nicht. Einbezogen und damit so sehr verstrickt werden, dass er irgendwann nicht mehr aus der Sache rauskam. Sie waren ihm ohnehin schon viel zu sehr auf die Pelle gerückt.

Noch langsamer als sonst humpelte er hinter den anderen her. Nicht, weil er müde war, es geschah zur eigenen Sicherheit.

15

Der Wolkenvorhang öffnet sich und gibt den Blick frei auf die Granitgipfel der Patagonischen Anden.

Johanna brachte Marceline ins Bett, die augenblicklich die Augen schloss und gleich darauf so selig schlummerte, als habe sie nicht gerade das ganze Haus in Aufregung versetzt. Anschließend bereitete Johanna den obligatorischen Kakao für Kio, der auch wieder unter die Decke geschlüpft war, und setzte sich zu ihm ans Bett. Affe, Giraffe, Hund und Schaf würden wie immer in gewohnter Reihenfolge seinen Schlaf bewachen. Johanna musste sich zurückhalten, ihm nicht wieder über sein kurzes Kraushaar zu streichen.

Sie wollte schon mit der Geschichte zum Einschlafen beginnen, doch Kio schüttelte den Kopf. Diesmal war er an der Reihe. Er wählte ein nigerianisches Märchen, das von dem kleinen Schildkrötenjungen handelte, den er unter seinen Willkommensgruß auf die Haustür gemalt hatte. Zwar wusste Johanna nichts von der Unterhaltung, die Kio mit Leon geführt hatte, dennoch ahnte sie, dass es mit dem Märchen eine besondere Bewandtnis hatte.

»Es war einmal ein kleiner Schildkrötenjunge«, begann Kio. Während er erzählte, sah er Johanna mit seinen großen Augen unentwegt an, als wollte er verhindern, dass sie auch nur einen Augenblick lang mit ihren Gedanken abschweifte. Seine schwarzen Wimpern bildeten im Schatten der Nachttischlampe einen dunklen Halbmond, und er hätte ohne die Stammeszeichen auf den Wangen noch kindlicher gewirkt, wie er da zwischen seinen Kuscheltieren im Bett lag, das Schäfchen fest an die Brust gedrückt. »Und dieser Schildkrötenjunge«, fuhr er mit großem Ernst fort, »hatte keine Eltern mehr. Sein Vater war von einem Pfeil getötet worden, als er seinen Panzer zu Hause vergessen hatte, und nun war auch die Mutter gestorben ...«

Johannas Herz begann zu klopfen. Vielleicht war das der Weg, etwas mehr über Kio zu erfahren, von dem, was er erlebt hatte. Dann würde es auch leichter sein, ihm zu helfen, wenn die Alpträume kamen und die Flashbacks. »Wie ist seine Mutter gestorben?«, fragte sie behutsam nach.

Für den Bruchteil einer Sekunde wandte Kio den Blick ab, als wolle er verhindern, dass sie in seinen Augen lesen konnte. »Einfach gestorben, egal.« Er wandte sich ihr wieder zu, und Johanna beließ es dabei.

Nicht bedrängen, hatte es geheißen. Die Flüchtlinge von selbst erzählen lassen, was sie erzählen wollen. Nichts mit Gewalt hervorholen, das von der Seele so aufbewahrt wurde, dass es keinen Schaden anrichten konnte. »Okay, und wie ist es danach mit ihm weitergegangen?«

»Er hatte große Probleme zu überleben. Weil es ein armes Land war mit einer großen Hungersnot. Viele Tiere haben sich auf den Weg gemacht in ein reiches Land. Aber die kleine Schildkröte war viel zu langsam ...«

»Und fliegen konnte sie auch nicht.«

»Genau. Fliegen konnte sie auch nicht. Aber sie war klug.«

»Ah ja?«

»Sie hat zwei Vögel gefragt, ob sie sie mitnehmen können.«

»Jetzt verstehe ich auch das Bild, das du auf die Tür gemalt hast. Die Vögel haben einen Stock geholt, ihn unter den Panzer der Schildkröte geführt, jeder hat ein Ende des Stocks in seinen Schnabel genommen …«

Kio strahlte. »Und so ist die Schildkröte geflogen.«

Johanna lächelte: »Man erreicht alles, was man wirklich will.«

»Das hat meine Mutter auch immer gesagt …« Er betonte das Wort »Mutter«, als sei nicht nur das Wort, sondern allein schon eine Mutter etwas ganz Besonderes. Was sie wohl auch war, Johanna seufzte innerlich, normalerweise.

»Deshalb bist du auch da.«

»Deshalb bin ich da.« Kio strahlte, und Johanna musste unwillkürlich an die Zehntausenden von unbegleiteten jungen Flüchtlingen denken, die mittlerweile spurlos verschwunden waren. Sicher hatten sich einige mehrfach registrieren lassen, aber sie wusste auch um die Schlampereien bei Behörden. Zum Beispiel waren Kios Papiere dort verloren gegangen, und hätten Johanna und Marceline nicht bestätigen können, dass er ihn dem Landratsamt überlassen hatte, hätte man es wohl wieder ihm in die Schuhe geschoben. So wie vieles den Flüchtlingen in die Schuhe geschoben wurde, da sie sich weder mit dem System auskannten noch die Sprache beherrschten. Natürlich ließen sich auch manche Jugendliche von den Verlockungen der vermeintlichen Freiheit und dem Irrlicht der Großstadtnacht verführen und fielen in falsche Hände. Wie auch ein Freund von Kio. Er war etwas älter gewesen, hatte noch in einer betreuten Wohngemeinschaft gelebt, als er von einer älteren Frau gebeten worden war, ihm die Einkäufe in die Wohnung zu tragen. Aus Respekt vor älteren Menschen hatte Akinlabi, so hieß der Junge, der Bitte Folge geleistet und fand sich in der Sexfalle eines Rings von Tätern wieder, die Kinder und Jugendliche missbrauchten. Die Betreuerin hatte zwar die Veränderung bei dem Jungen bemerkt, aber nicht gewusst, weshalb er auf einmal so aggressiv war. Denn die Täter hatten ihn erpresst. Sagst du nur ein Wort, wirst du ausgewiesen. Irgendwann hatte sich Akinlabi Kio anvertraut, und Kio wiederum hatte es erst Marceline erzählt, als der Leidensdruck sowohl für ihn, der geglaubt hatte, Deutschland sei ein gutes Land, als auch für Akinlabi zu groß geworden war. Noch immer hatte Kio Angst vor der Polizei, und er hatte auch die Ehre seines Freundes schützen wollen.

Marceline hatte sofort gehandelt. Lautstark Rabatz gemacht – jetzt saß der Pädophilenring hinter Gittern, und Akinlabi war in einer Pflegefamilie in München.

Johanna wurde traurig. Es war noch nicht allzu lange her, als Marceline wie eine Löwin um Gerechtigkeit für Akinlabi gekämpft hatte, und sie fragte sich, ob sie es heute noch könnte.

»Ich möchte auch einmal fliegen.« Kios verträumte Stimme riss Johanna aus ihren Gedanken.

»Okay«, versprach Johanna, »dann werden wir beide das irgendwann tun.« Sie küsste Kio links und rechts auf die Wangen, nichts Schweres mehr, sie hatte in dieser Nacht schon genug davon gehabt, und stand auf. »Gute Nacht, Kio.«

»Gute Nacht, Johanna.«

Johanna nahm die leere Kakaotasse und verließ das Zimmer.

Kio blieb zurück.

Schloss wieder die Augen.

Stellte sich vor, es sei seine Mutter gewesen, die ihm die weichen, vollen Lippen sanft auf die Wangen drückte. *Ehi ura n ke oma misi. Schlaf gut mein Prinz. Ezig bo ura. Süße Träume.* Sie war da. In der Sekunde, in der er an sie dachte. Sich nach ihr sehnte. Bis das helle Gesicht von Johanna das schwarze Gesicht seiner Mutter in seiner Vorstellung überlagerte. Er roch seine Mutter und hatte gleichzeitig Johannas Duft in der Nase, der noch im Raum schwebte. Vergangenheit und Gegenwart vermischten sich. Es war warm und gut. Seine Mutter würde nie wieder zurückkommen, aber Johanna war da. Seine Johanna. Die Hand seiner Mutter hatte er losgelassen, aber Johanna würde mit ihm fliegen. Das hatte sie ihm versprochen.

Er stellte sich vor, wie ihr Herz unter ihrer Bluse gepocht hatte, als sie ihn umarmte und küsste. Er hatte es deutlich gespürt. *Gib den Füßen Ruhe*, hieß es in einem nigerianischen Sprichwort, *aber auch dem Herzen*. Seine Füße waren ruhig, doch sein Herz schlug heftig gegen die Brust.

Da waren neue Gefühle. Gefühle, die er nicht einordnen konnte, bis er eines begriff. Und mit dieser Erkenntnis riss er die Augen weit auf: Er liebte Johanna. Und es war dieser Moment, in dem er mit allen Fasern seines Seins beschloss, dass er sie heiraten würde, sobald er alt genug war. Gemeinsam würden sie für Marceline sorgen und aufpassen. Keiner von ihnen würde je wieder allein sein. *Ehi ura n ke oma misi. Ezig bo ura.*

Sei nicht allzu froh, wenn du liebst, denn in der Liebe ist auch Täuschung. Das stammte ebenfalls aus Nigeria. Seine Mutter hatte es zu ihm gesagt, als er zum ersten Mal mit Sunita nach Hause gekommen war.

Sunita, Mariama, Johanna … Mit diesen drei Namen und einem Lächeln auf den Lippen schlief Kio endlich ein.

Etwa zur selben Zeit traf Johanna in der Küche auf Leon. Sie wollte sich einen Tee machen und er sich ein Glas für den Whiskey holen, den Marceline im Wohnzimmer aufbewahrte.

»Ich wollte noch ein bisschen auf die Terrasse. Was ist? Kommst du mit?« Die Aufforderung kam von Johanna.

Leon nickte, Johanna entschied sich gegen den Tee, nahm ebenfalls ein Whiskeyglas, und gleich darauf – Johanna wusste nicht recht, wie ihr geschah – saßen Leon und sie nebeneinander auf der Bank. Wäre sie selbstbewusster gewesen, hätte sie fast angenommen, dass er ebenso ihre Nähe suchte wie sie seine. Was sie in dieser Nacht erlebt hatten, ging tief. Dieses Ereignis, von dem man nicht wusste, wann, wo und in welchem Ausmaß es sich wiederholen würde.

Was mit Marceline geschah, da waren sie sich einig, kam nicht einfach nur so. Marceline wurde erbeutet, von etwas Fremdem, Unheimlichem und mit einer Grausamkeit, die ohnmächtig machte. Den Verstand zu verlieren, eine Urgewalt, vielleicht noch existenzieller als der Tod. Der Tod war Frieden. Demenz war brutal. In dieser Nacht wollte Johanna vor ihr fliehen. In Leon hineinschlüpfen. Sich in ihm ein kuscheliges Nest suchen. Doch ihre sechsundfünfzig Kilo und ein Meter achtundsechzig würden in ihm nicht den nötigen Platz finden.

So saßen sie dicht nebeneinander, versuchten jeder für sich, irgendwie zu begreifen, während der Jasmin zum Morgen hin mehr und mehr seinen Duft entfaltete. Der Duft von Jasmin hat eine ähnliche Wirkung wie Valium und löst die Angst. Vielleicht lag es tatsächlich auch daran, dass ihre Unterhaltung eher schleppend begann.

»Du hast es nicht gerade leicht«, begann Leon, nachdem er sich eine Zigarette angezündet und genüsslich einen Schluck Whiskey getrunken hatte.

»Unsinn!« Johanna reagierte schärfer als beabsichtigt. »Es ist kein Problem.« So einen Gedanken durfte sie gar nicht erst zulassen. Er wäre ein Verrat an Marceline gewesen.

»Okay.« Leon blies den Rauch durch die Nase. Johanna liebte die Mischung aus Tabak und frischer Luft. Es war heimelig und gleichzeitig männlich. »Dann kommst du offenbar mit ihrer Erkrankung gut zurecht.« Er lehnte sich entspannt zurück. Ein Käuzchen schrie.

Noch immer lag der Garten im bleichen Licht, und die Rinde des Baumes, den Marceline versucht hatte zu entwurzeln, sah aus, als sei sie mit Silberhaut überzogen.

»Marceline ist nicht krank«, fuhr Johanna eindringlich fort, als hoffe sie, indem sie Leon davon überzeugte, auch das Schicksal überzeugen zu können. »In ihrem Alter kommt so ein … Ausfall schon mal vor.« Sie nahm sich etwas zurück. Wollte Leon nicht vor den Kopf stoßen. »Vielleicht hat sie auch nur schlecht geträumt.«

Leon blieb unbeeindruckt. »Was sagt der Arzt?«

Johanna nippte ebenfalls am Whiskey, antwortete nicht.

Leon begriff. »Du warst mit ihr deswegen noch nicht beim Arzt?«

»Nur, weil sie schlecht geträumt hat?«

»Ich bitte dich, das heute hat doch nichts mit einem Alptraum zu tun. Sie war total durcheinander.«

»Na und? Ich meine, du warst vermutlich auch nicht gerade bei Verstand, als es dich aus der Kurve getragen hat.«

Leon ging nicht darauf ein. Blieb ruhig. »Gegen Demenz helfen weder Yoga noch sonst irgend so ein Zeug … Du kannst ihr nur helfen, wenn du die Realität anerkennst.«

»Und was ist deiner Meinung nach die Realität?«

Es dauerte, bis Leon antwortete. Offenbar fiel es auch ihm schwer, dieses Wort mit Marceline in Zusammenhang zu bringen. »Es könnte sich um Alzheimer handeln, aber ich … egal.« Der zweite Teil des Satzes kam schnell, als bereue er schon, den ersten Teil überhaupt ausgesprochen zu haben.

»Eben!« Jetzt war Johanna diejenige, die von ihm abrückte.

Am liebsten hätte sie ihn angeschrien. Ihm entgegengeschrien, dass er so ein Wort gar nicht erst in den Mund nehmen sollte. Die Dinge wurden erst wahr, wenn man sie aussprach. Auch wenn sie längst ahnte, wusste, dass es so war. Sie beherrschte sich, blieb aber eindringlich: »Du erlebst sie doch selbst, sie ist fast die ganze Zeit über völlig normal. Oder schmeckt dir der Whiskey nicht? Ist da irgendwas drin, was nicht reingehört?«

»Ich weiß nur, dass sie heute einen Baum ausgraben und in ihr Haus pflanzen wollte, von dem sie nicht einmal mehr gewusst hat, dass es ihr Haus ist.«

Johanna presste die Lippen aufeinander.

»Wovor hast du Angst, Johanna?« War seine Stimme schon sanft gewesen, war sie jetzt noch sanfter. »Glaubst du wirklich, ein Mensch wird gesund, wenn man den Kopf in den Sand steckt? Das ist kein Alptraum, Johanna. Man wird wieder wach, und alles ist gut …«

»Du bist ein verdammter Klugscheißer.«

»Stimmt.« Gelassen trank er einen Schluck Whiskey. »Klug bin ich … Und das andere mach ich auch … gelegentlich. Zigarette gefällig?« Er grinste.

Ihre Augen blitzten. Am liebsten hätte sie ihm den Hals umgedreht, aber stattdessen trank sie den Whiskey auf ex, stand auf, schnappte sich ihr Glas, wollte gehen, doch Leon hielt sie am Ärmel fest. »Es gibt mittlerweile ganz gute Medikamente, die den Verlauf verzögern können.«

»Verdammt, was geht dich das überhaupt an?«

»Du hast recht. Nichts. Es geht mich nichts an.«

Er zog sich zurück. Sie wollte nicht, dass er sich zurückzog. Sie wollte doch genau das. Dass er sich interessierte. »Es tut mir leid.« Sie setzte sich und stellte auch das Glas wieder ab, starrte dann jedoch stur geradeaus, um nicht sofort klein beizugeben.

Leon legte Zeige- und Mittelfinger leicht unter ihr Kinn, brachte sie auf diese Weise dazu, ihm in die Augen zu sehen. »Hast du noch nie daran gedacht, dass es Alzheimer sein könnte?«

Johanna brauchte einen Augenblick, um es über die Lippen zu bringen. »Doch. Natürlich. Ich bin ja nicht bescheuert.«

Leon sagte nichts.

Johanna fühlte sich zunehmend unbehaglich. Rutschte auf der Bank hin und her. Dann brach es aus ihr heraus. »Alzheimer. Stempel drauf. Alt und überflüssig. Als ob nichts mehr zählt, was der Mensch einmal gewesen ist. Wegstecken. Zusperren.« Tränen schossen ihr in die Augen. »Ich lass das nicht zu.«

»Wer sollte Marceline denn einsperren?« Verblüfft sah Leon sie an.

»Ihre Töchter.« Pause. »Meine Mutter.«

»Aber du bist es doch, die sich um Marceline kümmert.«

»Meine Mutter glaubt, Marceline kümmert sich um mich. Wenn sie erfährt, dass es andersherum ist«, sie lachte bitter auf, »steckt sie uns beide irgendwohin. Sie ist Familienanwältin.«

Leon grinste. »Auch wenn ich am Anfang einen anderen Eindruck hatte. Um dich irgendwohin zu stecken, bist du zu normal.«

Johanna musste ebenfalls grinsen. »Pumuckl-Jojo sagt vielen Dank.«

Leon boxte sie leicht in die Seite, blies den Zigarettenrauch in das noch schwache Licht der aufgehenden Sonne, sah sie forschend an: »Dann kommen deine Mutter und ihre Schwestern nicht oft zu Besuch?«

»Sie haben zu tun.« Johanna konnte die Härte in ihrer Stimme nicht verhindern. »Wie gesagt, meine Mutter sorgt nur juristisch für das Wohl von Familien. Eine Tante von mir heilt die Welt. Und die andere hat genug mit sich selbst zu tun, das sagt sie zumindest. Als ob Marceline nicht dazugehört.«

»Und dein Vater?«

»Den kenne ich gar nicht.«

Einen Augenblick war es so still, dass man fast die Sträucher und die Bäume hätte atmen hören können. Irgendwann fuhr Johanna in die Stille hinein fort. »Was, Leon, machst du, wenn du nicht mehr weiterweißt?«

Er hätte antworten können, Sex und Koks, ließ es aber. Johanna erschien ihm in diesem Moment so rein, fast wie ein Engel, es hätte ihm keinen Spaß gemacht, sie zu schockieren. Was ihn zwar ein wenig verwunderte, aber er antwortete aufrichtig: »Ich verschiebe es auf den nächsten Tag.«

»Und wenn du traurig bist?«

»Verschiebe ich es auch auf den nächsten Tag.«

»Du verdrängst?«

»Nicht so perfekt wie du.«

»Du glaubst, dass ich das mit Marceline verdränge, nur weil ich noch nicht mit ihr beim Arzt war?« Sie schüttelte den Kopf. »Vierundzwanzig Stunden ist es in meinem Kopf, Leon. Vielleicht nicht immer ganz vorn, wo ich leicht rankomme …« Sie fasste sich wie unbeabsichtigt gegen die Stirn. »Manchmal sitzt es auch in der letzten Ecke im Hinterkopf, aber es ist immer da … immer …« Ihre Augen füllten sich erneut mit Tränen, und sie hätte sonst etwas dafür gegeben, wenn Leon sie in den Arm genommen hätte. Er tat es nicht.

Obwohl die Alz weit von Marcelines Haus entfernt war, glaubte Johanna ihr leises Rauschen zu hören. Wie ein Seufzen, ein geheimnisvolles Wispern. Und es war, als flüstere sie zurück.

»Traurigsein ist, wenn die Liebe Schwarz trägt.« Sie hatte nicht geflüstert. Sie hatte offenbar laut gesprochen, so dass er es hörte.

»Schön.«

Überrascht sah sie Leon an. Sie war überzeugt gewesen, dass er ihr jetzt Pathos vorwerfen würde.

»Das Problem ist nur«, fuhr er indessen fort, »dass gerade das Schöne die größte Lüge ist.«

16

Erst ein Foto lange Zeit nur vor dem geistigen Auge sehen und dann – wird es Realität, und ich drücke ab.

In den frühen Morgenstunden nach dieser aufwühlenden Nacht war Johanna zu erschöpft gewesen, um Leon zu fragen, was er damit meinte. Doch jetzt war es um die Mittagszeit, und sie hatte ebenso wie Leon lang geschlafen, war jetzt wach und hängte die Wäsche auf, die Marceline schon in aller Herrgottsfrühe gewaschen hatte.

Sie befestigte gerade die familiäre Unterwäsche an der Wäscheleine, als Leon in die Sonne blinzelnd und gähnend aus dem Haus trat, sich umsah und nicht gerade den Eindruck erweckte, ausgeschlafen zu sein.

Johanna musste daran denken, was Marceline über ihre tschechische Großmutter erzählt hatte. Edita hatte sich schon als Kind geschworen, nie einen Mann mit blauer, verwaschener Unterwäsche zu heiraten, so wie sie damals die tschechischen Arbeiter und Bauern üblicherweise trugen. Strahlend weiß musste sie sein, und Weiß trugen wiederum nur die Beamten. Und so wählte sie ihren späteren Mann nicht nach der Farbe des Herzens aus, sondern nach der seiner Unterhose. Unwillkürlich fragte Johanna sich, was Leon so unter der Jeans trug, vermutlich Boss oder Armani. Sie steckte erneut den Kopf zwischen Unterhemden, Unterhosen und BHs hindurch und sah, dass Leon Anstalten machte, ohne einen guten Morgen an ihr vorbeizuhumpeln.

Aber nicht mit Johanna.

Zwischen ihnen gab es noch etwas zu klären.

Was hatte er mit der Aussage gemeint, das Schöne sei die größte Lüge. Sie fragte ihn unumwunden danach.

»Wie geht es Marceline?« Natürlich wich er ihr aus.

»Sie ist okay. Sie kann sich an nichts erinnern, und wir …«, Johanna warf Leon einen eindringlichen Blick zu, »… werden es auch nicht tun. Kio weiß schon Bescheid.«

»Also weiter den Kopf in den Sand stecken.«

»Du bist derjenige, der keine Fragen beantwortet.«

»Das war nur so dahingesagt.«

»Hab ich mir schon gedacht.« Sie wollte sich nach den Handtüchern im Wäschekorb bücken, da platzte es unvermittelt aus Leon heraus, fast, als nehme er Johanna übel, nicht mehr nachgehakt und so schnell aufgegeben zu haben.

»Ja klar, du malst dir deine Welt jeden Tag aufs Neue schön bunt.« Er wollte weiterhumpeln, doch Johanna war schneller, versperrte ihm den Weg, baute sich mit den feuchten Handtüchern in der Hand vor ihm auf.

»Wenn ich den ganzen Tag nur am Smartphone und vor dem Laptop rumhängen würde, wäre meine Welt auch langweilig und grau.«

Leicht genervt streifte Leon mit den Augen die Silhouette der mächtigen Kiefer, die den Garten seitlich vom Haus überschattete, doch er blieb stehen.

»Wie heißt es so schön. Mach alles richtig, dann ist alles gut.«

»Sorry, aber das klingt jetzt ziemlich naiv und gutgläubig.«

»So waren sie nun mal … meine Eltern.«

»Oh, tut mir leid … ich wollte nicht …«

»Natürlich nicht. Du willst ja nie, und dann machst du es trotzdem.« Seine Stimme klang spöttisch. »Liegt wohl daran, dass du nie gute Eltern hattest.«

Er wollte erneut davonhumpeln, doch Johanna war wieder schneller. »Was sagen denn Eltern noch so, wenn sie gut sind?« Nun klang auch ihre Stimme spöttisch.

Leon blieb stehen und setzte seine Ray-Ban auf. »Gute Eltern sagen«, aus seiner Stimme meinte sie neben dem Spott eine gewisse Trauer herauszuhören, »weil du unser Kind bist, das wir uns so gewünscht haben, wirst du ein glückliches Leben haben. Wir sorgen dafür. Versprochen. Wir sind immer da. Wir beschützen dich.«

Johanna dachte kurz an das Versprechen, das sie Kio gegeben hatte. Immer für ihn da zu sein und eines Tages mit ihm zu fliegen. »Und dann haben sie irgendwann mit dem Beschützen aufgehört. Warum?«

»Mein Vater ist gestorben …«

»Das tut mir leid.«

»Muss nicht. So was passiert.«

Johanna glaubte schon, Leon werde seinen Weg wohin auch immer endgültig fortsetzen, aber er blieb stehen, betrachtete erneut die Kiefer, als ziehe er allein aus ihrem Dasein Kraft.

»Bäume sind etwas Großartiges«, sagte Johanna leise. »Und sie sehnen sich wie wir danach, wahrgenommen und berührt zu werden …« Leon sagte nichts, und so nahm sie allen Mut zusammen. »Kio hat den Apfelbaum zu seinem Baum gemacht. Und du kannst das auch. Such dir einen Baum aus, schaukle in ihm wie ein Kind. Klettere in ihm herum, steig auf seinen Ästen bis hinauf in seine Krone.«

»Na klar, mit dem Fuß.«

»Das geht natürlich nicht. Aber du kannst über seine Rinde streichen, dir die Form der Zweige und Blätter genau ansehen, ihn beobachten, ihn wahrnehmen, seinen Botschaften lauschen, zulassen, dass in dir Worte, Bilder und Töne entstehen. Nicht werten, nur annehmen.«

Hatte sie erwartet, er würde sich erneut über sie lustig machen, so hatte sie sich getäuscht. Leon schwieg. Wirkte nachdenklich. Sprach mehr zu sich selbst als zu Johanna. »Mir fällt gerade auf, dass meine Mutter danach nie mehr gelacht hat. Ich meine so richtig. Nicht nur mit dem Mund, sondern auch mit den Augen.« Er schob die Sonnenbrille auf den Kopf, als wolle er Johanna damit zeigen, wie Augen lachen konnten. Seine Augen blieben jedoch ernst, und er fuhr fort: »Ihre Augen haben nie wieder gelacht.« Er zögerte einen Moment, schob die Sonnenbrille wieder zurück auf die Nase, als ärgere es ihn, Johanna diesen Einblick gewährt zu haben. Und ebenso verärgert klang auch seine Stimme. »Warum erzähl ich dir das eigentlich alles?« Er setzte sich in Bewegung. Diesmal stellte sich Johanna ihm nicht mehr in den Weg, aber sie lief neben ihm her, die feuchten Handtücher noch immer in der Hand.

»Und jetzt fühlst du dich von deinen Eltern betrogen, weil sie dich nicht darauf vorbereitet haben, dass sie sterben oder krank werden können?«

»Hör auf damit.«

Doch Johanna hörte nicht auf. Folgte der indianischen Weisheit, die Marceline von den Sioux mitgebracht hatte: *Um ein anderes Wesen zu verstehen, musst du in ihm leben, bis in seine Träume hinein.*

»Hört sich ein bisschen nach Selbstmitleid an.« Sie provozierte ihn bewusst.

»Selbstmitleid?« Er blieb so abrupt stehen, dass Johanna noch zwei, drei Schritte weiterlief, ehe sie es bemerkte.

»Tut mir leid.«

»Schon okay. Du hast ja recht.« Es lag an seiner Stimme, dass sie eine tiefe Traurigkeit hinter seiner Ray-Ban erahnte.

»Ich müsste das Haus irgendwann räumen.« Leon riss sie so unvermittelt aus ihren Gedanken, dass sie zusammenzuckte.

»Deine Mutter lebt auch nicht mehr?«

»Sie ist vor drei Jahren gestorben.«

»Und seitdem …?«

»… war ich nie wieder da.«

Es dauerte einen Augenblick, aber dann fragte Johanna behutsam nach. »Wegen dem Dachboden?«

»Quatsch.« Die Antwort kam so schnell, dass sie wusste – er log.

»Warum dann?«

Er überlegte. »Viel Arbeit. Hatte nie Zeit.«

»Jetzt hast du Zeit«, tastete Johanna sich an ihn heran. »Ich meine, du bist krankgeschrieben. Du müsstest nicht arbeiten.«

»Stimmt.« Leon deutete mit betont hilflosem Blick auf seine Krücken. »Aber damit bin ich auch nicht gerade einsatzfähig.«

»Dann machen wir es eben zusammen.« Johanna streckte die rechte Hand aus, Leon zögerte noch immer, und dann stand er einfach da und sagte mit einer Hilflosigkeit, die sie zutiefst berührte. »Das alles ist nicht so einfach.«

»Ein Haus ausräumen. Du nimmst dir das, was dir wichtig ist, und den Rest entsorgt *Ramadama*.«

»So einfach ist das.«

»So einfach.« Sie hatte wieder eine spöttische Bemerkung erwartet, aber nicht das, was jetzt über sie hereinbrach. »Meine Eltern haben alles, was dieses Haus ausmacht, mit so viel Liebe gekauft. Gesammelt. Jedes Stück war für sie etwas Besonderes. Auch später, als mein Vater tot war … Meine Ma hat nie was verändert.«

»Ich verstehe.«

»Du verstehst was? Nichts verstehst du!« Er zitterte vor Zorn. »Auf jedem einzelnen Stück liegt noch die Hand meiner Mutter, wenn sie Staub gewischt hat. In der Wand sind noch Spuren der schiefen Nägel, die mein Vater eingeschlagen und wieder rausgezogen hat. Der kleine braune Kaffeefleck im Teppich, über den sich meine Ma bis zu ihrem Tod ärgern konnte. Auf der Treppe, die in den ersten Stock führt, sind noch ihre Tritte. Jeden Millimeter in diesem Haus haben sie mit Händen und Füßen berührt. Es riecht noch nach meiner Mutter. Wenn ich hineingehe, höre ich noch ihre Stimmen, sehe ihre Schatten … Dann sind sie auf einmal wieder da … Aber für dich ist es so einfach. Weil alles einfach ist. Hauptsache, man schaut nicht genau hin. Wandelt weiter auf seinem Regenbogen in der Hoffnung, dass sich am Ende ein Schatz befindet.«

»Du hältst mich für naiv.«

»Und ob!«

»Und ich halte dich für feige.«

»Feige? Ich und feige …«

»Mir wirfst du vor, dass ich Marcelines Zustand verdränge. Ja, vielleicht, weil ich noch gar nicht richtig kapiert habe, was auf einmal mit ihr passiert. Aber du verdrängst seit Jahren.«

»Ich verdränge gar nichts.«

»Und was ist mit dem Schmerz?« Stille. Kein Wort mehr von Leon. Es schien fast, als habe er aufgehört zu atmen. Johanna wurde weicher. Milder. »Wenn du den Schmerz nicht irgendwann zulässt, geht deine Seele kaputt.« Noch immer diese eigentümliche Stille. Sie ging von ihm aus, während irgendwo eine Kuhglocke schepperte. Marceline in der Brennerei herumfuhrwerkte. Vögel zwitscherten. Eine Katze miaute. Auf der Straße ein Traktor entlangholperte.

»Machen wir es?« Sie sah ihn auffordernd an. »Lösen wir zusammen das alles auf. Das Haus und …« Sie sprach es nicht aus, aber sie wusste, dass er wusste, was sie damit meinte. *Lösen wir gemeinsam deinen Schmerz auf.*

Sie reichte ihm die Hand.

Er zögerte.

Sie wartete.

Dann schlug er ein.

17

Tauchgang unter einer Ölplattform.
Wunderbare und so andere Welt.

Schon am nächsten Tag standen sie gemeinsam vor Leons Elternhaus. Es lag am Rand von Rosenheim, einer gutbürgerlichen, norditalienisch anmutenden Kleinstadt mit hübschen Läden unter Arkaden, in denen man gut und teuer einkaufen konnte. War Johanna voller Tatendrang, so schien Leon nicht in der Lage, die erste Stufe seines Elternhauses zu betreten, geschweige denn hinaufzusteigen. Das Haus war grau. Ebenso wie die Haustür mit der schmalen, rechteckigen Milchglasscheibe rechts. Am Briefkasten stand noch Gabriele und Horst Duwé. Offenbar hatte es Leons Mutter nie übers Herz gebracht, den Namen ihres Ehemanns zu entfernen. Den Tod verleugnen, das hatte Leon offenbar von ihr übernommen. *Es war, als ob sie nicht ohne den anderen atmen. Nicht ohne einander sein können.* Das Zitat stammte aus einem Film, dessen Titel Johanna vergessen hatte. Leons Mutter hatte gewusst, was Liebe ist. Im Gegensatz zu ihrer Mutter. Was also war hinter diesen Mauern geschehen, dass Leon das Haus nicht betreten konnte? War es nur die Angst vor dem Schmerz, wie er behauptet hatte, oder war da noch etwas ganz anderes? Er wusste, wie man mit einem Trauma umging. Warum? Woher? Jeder einzelne Schweißtropfen auf seiner Stirn erschien ihr, als wolle er eine Geschichte erzählen. Gleichzeitig war Leons Gesicht wie leergefegt von jeder Emotion. Johannas Phantasie schlug Kapriolen. Sie wollte irgendetwas sagen, tun, ihn fragen, was in ihm vorging – sie wagte es nicht.

Leon blieb ruhig. War fast zu ruhig.

Er stand noch einen Augenblick da, setzte sich dann etwas schwerfällig auf die oberste Stufe, und während der Schweiß langsam trocknete, versenkte er den Blick in den kleinen Vorgarten, der etwas von einem hospitalisierten Kind hatte, das schon lange von niemandem mehr in den Arm genommen worden war. Nicht einmal die Nacktschnecken schienen sich noch für ihn zu interessieren.

Johanna ließ Leon vorerst mit seinen schweißtreibenden Gedanken und Erinnerungen allein, widmete sich dem Haus, das ebenso wie der Garten eine gewisse Ratlosigkeit ausstrahlte. So als denke es darüber nach, ob es in dieser Welt überhaupt noch etwas verloren habe. Die Fenster blicklos. Schmutzige Scheiben, hinter denen noch ordentlich die Spitzengardinen hingen. Das Haus selbst, in seiner Gesamtheit, erinnerte Johanna an Häuser, die sie als Kind gezeichnet hatte. Vier Striche, steiles Dach mit Kamin oben drauf. Fenster. Tür. Balkon. Fertig. Keine Extras. Die Mauern einfach nur weiß. Sie hatte gern Häuser gezeichnet.

»Es ist schwer«, sagte sie mehr zu sich selbst als zu Leon, der noch immer in den Vorgarten starrte, als nehme er mit jedem Grashalm einzeln Kontakt auf. »Ich verstehe das wirklich, es ist dein Elternhaus. Die ganze Kindheit, die Erinnerungen … Wenn es bei Marceline mal so weit ist … Ich weiß auch nicht, ob ich das so schnell hinkriege … Tut mir leid, dass ich gestern so unsensibel gewesen bin.«

»Nichts weißt du!« Sein inneres Kaleidoskop erhielt eine neue Farbe. Rot. Rot wie Wut! »Gar nichts. Du …« Sie hatte nicht gewusst, wie abfällig man ein harmloses Du aussprechen konnte. »Du mit deiner naiven Puderzuckermentalität.« Das kam aus heiterem Himmel.

Johanna starrte ihn an. Schluckte. Verstand, dass das, was er sagte, weniger mit ihr zu tun hatte als mit Leon.

Schon ruderte er zurück. »Tut mir leid. Sorry. Tut mir echt leid.«

»Puderzuckermentalität.« Sie konnte nicht anders, sie musste grinsen.

»Na ja.« Er schmunzelte auch. »Yoga, Barfußspaziergänge, dieses Achtsamkeitsding, dieser ganze esoterische …«

»Jetzt sag bloß nicht Quatsch.«

»Okay … Aber Johanna, jetzt mal ehrlich, das alles sind doch nur irgendwelche Haltegriffe, damit du nicht ganz so durchgeschüttelt wirst, wenn du dich durchs Leben hangelst.«

»Und wie hangelst du dich durchs Leben? Woran, Leon, glaubst du?«

Er überlegte einen Augenblick. »An Ziele. Dass man alles bekommt, wenn man es nur wirklich will.«

»Daran glaube ich auch. Aber ohne diese ständige Kontrolle.«

»Kontrolle macht das Leben um einiges leichter.«

»Und du glaubst wirklich, dass das funktioniert? Du kontrollierst deine Welt und deine Lebensumstände, und das gute Ergebnis ist garantiert?«

»Logisch.«

»Na, dann frage ich mich, weshalb du auf Krücken herumhumpelst, wenn du alles so im Griff hast.«

Leon wollte etwas sagen, doch Johanna durchschaute seine Taktik. Johanna in eine Diskussion zu ihrem Lieblingsthema verwickeln und weiter das Betreten des Hauses vermeiden. Energisch streckte sie die Hand aus. »Den Hausschlüssel bitte!«

Leon nickte ergeben, ließ den Schlüsselbund in Johannas offene Hand fallen.

»Aua!« Es waren viele Schlüssel, und der Aufprall tat weh. Leon entschuldige sich nicht. Er schien sogar zufrieden darüber zu sein, dass sie das Gesicht einen winzigen Moment schmerzhaft verzog. So als habe sie bei ihm einen wunden Punkt berührt und er wolle es ihr auf diese Weise zurückzahlen.

»Welcher ist es?« Verärgert sah sie ihn an.

Leon zeigte ihn ihr. Johanna stand mit einem entschlossenen Ruck auf, sperrte die Haustür auf, ließ sie offen stehen, trat ein. Schäbiges, verschmutztes Linoleum. Im Windfang eine dunkle Tapete, das typische Blattmuster der achtziger Jahre. Sie war fleckig, verschmiert und hing teilweise in Fetzen. Links war die Gästetoilette. Es stank aus dem Klo. Aber etwas anderes zog ihre Aufmerksamkeit auf sich.

Es war die Tür, die in diesen alten Häusern den Windfang von dem Flur trennte. Sie hatten meist einen schmalen Rahmen und bestanden fast ausschließlich aus einer Milchglasscheibe. Auch diese Tür, die in den Flur führte, hatte eine Milchglasscheibe. Nur – sie war zerbrochen. Johanna sah sich um. Überall lagen Scherben. Automatisch hob Johanna zwei, drei Scherben auf, fragte sich, welche Katastrophe sich hier wohl vor drei Jahren abgespielt haben mochte, als Leons Mutter gestorben war. Mit Anfang sechzig. Also viel zu früh. Sie legte die Scherben auf das schmale Fensterbrett in der Toilette, kippte das kleine Fenster, damit der Gestank abziehen konnte, der offensichtlich aus dem lange nicht mehr benutzten Abfluss kam. Zog die Toilettentür zu. Betrat den Flur und warf dabei einen Blick auf Leon. Er saß noch immer reglos da.

Johanna ging weiter. Ihr Herz klopfte vor Aufregung. Gleich rechts neben der Tür zum Windfang gab es eine Wohnküche.

Eine Kochzeile, ein Küchenbüfett, eine Couch, einen Tisch mit drei Stühlen. Nicht für Gäste gedacht, nur für die Familie. Jetzt kam das Wohnzimmer und bestätigte die Katastrophe, die Johanna längst erahnte.

Die Möbel waren verschoben, auf Tisch und Boden leere Einmalspritzen, weggeworfene Plastikhüllen, irgendwelche Schläuche, Aufziehkanülen, Einmalhandschuhe, Fixierpflaster, sterile Pflaster, Abwurfbehälter, eine vergessene Verbandschere, Desinfektionsmittel, das übliche Schlachtfeld, das Sanitäter und Notarzt bei einem Notfalleinsatz hinterließen. Nein, es war noch mehr. Hier hatte man nicht nur um ein Leben gekämpft. Hier hatte man um das Leben gewütet. Johanna fröstelte. Sie versuchte sich mit den Armen zu wärmen. Schweißperlen standen ihr auf der Stirn. Stille.

»Riechen tut's hier …« Johanna drehte sich um. Leon war ihr nun doch gefolgt. So leise, dass sie nicht einmal das regelmäßige Aufsetzen der Krücken gehört hatte. »Ekelhaft.« Er humpelte zu einem Fenster, riss es auf. Die Sonne strömte herein und machte alles nur noch schlimmer, wie ein auf einen verwahrlosten Menschen gerichteter Scheinwerfer. Rasch zog Leon die Übergardine aus braunem Samt zu, doch es fehlten einige der Gardinenringe, mit der sie an der Stange befestigt worden war. Nun hing auch sie schief und elend.

»Wir hätten nicht hierherkommen dürfen.« Leon ließ sich schwer in einen Sessel aus hellgrünem Samt fallen.

»Und wie lange wolltest du noch warten? Drei Jahre, zehn … bis die Wände vollgeschmiert sind mit fremden Namen, Herzen, Graffiti und Obszönitäten?«

»Mein Elternhaus, das gegen das Kleinbürgertum rebelliert, wär zumindest mal was Neues.« Ironie kannte sie schon bei ihm. Zynismus nicht. Aber diesmal duldete Johanna nicht, dass er sich hinter irgendetwas versteckte, weil er nicht mit seinen Gefühlen klarkam.

Sie drehte sich um, sah ihn mit festem Blick an. »Du bist es deinen Eltern schuldig, dass du das hier zu Ende bringst.«

»Schuldig. Ich bin ihnen gar nichts schuldig. Sie hatten ihren Spaß, und dann war ich da. Gefragt, ob ich das überhaupt will, hat mich keiner.«

Durch das fahle Licht, das durch das Fenster fiel, sah Johanna die Umrisse seines Gesichts, die Bewegungen der Augen, die schlanke Nase, das leicht verstrubbelte, dunkle Haar. Wie schön er war. »Sorry. Tut mir leid, dass du so ungern lebst. Aber wer soll es sonst machen außer dir? Oder hast du Geschwister?«

Leon schüttelte den Kopf.

Johanna wandte sich ab. Blieb mit den Augen an der Treppe hängen, die nach oben führte. Sie wollte mehr wissen über dieses Haus und die Menschen, die darin gewohnt hatten. Sie wollte wissen, wer Leons Eltern gewesen waren, vielleicht würde sie dadurch auch endlich erfahren, wer er war und warum er alles dafür tat, sich selbst nicht spüren zu müssen. Dadurch, dass er alles kontrollieren und den Rest verdrängen wollte, war er da auf einem guten Weg. Allerdings auch in die Depression. Vielleicht war er sogar schon depressiv.

»Was machst du?« Seine Stimme war unsicher geworden. »Was willst du da oben!« Er kam ihr nicht nach, und sie stieg weiter Stufe um Stufe die Treppe hinauf in den ersten Stock. Sie war aus hellem Holz. Die Stufen knarrten.

Leon tat ihr schon wieder leid. Sie versuchte einen Scherz, ohne sich nach ihm umzudrehen.

»Hoffentlich gibt's da nicht diese Viren … wie heißen die Dinger … Du weißt schon, die Dinger aus den ägyptischen Pyramiden, die die Archäologen gleich reihenweise gekillt haben …«

Doch hinter ihr aus dem Sessel im Wohnzimmer nur Schweigen. Johanna ließ ihn. Der erste Stock war uninteressant. Aber da war die Luke, die zum Dachboden führte. Um sie zu öffnen und die damit verbundene Leiter hervorzuholen, brauchte man eine Zugstange. Johanna sah sich um. Und tatsächlich, da lehnte sie ganz gelassen in einer Ecke, als habe sie schon auf denjenigen gewartet, der kam, um das Geheimnis des Dachbodens zu lüften.

Johanna liebte Dachböden. Liebte es, auf Dachböden zu stöbern. Dort wurde all das aufbewahrt, was man nicht mehr in den bewohnten Räumen haben, aber auch nicht wegwerfen wollte. Dachböden waren für sie ein Ersatz für die Reisen, die ihre Großmutter erlebt hatte, eine andere Art von Reisen.

Johanna nahm die Zugstange, angelte damit nach dem Haken in der Mitte der Luke, zog, und die Leiter entfaltete sich wie das Versprechen einer weiteren Reise auf den Dachboden von Leons Elternhaus. Sie war mit ihm schon verdammt weit gekommen, das wurde Johanna in diesem Moment klar, und fast ehrfürchtig kletterte sie jetzt Sprosse um Sprosse hinauf, ein letzter großer Schritt, und sie hatte ihr Ziel erreicht.

Die Gedanken verstummten, passten sich der Atmosphäre auf dem Dachboden an, denn hier war es gespenstisch still. Durch eine Luke fiel etwas Licht. Sonnenstaub über dem Holzboden, das die kantige Geometrie des brüchigen Gebälks verwischte. Jetzt doch ein Rascheln. Sie zuckte zusammen. Das Rascheln wurde lauter, ihr Blick wanderte nach oben. Tauben hatten sich unter dem Dachfirst ein Nest gebaut und begannen zu gurren, als wollten sie den ungebetenen Gast begrüßen, vielleicht aber auch verscheuchen.

Johanna lachte kurz und erleichtert auf und sah sich dann auf dem Dachboden um. In der Ecke stand eine verstaubte Madonnenstatue. Ein Schaukelstuhl. Eine Singer-Nähmaschine. Eine uralte Kaffeemühle. Ein Schrank, in dem vermutlich noch Kleidung aufbewahrt wurde. Ein paar gerahmte, schlecht gemalte Bilder und zahlreiche Umzugskartons. Johanna öffnete einen. Er enthielt nur Bücher, Johannes Mario Simmel, Barbara Noack, Sandra Paretti, Schriftsteller, deren Namen ihr nichts sagten. Die nächste Kiste war schon interessanter. Schulbücher und Schulhefte von Leon. Vor allem das Aufsatzheft interessierte Johanna. Sie schlug es auf und las: *Als unser Hund zu bellen anfing, ging meine Mutter hinaus und stillte ihn, sonst hätte es wieder einmal Ärger mit den Nachbarn gegeben.* Johanna schmunzelte. Leon hatte als Kind also einen Hund gehabt. Bei Gelegenheit würde sie ihn auch danach fragen. Sie setzte sich in den Schaukelstuhl, war wieder Kind und stellte sich vor, was sie sich so oft vorgestellt hatte. Wie es wäre, wenn man über einen Spiegel verfügte, durch den man eine andere, eine völlig neue Welt betreten konnte. Marceline würde vermutlich sagen, *du brauchst keine neue Welt, Kind, die, die wir haben, genügt voll und ganz.* Auch das hier war eine neue Welt. Leons Welt. Sie fragte sich erneut, was in seiner Kindheit oder Jugend geschehen war, dass er auf Kios Flashback im Krankenhaus so gezielt und so richtig reagiert hatte. Welches Trauma, welche Katastrophe hatte sich in diesem Haus – vermutlich auf dem Dachboden – abgespielt, dass er es nie wieder hatte betreten wollen?

Etwa zur selben Zeit holte Leon das Briefchen, das ihm seine Sekretärin am Tag nach seiner Ankunft in Marcelines Haus mitgebracht hatte, aus der Innentasche seines Jacketts. Er hatte immer was dabei. Zur Sicherheit. Für den Fall, dass er seine

Gefühle nicht mehr ertrug. Jetzt stürzten sie mit einer Macht auf ihn ein, wie er es befürchtet hatte. Er hätte nicht hierherkommen, sich all dem nicht ausliefern dürfen. Nicht diesen ganzen verdammten Erinnerungen, die er jeden Tag aufs Neue verscheuchte.

Er lauschte. Hörte Johanna auf dem Dachboden rumoren. So wie er seinen Vater gehört hatte. Herumwandernd oder in seinem Schaukelstuhl sitzend und sich bei klassischer Musik in das Morgen- oder Abendlicht hineinschwingend, das warm und golden durch die Luke fiel. Für seinen Vater war der Dachboden ein Rückzugsort gewesen. Ein Ort, an dem er Kraft gesammelt hatte, auch für die Pflege seines Vaters, den der Krieg schwer traumatisiert hatte. Als alter Mann war er oft schreiend aufgewacht, weil er geträumt hatte, erneut verschüttet worden zu sein.

Sein Vater. Sein Großvater. Die Bilder. Leon ertrug sie nicht mehr. Öffnete das Briefchen, probierte etwas von dem weißen Pulver. Gute Qualität. Man konnte sich auf Sigrun verlassen. Er wischte den Glastisch sauber. Verteilte etwa die Hälfte des weißen Pulvers darauf, holte eine Rasierklinge aus seinem Portemonnaie, verfeinerte damit das Pulver, zog zwei *Lines*, nahm ein Röhrchen ebenfalls aus der Innentasche seines Jacketts, lauschte, noch immer waren vom Dachboden Geräusche zu hören, und sog das Koks tief in sich auf. Er spürte förmlich, wie es in den Blutkreislauf gepumpt wurde, die Blutgefäße verengte, ins Gehirn stieg, dort die Neurotransmitter, Dopamin, Noradrenalin und Serotonin aktivierte. Die Stimmung stieg. Euphorische und gehobene Stimmung, gesteigerte Wachheit und Aufmerksamkeit, starkes Selbstwertgefühl und Selbstvertrauen, sinkende sexuelle Hemmung und endlich keine Angst mehr und keine falschen Bilder.

18

Sonnenlicht, das durch die Ufervegetation ins Wasser fällt – Magie.

Johanna schob die Holzleiter zurück auf den Dachboden, schloss die Luke und blieb noch einen Augenblick stehen. Der Dachboden hatte keine neue Erkenntnis gebracht, und als sie langsam die Treppe hinunterstieg, wusste sie genauso wenig über Leon wie zuvor. Sie würden miteinander reden müssen. Nicht plaudern, nicht diskutieren oder streiten, sondern sprechen. Der eine sagte etwas, und der andere hörte aufmerksam zu. Immerhin hatten sie ja schon damit angefangen.

Sie betrat das Wohnzimmer und blieb verblüfft stehen. Leon hatte die Krücken beiseitegelegt, den Vacoped-Schuh ausgezogen und hüpfte wie ein aufgescheuchter Storch durch das Wohnzimmer, der das Ausliefern eines Säuglings vergessen hatte.

»Gut, dass du endlich wieder da bist …« Er warf ihr einen Blick zu, für den ihr nur ein Ausdruck einfiel – aufgewühlt. Wie das Meer bei Sturm. Hohe Wellen und überschäumende Gischt. »Du kannst mir helfen!« Mit einem Aufstöhnen ließ er sich in einen Sessel fallen. »Ich pack's nicht mehr, mein Fuß!« Vorwurfsvoll sah er sie an, als habe sie sein Sprunggelenk gebrochen.

Sie musste nicht fragen, wobei sie ihm helfen sollte. Sämtliche Schubladen waren aufgerissen. Papiere, Ansichtskarten,

Rechnungen, Briefe lagen wild verstreut auf dem Boden. Aus einem gelben Ordner hatte Leon Krankenhausberichte gerissen, Blutwerte und damit vermutlich die Krankengeschichten seiner Mutter während ihrer letzten Jahre.

»Das kann weg. Alles weg. Wirf das Zeug in den Müll.«

»Das sind sehr persönliche Dokumente. Wir sollten sie lieber schreddern.«

»Wen interessiert das schon.«

»Mich. Ihr habt keine Extratonne für Papiermüll.«

Er lachte kurz und trocken auf. Seine Augen glänzten fiebrig. »Tonne für Papiermüll. Tonne für Sondermüll. Tonne für Scheiß-mich-tot-Müll. Meine Eltern sind tot. Sie interessieren sich nicht einen Scheiß dafür.«

Eine neue Facette an Leon. Der Ausnahmezustand. Er wirkte aufgedreht und gleichzeitig hektisch und nervös. Wie ein Spielzeugaffe, der lostrommelte, sobald man ihn aufzog. Er trommelte mit die Händen, scharrte mit den Füßen, die Lider flatterten unruhig. Sie wusste nicht, was mit ihm los war. Aber ihr reichte es. Breitbeinig baute sie sich vor ihm auf und stemmte die Hände in die Hüften. »Mich interessiert es. Und unsere Kinder interessiert es, ob wir die Umwelt kaputt machen oder nicht.«

»Oh Mann, diese linksgrünversifften Pseudoargumente.«

»Idiot.«

Er sah sie an, irgendetwas an ihr schien seine Aufmerksamkeit zu erregen. Ihm zu gefallen. Er griff nach seinen Krücken, zog sich damit etwas mühsam in die Höhe, hüpfte mit einem Bein auf Johanna zu, blieb vor ihr stehen.

»Was ist los?« Etwas in seinem Blick verunsicherte sie. Automatisch trat sie einen Schritt zurück. Aber nicht weit genug. Er hatte die eine Krücke schon abgelegt, griff nach ihrer Hand. »Was machst du?« Legte sie auf seinen Penis.

Er gurrte. »Das ist es doch, was du wirklich von mir willst. Deshalb bin ich in deinem Haus.«

Noch nie hatte sich Johanna so gedemütigt gefühlt und so falsch. Verloren und enttäuscht. Jedoch nur den Bruchteil einer Sekunde, dann holte sie mit der rechten Hand aus. »Das ist, was ich will.« Sie verpasste ihm eine Ohrfeige und war jetzt ruhig. Sehr ruhig. »Und vor allem ist es das, was du brauchst.«

Sie drehte auf dem Absatz um, verließ das Haus, hörte Leons Lachen, setzte sich in den Wagen und fuhr mit Kavaliersstart davon. Und während sie aufs Gas drückte, verstand sie zum ersten Mal, wie es zu einer Beziehungstat kommen konnte.

Vom Wohnzimmerfenster aus beobachtete Leon, wie Johanna davonbrauste. Seine Mundwinkel senkten sich wie eine verwelkende Blüte. Das Lachen fiel von ihm ab. Etwas im Körper fühlte sich seltsam an. Er liebte es, Frauen zu provozieren. Zu testen, und er hatte wirklich verdammt große Lust gehabt, Johanna zu vö…

Er hatte es noch nicht zu Ende gedacht, da verkrampfte sich dieses Etwas noch mehr. Lag es am Koks oder an der Fehlhaltung, die er durch die Sprunggelenksverletzung und das Gehen auf Krücken annahm. Es war eine Art innere Versteinerung. Wie erstarrte Lava nach einem Vulkanausbruch. Oder eine innere Festung, die etwas festhielt, mit aller Macht einschloss, was jetzt nach all den Jahren und mit aller Kraft nach außen drängte. Er kämpfte dagegen an. Er wusste, was mit ihm passierte, wenn er dem nachgab. Es würde nicht seine erste Panikattacke sein. Gleichzeitig fühlte sich alles falsch an. Was er schon so viele Male getan hatte, fühlte sich auf einmal so verdammt beschissen an, und etwas in ihm sagte – nicht Johanna! Alle anderen, aber nicht sie. Johanna hatte ihm einen Blick zugeworfen, als sei er ein Monster. Und er fühlte, was er lange nicht mehr empfunden hatte. Scham. Scham war gefährlich. Scham machte schwach. Nichts zulassen, das sein Universum zum Explodieren bringen konnte.

Leon humpelte vom Fenster zurück, trat dabei achtlos auf das viele Papier auf dem Boden. Dokumente, Fotos, Zettel mit liebevollen Zeilen oder einfach nur, was jeweils der andere vom EDEKA, Tengelmann oder ALDI mitbringen sollte. Meist war er das gewesen, dem die Mutter die Einkaufsliste in die Hand gedrückt hatte. Mit einem kleinen Herzen. Oder einem »Ich hab dich lieb«.

Die Kehle wurde eng. Leon ließ sich in den Sessel fallen. Johanna hatte zu viel gewollt. Zu viel von ihm gefordert. Nicht loslassen. Kontrolle. Wenn er jetzt losließ, was auch immer es war, würde es nie wieder aufhören, was immer es sein würde. Kokain half gegen Angst. Diesmal nicht. Schicksalsschläge schlugen ein wie eine Bombe. Verdunkelten die Sonne und hinterließen ewige Nacht. Leon sah sich um. Das Haus hatte standgehalten. Der Mensch in ihm nicht. So viele Tote. Zu viel Schmerz. Und alles viel zu eng. Mit aller Kraft drängte Leon zurück, was sich hinter seinen Augen abspielte. Und mit einem Mal wünschte er sich mit einer Intensität, wie er sich schon lange nichts mehr gewünscht hatte, er hätte Johanna nie auf diese Weise angefasst. Er wünschte sich, sie wäre noch hier.

Etwa zur selben Zeit entschied Johanna, dass Leon nicht der Mann war, den sie wollte. Sie hatte sich getäuscht. Das kam vor. Sie würde es überleben.

Sie stoppte den Wagen vor Marcelines Haus, und mit ihr stoppte der knallrote Fiat Punto von Pfarrer August Theodor Braun. Das heißt, Pfarrer Braun stoppte nicht nur, seine Vollbremsungen waren berüchtigt. Vor allem seine Haushälterin

Rosa fürchtete um ihr Leben, wenn er regelmäßig millimeterknapp vor dem Pfarrhaus zum Stehen kam. Dahinter war ihre Küche, und Rosa schimpfte regelmäßig über ihren Arbeitgeber: »Irgendwann sind er und sei Fiat mittendrin in meinem Kochtopf, und i lieg plattgewalzt dazwischen.«

»Danach geht's aber aufwärts«, gab der Pfarrer ebenso regelmäßig zurück und schickte einen unschuldigen Augenaufschlag gen Himmel. »In das Reich Gottes …«

»In dem es hoffentlich keine Pfarrer gibt, die ned Autofahren können.« Rosa drehte ihm dann ebenso regelmäßig ihr rundliches Hinterteil zu und marschierte zurück in die Küche, um ihrem Pfarrer seinen geliebten Schweinsbraten mit böhmischen Knödeln zuzubereiten.

Diesmal war es Marcelines Gartenzaun, dem die außerordentlichen Fahrkünste des Herrn Pfarrer beinahe übel mitspielten. Zudem wackelte der Auspuff und fiel ab. Ein Prozedere, das Johanna ebenfalls vertraut war. Sie stieg aus ihrem Wagen. August Theodor Braun stieg aus seinem Wagen. »Grüß dich Gott, Johanna.«

»Grüß Sie Gott, Herr Pfarrer.«

Johanna deutete auf den Auspuff. August Theodor Braun ließ ihn liegen. Noch war er zu heiß, um ihn aufzuheben. Später würde er ihn mit einem Draht befestigen.

Er reichte Johanna die Hand.

»Gut, dass du auch da bist, Johanna. Ich hab mit dir und Marceline zu reden.«

»Worum geht's?«

»Um euren Kio.«

Ein mieser Tag kam selten allein. »Hat er was angestellt?«

»Er nicht!« Johanna hatte den Pfarrer schon oft unheilschwanger erlebt, vor allem, wenn er sein Feuer von der Kanzel herunter auf die Köpfe seiner Gläubigen spie, aber noch nie hatte sie ihn so zornig und gleichzeitig so ratlos erlebt. Zehn Minuten später wusste sie, warum, und neben diesem Warum verblassten sogar die Wut und die Trauer, die Leon in ihr ausgelöst hatte.

Dreizehn Zettel lagen auf dem Küchentisch. Die Zettel waren ordentlich zusammengefaltet, als habe zumindest das Papier noch das Schamgefühl, das diejenigen, die die Zettel geschrieben hatten, vermissen ließen. Der Inhalt waren allesamt mit dem PC geschriebene Aufforderungen, dass der Neger aus Afrika nicht in einen anständigen bayerisch-christlichen Chor gehöre.

»Wer schreibt so was?« Marceline sah ihren alten Freund fassungslos an.

»Anonym.«

»Und jetzt?«

»Jetzt werde ich mich bei jedem Mitglied aus meiner Kirchengemeinde fragen müssen, ob er das war, während ich ihm nach dem Gottesdienst die Hand schüttle.«

»Das ist alles?«, wollte Johanna wissen. »Mehr werden Sie nicht dagegen tun?«

»Es gibt Zeiten für Fragen, Zeiten für Antworten, und dann kommt auch die Zeit, um etwas zu tun«, antwortete Pfarrer Braun kryptisch. »Euer Kio bleibt natürlich im Chor. Selbst wenn er krächzen würde wie eine Krähe. Aber er singt wie a Engerl, und Engerl g'hören sowieso in die Kirch.« Er stand etwas schwerfällig auf. »Ich wollt nur, dass ihr Bescheid wisst. Die Menschen schauen einem in die Augen, lächeln einem ins Gesicht … Und dahinter sitzt a ganz a kloaner Deifi, der Angst vor allem Fremden hat und Angst vor Veränderung. Auch wenn sich immer alles verändert. Nicht einmal die Jahreszeiten sind gleich.« Er sammelte die Zettel wieder ein. »Sind bei mir besser aufgehoben als bei euch. Ned, dass der Kio sie noch findet.«

»Die Angst.« Marceline nickte. »Es ist immer die Angst, die Menschen zu Monstern macht.«

Während Marceline Pfarrer Braun verabschiedete, sah Johanna wieder Leon vor sich. Wie er ihre Hand packte, sie gegen sein Geschlecht drückte. Diese Gier in seinen Augen. So unkontrolliert. Er, der behauptete, dass er alles unter Kontrolle habe. Und dahinter ein Gefühl, das sie noch nicht richtig greifen konnte … *sie sehen dir in die Augen, lächeln dir ins Gesicht, und dahinter sitzt der kleine Teufel Angst*. Leon hatte Angst, das hatte sie schon gewusst. Aber nicht, dass er gewohnt war, die Angst mit irgendwelchen Frauen zu betäuben. Eine solche Frau war sie in diesem Moment für ihn gewesen. Austauschbar. Ein Instrument, um Spannung abzubauen.

Johanna warf einen Blick auf Marceline, die zusammengesunken am Küchentisch saß und auf den Tisch starrte, als wären die Zettel noch da. *Scheiß-Leon. Verpiss dich. Scheißheuchler, verpisst euch doch alle*. Und sie hatte geglaubt, dass es keine Rolle spiele, welche Hautfarbe ein Mensch hatte. Was war mit den Menschen los? Was war mit der Nächstenliebe, von der die ganzen Kirchgänger und Gottesanbeter redeten? Auge um Auge – und hinterher sind alle blind.

Johannas Augen wanderten nach draußen. Dort kletterten Kio und Benedict gemeinsam auf Kios Baum. Durch das gekippte Fenster wehten ihre Stimmen.

»Was ist eigentlich Fronleichnam, Benedict?«

Schweigen.

»Warum sagst du nichts?«

»Du bist ein Moslem, warum interessiert di des?«

»Ich bin Christ, genau wie du.«

»Wenn du a Christ bist, dann musst du das doch selber wissen.«

Johanna lächelte leicht. Offenbar kannte Benedict die Bedeutung nicht. Sie würde es Kio erklären müssen, damit er mehr über seinen Glauben erfuhr. Aber nicht jetzt, später. Jetzt sah sie Marceline so traurig, Kio so unschuldig, sich selbst so verwirrt und Leon bis obenhin voll von Angst. Ihre Gedanken wanderten weiter, bis hinauf zum Wallberg mit seinem herrlichen Blick über den Tegernsee. Sie war mit Marceline in der Gondel hinaufgefahren zur Bergstation mit der kleinen Wallfahrtskirche, in der Pfarrer Braun regelmäßig seinen Berggottesdienst abhielt. Johanna war damals wieder einmal von irgendeinem Typen verlassen worden und hatte keine Ahnung gehabt, wie es mit ihr weitergehen sollte. Job, Männer, Leben und überhaupt. Sie hatten also vor dem Wallbergkircherl gesessen. Der See unter ihnen war in der anbrechenden Dunkelheit fast schwarz gewesen, aber drum herum hatte es gefunkelt und geglitzert. Marceline hatte ihre Hand genommen, sie festgehalten und immer wieder gestreichelt.

»Dieser Moment«, hatte sie gesagt, »in dem du verstehst, mehr noch, ganz tief in dir drinnen begreifst, dass du nicht nur irgendjemand bist, sondern du, da erst fängt dein Leben an. Schau diese vielen aufflackernden und erlöschenden Lichter da unten und darüber der Sternenhimmel, siehst du die Milchstraße, heute ist sie ganz klar … Schau dir das an und dazu noch alles, was dich staunen lässt. Irgendwann wirst du dieses Lied in dir hören, das Lied, das nur für dich bestimmt ist, und wenn du dieses Lied hörst, bist du auch mit den Menschen. Und dann, ich schwöre es dir, begreifst du, was Unendlichkeit ist. Bist du unendlich …«

Johanna hielt es nicht länger aus.

Sie musste zurück zu Leon.

Mit ihm reden.

Ihm sagen, wer sie war, was sie dachte, was sie empfand. Auch für ihn

Kein Verschweigen, keine Spielchen mehr.

Klar und direkt.

Er musste ihr zuhören.

Mit seinem Bein konnte er ihr ja nicht davonlaufen.

Johanna legte die vierzig Kilometer bis zu Leons Elternhaus fast wie im Fieber zurück. Am liebsten wäre sie geflogen, doch Marcelines Auto hob einfach nicht ab.

Eine halbe Stunde später war sie da. Die Tür war abgeschlossen und Leon ihr wieder einmal entkommen. Vermutlich mit einem Taxi, das ihn gerade jetzt vor ihrem Zuhause absetzte. Sie fuhr ebenso schnell zurück. Aber kein Leon.

Sie setzte sich auf die Bank vor dem Haus und wartete. Es war die angenehme Zeit, in der die Dämmerung hereinbrach und sich der Tag allmählich abzukühlen begann. Die Mauern schienen vor Erleichterung zu seufzen, der Küchenvorhang bauschte sich leicht im Windzug. Ein Hund bellte, die Scheinwerfer eines Autos leuchteten auf, doch sie verschwanden wieder, ohne dass der Wagen hielt. Noch immer kein Leon, kein Wort von ihm. Es war fast so, als sei auch er eine Illusion. Wie Herr Hut, der sich bei ihrem letzten Barfußspaziergang wieder in einen gewöhnlichen Pilz zurückverwandelt hatte.

Johanna ging schlafen.

Die Nacht blieb ruhig.

Und am Morgen war Leons Bett noch immer leer und unbenutzt.

19

*Finis terrae. Am Ende der Welt
die Arme ausbreiten und fliegen.*

Leon hätte nicht mehr zu sagen vermocht, wie er die Nacht verbracht hatte. In irgendeiner Spielothek hatte er gezockt. Die Automatengeräusche, die schon auf der Straße zu hören waren, hatten ihn angelockt. Das Klingeln der Automaten, der Geruch im Casino, das grelle Licht – er war nicht süchtig. Aber wenn in ihm alles aus den Fugen geriet, tat die Möglichkeit gut, zumindest die Spielautomaten zu kontrollieren. Heute hatte er nichts kontrolliert. Heute war er irgendwann eingeschlafen, und jemand hatte ihm seine teure Armbanduhr geklaut. Jetzt war er nüchtern. Frustriert. Sarah hatte ihm die Uhr geschenkt und würde sauer sein, wenn sie davon erfuhr. Er sehnte sich auf einmal nach ihr und nach dem unkomplizierten Leben, das er mit ihr geführt hatte. Zwischen ihnen war alles so klar. Keine Verlangsamung der Zeit, sondern Highspeed. Leben am Limit. Ohne viel zu denken oder zu fühlen. Sarah war wie er. Ehrgeizig und kontrolliert. Okay, dann schrie sie eben beim Sex nicht. Das war nun wirklich das kleinere Übel als das ständige Sticheln und Bohren von Johanna. Diesem Kind, das nichts von der Welt wusste.

Erst jetzt fiel ihm auf, dass er Sarah zwar von Johanna erzählt, aber dieser gegenüber kein Wort über Sarah verloren hatte.

Rasch wischte er den Gedanken beiseite, so wie er alles beiseitewischte, das ihm unangenehm war. Mit Sarah dagegen war alles unter Kontrolle. Bis auf den Neid, den er empfand, wenn sie per Skype von Tokio erzählte. Eine Stadt, die heute schon im Morgen lebte. Eine Stadt, bunt, verwirrend und gleichzeitig sehr klar, eine Stadt, die nie schlief. Er wusste nicht, wen er mehr vermisste, Sarah oder die Möglichkeit des Neuen, des völlig anderen, während er gefangen war in diesem seltsamen Haus von Marceline und in seinem immer seltsamer werdenden Gefühlswirrwarr.

Leon kratzte sein letztes Bargeld zusammen, zum Glück wusste er noch, wann er mit dem Spielen aufhören musste, und bestellte sich ein Taxi. Nicht so einfach in dem Kaff, das auf ihn dieselbe Wirkung hatte wie eine hängengebliebene Schallplatte oder *Täglich grüßt das Murmeltier*.

Er war verkatert, übel gelaunt, verfluchte sein Sprunggelenk und vor allem das Land. Als das Taxi, das sich schließlich seiner erbarmte, vor Marcelines Haus hielt, verfluchte er auch noch seine Wohnung ohne Lift, die ihn zwang, hierzubleiben, bei diesen allesamt merkwürdigen Menschen. Marceline mit ihren schrägen Klamotten, dem hervorragenden Whiskey, ihren Geschichten und dem nun offensichtlich werdenden Durcheinander im Kopf. Kio, traumatisiert, vermutlich ohne Chance, für immer zu bleiben, und mit einer so geilen Stimme, dass man ihn sofort als Wunderkind hätte vermarkten können. Und schließlich …

»Das macht dann zweiundfünfzig Euro und sechzig Cent.« Offenbar hatte der Taxifahrer ihn schon mehrfach aufgefordert zu zahlen. Seine Stimme klang ungeduldig.

»Ja, okay.«

Selbst der Taxifahrer nervte ihn. Ein älterer Mann, Iraner, Philosoph, im persischen Knast gefoltert, nicht von Khomeini, sondern noch unter dem Schah. Er hatte Leon während der halben Stunde Fahrt seine Lebensgeschichte erzählt, und nicht nur das. Gleichzeitig hatte er ihn mit Kant, Feuerbach und Nietzsche bombardiert und ihn zum Menschenrechtler umfunktionieren wollen. Ihn, Leon, der mit Politik absolut nichts anfangen konnte. Er drückte dem Taxifahrer sechzig Euro in die Hand. »Stimmt schon.«

»Merci.« Der Fahrer wollte ihm beflissen beim Aussteigen helfen, doch Leon winkte ab. »Ich brauch noch ein paar Sekunden.«

»Okay.« Das Trinkgeld war üppig gewesen. Der Taxifahrer machte es sich bequem. Leon dagegen war angespannt, schaffte es noch nicht auszusteigen. Wusste nicht, woran es lag. Vielleicht, weil er sich so mies fühlte, einen schlechten Geschmack im Mund hatte und die Umgebung, in der er die Nacht verbracht hatte, an ihm klebte wie der versiffte Tisch, über dem er eingeschlafen war. Jedenfalls löste das, was er jetzt durch die Windschutzscheibe des Taxis beobachtete, ein ähnliches Gefühl in ihm aus. Vielleicht war es auch noch das Kokain, dessen Wirkung längst hätte vorbei sein müssen, aber tatsächlich hätte er sich jetzt am liebsten wie Rousseau, den der Taxifahrer ebenfalls zitiert hatte, unter einen Baum geworfen, berauscht, mit Herzklopfen, Tränen in den Augen und der Erkenntnis, dass der Mensch von Natur aus gut ist. Auch er, obwohl er bei Johanna so einen Mist gebaut hatte.

Sie stand im Garten und machte wieder ihre seltsamen Verrenkungen, über die er sich schon im Krankenhaus lustig gemacht hatte. Ki-Übungen aus dem Aikido, einer betont defensiven japanischen Kampfkunst, wie er mittlerweile wusste. Doch an diesem Morgen sah er sie mit anderen Augen.

Diese Anmut. Diese Leichtigkeit des Seins. Als gäbe es keine Zeit, keine Hektik, keinen Stress. Sie war dunkel gekleidet, und die Morgensonne zeichnete ein Muster aus Licht auf ihren Körper, während sie sich bog wie Bambus im Wind. Das Haar, mittlerweile etwas länger, war wie gesponnenes Rotgold. Ihr ärmelloses Shirt gab die schlanken, muskulösen Arme frei. Sie hob den Kopf, sah zu ihm herüber, als habe sie das Taxi erst jetzt bemerkt. Dabei wirkten ihre Augen, als würden auch sie das Licht einfangen und es zurückwerfen bis zu ihm.

Der Taxifahrer drehte den Kopf in Leons Richtung. Und ohne dass Leon ihn ansehen musste – zumal er den Blick nicht von Johanna wenden wollte, die sich wieder ihrer Übung widmete –, wusste er, dass der Mann mit dem gebräunten Gesicht, dem schlohweißen Haar und den weichen Zügen lächelte. Seine Stimme lächelte. »Wo die Liebe erwacht, stirbt das Ich, der dunkle Despot.«

»Rousseau?«, fragte Leon, ohne Johanna aus den Augen zu lassen.

»Dschalad ad-Din Muhammad Rumi. Der große persische Dichter. Kennen Sie ihn?«

Leon schüttelte den Kopf. »Er hat sich mir noch nicht vorgestellt.« Nahm seine Krücken. Stieg aus. Der Taxifahrer lächelte im Davonfahren, als wisse er in diesem Moment mehr über Leon, als Leon jemals selbst über sich wissen würde.

Leon humpelte auf Johanna zu. Sie beachtete ihn nicht. Leon murmelte ein etwas schiefes »Morgen«. Keine Reaktion. Er humpelte durch die Haustür, die tagsüber offen stand, immer bereit, Gäste zu empfangen.

Leon schlich sich an der Küche vorbei, in der Marceline rumorte und es nach gebratenem Speck und frischem Kaffee roch. Im Badezimmer sang Kio ein Lied in einer fremdartigen Sprache. Leon nahm an, dass es aus seiner Heimat stammte. Er betrat sein Zimmer, ließ sich rücklings aufs Bett fallen. Schämte sich. Er wusste nicht, wann er sich das letzte Mal geschämt hatte. Sicher nicht wegen einer Frau.

Dann – erinnerte er sich.

Es war in der Nacht vor der Beerdigung seines Vaters gewesen. Er war zwölf und hatte eingenässt. Sein Vater war nicht mehr da. Von einer Sekunde zur anderen. Dabei hatte er ihm noch vor einem Jahr Zeit geschenkt. Zeit in einem einfachen, schnörkellosen, weißen Umschlag. Er hatte da gelegen, wo normalerweise der prunkvolle, bis zur Decke reichende Weihnachtsbaum stand. In diesem Jahr hatten nur Zweige aus dem Wald die Fenster geschmückt. »Riech mal, wie sie duften«, hatte seine Mutter gesagt. »Fast noch mehr als sonst der Weihnachtsbaum, weil sie ganz frisch sind.« Sie hatte gelächelt, doch das Lächeln hatte nicht die Augen erreicht. Das erste Mal. An diesem Tag wusste Leon noch nicht, dass sie niemals wieder so lächeln, so lachen würde wie früher. Dass Lachen einfach so verschwinden konnte und man es nicht mehr fand, wo auch immer man es suchte. »Haben Sie irgendwo das Lächeln meiner Mutter gesehen?«

Sein Vater hatte Zeit für seinen Sohn unter den nicht vorhandenen Tannenbaum gelegt, dafür war das Lachen seiner Mutter gegangen. Dieses wundervolle Lachen, ähnlich wie das Lachen von Marceline, oft in einem heftigen Hustenanfall endend, weil der Atem nicht mehr ausreichte, und die dabei vor Vergnügen funkelnden Augen seiner Mutter hatten dabei irgendwie ihren Halt verloren.

»Warum schenkst du mir Zeit?« Leon sah sich wieder vor sich, noch nicht ganz so groß wie sein Vater, aber auch nicht mehr zu ihm aufsehen müssend. »Ich hab mir ein neues Fahrrad gewünscht. Oder wenigstens ein Computerspiel.« Mit diesen Worten hatte er seinem Vater den Zettel zurückgegeben, auf dem diese Worte *Ich schenk dir Zeit* in einer irgendwie unsicher wirkenden Handschrift geschrieben worden waren.

Der Vater hatte sich mit den Augen hilfesuchend an die Mutter gewandt, doch sie war ihm ausgewichen. Spätestens da hatte Leon gewusst, dass etwas nicht in Ordnung war. Ganz und gar nicht in Ordnung. Schließlich hatte der Vater ihm erklärt, dass er seine Arbeit verloren hatte. Fristlos. Er hatte einen Fehler gemacht. Welchen Fehler, hatte er ihm nicht erzählt, und bis heute wusste Leon nicht, was passiert war.

Auf diesem fremden Bett liegend, in dem fremden Zimmer, mit all den allmählich vertraut werdenden Geräuschen und Gerüchen, spürte er wieder eine ähnliche Wut wie damals, als sein Vater ihm das angetan hatte. Dabei war doch er sein Prinz gewesen, Leon war er gewesen, der Anführer, der König der Welt. Und jetzt musste er seinen Kumpels sagen, die allesamt mit ihren supergenialen Geschenken angaben, dass er nur ein einziges Geschenk bekommen hatte: Und das hieß Zeit! Mein Gott, hatte er sich geschämt. Seinetwegen, aber vor allem seines Vaters wegen. Und wie erwartet, hatten ihn seine Freunde damit aufgezogen und ausgelacht. Bis sie herausfanden, dass »Zeit« von einem Vater eigentlich gar kein so saublödes Geschenk war. Im Gegenteil. Denn das bekamen sie nie von ihren Vätern. Zeit. Zeit, etwas gemeinsam zu unternehmen. Zeit, ihnen etwas zu erklären. Leons Vater wusste, wie man ein Baumhaus baut. Leons Vater erklärte ihnen Mathe. Leons Vater hörte zu, wenn sie Probleme hatten. Er gab ihnen Ratschläge. Feuerte sie beim Fußballspielen an. Er fuhr mit ihnen nach München ins Deutsche Museum und führte sie in neue Technologien, in den Bergbau, in die Naturwissenschaften ein. Besuchte mit ihnen das Planetarium und zeigte ihnen, wie großartig das Universum war. Dass es alles war, was der Mensch anfassen, fühlen, wahrnehmen, messen oder erkennen konnte. Dass alle Lebewesen dazugehörten, Planeten, Sterne, Galaxien, Staubwolken, Licht – und sogar die Zeit. Und dass es vor der Geburt des Universums weder Zeit noch Raum oder Materie gegeben hat.

Die Jungs und Leon hingen an seinen Lippen, und Leon wurde wieder das, was er immer gewesen war: ihr Anführer. Dann von einem Tag zum anderen war alles vorbei. Sein Vater hatte wieder Arbeit und Leon erst in diesem Moment vielleicht endgültig begriffen, was ihm sein Vater vor einem Jahr unter den nicht vorhandenen Weihnachtsbaum gelegt hatte: Zeit. Das Wertvollste, das ein Vater seinem Sohn schenken konnte.

Drei Wochen später war sein Vater tot, und Leon musste begreifen, dass zu alldem, was er in diesem besonderen Jahr mit seinem Vater erlebt hatte, nie wieder etwas hinzukommen würde … Zwölf Jahre und ein Jahr, das war alles gewesen, was sie hatten und je haben würden.

Leon schob die aufkeimenden Gefühle schnell wieder an ihren Platz. Irgendwo versteckt noch weit hinter seiner Seele. Doch etwas war passiert. Zum ersten Mal wehrten sie sich gegen seine rüde Behandlung. Er musste sich mit aller Kraft gegen sie anstemmen. Dann war es geschafft. Tür zu und mit fünf schweren Hochsicherheitsschlössern gesichert, so wie in der New Yorker Bronx, wenn man nicht überfallen werden wollte.

Sein Magen knurrte.

Der Kaffeegeruch und der Duft von frischem Toast lockten.

Er stand auf, nahm seine Krücken und humpelte die Treppe hinunter in die Küche.

Johanna sprach mit Leon weder beim gemeinsamen Frühstück noch, als er ihr, nur eine Krücke benutzend, dabei half, den Tisch abzuräumen. Leon versuchte, zu erklären, doch Johanna drehte ihm den Rücken zu. Marceline schwieg, und Kio beeilte sich aufgrund der angespannten Atmosphäre schnurstracks in die Schule zu verschwinden. Auch Johanna verließ die Küche. Leons Augen verfolgten sie durch das Fenster, mit den blauweiß vor sich hin wehenden Übergardinen, bis sie die Brennerei betrat. Sie und Marceline wollten an diesem Morgen die Maiskörner zum Auskeimen in Leinensäcke abfüllen. Er hätte gern geholfen. Aber er durfte den Fuß noch nicht belasten. Er verfluchte den Unfall und auch wieder nicht. Ohne ihn hätte er diese Menschen hier nicht … Stopp! Gedanke zurück! Stopp! Husch, husch zurück an deinen Platz.

Er hatte eine andere Idee. Trank noch einen Schluck Kaffee, stopfte den restlichen Toast in sich hinein und verließ nun ebenfalls Küche und Haus.

Johanna war gerade dabei, die Säcke in den Wannen mit warmem Wasser abzudecken, als sich Leon der Whiskeybrennerei näherte. Marceline sah, was er in der Hand hielt, lächelte leicht, Johanna beachtete ihn noch immer nicht. Sie konzentrierte sich auf den Mais, der zehn Tage lang feucht gehalten werden musste. Erst wenn die Sprossen auf 0,6 Zentimeter Länge angewachsen waren, würde er aus den Leinensäcken wieder entfernt werden. Es kostete sie einige Mühe, Leon weiter zu ignorieren. Sie hörte seine Schritte, das Tock, Tock der Krücken auf dem Steinboden. Hörte ihn atmen. Roch ihn, fühlte ihn und hasste ihn dafür, dass sie ihn hörte, roch und fühlte, selbst wenn er nicht anwesend war. Etwas kitzelte sie in der Nase. Sie drehte sich um und sah einen riesigen Blumenstrauß auf drei Beinen. Zwei davon menschlich, das dritte eine Krücke. Sie wollte schon sagen, Leon solle verdammt noch mal beide Krücken benutzen, da fiel ihr ein, dass sie nichts mehr mit ihm zu tun haben wollte, bremste sich in letzter Sekunde aus.

Fast unbeholfen streckte Leon ihr den Strauß entgegen. »Blumen.«

»Das sehe ich.«

»So wie du sie für mich als Willkommensgruß gepflückt hast. Ich nehme an, das sind deine Lieblingsblumen.«

»Es sind einfach nur die, die es bei uns auf der Wiese gibt.« »Ach so.«

»Genau.«

Damit ließ sie ihn stehen, ohne die Blumen anzunehmen.

»Es tut mir leid.«

Marceline entschied, die beiden allein zu lassen.

»Das war nicht ich«, fuhr Leon fort.

»Sondern der Heilige Geist? Muss dich enttäuschen, der tut so was nicht.«

»Ich hab mir 'ne Line reingezogen.«

»Eine was?« Sie hatte nicht nachhaken wollen, und dann begriff sie. »Du kokst.«

»Nicht oft!« Er verteidigte sich. Er hatte sich deswegen noch nie verteidigt. Bei Sarah hätte es geheißen: Akzeptier es oder geh!

»Was ist denn das für 'ne Scheiße. Koksen.« Sie brauste auf. »Wenn du dir das Zeug auch nur ein Mal vor Kio reinziehst …«

»Es tut mir leid. Ich war echt mies drauf …«

Er hatte noch nicht ganz ausgesprochen, da begann Johanna ihm eine Standpauke zu halten, die sich gewaschen hatte. Nicht nur das Wort Selbstmitleid kam erneut darin vor, sondern, dass er ein verantwortungsloser Seelenkrüppel sei, der überhaupt kein Selbstwertgefühl habe … Sie benutzte Worte, von denen sie nicht einmal wusste, dass sie sie kannte. Sie war ganz im Fluss, als Leon sie unterbrach.

»Ich kokse, wenn die Angst kommt!« In seiner Stimme lag ein Ton, den sie bei ihm noch nie gehört hatte.

»Angst? Wovor?« Sie wurde ruhig.

»Vor der Vergangenheit.« Er wirkte irritiert, als habe er das nicht sagen wollen. Nach einem langen Atemzug fuhr er jedoch fort: »Wie soll man nach vorne schauen, wenn da so viel Vergangenheit ist?«

»Was ist dein Problem?« Sie wollte es nicht. Wollte ihn nicht mehr. Aber die Liebe war da. Gerade jetzt in einem Ausmaß, das sie selbst nicht mehr verstand. Er sah so verletzlich aus, so unendlich verwirrt und – einsam.

Es dauerte einen Augenblick, bis Leon antwortete, dann sagte er leise: »Demjenigen gegenüberzustehen, der ich mal gewesen bin.«

»Und wie warst du?«

Das Bild war wieder da. Dieses letzte Bild, bevor er nach seinem Autounfall ohnmächtig geworden war. Er hüpfte durch das hohe Gras, den Kopf voll von Träumen. Er hatte sich frei gefühlt. So frei. So viel Zukunft vor sich. So unsterblich. Sein Vater unsterblich. Seine Mutter unsterblich. Und wieder fragte er sich, wann er sich zum letzten Mal gefreut hatte. Wieder erwartete er keine Antwort, doch sie war augenblicklich in seinem Kopf. *Als du mit Johanna bei Whiskey und Tee nachts auf der Terrasse gesessen bist …*

»Wir können uns immer und jeden Augenblick ändern.« Johanna blieb streng und unbeirrt. Dennoch hätte er sich am liebsten in sie hineingelegt, die Augen geschlossen. Keine

Kontrolle mehr. Einfach geschehen lassen. Doch allein schon die Vorstellung machte ihm Angst. Angst. Angst. Angst. Und das wiederum machte ihn wütend. Er fauchte sie an.

»Ja klar, das sagt die Richtige. Du sagst immer, du lebst im Jetzt … Du lebst nicht im Jetzt, Johanna, du steckst fest. Genau wie ich steckst du zwischen Vergangenheit und Zukunft fest. Kannst nicht vor, nicht zurück.«

»Kümmere dich um deinen eigenen Mist!« Sie wollte sich abwenden, doch er hielt sie fest.

»Du willst reisen, oder? *In achtzig Tagen um die Welt. Doktor Dolittle und die schwimmende Insel* … Du willst die Welt nicht nur lesen, du willst sie dir anschauen. Sie riechen, fühlen, schmecken, hören. Wann willst du das tun? Wenn du dafür zu alt bist? Schau in den Spiegel, Mutter Teresa, sei ein einziges Mal ehrlich zu dir.«

»Pumuckl, Jojo, Mutter Teresa …« Johanna wollte sich mit Sarkasmus aus der Affäre ziehen, aber Leon ging nicht darauf ein. »Deine Mutter hat dir eine Verantwortung aufgebrummt, die eigentlich ihre wäre und die deiner Tanten.«

»Lenk nicht ab. Du hast Angst. Nicht ich.«

»Du lenkst ab, indem du sagst, dass ich nicht ablenken soll. Wenn jemand noch mehr Angst hat als ich, dann du! Vor der Zukunft.«

»Quatsch!«

»Du bist das Kind, nicht deine Mutter und deine Tanten. Nicht du musst für andere sorgen, sondern sie müssen für dich sorgen. Das Wasser in einem mehrstöckigen Brunnen läuft schließlich auch nach unten und nicht nach oben.«

»Ich bin fast dreißig.«

»Na und?«

»Du kokst, nicht ich!«

»Oh Mann, Johanna, du merkst gar nicht, wie falsch sich das alles anfühlt.«

»Ich merke nur, dass in deinem Elternhaus etwas ist, wovor du gewaltig Schiss hast. Und deshalb gehst du auf mich los, anstatt einfach wieder mit mir hinzufahren, diesmal selbst den Schlüssel umzudrehen und hineinzugehen.«

Leons Kehlkopf schien ein Eigenleben zu entwickeln, war jetzt ständig in Bewegung. Aus seinem Mund kam kein Wort. Er atmete tief und in den Bauch. Zum ersten Mal, seit Johanna ihn kannte, atmete er nicht nur an der Oberfläche. Fast hätte sie ihn dafür gelobt. Auch für seine Tränen, die sie jetzt hinter den Augen zu spüren glaubte. Sie wollte ihn schütteln, das aus ihm herausschütteln, was er zu verdrängen schien. Ihn so lange schütteln, bis der wahre Leon zum Vorschein kam. Der nicht kokste, kein Workaholic war, nie Frauen auf saudumme Weise anmachte, der nicht in seinem Porsche raste und sich und andere damit gefährdete, sie wollte den Leon sehen, den sie zu fühlen glaubte, der ihr bei Herrn Hut erschienen war und der, als sie und Kio ihn aus dem Wagen gezogen hatten, genauso ausgesehen hatte wie ihre Vision.

Sie schüttelte Leon nicht, aber ehe sie sich bewusst wurde, was sie tat, begann sie auf ihn einzutrommeln. Trommelte und trommelte, bis ihm die Blumen aus der Hand fielen. Schlug mit den Fäusten auf ihn ein. Sie hörte nicht, was er zu ihr sagte, spürte nur, wie er sie an den Handgelenken packte. Merkte, wie sie dadurch beide das Gleichgewicht verloren und weich im Gras landeten. Offenbar hatten sie während ihres Streits die Brennerei verlassen, auch das hatte sie nicht bemerkt.

Jetzt lagen sie schwer atmend dicht nebeneinander im Gras. Und dann – ehe sie wussten, wie ihnen geschah – begannen sie zu lachen. Sie lachten und lachten. Johanna lachte noch immer, als Leon schon längst wieder damit aufgehört hatte und sie mit einem eigenartigen Blick ansah. Dieser Blick. Das Lachen erstickte in ihrer Kehle. Er zog sie an sich. Und erst in der letzten Sekunde, als er sie schon küssen wollte, zog sie sich wieder zurück. »Nicht so«, sagte sie leise. »Noch nicht.«

Leon fragte nicht nach. Vielleicht hatte er verstanden. Vielleicht war es ihm auch egal. Johanna blieb unbeirrt, griff nach seiner Hand.

»Wovor hast du Angst?« Sie würde die Frage immer und immer wiederholen, bis sie eine Antwort bekam.

Stille. Johanna glaubte schon, dass sie Leon mit ihrer Beharrlichkeit erneut vertrieben hätte, da fuhr er fort, und seine Stimme war ohne jeden Ton. »Ich war zwölf, als ich meinen Vater gefunden habe. Gerade war er noch so lebendig, und dann auf einmal … tot.«

Sie wurde vorsichtig. Mehr noch, behutsam. Sie musste ihn nicht fragen. Sie wusste es auch so. Es war der Dachboden, wo Leon seinen Vater gefunden hatte …

20

In einer sternenklaren Nacht in Montana
das Ohr auf die Schienen legen
und mit der ganzen Welt verbunden sein.

An diesem Morgen wurde kein Mais mehr in Sandsäcke gefüllt.

An diesem Morgen blieben Johanna und Leon im Gras liegen und redeten. Sie bemerkten weder, dass Marceline ihre Kamera holte und ein Foto von ihnen machte, noch, dass sie in ihrer Dunkelkammer verschwand, den Film entwickelte, um das Foto dieses Moments, in dem ihr Johanna als besonders und glücklich erschien, in das Zimmer der besonderen Momente zu hängen.

»Was ist auf dem Dachboden passiert?«, wiederholte Johanna ihre Frage. Sie wusste nicht, welche Antwort sie erwartete, hatte sogar Angst davor, etwas zu erfahren, was sie nur schwer verarbeiten konnte.

Leon betrachtete den Himmel, setzte sich auf, zündete eine Zigarette an, klammerte sich an sie, als würde sie und vor allem das Nikotin ihm Halt geben, und es dauerte noch einen langen Augenblick, ehe er wieder etwas sagte. »Hast du schon einmal Wolkendeuten gespielt?«

»Klar, als Kind. Ständig. Warum?«

»Und hast du schon einmal eine Wolke gesehen, die aussah wie ein Engel?«

Johanna schüttelte den Kopf, und er fuhr fort: »Ich schon. Ein weißer Engel auf einem tiefblauen Himmel, dahinter die Sonne. Es war, als sei der Wolkenengel förmlich von Licht durchtränkt.« Noch während er sprach, schien es, als löse sich seine Stimme ebenso auf wie der Rauch, den er langsam ausblies. »Das war schön … wunder…« Die Stimme verlöschte.

Johanna wartete geduldig, als jedoch nichts mehr von ihm zu kommen schien, hakte sie behutsam nach: »Wie ist dein Vater gestorben?«

Stille. Nicht einmal die Blätter bewegten sich. Und auch die Zigarette brannte langsam hinunter, ohne dass Leon noch einmal an ihr zog. Johannas Herz bewegte sich dafür umso mehr. Gerade erst zur Ruhe gekommen, spürte sie, wie es von neuem klopfte, stärker als jemals zuvor. Die Frage hing schwer zwischen ihnen. Fast so, wie Johanna sich den Tod von Leons Vater vorstellte. Wenn auch gegen ihren Willen. Der Dachbalken. Der Vater. Ein Strick.

Leon sagte nichts, und Johanna wünschte sich, die Stille möge endlich den Tönen des allmählich endenden Frühlings weichen, die schon bald in einen hoffentlich prachtvollen Sommer übergehen würden. Sommertöne – und alles war gut. Das ewige, bis in die Nacht anhaltende Grillengezirpe, das satte Rauschen der wogenden Ähren, das Surren der Mückenschwärme, leises Singen des Abendwinds, wohlig und traurig zugleich. Sie war so gefangen in der Vorstellung des nahenden Sommers, mit denen sie die Dachbodenbilder aus ihrem Kopf vertreiben wollte, dass sie Leons Antwort fast überhörte.

»Seine Augen waren offen«, tastete er sich langsam an seine Bilder heran, »und der Schaukelstuhl hat sich noch ganz leicht bewegt. Mein Vater hat oft darin gesessen, immer dann, wenn er nachdenken wollte. Durch die Dachluke hat er von dort aus direkt auf die Hochries, den Rosenheimer Hausberg gesehen. Mein Vater hat es geliebt, frühmorgens noch vor Arbeitsbeginn hinauf zum Gipfel zu steigen. Über allem liegt noch der Nebel, und dann schält sich aus ihm ganz vorsichtig die Sonne und überstrahlt in wenigen Minuten alles, was einen klein, müde und unbedeutend macht. Meine Mutter hat Gedichte gelesen, aber für meinen Vater war das Tageserwachen Poesie.«

Johanna war so erleichtert, dass es aus ihr herausplatzte: »Und ich hatte schon Angst, dein Vater hat sich erhängt?«

»Erhängt?« Leon sah sie fassungslos an. »Wie kommst du auf so was?« Die Stimme bauschte sich auf. »Das ist total absurd, der war so lebensfroh, so …« Leon brach ab, und als er fortfuhr, wurde er gefährlich leise. »Brauchst du das? Diese Dramatik? Ist dein Leben so langweilig? So eingesperrt …«

»Hör auf!« Die Phantasie war mit ihr durchgegangen. Vielleicht hatte sie aber auch nur eine Entschuldigung dafür gesucht, dass er der Typ Mann war, den sie normalerweise nicht einmal mit den Fingerspitzen angefasst hätte. Egoman, karrierebesessen, empathielos. Sie musste an die Nacht mit Kio denken, nein, empathielos war er nicht, er wich Gefühlen für andere eher aus … »Es tut mir leid, Leon. Es ist nur, weil du dich mit Traumatisierung auskennst.«

Er nahm sich zusammen, wurde eindringlich. »Johanna, ich hab meinen toten Vater gefunden. Ich war zwölf.« Er ließ seine Verärgerung an der Zigarette aus, drückte den Stummel so fest ins Gras, als wolle er auch noch das restliche Feuer in ihr ersticken.

»Natürlich, tut mir leid.«

»Jetzt hör schon auf, dich zu entschuldigen. Das ist ja nicht zum Aushalten, wie klein du dich machst.«

Wenn Leon sie so ansah, so genervt, als nehme er sie überhaupt nicht für voll, rutschte sie in die Bedeutungslosigkeit zurück, aus der Marceline sie immer wieder mit großer Geduld herauszog: »Entferne dich von Menschen, die dir nicht guttun.« Aber vielleicht musste man einfach nur durchhalten. Oder erwachsen sein. »Fängt der Tag schlecht an, mache nur einen Schritt nach dem anderen. Halte durch, bis es leichter wird.« Sie konnte Leon nicht aufgeben. Johanna straffte sich, fuhr mit fester Stimme fort: »Der Schaukelstuhl hat sich also noch leicht bewegt, und dann ...«

Sie war nicht sicher, ob Leon antworten oder sich aus dem Gras hochrappeln, seine Krücken packen und weghumpeln würde. Er blieb.

»Ich hab ihn gefragt«, begann er, als habe es den Disput zwischen ihnen nicht gegeben, »ich hab gefragt, was er so früh da oben macht, warum er nicht zur Arbeit geht, ob er schon wieder arbeitslos ist, er hatte ja gerade erst wieder Arbeit gefunden. Keine Antwort. Da hab ich gedacht, er drückt sich. Hab angefangen, ihn zu beschimpfen. Ich wollte einfach nicht, dass sich meine Mutter wieder die Augen ausheult wie im letzten Jahr. Diese ständigen Streitereien. Und vor allem wollte ich endlich das neue Fahrrad, das er mir versprochen hatte. Also hab ich ihn beschimpft. Ihn einen Versager genannt. Okay, es war toll, dass er in diesem Jahr ohne Arbeit so viel Zeit für mich hatte. Aber jetzt sollte alles wieder so sein wie immer. Wie bei allen anderen.« Leon redete, als hätte jemand den Wasserhahn auf- und nicht mehr zugedreht. »Ich hab ihn beschimpft. Ihn einen Versager genannt. Dass ich keinen Vater will, der ein Versager ist. Alle haben Arbeit, nur er ist zu blöd, eine zu behalten. Mein Vater hat noch immer nicht reagiert.«

»Und das ist dir nicht komisch vorgekommen?«

»Zuerst nicht, weil ich so sauer auf ihn war. Dann hab ich gedacht, er ist einfach nur irgendwann nachts rauf und eingeschlafen. Ich bin dann näher an ihn ran. Seine Augen waren offen und auch sonst … irgendwas war anders. Und dann war es wie …«, er hielt inne, »… wie ein Alptraum, der aus allem kriecht, was auf dem Dachboden so herumsteht, einen Buckel hatte er, der Alptraum, und hässlich war er mit langen, eiskalten Fingern, die nach mir griffen.« Johanna schwieg. Alles, was sie hätte sagen können, hätte sich falsch angefühlt. »Ich hab gegen diese verdammten Finger gekämpft. Wie verrückt hab ich gegen sie angekämpft. Sie durften mich nicht festhalten. Ich musste doch zu meinem Vater, irgendetwas tun.«

»Du hast deine Mutter gerufen oder den Notarzt.«

Leon schüttelte den Kopf. »Ich hab ihn geschaukelt. Immer und immer wieder. Ich hab gedacht, solange mein Vater in Bewegung ist, kann er nicht tot sein. Bis in die Abendstunden hinein hab ich ihn geschaukelt. Und am Ende nichts mehr gespürt. Keine Arme, keine Beine, da war kein Gefühl mehr in mir, kein Gedanke. Irgendwie war es …«, Leon verlor sich noch ein wenig mehr in die Erinnerung, »… war es irgendwie vollkommen. So ohne Zeit. Nur er und ich und der Schaukelstuhl.«

»Deine Mutter?«

»Ich weiß nicht mehr, wann sie nach Hause gekommen ist. Ich meine, es hätte nach einer Stunde sein können oder nach Tagen … Sie war mit einer Freundin in Salzburg. Ihr letzter unbeschwerter Tag …« Er sah Johanna an, und diesmal fühlte sie sich mit ihm auf Augenhöhe. »Sie hat es nur nicht gewusst. Ist schon komisch mit diesen letzten unbeschwerten Tagen … So als ob irgendeiner uns verarscht. Zeigt uns noch mal, wie es sein könnte – und dann …« Er schnippte mit dem Finger. »Das Leichte einfach so für immer weg.«

Einen Augenblick war es wieder still zwischen ihnen. Leon betrachtete die Wolken und fuhr fort: »Sie hat nach meinem Vater gerufen und nach mir. ›Ist jemand zu Hause? Herbert? Leon?‹ Ich glaube, erst da hab ich begriffen, dass es noch so etwas wie Zeit gibt und Realität und dass in dieser Realität etwas Schlimmes passiert ist … Und parallel zu diesen Gedanken hab ich meine Mutter gehört. Klack. Klack. Hoher Absatz. Stufe. Klack. Und je näher sie kam, desto heftiger habe ich meinen Vater geschaukelt … Wach auf, Papa, verdammt noch mal! Sie ist gleich da! Wach auf!«

»Du bist das Kind und beschützt deine Mutter.«

»Söhne beschützen ihre Mütter. Das hat mir mein Vater beigebracht.«

»Dann fließt das Wasser bei einem mehrstöckigen Brunnen doch auch hinauf und nicht nur nach unten?«

Leon grinste. »Er hat mir nicht verraten, dass das gar nicht funktionieren kann.« Sein leichter Ton verschaffte ihnen beiden eine Atempause.

Aber dann wollte Johanna es doch wissen. »Wie hat deine Mutter reagiert? Hat sie dir Vorwürfe gemacht, weil du nicht den Notarzt gerufen hast?«

»Niemand hat mir einen Vorwurf gemacht. Plötzlicher Herztod. Ich hätte nichts mehr tun können. Aber das sagt der Kopf, alles andere … Ich habe lange gegen das Gefühl gekämpft, dass ich meinen Vater umgebracht habe. Unterlassene Hilfeleistung.«

»Quatsch.«

»Sagt der Kopf …«

»Aber da ist auch noch das restliche Ich.« Er grinste erneut. Diesmal erinnerte er Johanna an einen traurigen Clown. Die Mundwinkel nach oben, die Augen aber weinten. Ohne Tränen. Bisher hatte sie nicht gewusst, dass Augen ohne Tränen so weinen konnten.

»Und deshalb verschiebst du das restliche Ich auf den nächsten Tag, und wenn es besonders stur ist, gibt's vom Kokain einen heftigen Arschtritt, damit du dich besser fühlst.«

»Manchmal hilft auch Alkohol.«

»Arbeit sowieso.«

»Sex ist auch nicht schlecht.«

»Fass mich ja nie wieder an ...«

»Versprochen.«

Auf diese unwürdige Art und Weise, sonst schon, hätte sie am liebsten nachgeschoben. Selbstverständlich tat sie es nicht. Sie nahm ihn auch nicht in den Arm. Hielt ihn nicht. Flüsterte ihm nichts ins Ohr, summte ihm nichts vor, und nicht nur, weil sie keinen Ton getroffen hätte. Sie blieb sachlich. »Und jetzt willst du alles kontrollieren, denn wenn du alles im Griff hast, kann nichts mehr passieren.« Sie machte eine kleine Pause. »Deine Mutter ist trotzdem gestorben.«

»Am Abend haben wir noch telefoniert.«

Sie war überrascht. Hatte nicht erwartet, dass er etwas dazu sagen würde.

»Es ging ihr nicht gut. Sie bat darum, dass ich bei ihr übernachte.«

»Du warst da?«

»Eben nicht!« Mit einem Satz richtete er sich auf, saß jetzt stocksteif da. »Ich musste am nächsten Morgen in aller Herrgottsfrühe nach Berlin. Ich wollte meine Ruhe. Und es war nicht das erste Mal, dass sie Angst vor der Nacht hatte. Angst zu sterben.«

»Du hast es nicht ernst genommen.«

»Es war zu oft in der letzten Zeit. Ich habe einfach nicht mehr gewusst, wann es ernst ist und wann nicht.«

»Was ist passiert?«

»Wenn ich das wüsste. Die Ärzte nehmen an, sie hat sich an einer Tablette verschluckt, und dabei ist die Lunge kollabiert. Sie hat noch die 112 gerufen. Der Nachbar hat dann aufgesperrt.«

»Die kaputte Milchglasscheibe im Windfang? Nachbar oder Sanitäter?«

»Ich.«

»Du?«

»Als ich den Anruf von der Polizei bekam«, Leon legte sich ins Gras zurück, »bin ich sofort vom Flughafen zurück ... bin ins Haus, hab völlig übersehen, dass die Tür zu ist ...«

»Oh Mann, musst du ein Tempo draufgehabt haben.« Johanna blieb aufrecht sitzen.

»Es ging um meine Mutter ...«

Fünf Worte, und Johanna wusste, dass sie Leon weiterlieben konnte.

»Und jetzt?« Leon sah sie an, als traute er ihr auf einmal zu, die Antwort auf all seine Fragen zu wissen.

Johanna kam die Idee spontan. »Jetzt besuchen wir Herrn Hut.«

21

Auf einer Schweizer Bergwiese liegen.
Von irgendwoher klingt Nana Mouskouri
und ihr »Weiße Rosen aus Athen«.

Etwa zur selben Zeit betrat Kio die Kirche. Die letzte Unterrichtsstunde war ausgefallen, und er nutzte die freie Zeit, um den Ort zu besuchen, an dem er sich so sicher und glücklich fühlte wie nirgends sonst.

Nicht einmal in seinem Apfelbaum und auch nicht in Marcelines Haus, jetzt, da die *Deaddeads* Einzug gehalten hatten, um Marceline zu schaden. Er hatte so gehofft, der Weg bis nach Europa sei ihnen zu weit. Er hätte es besser wissen müssen. *Deaddeads* brauchten kein Flugzeug, kein Schiff, keinen Schlepper, der sie im Auto über die Grenzen brachte. Sie kamen überallhin.

Er setzte sich in eine der vorderen Reihen, legte den Kopf auf die Kirchenbank und umschlang ihn mit den Armen, wie um ihn vor Schlägen zu schützen. Es war seine Art, ganz bei sich zu sein. Sich ganz in die Dunkelheit seiner Arme zu versenken, nichts sehen, nichts hören, nur fühlen. Den Atem Gottes. Das Herz Jesu. Wenn er noch stiller war als still, fühlte er vielleicht, wie es klopfte. Das Heilige. Die Kirche, sein Schutzraum. Der einzige Ort, an dem er vollkommen und sicher war.

Trotz der Kühle im Kirchenschiff sammelten sich Schweißtropfen in der kleinen Kuhle seines Nackens. Von draußen krächzten Raben.

Allein schon, wenn Kio den Zeige- und Mittelfinger in das Becken mit Weihwasser tauchte und sich bekreuzigte, war es, als ließe er die Welt hinter sich. Die Wohnung Gottes in zeitloser Zeit. Einen Fuß vorsichtig vor den anderen gesetzt, als sei es schon ein Frevel, mit staubigen Sohlen den »geweihten« Boden zu berühren. Manchmal hielt Kio sogar den Atem an, um Gott nicht zu stören.

Rechts neben dem Altar flackerten kleine Lichter. Jedes einzelne von ihnen angezündet für die Verstorbenen, die Lebenden, die Kranken und die Beladenen. Wenn Pfarrer Brauns Haushälterin Rosa – manchmal steckte sie ihm ein Platzerl zu oder er bekam ein großes Stück frisch gebackenen Apfelkuchen mit geschlagener Sahne –, also wenn Rosa »die Beladenen« sagte, stellte sich Kio die Frauen aus seinem Dorf vor, die schwere Lasten auf den Köpfen trugen. Hier trug keine Frau etwas auf dem Kopf außer ihrem Haar, und er fragte sich, womit sie beladen waren, wenn nicht mit Körben und Krügen. Männer waren ohnehin nie beladen. Dafür hatten sie in Nigeria ihre Esel. Und auch in Bayern schienen die Frauen mehr zu tragen als die Männer. Erst vor kurzem hatte er gesehen, wie die Frau die Einkaufstüten schleppte, während sich ihr Mann weiter mit dem Nachbarn unterhielt. Irgendwann würde er Rosa fragen müssen, wen sie mit den Beladenen meinte.

Kio zog die Arme wieder zurück. Hob den Kopf und sah sich um. Außer ihm hatte offenbar an diesem Tag niemand das Bedürfnis, Gott zu besuchen. Es war Mittagszeit, und alle hatten Hunger. Er auch. Kerze zündete er für seine Mutter keine an, aber er würde für sie singen. Er lächelte den Gekreuzigten an, der hinter dem Altar hing, und für den Bruchteil einer Sekunde lächelte der Gekreuzigte zurück. Kio erhob die Stimme: *Halleluja … Halleluja … Halleluhujahaa …* Er sang nur für seine Mutter, bis sein Blick eher zufällig auf die Kirchenbank vor ihm fiel. Ein zusammengefalteter Zettel weckte seine Neugier. Ohne mit dem Singen aufzuhören, schob er sich zwischen Sitz- und Kniebank nach draußen und wieder hinein in die vordere Kirchenbank. Der Zettel war so sorgfältig gefaltet, dass Kio einen Augenblick lang zögerte, ob er ihn wirklich auffalten sollte. Vielleicht setzte er sich damit der Gefahr aus, durch einen von der Dreifaltigkeit ausgelösten Blitz erschlagen zu werden.

Seine Neugier siegte. Noch immer Halleluja singend, wenn auch etwas leiser, um die Dreifaltigkeit nicht auf sich aufmerksam zu machen, nahm er den Zettel. Wenn er ihn ebenso vorsichtig auseinanderfaltete, wie er ihn anschließend wieder zusammenlegen würde, konnte es nicht falsch sein, was er tat. Zumindest würde es niemand bemerken außer dem lieben Gott. Kio versprach ihm noch, als Sühne am kommenden Sonntag besonders schön zu singen, faltete den Zettel auseinander, las, las ein zweites Mal, seine Stimme brach inmitten des Halleluja ab, und er starrte fassungslos auf das, was nicht nur geschrieben stand. Derjenige, der das getan hatte, hatte vor allem gezeichnet, was Kio blühte, wenn er weiter die Kirche mit seiner Anwesenheit schändete.

Knorrige Wurzeln. Die rauhe Borke der Bäume, warmes, weiches Moos unter bloßen Füßen. Johanna hatte es tatsächlich geschafft, Leon davon zu überzeugen, die Schuhe auszuziehen und trotz Krücken ein paar Meter barfuß zu laufen.

»Du glaubst also, dass du das irdische Leben deiner Eltern endgültig auslöschst, wenn du das Haus auflöst?« Sie waren wieder bei ihrem Thema angelangt. Der Entrümpelung seines Elternhauses.

Herr Hut tauchte auf. Und wie immer, wenn Johanna ihn besuchte, spitzte sein Hut unter einem abgebrochenen Zweig und auf seinem strahlend weißen Stamm hervor. Johanna atmete auf. Er war ihr inzwischen so vertraut geworden, dass ihr allein die Vorstellung Magenschmerzen bereitete, jemand würde ihn aus der Erde reißen, um ihn anschließend in den Kochtopf zu werfen und danach zu verputzen.

»Natürlich lösche ich sie damit aus.« Während Johanna in Gedanken Herrn Hut begrüßte und sich schwor, ihn diesmal beim Abschied mit Zweigen zu bedecken, um ihn vor gierigen Mäulern zu bewahren, war Leon beim Thema geblieben. »Wenn das Haus leer ist, ist nichts mehr von ihnen da. Nichts von dem, was sie gestaltet haben, was sie ausgemacht hat. Dann sind sie endgültig weg.«

»Und was ist mit ihrer Liebe? Den Erinnerungen?« Sie verschob das lautlose Zwiegespräch mit Herrn Hut auf später.

»Ich kann sie nicht spüren! Ich weiß nicht einmal mehr, wie sich ihre Stimmen anhören.«

Sie konnte nicht anders. Musste ein Zitat loswerden. »Verzweifle niemals, die Tage vergehen wie das im Wind fliegende Herbstlaub, und die Tage kehren wieder mit dem reinen Himmel und der Pracht der Wälder. Aufs Neue wird jedes Samenkorn erweckt.« Leon sah sie mit dem Blick an, mit dem er jetzt öfter Marceline bedachte, wenn er nicht ganz sicher war, in welchem Verhältnis ihr Geist gerade zur Realität stand. »Kommt von den Indianern«, erklärte sie rasch. »Oder glaubst du nicht daran, dass es irgendwie weitergeht?«

»Ich glaube an Schwammerl mit Soße.« Und schon war er bei Herrn Hut, um ihn für immer seinem Nährboden zu entreißen.

»Finger weg!« Johanna fauchte ihn an.

»Das ist ein Steinpilz.« Jetzt glaubte Leon auch noch, sie aufklären zu müssen. »Der ist nicht giftig.«

»Im Hals wird er dir stecken bleiben, wenn du ihm was antust. Herr Hut ist mein Freund.«

Jetzt sah Leon Johanna endgültig an, als sei sie nicht nur Marcelines Enkelin, sondern schon in jungen Jahren in ihre mentalen Fußstapfen getreten, was ja irgendwie auch stimmte, wenn auch auf ganz andere Art und Weise.

»Freund!«

»Genau. Freund. Wenn man es genau nimmt, hat er dir das Leben gerettet.«

Leons Blick wurde immer ungläubiger. Wo war er hier gelandet? Kio mit seinen Untoten. Marceline selbst ohne gelegentliche Ausfälle irgendwie verrückt und Johanna offenbar auch nicht mehr in der Lage, Phantasie und Wirklichkeit zu unterscheiden. Er überlegte schon, ob er sich nicht doch nach einem Hotelzimmer umsehen sollte, verwarf den Gedanken jedoch wieder. Mittlerweile fühlte er sich zu lebendig mit und neben ihnen. Er stutzte. Das war es, was ihn auf einmal so anders empfinden ließ. Was ihn am Morgen dazu brachte, sich auf den Tag zu freuen. Ob wütend, happy, genervt, melancholisch oder – ja verdammt – traurig, er fühlte wieder. Was hatte er alles in den vergangenen Jahren verpasst, ohne es zu bemerken. Er fühlte wieder! Er hätte die ganze Welt in diesem Moment umarmen können. Das war Glück. Lebendig sein ist Glück.

»Was ist?« Johanna warf ihm einen prüfenden Blick zu.

»Nichts. Warum?«

»Du strahlst so.«

Prompt knipste er das innere Licht aus. Dass Johanna in ihm zu lesen begann, passte ihm nicht.

Er versteckte sich hinter Ironie: »Und ich dachte, du hast mir das Leben gerettet, das keine Sekunde lang bedroht gewesen ist?«

»Keine Sekunde?« Jetzt war sie empört. »Du hättest verbrennen können.«

»So schnell explodieren Autos nicht.«

Johanna sah ihn gekränkt an, und er gab nach. »Okay, dann mal los. Wie hat mir dieser Pilz das Leben gerettet?«

Johanna begann zu erzählen. Von ihrer Vision, dem Botticelli-Engel und dass Leon genauso ausgesehen habe wie er.

»Und hätte ich nicht ausgesehen wie dein Botticelli-Engel …«

»Hätte ich dich explodieren lassen.«

»Eiskalt?«

Sie nickte.

»In einem Auto, das gar nicht explodiert wäre?«

»Es wäre explodiert!«

»Aha. Und warum?«

»Weil ich dann eiskalt nachgeholfen hätte.«

Er war so verblüfft, dass sie loslachte. Leon brauchte noch einen Augenblick, dann fiel er mit ein, stoppte sich wieder und meinte trocken: »Morgen geh ich zum Friseur und lass mir die Haare kurz schneiden.«

»Du willst kein Botticelli-Engel sein?«

»Wer kann mit Flügeln schon gut schlafen?«

»Okay.«

»Und jetzt?«

»Schließ die Augen und atme.«

»Das tu ich doch sowieso.«

»Du atmest viel zu flach. Also noch einmal, atme, so tief du nur kannst.«

Leon verdrehte in Gedanken die Augen, holte tief Luft und fing an – zu atmen.

Kio betrat Marcelines Haus. Lauschte. Niemand war da. Weder Johanna noch Marceline. Wut stieg in ihm auf. Sie waren nicht besser als der, der diesen Zettel mit der schlimmen Zeichnung in die Kirche gelegt hatte. Auch für sie war er nicht gut genug. Weil er ein Flüchtling war. Ohne Status. Ein Nichts. Einer, den man ruhig im Meer ertrinken lassen konnte, weil er weniger wert war als andere. Würden sie anders denken, hätten sie ihn schon längst in das Zimmer der besonderen Momente gelassen. Sie taten es nicht. Also verbargen sie etwas vor ihm. So wie sie das vor ihm hatten verbergen wollen, was sie mit Sunita gemacht hatten, nachdem diese den Boko Haram hatte entkommen können. Sie hatten ihr die Fingernägel, die Haare und auch die Schamhaare abgeschnitten und das alles in einen Juju-Schrein gelegt. Dann hatte sie stinkendes Wasser aus einem Behälter trinken müssen, von dem es hieß, es sei das Wasser ihrer Vorfahren. So hatten sie sie von dem bösen Zauber befreien wollen, den sie aus dem Wald in Form ihres Kindes mitgebracht hatte. Eines Hexenkinds, das man in einen Käfig setzte und dem man nur ab und zu etwas zu essen zuwarf.

Manchmal war es ihm seltsam vorgekommen, dass ein ganzes Dorf Angst vor einem Baby hatte. Seine Mutter hatte keine Angst gehabt. Sie hatte versucht, das Kind zu retten, hatte es in ein Kinderheim gebracht, das eine kanadische Familie gegründet hatte … Vielleicht, wenn sie das nicht getan hätte …

Nein, ein Juju-Schrein verbarg sich bestimmt nicht hinter der Tür. Wäre Marceline eine Hexe, hätten die Juju-Geister keine Macht über sie gehabt. Dennoch war Kio sicher, dass es sich auch um einen Zauber handelte. Einen bayerischen Zauber, so wie die geweihten Papiertaschentücher vom Pfarrer, und er durfte ihn nur nicht sehen, weil sie glaubten, er gehöre nicht dazu. So wie er nicht in den Chor gehörte. Weil er aus Afrika kam und seine Haut nicht weiß war.

Aber nicht mit ihm. Nicht mit Kio Achebe. Er bekam, was er wollte. Er hatte es über das Meer bis hierher geschafft. Er war stark. Er war ein Mann. Und nie wieder würde er zulassen, dass er sich so hilflos fühlte wie in dem Augenblick, als er seine brennende Mutter nur noch singend in den Tod begleiten konnte. Nie wieder hilflos sein. Nie wieder.

Zorn loderte in ihm auf. *Denn ein Feuer ist angegangen durch meinen Zorn und wird brennen bis in die unterste Hölle und wird verzehren das Land mit seinem Gewächs und wird anzünden die Grundfesten der Berge.* 5. Buch Mose. Das hatten sie erst kürzlich im Religionsunterricht auswendig lernen müssen …

Kio sah sich um. Mit einer Axt würde er diese verdammte Tür zertrümmern und Basti endlich sagen können, was sich in dem Zimmer befand. Basti, der Kio schon ständig damit aufzog, dass er den Raum nicht betreten durfte. Basti, der behauptete, er müsse Marceline nur darum bitten, und sie würde ihm ihre Schätze zeigen. Basti sprach es nicht aus, doch seine Blicke deuteten es an. Weil Basti Deutscher war und weiß, würde sie sie ihm zeigen.

Jetzt zeigte Kio es ihnen allen. Danach würde er nicht mehr ausgeschlossen sein. Nie wieder. Er war kein Integrationsverweigerer. Er gehörte dazu. Jeder hatte das Recht, irgendwo dazuzugehören. Kio kämpfte gegen die Tränen an. Er war ein Krieger.

Doch da war keine Axt. Nicht im Keller. Nicht in der Brennerei. Weder im Vorratsraum noch in einem der Zimmer. Er ging in die Küche, sah, dass auf dem Herd etwas vor sich hin brutzelte, offenbar hatte Marceline wieder einmal das Haus verlassen und den Herd vergessen. Er drehte den Herd ab, holte sich das größte Küchenmesser, das er finden konnte, kehrte zurück und hieb immer wieder auf die Tür zum Zimmer der besonderen Momente ein. Er hörte nicht, wie Marceline das Haus betrat, die in der Brennerei gewesen war und den Herd keineswegs vergessen hatte. Mit ohnmächtiger Wut hieb und stach er weiter auf die Tür ein. Der Lack platzte an einigen Stellen auf. Er hörte nicht, wie Marceline nach ihm rief. Das Holz splitterte. Aber die Tür gab kaum nach. Er hieb und stach weiter. Er hörte nicht, wie sie sich ihm näherte, er hieb und stach weiter.

»Kio. Mein Gott, Kio …« Langsam drehte er sich mit dem gegen die Tür erhobenen Messer in der Hand zu Marceline um.

Marceline trat automatisch einen Schritt zurück. Sie hatte schon viel gesehen, aber noch nie, dass sich der Gesichtsausdruck eines Menschen so verändern konnte. Nicht Kio stand vor ihr. Vor ihr stand ein anderer. Und dieser andere kam jetzt mit dem Messer auf sie zu …

Kio dagegen dachte wieder an seine Mutter: »Wenn es Geister gibt, dann überleben wir den Tod, und war nicht auch Jesus Christus auferstanden, und danach ging es ihm gut?«

Schritt für Schritt ging er auf Marceline zu.

22

Der besondere Moment –
wie wild den eigenen Herzschlag spüren.

»Atme, Leon … ganz ruhig … und fühle, wo du deinen Atem am meisten spürst. Im Bauch, in der Brust. Und dann folge deinem Atem … einfach nur deinem Atem folgen …« Leon folgte weniger seinem Atem als Johannas Stimme. Sie war warm und sanft, und er war ruhig. So ruhig, wie er schon lange nicht mehr gewesen war. Nicht einmal nach dem Sex. Da war er einfach nur müde und schlief zu Sarahs Leidwesen immer sofort ein, anstatt noch mit ihr zu kuscheln. »Ruhig, Leon, ganz ruhig, atme …« Nicht mehr denken. Ganz in der Gegenwart sein. Den Geruch aufnehmen, den die Bäume um ihn herum verströmten, während er auf dem Baumstamm saß. »Du siehst, was du siehst, hörst, was du hörst, tastest, was du ertastest. Aber das ist nur äußerlich, dahinter gibt es noch mehr. Und dieses Mehr ist das eigentliche Wesen, das uns umgibt.« Die Hände mit den Handrücken auf die Oberschenkel gebettet, saß er da, die Handinnenflächen nach oben. Er verstand nicht alles, was Johanna sagte, aber er überließ sich ihrer Stimme. Sie trug ihn davon. »Es gibt eine Realität hinter der Realität. Und mit ihr können wir uns durch den Atem verbinden. Lass dich mit allen Sinnen hineinfallen in das Rauschen der Bäume, das Wispern der Sträucher, den Geruch frischer Erde, das Zwitschern der

Vögel, die dahingleitenden Wolken. Und irgendwann bist du ganz ruhig. Gedankenstill. Dein Bewusstsein erweitert sich, und dann hörst du vielleicht den Wind singen, den Strauch pulsieren. Und du fragst dich, was dir Wind und Strauch sagen möchten …«

Er hatte sich nur ihr zuliebe auf diesen Mist eingelassen und vielleicht auch, weil er sich durch die von Johanna aufgerufenen Erinnerungen ziemlich beschissen fühlte und nach jedem Grashalm gegriffen hätte, um eine Panikattacke zu verhindern. Meditieren statt Koks und Sex. So weit hatte sie ihn also schon gebracht. Er kam sich albern vor. Hoffte, dass nicht ausgerechnet jetzt jemand vorbeikam. »Atme, Leon, ganz ruhig … Lass die Gedanken fließen, aber beachte sie nicht. Und bleibt ein Gedanke länger, schau ihn dir an und dann lass ihn wieder los.« Das weiche Moos unter den nackten Sohlen. Es raschelte. Vielleicht eine Maus. Automatisch rollte er die Zehen nach innen. Es knackte, knisterte, summte, schnaufte und piepste. Er nahm Dinge wahr, von denen er nicht einmal mehr gewusst hatte, dass sie existierten. Der Duft aus Erde, Tannennadeln, frischem Holz, möglicherweise sang sogar der Wind ein paar Töne, und der Strauch neben ihm strahlte etwas aus, so dass Leon am liebsten dessen Puls gefühlt hätte. Das war schön, aber auch zu viel. Viel zu viel. »Atme, Leon, ganz ruhig, atme …«

Er hielt es nicht mehr aus. Riss die Augen auf.

»So ein Scheiß.« Verschränkte die Arme schützend vor der Brust. »Das ist echt nichts für mich. So ein Scheiß.« Hatte er erwartet, dass Johanna ihn zum Weitermachen überreden wollte – sie tat es nicht. Sie sagte nur: »Ist okay. Wir hören auf.« Überrascht sah er sie an.

Auch wenn Leon aussah wie ein kleiner Junge, den man zu etwas gezwungen hatte, was er auf den Tod nicht ausstehen konnte, war Johanna zufrieden. Leon hatte mitgemacht, und das war zumindest ein Anfang. Zur Belohnung lud sie ihn in den Biergarten ein.

Das Rauchhaus, so hieß das Wirtshaus, lag nur wenige Gehminuten vom Chiemsee entfernt neben einer Kirche. Johanna liebte diesen Ort. Benannt war er nach dem vielen Rauch, der sich in früherer Zeit aus dem offenen Kamin durch die Balken und Holzschindeln nach draußen verzogen hatte. Heute hatte das Rauchhaus eine gemütliche Bauernstube, und bei schönem Wetter konnte man in dem Laubengarten an Holztischen sitzen und gemütlich ein Weißbier trinken. Johanna überließ es Leon, den Platz auszusuchen. Er wählte den Tisch mit einem Stapel aus Brennholz im Rücken und mit Blick auf die von rotem Granit eingerahmte Eingangstür. Sie war ständig in Bewegung und spuckte Bedienungen aus, deren Tabletts vollbeladen waren mit dampfendem Schweinsbraten, Ente mit Blaukraut, Kaiserschmarrn und Spanferkelbraten. Dazu vom Bier überschäumende Tonkrüge.

Hatte sich Leon bei der Meditation noch nicht entspannen können, so entspannte er sich jetzt beim Spanferkel mit Kartoffelknödel. Johanna wählte einen Saibling mit Rotkohl und Butterkartoffeln und trank eine Johannisbeerschorle, während sich Leon für ein Weißbier entschied.

Sie sprachen nicht viel. Aber es war ein Miteinanderschweigen, bei dem sich jeder vom anderen verstanden fühlte. Wobei Leon sich irgendwann doch zu dem Kommentar hinreißen ließ, dass Meditieren nichts für ihn sei. Die erzwungene Ruhe mache ihn nervös.

Johanna sagte nur: »Wenn es so ist, dann ist es so.«

Fast war Leon enttäuscht, dass sie sich so schnell geschlagen gab.

Johanna bemerkte seinen Unwillen, lächelte in sich hinein und schlug ihm einen Verdauungsspaziergang vor.

Leon bevorzugte jedoch einen Verdauungsschnaps.

Sie stießen an und waren sich einig, dass es dennoch oder gerade wegen allem ein schöner, intensiver Tag war. Nun aber wollte Leon nach Hause. Enttäuscht sah Johanna ihn an, bis ihr klarwurde, was er gesagt hatte. Er wollte nach Hause. Und damit meinte er nicht seine Wohnung in München und erst recht nicht das Elternhaus bei Rosenheim. Er sprach von Marcelines Haus. Nach Hause. Sein Zuhause. Das war besser, als ein gemeinsamer Spaziergang auf Krücken gewesen wäre. Viel besser.

»Also, ich denk lieber vom Ending her nach, weischt, und bin auch einer, der gern jede Challenge annimmt, Hauptsache, sie ist lukrativ und tight getaktet, weischt, weil man muss ja einen neuen Innovationsapproach entwickeln, sonst geht's nicht weida, weischt …« Schon während der ganzen Heimfahrt hatte Leon diese andere Seite von sich gezeigt. Dass er Humor hatte und ganz wunderbar andere Menschen nachahmen konnte, wenn auch – wie in diesem Fall – auf Kosten eines Mitarbeiters. »A Schwob halt, weischt.«

»Der vom Ending her denkt, weischt.« Lachend trat Johanna durch die Haustür.

»Ja klar, wegen der Challenge, weischt.« Leon folgte ihr.

»Was i jetzt weisch, is … dass i a bissel tight getaktet bin, weil die Marceline mich beim Innovationswhiskey braucht.« Johanna stellte ihre Umhängetasche ab, zog ihre Schuhe aus. Leon lehnte die Krücken neben die Garderobe, die mit leichter Schlagseite an der Wand hing, schlüpfte ebenfalls zumindest aus dem linken Schuh. Den Vacoped-Schuh ließ er an. Sie hoben gleichzeitig den Kopf, stießen zusammen, rieben sich die Stirn und lachten wieder. Es war schön, miteinander zu lachen.

In der Küche überprüften sie, ob Marceline den Herd ausgeschaltet hatte. Sahen einander an. Waren sich einig, dass es ein schöner Tag war, bis, ja bis sie am Zimmer der besonderen Momente vorbeikamen. Die Tür sah aus, als habe ein Schwarm mit überdimensionalen Wespen und entsprechenden Stacheln versucht, in das Zimmer einzudringen. Oder wie eine Tür mit Pockennarben. Der Schaden war nicht groß. Eher ein fast hilfloser Versuch, die Tür irgendwie aufzubrechen.

»Was denkst du?« Leon sah Johanna an.

»Vermutlich dasselbe wie du.« Es tat weh, aussprechen zu müssen, worin Johanna sich sicher war: »Marceline hat vergessen, dass man einen Schlüssel benutzt, um aufzusperren.« Sie schluckte. »Es wird immer schlimmer mit ihr.«

Der Tag war beim Teufel. Und Johannas Körper wurde zu einem Tal der Tränen. Marceline konnte doch nichts dafür. Sie durfte nicht auf sie wütend sein. So war das Leben. Einfach nur dieses beschissene Leben. Johanna nahm sich zusammen. »Wir suchen sie, und dann mach ich einen Termin beim Hausarzt.«

»Gut.«

»Nein, nicht gut.« Johanna schrie Leon so unvermittelt an, dass er zusammenzuckte. »Das ist überhaupt nicht gut … Das ist …« Sie war völlig außer sich. Doch sie durfte nicht weinen. Nicht jetzt. Stark sein. Klaren Kopf behalten. *Atmen, ganz tief, vom Bauch bis zu den Schlüsselbeinen, atme, Johanna, atme …*

»Ich kann mitgehen zum Hausarzt, wenn du willst.«

»Tut mir leid.« Sie wusste nicht, was sie beruhigte. Das Atmen oder Leons Angebot, aber zumindest konnte sie jetzt wieder denken. »Es ist nur …« Johanna brach ab. Machte den Versuch eines Lächelns.

»Was ist …?«

»Ich glaube, ich muss das allein schaffen.«

»Warum?«

»Ich kann Marceline nicht einfach so vorführen. Sie hat sich wegen des Baums schon genug vor dir geschämt.«

»Sie redet nicht darüber.«

»Tut sie nicht, aber ich kenne sie. Und vor einem Arzt muss ich es erwähnen, und dann wird sie sich furchtbar schämen.«

»Trotzdem, Johanna, du stehst das auf Dauer nicht allein durch. Du musst lernen, Hilfe anzunehmen.«

»Deine?« Ihr Tonfall klang bitter, obwohl sie es nicht wollte. »In ein paar Wochen bist du nicht mehr da …« Hatte sie gehofft, er würde widersprechen oder zumindest sagen, er werde immer für sie da sein, wenn sie ihn brauche, so tat Leon genau das, was sie befürchtet hatte – er schwieg. Johanna nickte. »Ich schau mal, ob ich sie finde.«

»Darf ich dir wenigstens dabei helfen?«

Er wartete nicht auf ihre Antwort. Er packte seine Krücken und humpelte voraus.

Sie suchten überall. Im Haus. In jedem Zimmer. Auf dem Dachboden. Im Keller. Keine Spur von Marceline. Sie riefen nach ihr. Stille. Johannas Angst wurde größer, jetzt griffen die Alpträume, von denen Leon gesprochen hatte, auch nach ihr, sie spürte die langen, klammen Finger und begriff, dass Schlimmeres geschehen war als nur das vergebliche Öffnen einer Tür.

»Ich habe Angst.« Sie griff nach Leons Hand, der sie sogar bis auf den Dachboden begleitet hatte.

»Ich auch«, antwortete Leon. Bei allem, was er ihr anvertraut hatte, war dies vielleicht das Aufrichtigste, das er je zu ihr gesagt hatte. Nein, das war es nicht. Das »Es war doch meine

Mutter« war noch emotionaler gewesen. Ein Mann, der aus Sorge um seine Mutter durch eine Milchglasscheibe rennt!

»Sie ist bestimmt in der Brennerei.« Johanna sprach sich selbst Mut zu und fragte sich im nächsten Moment, weshalb sie dort nicht zuerst nachgesehen hatten.

Doch Marceline war weder in der Brennerei noch im Garten, den sie bis auf den letzten Grashalm durchkämmten.

»Vielleicht läuft sie irgendwo im Ort herum«, überlegte Leon, »und findet nicht mehr nach Hause.«

»Die Leute kennen sie. Wenn, dann bringen sie sie zurück.«

»Es geht gut aus«, antwortete Leon. »Bestimmt wird alles gut.« Und dann tat er das, worauf sie gehofft hatte, seit sie ihn aus dem qualmenden Wagen gezogen hatte. Leon nahm Johanna in die Arme.

23

Stille hören.

»Der darf das nicht.« Kio sah Marceline empört an, wollte schon von dem Zweig seines Apfelbaums rutschen, auf dem sie beide saßen und die Beine baumeln ließen. Marceline hinderte ihn in letzter Sekunde daran und flüsterte: »Du hast für heute schon genug angestellt, du bleibst da.«

»Aber Johanna gehört mir.«

»Kein Mensch gehört einem anderen, merk dir das, mein Junge.« Sie griff in die Tasche ihres bunten Rockes, den eine Maya im Hochland von Chiapas für sie gewebt hatte, holte ihr Smartphone und machte ein Foto von Leon und Johanna.

Kio verzog das Gesicht. »Und wann gehen wir zu ihnen?«

»Wenn sie mit ihrer Umarmung fertig sind«, antwortete Marceline, zupfte sich ihren Rock zurecht und beobachtete, wie behutsam Leon mit Johanna umging und wie liebevoll er mit ihr sprach. Johanna schien sich allmählich zu beruhigen, lächelte sogar ein wenig. Natürlich hätten sie und Kio sich bemerkbar machen können, als Johanna wie ein aufgescheuchtes Huhn durch den Garten gestoben war, Leon auf seinen Krücken wie der dreibeinige Hund des Nachbarn hinter ihr her. Nichts brachte Menschen näher als gemeinsame Freude oder Sorge. Marceline hätte Freude bevorzugt, wenn jedoch die Sorge um sie – sie ahnte, welche Wirkung die Tür auf Johanna gehabt haben musste – das Mittel der Wahl war, dann war es eben so. Jetzt lösten sich Leon und Johanna voneinander, traten einen Schritt zurück und wirkten, als wüssten sie endgültig nicht mehr weiter.

»Jetzt?« Kio sah Marceline an.

»Jetzt!« Marceline nickte.

»Danke«, sagte Kio noch, gab Marceline rasch ein Bussi auf die Hand, rutschte auf seinem Zweig etwas nach vorn, sprang und rannte mit fliegenden Beinen in Shorts auf Johanna und Leon zu, die ein ganzes Stück vom Apfelbaum entfernt waren.

»Kio!« Johanna sah den Jungen auf sich zurasen und breitete automatisch die Arme aus, Kio flog hinein und genoss den Augenblick, den Johanna ihn fest an sich drückte. Er spürte ihre weiche Brust. Spürte ihr Herz klopfen. Wollte sich für einen Moment an ihr ausruhen, doch Johanna ließ ihn wieder los. Viel zu schnell. Er hätte für den Rest seines Lebens so stehen können und den Duft von Johannas Weiblichkeit einatmen. Am liebsten hätte er Leon, obwohl er ihn mochte, einen Fußtritt versetzt. »Was ist passiert, Kio?« Johanna sah ihn forschend an. »Wo ist Line?«

»Sitzt auf dem Baum.«

»Auf dem Baum?« Johanna und Leon blickten gleichzeitig in die Richtung, in die Kio gewiesen hatte, und tatsächlich, Marceline winkte ihnen vom Zweig des Apfelbaums zu. Johanna war kurz irritiert und lief dann mit schnellen Schritten zu ihrer Großmutter.

»Was machst du da?« Johanna legte den Kopf in den Nacken.

»Ich versuche, die Lage zu überblicken.«

»Welche Lage, außer der, dass du vergessen hast, wie man eine Tür aufsperrt?« Johanna spürte Ärger in sich aufsteigen.

»Wenn mir jemand beim Herunterklettern behilflich ist, werde ich es euch erklären. Raufsteigen war irgendwie leichter.«

»Kein Wunder, du bist neunundachtzig.«

»Achtundachtzig, wenn ich bitten darf. Wenn ich neunundachtzig bin, reden wir weiter.« Marceline versuchte Johanna zumindest ein Lächeln abzuringen, aber trotz ihrer Erleichterung darüber, dass es ihrer Großmutter gutging, schaffte es Johanna nicht, zurückzulächeln. Die Angst und der Schrecken saßen ihr noch in den Knochen. Inzwischen hatten Kio und Leon eine Leiter herangeschleppt, wobei sich Johanna bei dem Gedanken ertappte, ob Leons Sprunggelenk unter diesen Umständen jemals die Chance auf Heilung haben würde.

»Was meinst du, geht's mit einer Leiter?«, fragte Leon.

»Und ob.« Marceline nickte. »Auch wenn mich meine Enkelin zum alten Eisen werfen möchte.«

»Oma.«

»Siehst du. Auf einmal Oma … Ich hasse Oma.« Flink kletterte sie die Leiter herunter. »Ich bin in Griechenland mit einer Strickleiter zu den Meteora-Klöstern hinaufgeklettert. Die schwebenden Klöster. Da ist ein Apfelbaum nichts dagegen.«

»Da warst du auch jünger.«

»Sie tut es schon wieder.« Dicht blieb sie vor Johanna stehen, die ein ganz anderes Thema interessierte.

»Wieso haben wir dich nicht gesehen?«

»Man nennt es selektive Wahrnehmung. Schauen, ohne zu gucken. Man nennt es auch mangelnde Achtsamkeit.«

Johanna ging nicht darauf ein. »Was ist mit der Tür passiert?«

Kio senkte den Blick. Marceline gab ihm einen Klaps auf den Hinterkopf und meinte: »Ich würde sagen, wenden wir uns erst einmal den wichtigen Dingen zu.«

»Darüber, dass du vergessen hast, wie man eine Tür öffnet?« Johanna konnte nicht verhindern, dass ihre Stimme einen leicht aggressiven Unterton bekam. Sie war nun einmal keine Heilige und nahm es Marceline übel, dass sie ihr den schönen Tag zerstörte. Und nicht nur auf Marceline war sie stinksauer, sondern auch auf ihre Mutter und ihre Tanten, die sich mit ihren ganzen verdammten Ausreden aus der Nummer herauszogen. Sie hatte ein Recht auf ihr eigenes Leben. Sie war jung. Wie sollte sich Leon je in sie verlieben mit allem, was sie an der Backe hatte? Sollte Marceline hundert werden, wie sie es vorhatte, ginge sie selbst auf die vierzig zu, und ihr Leben war vorbei. Sie hätte heulen mögen. *Da gibt es auch noch das Pflegeheim*, flüsterte die Stimme ihrer Mutter im Kopf. *Niemals*. Einmal war Johanna bisher in einem Pflegeheim gewesen. Allein der Geruch von Urin, die Traurigkeit derer, die sie an Schüler erinnerten, die nachsitzen mussten. Die Schule war vorbei, aber man war gezwungen zu bleiben. Das Leben war vorbei, aber man durfte nicht gehen. Dazu das überforderte und daher ungeduldige Personal.

»Ich war's.« Johanna hatte nicht bemerkt, wie sich Kio dem Baum wieder genähert hatte. »Mit dem Messer.«

»Du?« Verblüfft wandte sich Johanna von Marceline ab. »Und wieso? Ich meine, wieso machst du die Tür kaputt?«

»Er hat gedacht, wir verheimlichen etwas vor ihm.«

»Ich war auch noch nie in diesem Zimmer«, gab Johanna zurück, »und will trotzdem nicht die Tür aufbrechen.«

»Aber du bist kein Flüchtling aus Nigeria, hast keine dunkle Hautfarbe und fühlst dich deswegen ausgegrenzt.« Die Worte kamen von Leon und nicht von Marceline. Johanna warf ihm einen überraschten Blick zu, wandte sich an Kio.

»War das so?«

Kio nickte. »War dumm von mir. Marceline hat mit mir darüber geredet.«

»Im Apfelbaum.«

»Warum nicht im Apfelbaum«, entgegnete Marceline. »Ein Baum ist ein guter Ort zum Reden. Der beste.«

»Du hättest dir den Hals brechen können.«

»Kio und ich haben ganz andere Sorgen«, erwiderte Marceline und legte den Arm schützend um den Jungen.

»Und die wären?«

Statt einer Antwort griff Marceline mit der freien Hand in ihre Rocktasche, zog einen Zettel hervor und reichte ihn Johanna. Er sah fast so aus wie die anderen Zettel, die Pfarrer Braun erst vor wenigen Tagen vorbeigebracht hatte. Und doch war er irgendwie anders. Johanna faltete ihn auseinander und erstarrte. Sein Inhalt, eine Zeichnung, war noch teuflischer als die Worte, die irgendjemand auf die anderen Zettel gekritzelt hatte. Sie zeigte ein Hakenkreuz, und an dem Kreuz hing ein Strichmännchen. Darunter stand: *Zurück nach Afrika, du schwarzer Sing-Spacko*.

Johanna wurde übel. »Benedict.«

»Der ist mein Freund.« Kio schüttelte entschieden den Kopf. »Der macht so was nicht.«

Johanna war sich dessen nicht so sicher und wollte etwas entgegnen, doch Leon nahm sie an die Hand und zog sie ein paar Meter von Kio und Marceline mit sich fort.

»Was hat das zu bedeuten?«, zischte er leise. »Meinst du wirklich diesen Rotzlöffel aus dem Krankenhaus?«

»Keine Ahnung. Es gibt noch mehr von dem Geschreibsel.«

»Mehr?«

»Es ist nicht der erste. Pfarrer Braun hat schon einige eingesammelt. Irgendwelche Idioten wollen Kio nicht im Chor haben. Weil er schwarz ist und sie ihn für einen Muslim halten. Kio weiß nichts von den anderen Zetteln.«

»Und was habt ihr dagegen unternommen? Wart ihr bei der Polizei?«

»Kio hat Angst vor der Polizei!« Johannas Antwort kam schnell.

»Im Gegenteil. Es würde Kio die Angst nehmen. Ihm zeigen, dass es bei uns Gerechtigkeit gibt. Dass Hetzen und Drohen strafbar sind.«

»Gibt es sie denn bei uns – Gerechtigkeit? Was ist, wenn die Polizei es als Lappalie abtut oder sie die Täter finden und das Verfahren wegen Überlastung der Richter und Staatsanwaltschaft eingestellt wird? Was dann? Was würde Kio daraus lernen?«

»Trotz allem, es ist einen Versuch wert.«

In Johanna verspannte sich alles. Ihre Stimme klang fest, als sie endgültig entschied. »An Kio werden keine Versuche durchgeführt. Keine Polizei, solange wir keinen Anhaltspunkt haben.«

»Also nichts?« Leon sah sie ungläubig an. Es war ein Blick, den Johanna nicht so schnell vergessen würde und erneut daran zweifeln ließ, ob ihr Verhalten richtig war oder sie nur Angst vor der Aufmerksamkeit hatte, die eine Anzeige mit sich bringen, die Blicke der Nachbarn und Dorfbewohner auf sie ziehen würde.

Marceline und Kio näherten sich und ersparten Johanna eine Antwort. Ihre Großmutter lächelte: »Dann werde ich mal das Geheimnis dieses Zimmers lüften. Ich wollte es noch ein wenig für mich behalten, aber ich denke, es ist an der Zeit.«

Kio vergaß die Zeichnung für einen Moment und strahlte. Johanna drehte sich zu Leon um, doch der hatte sich schon einige Meter aus ihrer Reichweite entfernt, betrat das Haus und verließ es in dem Augenblick, in dem Johanna, Marceline und Kio es betreten wollten.

»Marceline lässt uns in ihr geheimnisvolles Zimmer«, sagte Johanna, »kommst du mit?«

Doch Leon schüttelte nur den Kopf, als frage er sich, wie sie jetzt an so etwas Banales denken konnten. Er schob sich an Johanna vorbei, humpelte so schnell er konnte zu Marcelines Wagen, stieg ein, der Motor heulte auf, und er preschte los.

»Was macht er?« Während Kio ungeduldig mit den Füßen scharrte, sah Johanna Marceline verblüfft an.

»Mein Auto endgültig ruinieren«, antwortete Marceline trocken. »Talent dazu hat er ja.«

»Können wir endlich reingehen?«, machte sich Kio ungeduldig bemerkbar.

»Versicherung zahlt jedenfalls keine, mit seinem kaputten Fuß.« Johanna seufzte. »Wenn er Pech hat, nehmen die ihm sogar den Führerschein ab.«

»Die Versicherung zahlt sowieso nicht«, bestätigte Marceline gelassen.

»Was meinst du damit?«

»Ich hab sie wohl schon länger vergessen zu bezahlen.«

»Hast du eine Mahnung gekriegt?«

»Ich hab gedacht, das sei Reklame, und hab sie immer weggeschmissen.«

»Und jetzt?«

»Jetzt steh ich auf der Fahndungsliste. Kam heute Morgen mit der Post.«

»Marceline!«

»Keine Sorge. Ich bezahl schon alles, und bis dahin fahr ich nicht mit dem Auto.«

»Leon fährt gerade damit.«

Marceline war kurz irritiert. »Stimmt. Dann hoffen wir mal, dass sie ihn nicht erwischen.«

»Ich ruf ihn an!« Johanna wählte seine Handynummer, erreichte jedoch nur die Mailbox, schilderte ihm knapp die Situation und beschwor ihn, den Wagen sofort stehen zu lassen und ein Taxi zu nehmen.

»Hallo«, meldete sich Kio, der hinter ihnen ungeduldig von einem Fuß auf den anderen trat. »Gehen wir endlich rein?«

Marceline lächelte und antwortete: »An meinem neunundachtzigsten Geburtstag werde ich Johanna den Schlüssel übergeben.«

»Aber ich hab gedacht … jetzt.«

Marceline lächelte noch mehr: »Ich hab's mir gerade wieder anders überlegt.«

Kio sah *Nne nne* zutiefst enttäuscht an.

24

Verschnaufpause, zu viele Blasen an den Füßen und dann – auf einmal – Orgelmusik von Johann Sebastian Bach. Ich setze mich auf die Stufen des Prager Veitsdoms und höre zu.

War Leon mit Kavaliersstart losgefahren, so stoppte er jetzt mit quietschenden Bremsen fast ebenso knapp vor der Friedhofsmauer neben der Kirche, wie es Pfarrer Braun zu tun pflegte. Dabei fiel ihm weder auf, dass ungewöhnlich viele Autos auf dem Parkplatz standen, noch, dass einige schwarz gekleidete Nachzügler den Friedhof eilig mit Blumen in der Hand betraten. Eine Frau weinte. Zwei Frauen flüsterten miteinander. Nicht nur die Anzüge der Männer waren schwarz. Das Schwarz trugen die Männer ebenso wie die Frauen in den Gesichtern. Ein geliebter Mensch schien verstorben zu sein.

Leon interessierte das alles nicht. Er wollte nur Pfarrer Braun finden und ihm eindringlich klarmachen, dass er etwas gegen den Rassismus in seiner Gemeinde unternehmen musste. Leon erinnerte sich nicht, wann er das letzte Mal so aufgebracht gewesen war. Er war oft wütend – mehr noch zornig. Aber die Zeichnung, die Kio aus der Kirche mitgebracht hatte, weckte in ihm eine Aggression, die er so noch nicht kannte. Herz und Atmung rasten. Der Körper brannte. Und sein Kopf fühlte sich an, als staue sich in ihm das ganze Blut. Haut und Hände waren feucht. Der Mund war trocken, und der Hals schien sich ganz in sich zusammenzuziehen, aber nur, um sich im nächsten Moment aufzublähen, bis er mit dem Rest des Körpers explodierte. Mit diesem Aggressionsfeuerwerk in sich humpelte Leon über den Friedhof, Blick, Denken und Wahrnehmungen waren komplett eingeschränkt. Der Fokus allein darauf gerichtet, Pfarrer August Theodor Braun zu finden.

Nur so konnte sich Leon später erklären, dass er inmitten eines Textes von Matthäus platzte, den Pfarrer Braun vor dem offenen, von Kränzen und Liebe umrahmten Grab den Trauergästen vortrug. »Seht doch die Lilien im Feld, die Vögel des Himmels, sie säen nicht, sie ernten. Und genauso hat der Roman gelebt … Ich wünschte mir, alle Menschen könnten diese Liebe zu ihrem Leben und sich selbst wieder entdecken …«

An diesem Punkt schleuderte Leon Pfarrer Braun den Zettel ins Gesicht. »Liebe zum Leben!«, schrie er ihn an. »Liebe zu den Menschen! Was für ein Schwachsinn! Was für ein elender Schwachsinn …« Gesichter starrten ihn an. Weiße Gesichter über schwarzer Kleidung. Er schüttelte sich leicht. Wurde sich erst jetzt bewusst, wo er war. Sein Zorn hatte die Realität völlig ausgeblendet.

»Es tut mir leid«, versuchte er, die Scherben irgendwie noch zusammenzusetzen. »Aber so geht's nicht … So geht es wirklich nicht! Sobald Sie Zeit haben, müssen wir reden.« Mit diesen Worten humpelte er so schnell von der offenen Grabstätte fort, wie es ihm möglich war. Stoppte. Drehte sich um, um zu sehen, ob Pfarrer Braun seine Worte auch registriert hatte, und bemerkte, wie ihn die Trauergäste noch immer anstarrten, als sei er ein Alien oder zumindest einer Psychiatrie entsprungen. Er gab ihnen recht. Welcher normale Mensch verhielt sich so? Sich lebendig zu fühlen hatte offenbar einen Nachteil. Die

Kontrolle ging verloren. Nur – er war IT-Manager. Er konnte es sich nicht leisten ... *Mensch zu sein?* Es war nicht seine Stimme, die mit einem Mal in seinem Kopf war. Johanna sprach mit ihm. Ihre Augen sahen ihn groß und fragend an. Mit einer unwilligen Bewegung schüttelte er sie von sich ab. Humpelte weiter Richtung Pfarrhaus, um dort auf Pfarrer Braun zu warten, und hörte, wie der Pfarrer hinter ihm mit seiner Trauerrede fortfuhr: »Trauer heilt nicht. Die Wunden vernarben nur.« Gegen seine Willen blieb Leon erneut stehen und hörte zu. »Einen geliebten Menschen zu verlieren ist die totale Sinnentleerung, der komplette Systemabsturz ... Und da ist dann dieser Gott, der offenbar nicht leidet. Nicht so wie wir.« Leon schluckte. »Ein Gott, der sogar seinen Sohn dem Tod geopfert hat. Aber die Botschaft liegt woanders. Wir sollen lernen, den Tod zu akzeptieren. Als Übergang. Als etwas Natürliches. Das uns zu Gott führt ...«

Leon hatte nie an einen Gott geglaubt oder daran, dass er seine Eltern eines Tages wiedersehen würde. Aber jetzt hätte er am liebsten einen Baum umarmt, um sich nicht ganz so allein zu fühlen. Es gab auf dem Friedhof alte Bäume mit kräftigen Stämmen. Zum Umarmen durchaus geeignet. Aber nein. Noch einmal würde er sich nicht lächerlich machen. Leon fuhr sich mit dem Handrücken über die Augen und humpelte weiter zum Pfarrhaus, aus dessen geöffneten Fenstern das köstliche Aroma von frisch gebrautem Kaffee drang.

Wenig später schnitt Rosa für Leon ein dickes Stück Marmorkuchen herunter. Dabei erklärte sie ihm, dass es in Preußen den Beruf des Kaffeeschnüfflers gegeben hatte und dass der Kaffee im damaligen Europa als Teufelszeug gegolten habe. Vor allem in Schweden. Dort habe sogar König Gustav III. die Wirkung des Kaffees an Gefangenen testen lassen. Dabei erhielten zwei Verbrecher Kaffee, zwei andere Tee. Doch nicht die gefangenen Tee- und Kaffeetrinker seien gestorben, sondern die Ärzte, die das Experiment überwacht hatten. Der Teetrinker wurde stattliche dreiundachtzig Jahre alt und der Kaffeetrinker noch sehr viel älter. »Und deshalb kriegt jeder«, schloss sie ihre Ausführung energisch ab, »der uns besucht, von mir erst einmal einen ordentlichen Kaffee vorgesetzt.«

»Sie wollen, dass wir alt werden?« Leon trank einen Schluck Kaffee und zuckte zurück.

»Dann hat der Herr Braun auf dem Friedhof nicht so viel zu tun.« Rosa schmunzelte. »Schön stark, gell?«

»Hm.« Leon hörte den Puls in den Ohren rasen.

Rosa wollte sich noch über etwas anderes auslassen, aber da stand Pfarrer Braun in der Tür und legte den Zettel, den Leon ihm ins Gesicht geschleudert hatte, neben den Teller mit dem Marmorkuchen.

Leon sah den Zettel.

Rosa sah die Spuren von Erde, die Pfarrer Brauns Schuhe auf dem frisch gewischten Küchenboden hinterlassen hatten. »Schuhe aus!«, knurrte sie.

Pfarrer Braun knurrte jedoch nicht in Rosas Richtung zurück, sondern blaffte Leon an: »Jetzt haben Sie mir nicht nur Ärger mit den Trauernden eingebracht, sondern auch noch mit meiner Rosa. Dem Herrgott sei Dank.« Er bekreuzigte sich in Richtung des Kruzifixes, auf dem der sterbende Jesus mit gebeugtem Oberkörper über der gemütlichen Eckbank hing.

»Sie hätten ja nicht selbst ins Grab steigen müssen«, entgegnete Leon mit vollem Mund, weil man sich den richtigen Zeitpunkt für eine Antwort nicht immer aussuchen konnte.

»Wieso sind Sie ins Grab gestiegen, Herr Braun?« Rosa war im Höchstmaß verwirrt.

»Deswegen.« Pfarrer Braun deutete auf den Zettel.

Leon schluckte den letzten Bissen hinunter. »Und was werden Sie dagegen tun?«

»Ein Tor zeigt seinen Zorn alsbald«, Pfarrer Braun lächelte nun erstaunlicherweise, »aber wer Schmähung überhört, der ist klug.«

»Das ist alles?«

»So seht nun sorgfältig darauf, wie ihr euer Leben führt, nicht als Unweise, sondern als Weise, und kauft die Zeit aus, denn es ist böse Zeit. Steht schon bei Epheser 5, 15–16.« Pfarrer Braun wollte noch etwas ergänzen, aber Leon reichte es: »Ja, ja, und die Trauer heilt, nur die Wunden vernarben nie.« Er kochte vor Hilflosigkeit und Wut. »Haben Sie Kios Narben gesehen? Nicht die im Gesicht. Das sind die eines Kriegers. Die auf seinem Rücken. Das sind die Narben eines misshandelten Kindes. Und jetzt stellen Sie sich mit seinen Peinigern in eine Reihe und fügen ihm noch mehr Narben zu?«

»Was ist eigentlich los?«, mischte sich Rosa ein.

Leon stand auf und reichte ihr den Zettel. »Euer Pfarrer zieht vor seiner Gemeinde den Schwanz ein.«

Die Tür fiel hinter ihm ins Schloss, und Rosa drehte sich nun langsam, sehr langsam zu Pfarrer Braun um. Sie musste nichts sagen. Er verstand ihren Blick auch so.

Leon war nicht einmal mehr wütend, als er aus dem Pfarrhaus humpelte. Er hatte aufbegehrt, und jetzt war er leer. Kio hatte die Schmerzen vergeblich ausgehalten. Es gab keine Krieger mehr. Es gab nur noch Verlierer.

Leon erreichte den Parkplatz und bemerkte, dass vor dem Wagen ein Polizeiwagen quer stand, um ihn am Wegfahren zu hindern. Unwillkürlich fragte er sich, wer die Polizei verständigt hatte – ein Trauergast oder sogar Pfarrer Braun selbst? – und wie wohl die Anklage lautete: Störung der Totenruhe, Randale auf einer Beerdigung? Und wieso wussten sie überhaupt, dass dieser Wagen zu ihm gehörte? Die Polizisten stiegen aus, schoben sich die Polizeikappen zurecht und blieben vor ihm stehen. Einen von ihnen erkannte Leon. Er war bei seinem Unfall dabei gewesen.

»Was gibt's?«, fragte er betont beiläufig.

»Ist das Ihr Wagen?«

»Nicht direkt, warum?«

»Er steht auf der Fahndungsliste.«

»Fahndungsliste?« Verblüfft sah Leon die Beamten an. »Er gehört einer alten Dame. Ich glaube kaum, dass sie damit einen Raubüberfall begangen hat.«

»Die Versicherung wurde seit längerem nicht bezahlt.«

»Ach so.« Leon atmete kurz auf, bis ihm einfiel, dass seine Situation durchaus prekär war. »Tut mir leid, das wusste ich nicht. Ich werde es weitergeben. Ich bin sicher, das Geld wird noch heute überwiesen.«

Er wollte einsteigen, doch nun hielt ihn der Beamte zurück, der ihn ebenfalls als das Unfallopfer erkannt hatte.

»Erstens«, sagte er streng, »darf das Fahrzeug nicht bewegt werden, bis alles bezahlt ist. Und zweitens: Ist es Ihnen überhaupt mit dem Bein schon erlaubt, wieder ein Auto zu steuern? Ich sehe Krücken auf dem Beifahrersitz.«

»Jetzt zeigens uns erst amal Ihren Führerschein«, meinte der zweite Polizist, der etwas gemütlicher wirkte.

Schicksalsergeben griff Leon in das Innere seines Sakkos und verfluchte im nächsten Moment endgültig seinen beginnenden inneren Wandel – den plötzlichen Drang zur guten Tat mit eingeschlossen. Was vermutlich mit ein Grund war, weshalb er die

Gelegenheit nicht ergriff und den Polizisten von den anonymen Briefen erzählte. Johanna hatte recht, weshalb sollten sie reagieren, wenn es nicht einmal der Pfarrer tat.

Er kassierte einen kräftigen Anschiss, weil er seine Papiere nicht bei sich hatte, auf eine schriftliche Verwarnung wurde jedoch verzichtet, da sie ihn nicht am Steuer angetroffen hatten. Den Autoschlüssel musste er jedoch abgeben. Und so blieb ihm nichts anderes übrig, als sich wieder ein Taxi zu rufen. Als er die Nummer wählte, sah er, dass Johanna ihn angerufen hatte. Er hörte ihre Nachricht ab und verzog das Gesicht. *Danke schön.*

Er ging zurück zum Friedhof und suchte sich eine Bank, von der aus er den Parkplatz im Auge behalten konnte.

Es dauerte eine geschlagene Stunde, bis endlich das Taxi kam. Und mit ihm erneut der philosophierende Iraner, der sich diesmal dafür entschied, erstklassige Argumente dafür zu liefern, weshalb der Westen allmählich unterging und China und Indien die Weltherrschaft übernehmen würden. Leon hörte nur mit einem Ohr zu. Im Moment war es ihm gleichgültig, wer die Welt regierte. Er wollte nur seine Ruhe. Das Taxi setzte ihn vor Marcelines Haus ab. Er bezahlte. Ging ins Haus, in dem Marceline ihn darüber informierte, dass sie die Autoversicherung inzwischen bezahlt hatte und der Wagen in Kürze wieder gefahren werden durfte.

Auch das war Leon egal.

Wortlos ging er in sein Zimmer.

Sperrte die Tür zu und verließ es in den nächsten Tagen nur, um sich gelegentlich etwas aus dem Kühlschrank zu holen. Danach schloss er sich wieder ein. Immer wieder versuchte Johanna, Kontakt mit ihm aufzunehmen. Klopfte an seine Tür. Versuchte nicht nur, zu ergründen, was Leon auf dem Friedhof gemacht hatte, von dessen Parkplatz sie zwei Tage später den

Wagen abholte, sondern hoffte, dass er ihr, gerade weil sie sich in letzter Zeit nähergekommen waren, endlich sagen würde, was mit ihm los war. Allein ihre Auseinandersetzung um Kio konnte es nicht sein. Doch Leon blieb stumm und seine Tür zu. Da Johanna aber nur selten aufgab, wenn sie sich etwas in den Kopf gesetzt hatte, startete sie den einen oder anderen Lauschangriff, indem sie ihr Ohr gegen seine Tür presste. Offenbar arbeitete Leon sehr viel. Zumindest brüllte er des Öfteren etwas in sein Smartphone, das nach Job klang. Als sei derjenige am anderen Ende des unsichtbaren Drahtes schwerhörig. Oder aber er benutzte überhaupt kein Smartphone, sondern versuchte sich allein mit seiner Stimme Gehör zu verschaffen. Dass das Gehör relativ oft am anderen Ende des Erdballs zu finden war, in einem fernen Land namens Japan, und Sarah hieß, bekam Johanna nicht mit.

Am Sonntag kroch Leon zu Johannas Erleichterung wieder aus seiner Höhle, setzte sich zu Kio, Marceline und ihr an den Küchentisch und meinte: »Wir müssen uns beeilen. In einer Stunde beginnt der Gottesdienst.«

»Kio will nicht mehr in den Chor«, antwortete Marceline.

»Und das lasst ihr zu?«

»Wir können ihn nicht zwingen.«

»Und ob ich ihn zwingen werde.« Leons Lebensgeister waren endgültig zurückgekehrt und mit ihnen das Gefühl, dass man es nicht dabei belassen und sich einfach wegducken durfte, sobald die Schreihälse ihren Verbalmüll verbreiteten.

Er stand auf, stellte sich hinter Kio, der den Kopf über dem Teller gesenkt hielt, und packte ihn so überraschend unter den Achseln, dass der Junge prompt nachgab, als Leon ihn auf die Beine zog. Krachend fiel der Stuhl um.

Leon zwang Kio, ihm ins Gesicht zu sehen. »Du wirst dich heute zu den anderen neben den Altar stellen, und du wirst dabei jedem Einzelnen dieser verdammten heuchlerischen Kirchgänger ins Gesicht schauen, und dann wirst du singen, wie du noch nie gesungen hast. Nicht nur wie ein Engel, sondern wie euer Gott, Jesus Christus, sämtliche Heiligen und die Dreifaltigkeit persönlich.« Kios Augenlider flatterten nervös. »Du hast so viel geschafft, Kio, so viel mehr als jeder von denen, die mit ihrem dicken Hintern immer nur gemütlich vor dem Fernseher sitzen und vom Leben nur so viel wissen, wie ihnen ein Soapschreiberling gerade mal wieder vorsetzt. Du, Kio, bist weit mehr. Du bist etwas ganz Besonderes …«

Es war nicht klar, ob Kio überhaupt alles verstanden hatte, was Leon so eindringlich zu ihm sagte. Vielleicht war es nur sein Blick, seine Stimme, der feste Griff, mit dem er ihn hielt und der versprach, ihn zu halten, wenn er gehalten werden musste.

»Okay«, antwortete Kio, schob sich den letzten Bissen in den Mund, spülte ihn mit lauwarmem Kakao hinunter, sah in die Runde und sagte: »Auf geht's!«

Johanna, Marceline und Leon atmeten auf.

»Aber singen tu ich nicht.«

25

Drei selbstgebackene Herzen mit Liebesperlen obendrauf.

Dieser Sonntag war kein gewöhnlicher Sonntag und schon gar kein Sonntag, an dem die Kirche halbleer blieb. Im Gegenteil, an diesem Sonntag war die Kirche brechend voll, und das hatte einen Grund, der sich kurzfristig ergeben hatte.

Seit langem wurde der Fernsehgottesdienst abwechselnd von der evangelischen und der katholischen Kirche ausgerichtet. Diesmal waren die Katholiken wieder an der Reihe, nur der Rosenheimer Pfarrer, der die Messe hätte abhalten sollen, war erkrankt und hatte seinen Kollegen aus Truchtlaching gebeten, für ihn einzuspringen. Für Pfarrer Braun wäre das die Gelegenheit, vor einer großen Öffentlichkeit gegen jede Form von Fremdenhass Stellung zu beziehen. Aber würde er den Mut dazu haben? In einer Zeit, in der man um jedes Schäfchen rang und verhindern wollte, dass sie sich der Herde anschlossen, die die Kirche in Scharen verließen. Leon war gespannt, ob er vielleicht doch etwas mit seinem Auftreten bewirkt hatte.

Während die ersten Kirchgänger in den vorderen Reihen Platz nahmen, damit ihre Gottesfurcht in Großaufnahme festgehalten wurde, wurden von der quirligen Mannschaft der Bild- und Übertragungstechnik noch einmal die Lampen, Mikrophone, Kabel, Podeste und Kameras überprüft. Etwa dreißig Mitarbeiter des ZDF hatten die Technik für die Live-Übertragung aufgebaut. Große Lastzüge hatten die Ausstattung für Licht und Ton transportiert, blockierten nun die Parkplätze und handelten sich Flüche ein wie *Kruzifix, du Depp, du blöder, Sakradinochamal, Aantnschludara* oder *Hundsbua*. Mit Gottesfurcht hatte das alles wenig zu tun.

Vor allem der digitale Satellitenübertragungswagen, der das Sendesignal live an die Sendezentrale in Mainz übermittelte, zwang die getreuen Kirchgänger, ein paar Meter mehr als sonst zu Fuß zu gehen. Was nicht immer einfach war bei dem Ballast, den sie äußerlich, aber auch innen drin mit sich herumtrugen, wie Leon ironisch feststellte.

»Wichtig ist, dass Sie sich ans Protokoll halten«, erklärte der Redakteur gerade Pfarrer Braun, als Marceline auf den Pfarrer zutrat, um ihm die Hand zu geben. Pfarrer Braun nahm Marcelines Hand, und der Redakteur fuhr fort: »Wir haben mit Pfarrer Schulte alles durchgesprochen.«

»Keine Sorge«, versprach Pfarrer Braun, der nun auch Leon, Johanna und Kio begrüßte. »Das wird ein schöner Gottesdienst, versprochen.« Er legte den Arm um Kio. »Vor allem von unserem Kirchenchor werden Sie begeistert sein. Kio hat eine wunderschöne Stimme.«

»Woher kommst du?«, wandte sich der Redakteur Kio zu.

»Aus Offling«, antwortete Kio wohlerzogen.

»Ich meine richtig ... Woher kommst du richtig ...«

»Aus Offling«, wiederholte Kio, »das ist nicht weit. Ich fahr oft mit dem Fahrrad.«

Der Redakteur warf Marceline, Johanna und Leon einen hilfesuchenden Blick zu, doch Marceline lächelte, Leon wandte sich ab, und Johanna tat so, als habe sie seinen Blick nicht verstanden. Der Redakteur versuchte es erneut. »Und deine Eltern, wo kommen die her?«

»Mein Vater kommt nicht. Weil er nicht darf«, antwortete Kio wohlerzogen.

»Kio kommt aus einem Dorf in der Nähe von Maiduguri«, sprang Marceline nun doch ein, da sie merkte, wie der Redakteur allmählich das Interesse an Kio verlor, und das wiederum war nicht in ihrem Interesse. Kio sollte wahrgenommen werden. Nicht als Flüchtling. Als Mensch.

»Ah ja.« Der Redakteur wollte sich seinem Regisseur zuwenden, doch da packte Kio ihn aufgeregt am Arm.

»Kennen Sie Maiduguri?«

Der Redakteur schüttelte den Kopf.

»Das ist im Nordosten von Nigeria«, erklärte Kio. »Und es ist schön dort.«

»Warum bist du dann fortgegangen? Du wirst nicht bleiben dürfen, das weißt du.«

»Bevor ich zurückgehe«, vor ihren Augen wurde Kio zu einem zu allem entschlossenen Mann, »töte ich mich.« Das war keine Drohung. Das war kein Heischen nach Mitgefühl. Kio sprach es aus, als sei das eine längst beschlossene Tatsache.

Lange sagte keiner ein Wort. Leon und Johanna schwiegen, weil Marceline ihnen mit den Augen andeutete, den Mund zu halten. Für sie war die Stille nach dem Wort eine Möglichkeit, das Gesagte ganz bei dem anderen ankommen zu lassen.

»Aber nicht doch, Junge.« Etwas unbeholfen tätschelte der Redakteur Kios Hinterkopf. »Wird schon werden … irgendwie.«

Pfarrer August Theodor Braun hatte indessen weiter und unbeirrt die Hände seiner Kirchenmitglieder geschüttelt. Johanna zog Kio von dem Redakteur fort und fragte sich, ob sich Gedankenmüll wie gefährliche Viren übertragen und etwas in einem vergiften konnte. Falls ja, würde Pfarrer Braun sich die nächste

Zeit mit Antibiotika vollpumpen müssen. Johanna lächelte bitter. Sobald sich Bosheit über Hautkontakt übertragen konnte, würde die Menschheit nicht mehr zu retten sein.

Das sakrale Vorläuten der Kirchenglocken setzte ein, Johanna warf Leon einen auffordernden Blick zu, es war an der Zeit, sich in der Kirche einen Platz möglichst weit vorne zu suchen, in der Hoffnung, dass sich Kio doch noch entscheiden würde zu singen.

Marceline blieb zurück, setzte sich auf die Bank unter der Winterlinde, die jetzt Mitte Juli den Höhepunkt ihrer Blüte erreicht hatte. Sich einen Augenblick an dem zarten, kühlen, leicht süßlichen Duft berauschen, die Krähe beobachten, die durch das trockene Gras am Flussufer trippelte. Das Leben war so schön. Die Kirchenglocken läuteten erneut, und die Krähe schrie. Laute von rauher, dunkler Poesie. Es wurde Zeit, dem Gottesdienst beizuwohnen und zu tun, wozu sich Marceline gerade entschlossen hatte. Sie schlüpfte durch den Hintereingang, lief die Stufen zur Kanzel empor, so flink, dass niemand sie bemerkte. Alle konzentrierten sich auf den Chor, der sich in Reih und Glied aufstellte, und auf Pfarrer Braun, der mit seinen Ministranten das Presbyterium betrat im Fokus von Kameras, Regie und Redaktion.

Nur Johanna sah sich immer wieder nervös um. Doch von Marceline keine Spur. Leon drückte ihre Hand. »Sie wird schon irgendwo sein«, flüsterte er ihr zu.

»Hoffentlich.«

»Denk dran, wie oft du dir Sorgen machst, und es hätte gar keinen Grund gegeben.«

Johanna nickte und dachte daran, wie oft sie sich keine Sorgen gemacht hatte und gerade dann etwas gewesen war. Sie blieb angespannt. Leon dagegen nahm so viele Gesichter in Augenschein, wie er nur konnte.

Wer von diesen Menschen in Dirndl, Trachtenanzügen oder anderer Sonntagskleidung hatte einen so widerlichen Charakter, dass er sich mit einem Blatt Papier an einen Tisch setzte und mit einem Kugelschreiber ein Hakenkreuz zum Galgen für einen zwölfjährigen Jungen umfunktionierte? Und stammten die anderen Botschaften von ein und demselben Ungeheuer? Wie sah jemand aus, der so etwas tat? Sah man es ihm an? Oder hatte er ein freundliches, offenes Gesicht? War er vielleicht sogar der hilfsbereite Nachbar, der fürsorgliche Vater, der aufopfernde Sohn? *Wenn du mit einem Finger auf andere zeigst*, hatte sein Vater immer gesagt, *dann zeigst du mit den restlichen vier Fingern auf dich.* Oder war es vielleicht sogar eine Frau? Warum diese Ablehnung? Warum diese Angst vor dem Unbekannten? Warum dieser Hass? Warum die Sehnsucht nach einer Gesellschaft, die sich von allem Fremden abschottete? Und das im Zeitalter der Globalität, in der so viele Nationen zusammenarbeiteten.

Weißt du, was ich an diesem Blick durch die Dachluke am meisten liebe? Leon dachte an seinen Vater. *Das Abendleuchten hinter den Bergen. Das Restlicht. Nichts ist so, wie es ist, mein Junge. Alles ist, was wir daraus machen …*

»Du willst nicht singen?« Ehe sichs Kio versah, hatte Leon ihn erneut auf die Füße gezogen und schob den Jungen trotz seines leisen Protests nach vorn in die erste Reihe des Kirchenchors. »Du singst. Und dabei schaust du jedem Einzelnen da vorn in die Augen.«

26

Atmen, atmen! Sicher gelandet! Aufatmen.

Leon wusste nicht, was ihn antrieb, so um Kio zu kämpfen. Vielleicht war es die Erinnerung an die Momente, in denen er sich selbst in Kio sah. Halb Kind, halb auf dem Weg zum Erwachsenwerden. Den Koffer vollgepackt mit Träumen für die ganz persönliche Reise durch die Zeit, wie lange sie auch immer andauern mochte. Und dann ein fieser Stoß von hinten, der Koffer sprang auf, und die Träume landeten allesamt im Straßenstaub der Realität. Man rappelte sich zwar mühsam auf, doch die Suche nach den Träumen blieb ergebnislos. Längst hatte der Wind sie aufgehoben und davongetragen. Vielleicht würde derjenige, der Kio das angetan hatte, seinen Traum in Kios Augen wiederfinden, wenn Kio sang, und vielleicht würde er sogar kapieren, was für ein mieser Typ ohne Träume aus ihm geworden war.

Kio sah gut aus, wie er da vorne in der ersten Reihe stand. Er trug eine dunkle Stoffhose und ein blütenweißes Hemd. Man sah ihm an, was für ein gutaussehender junger Mann er eines Tages sein würde. Diese Tatsache konnten auch die Mädchen nicht ignorieren, die in seinem Alter waren. Sie kicherten leise und flüsterten einander hinter vorgehaltener Hand etwas zu, wobei ihre Blicke immer wieder kurz zu Kio hinüberrutschten.

Die Jungs hatten Kio mit Handschlag begrüßt, und auch der Chorleiter, Klaus Hofstätter, war erleichtert, dass Kio seine Drohung nicht wahrgemacht hatte, nie wieder zu singen.

»Ohne dich hätte gerade heute was gefehlt.«

»Ich komm echt im Fernsehen?«

»Du kommst echt im Fernsehen.«

»Auch in Nigeria?«

Für eine Antwort blieb keine Zeit. Der Gottesdienst begann. In einer Kirche, die perfekt ausgeleuchtet war, sämtliche Kameras auf Pfarrer Braun gerichtet. Der Chor sang *Gott in der Höh sei Preis und Ehr*, und war Kio zunächst noch zögernd und leise gewesen, so bekam seine Stimme schon bald wieder Flügel, flog mit jedem Ton und jeder Liedzeile mehr an den anderen Sängerinnen und Sängern vorbei, erreichte die Menschen und setzte sich ihnen mitten in Seele und Herz. Eine Lesung folgte, dann das Evangelium, dazwischen immer wieder der Chor. Irgendwann küsste Pfarrer Braun das Heilige Buch und begann mit seiner Predigt: »Ein Glaube, der allein im Gottesdienst gefeiert wird, ist hohl ...«

»Sing-Spacko, wenn du weitersingst, häng ich dich auf.« Die Stimme kam von der Kanzel. Als hätte jemand eine Reißleine gezogen, fuhren alle Köpfe scharf nach links, hinauf zur Kanzel, auf der jetzt Marceline in ihrer Tunika mit den ineinanderfließenden Farben des Regenbogens stand wie ein Cherub, der Engel mit dem Flammenschwert! Die Kameras richteten sich fast automatisch auf sie, und mit gewaltiger Stimme sprach Marceline weiter, den Blick fest auf ihren Freund Pfarrer August Theodor Braun gerichtet: »Wir wollen den Neger nicht in unserer Kirche.« Unruhe und Rascheln in den Kirchenbänken.

Pfarrer Braun versuchte noch einmal, sich an den vorgegebenen Text zu halten: »Er muss zur Tat werden, muss sich in der Welt bewähren ...«

»Selbst schuld, wenn sie im Mittelmeer ersaufen!«

»… der eine Gott, vor dem wir alle stehen, der Himmel und Erde gemacht hat …«

»Die Invasoren wollen nur unser Geld! Schützt unsere Frauen und Kinder vor diesen Wirtschaftsflüchtlingen …« Regisseur, Kameramann und Redakteur wurden unruhig. Pfarrer Braun kämpfte mit immer lauter werdender Stimme dagegen an.

»Dieser Gott hat Israel aus der Sklaverei geführt und die Gebote gegeben, damit Menschen in Würde und Freiheit auf Erden leben …«

»Unsere Frauen und Kinder haben Angst. Sie trauen sich nachts nicht mehr allein auf die Straße.«

»Tue deinen Mund auf für die Stummen und für die Sache aller, die verlassen sind.«

»Ein Moslem gehört nicht in den Kirchenchor.« Regisseur, Kameramann und Redakteur konnten nichts gegen das Wortduell tun. Es war eine Live-Übertragung. Die Frage war nur, wer zuerst aufgeben würde. Es war Pfarrer Braun. Er kannte Marceline und wusste, dass sie nicht aufhören würde, solange er nicht auf die Vorfälle einging. Er seufzte, schob die Predigt beiseite, die sein Kollege aus Rosenheim so sorgfältig nach Absprache mit der Redaktion vorbereitet hatte, nickte Marceline zu, die verstummte, und Pfarrer Braun richtete sein Wort an die Kirchengemeinde.

»Das alles und noch mehr finde ich seit Tagen auf der Kirchenbank. Kleine Zettel, ordentlich zusammengefaltet.« Die Unruhe in den Bänken nahm zu. »Im Übrigen ist Kio kein Muslim, sondern Christ, aber das nur nebenbei. Auch als Muslim wäre er und nicht nur seiner besonderen Stimme wegen ausdrücklich in meiner Kirche willkommen. Und diese Zettel hier …« Johanna und Leon sahen einander an, als Pfarrer Braun die linierten und karierten Notizen, manchmal auch nur

Papierfetzen, in die Höhe hielt und damit verriet, dass er offenbar selbst daran gedacht hatte, seine Predigt zumindest ein wenig abzuändern. »Dieser Schund!« Pfarrer Brauns Stimme nahm an Kraft zu. »Glaubt ihr, da gibt es eine Unterschrift? Nein! Alles anonym. Dabei hat uns Gott nicht den Geist der Feigheit gegeben, sondern den Geist der Kraft und der Liebe, und ich frage mich, wie weit haben sich diejenigen, die so etwas schreiben, schon von Gott entfernt? Invasoren. Wirtschaftsflüchtlinge. Kriminelle. Sie sollen im Mittelmeer ertrinken? Auch die Frauen und die Kinder? Verdammt noch mal, Kio ist ein Kind. Der Junge ist zwölf Jahre alt, und er hat so viel mehr hinter sich als ihr, die ihr es euch so gemütlich macht vor dem Fernseher, das Leiden anschaut wie einen Horrorfilm und keine Sekunde überlegt, dass es nicht euer Verdienst ist, im Wohlstand und in Sicherheit zu leben. Es ist ein Geschenk. Wer hat euch gelehrt, es nicht zu teilen? Wer?«

Schweiß stand ihm auf der Stirn. Er wirkte erschöpft. Fixierte jeden einzelnen Gottesdienstbesucher, kehrte zum Inhalt der Bibel zurück.

»*Was soll mir die Menge eurer Opfer?* Das hat schon Gott durch den Propheten Jesaja zum Ausdruck gebracht, denn eure Hände sind voll Blut. Zornig ist er gewesen. Über die Heuchelei der Menschen. Er hat gedroht, er werde sich in Zukunft weder ihre Gebete noch ihre Klagen anhören. *Wascht euch*, hat er von ihnen gefordert, *und lernt Gutes tun*. Und ich sage euch ebenfalls, wascht euch und lernt Gutes tun.« Seine Stimme wurde wieder lauter. »Ihr fühlt euch durch Muslime verfolgt? Ihr seid diejenigen, die verfolgen, und euch ist es gleichgültig, ob es ein Christ oder ein Muslim ist, den ihr mit Worten so lange vor euch hertreibt, bis er erschöpft zusammenbricht.« Er nahm sich wieder zusammen. »*Denn ich war hungrig*, sagt Jesus bei Matthäus 25,35, *und ihr habt mir zu essen gegeben; ich war durstig, und ihr habt mir zu trinken gegeben; ich war fremd und obdachlos, und ihr habt mich aufgenommen.*«

Er tupfte sich mit einem Papiertaschentuch den Schweiß von der Stirn. Johanna fragte sich, wo es landen würde, im Müll oder im Reliquienschrank. Eine kleine Pause, dann schwoll seine Stimme wieder an, zunächst wie leises Donnergrollen in der Ferne, das jedoch schnell wieder seinen Höhepunkt erreichte. Donner und Blitz gleichzeitig über den Köpfen der Gläubigen.

»Der- oder diejenige, der so etwas schreibt, ist nicht wie die, die Jesus genährt und ihm ein Dach über dem Kopf gegeben haben. Ihr, die nur annähernd mit einer Zeile dieser widerlichen Botschaften konform geht, ähnelt den Terroristen des IS, den Taliban, der Boko Haram. Und ihr seid wie diejenigen, die sich mit den Nazischergen darüber ergötzt haben, dass ein alter jüdischer Mann vor ihnen auf die Knie ging, um unter Zwang das Pflaster mit der Zahnbürste zu reinigen. Nein, ihr tötet nicht mit dem Schwert. Ihr tötet mit Dagegenanschweigen, mit Vorurteilen, Ausgrenzung und Hass.«

Ein Mann sprang empört auf: »Das geht jetzt zu weit.«

»Das geht zu weit.« Pfarrer Braun war jetzt ganz ruhig. Er deutete auf Kio, der vor Aufregung zitterte. »Diesen Jungen da an einem Hakenkreuz zu erhängen.« Die beiden Jungen links und rechts neben Kio griffen nach ihm, um ihm Halt zu geben. Ein Mädchen legte ihm von hinten die Hand auf den Rücken. »Denkt einer von euch überhaupt noch daran, dass Jesus und seine Eltern Flüchtlinge gewesen sind, politisch Verfolgte, die in Ägypten Asyl bekamen? Was wäre geschehen, wenn Ägypten damals gesagt hätte: Kein Platz für Flüchtlinge aus Palästina! Seht ihr nicht, dass sich in jedem Flüchtling auch die Geschichte Jesu und der Heiligen Schrift widerspiegelt? Flüchtlingswege – wer immer gezwungen ist, sie zu gehen – sind auch unsere Wege, denn wir haben nur die Wahl, uns für Recht und Gerechtigkeit einzusetzen, wo immer sie auch gefährdet sind. Und noch etwas sage ich euch hier und jetzt: Wer auch immer dafür verantwortlich ist«, Pfarrer Braun hielt erneut die Zettel hoch, »den erwarte ich zur Beichte. Kommt er nicht, will ich ihn in meiner Kirche nicht mehr sehen. Und auch nicht diejenigen, die das gutheißen, ihr alle seid in dieser Kirche nicht mehr willkommen. Zu Kio Achebe aber sage ich: Herzlich willkommen, Kio, in Deutschland, in unserer Gemeinschaft und in unserem Leben, mögest du bei uns deinen Frieden finden und glücklich werden …«

Stille. Eine lange Stille. Kein Rascheln. Kein Räuspern. Nichts. Als wäre jeder auf seine Weise in sich erstarrt.

Bis – jemand zögernd zu klatschen begann. Ein leises Zischen: »Lass das, wir sind in einer Kirche.« Doch derjenige stand auf, klatschte immer schneller und heftiger. Es war Benedict. Kios Freund.

Jetzt fielen auch andere in seinen Beifall mit ein. Leon sah sich um, es war keiner, der dem Pfarrer nicht applaudierte. Es wunderte ihn nicht. Jemand, der solche Botschaften übermittelte, hatte selten den Mut, offen dazu zu stehen. Vielleicht aber hatten die Worte von Pfarrer Braun dennoch etwas bewirkt. Vielleicht würde tatsächlich jemand zur Beichte kommen und über seine Ängste sprechen, die ihn veranlasst hatten, so etwas Unfassbares zu tun. Nur, es gab das Beichtgeheimnis, und deshalb würden sie nie Näheres erfahren. Und das war auch gut so.

Sie erfuhren es tatsächlich nicht. Nicht, ob jemand Pfarrer Brauns Aufforderung zur Beichte genutzt hatte oder ob jemand einfach nicht mehr bei den Gottesdiensten erschien.

Später, als sie gemeinsam um den Mittagstisch saßen, äußerte Leon den Verdacht, es könne sich eher um einen Jugendlichen als um einen Erwachsenen handeln, der die Zettel verbrochen hatte. Möglicherweise war es einer aus Benedicts Clique. Jemand, dem es nicht passte, dass aus Benedict und Kio enge Freunde geworden waren. Das Wort Sing-Spacko könnte ein Hinweis sein. Was er auch der Polizei gesagt hatte, bei der sie auf den Rat des ZDF-Redakteurs hin Anzeige erstattet hatten. Die Jungs waren vernommen worden, aber herausgekommen war nichts.

Es war auch nicht mehr wichtig. Nach Marcelines Worten und Pfarrer Brauns eindrucksvoller Predigt wurde Kio förmlich überflutet mit kleinen Geschenken, Einladungen und warmen Worten. Alle wollten, dass er im Kirchenchor sang. Und noch etwas zog die Geschichte nach sich. An den Sonntagen wurde die Kirche wieder voller. Sie war noch immer nicht bis auf den letzten Platz besetzt, wie es Pfarrer Braun aus früheren Zeiten kannte, aber es machte wohl die Runde. Viele waren vielleicht einfach nur neugierig auf den Jungen aus Nigeria, der Pfarrer Braun dazu gebracht hatte, endlich einmal eine gute Predigt zu halten, was die Meinung der überwiegenden Mehrheit war. Aber auch danach kamen sie wieder. Nicht nur, weil Pfarrer Brauns Predigten endlich keine leeren Worthülsen mehr waren, sondern das beinhalteten, was sie wirklich in ihrem Alltag bewegte. Sondern es war auch die Musik. Wenn Kio Achebe *Halleluja* sang, hielt sich Benedict zwar die Ohren zu, aber bei den anderen setzte es Gefühle frei. Freude, Trauer, Schmerz, Hoffnung. Als sie die Kirche wieder verließen, fühlten sie sich getröstet. Und wer sich getröstet fühlte, war schon fast wieder ein wenig – glücklich.

27

Ich schleiche mich ganz nah ans Glück,
ich will es atmen hören …

Der Juli ging zu Ende, und wie in jedem Jahr folgte der August. Manchmal hätte sich Johanna in dieser Hinsicht etwas Abwechslung gewünscht und nicht diese absolute Vorhersehbarkeit. Andererseits führte sie gerade ein Leben, das ebenso wenig vorhersehbar war wie das Wetter.

Am Morgen war der Himmel noch heiß und tiefblau, am Abend kamen die Gewitter mit ihren ersten Windschauern und Tropfen, schwer und gleichzeitig so weich, dass sie fast unauffällig im Straßenstaub versickerten. Manchmal ließen sie Johanna und Leon noch Zeit, sich einen Unterschlupf zu suchen, auf ihren mittlerweile recht langen Spaziergängen inmitten von Raps- und Sonnenblumenfeldern oder goldgelbem Weizen mit seinen hohen Ähren. Oft wurden sie jedoch auch nass bis auf die Haut. Danach eine heiße Dusche und eine kräftige Brotzeit in Marcelines Küche. Sommerleben. Die Luft reif und müde. Laue Stunden bis Mitternacht unter Kios Apfelbaum, zufrieden dahinplaudernd, blühend, atmend, bis ganz in die Tiefe hinein lebend, lodernd, diese besondere Sehnsucht fühlend. Tagsüber aber sich in die Wiesen hineinfallen lassen, den Wolken hinterherträumen, mit dem Sonnenstaub gedankenspielen, inmitten von Bienensummen und Schmetterlingsgeflatter. Glück konnte so einfach sein.

Allein Leons Anwesenheit ließ Johanna zu emotionaler Höchstform auflaufen. Und Leon? Er fühlte sich wohl. Offenbar so wohl, dass er noch blieb, obwohl er längst wieder die Treppe zu seinem Münchner Apartment hätte bewältigen können. Mühsam vielleicht. Mit einigen Zwischenstopps, aber er hätte es geschafft.

Sie küssten sich nicht. Sie liebten sich nicht, das heißt, Johanna liebte Leon mehr, als sie sich jemals hätte vorstellen können, einen Mann zu lieben, Leon dagegen liebte noch nicht so richtig zurück, das fühlte sie. Tatsächlich konnte sie ihn immer weniger einschätzen. Er suchte ihre Nähe, aber wenn Johanna einen Schritt auf ihn zu machte, trat er zwei zurück. Also achtete sie auf Abstand, sogar wenn sie gemeinsam im Gras lagen oder bei Gewitter in einer Scheune oder einem Gasthof Unterschlupf suchten und eng zusammenrückten, weil draußen der Regen prasselte und es innen trocken und kuschlig war. Und weil die Gewitter oft lange dauerten und sie sich nicht küssten oder im Stroh Sex hatten, fingen sie an zu reden. Sie sprachen über Filme. Zu Johannas Überraschung war Leons absoluter Lieblingsfilm *Bright Star*, die unglückliche Liebe zwischen einem verarmten Dichter und einer jungen flatterhaften Frau aus reichem Haus. Er mochte auch *Shakespeare in Love* oder *Notting Hill*, stand auf *Modern Family*, die witzige amerikanische Serie, während es Johanna nie blutig genug war. Am liebsten mochte sie Psychothriller.

»Vielleicht decken Filme genau die Seite in uns auf«, vermutete Leon, »die wir so krampfhaft vor den anderen verbergen?«

Johanna grinste. »Dann pass auf, dass ich nicht mal wie in *Shining* mit einer Axt durchs Haus laufe.«

»Im Winter bin ich sicher nicht mehr da«, antwortete Leon.

Es war Sommer, und Johanna fror.

Selbst bei den milden Temperaturen, die der Wetterfrosch vom Starnberger See vorhersagte, ein alter Mann, der sich noch nie geirrt hatte, würde es, sobald Leon gegangen war, der kälteste Winter werden, den Johanna je erlebt hatte. Das wusste sie jetzt schon. Klirrende Kälte wie bei *Doktor Schiwago*, dem Film, den Leon und sie gemeinsam liebten. Die Kälte würde nicht nur Eiskristalle auf die Fenster malen. Sie würde in all ihren Gliedern sein, bis ins Herz. Eisprinzessin. Kaltes Herz.

Sie sprachen über Bücher. Vor allem bei Hermann Hesse hatte Johanna nicht falschgelegen, als sie es Leon auf den Nachttisch gelegt hatte. Als Teenager hatte Leon den *Steppenwolf* verschlungen. Was Musik betraf, war Leon eher unkompliziert. Entweder sie gefiel ihm, oder sie gefiel ihm nicht. Über ihre Kindheit erzählten sie einander auch.

Leon war bis zu seinem zwölften Lebensjahr wohlbehütet aufgewachsen, Johanna dagegen bezeichnete sich als Zufallsprodukt eines *Stop and Go*. Wäre sie nicht geboren worden, wäre es ihrer Mutter vermutlich auch egal gewesen. Außer Marceline. Marceline war sie wichtig. Allein wenn Johanna daran dachte, traten ihr Tränen in die Augen. Ein kaum wahrnehmbares Zögern, dann wischte Leon die eine Träne behutsam fort, die es bis auf Johannas Wange geschafft hatte. Dass sie auch ihm wichtig war, sagte er nicht.

Der Wind hat es leicht mit mir, ich bin das einzige Blatt, das er über das Pflaster treibt. Sie wusste nicht mehr, ob der Gedanke von ihr stammte oder er ihr von irgendwoher zugeflogen war.

»Was hast du gesagt?« Er versteckte sich nicht mehr hinter der Ray-Ban. Seine Augen waren klar.

»Nichts.«

»Das Nichts war aber schön und ein bisschen traurig. Wie du …«

Sie hatte offenbar nicht nur gedacht, dass sie das einzige Blatt war, mit dem sich der Wind vergnügte. Sie hatte es laut ausgesprochen, freute sich jetzt darüber. »Ich bin schön?«

»Vor allem bist du in letzter Zeit sehr oft traurig.«

Sie wusste nicht, ob sie darüber enttäuscht sein sollte, dass er ihre erste Frage nicht bestätigte, oder sich darüber freuen, dass er sie offenbar sehr genau beobachtete.

Auch wenn sie sich nicht küssten, nicht miteinander schliefen, Leon eher Freundschaft für sie empfand, während Johanna ihn von Tag zu Tag mehr liebte, wäre es eine gute Zeit gewesen. Eine von jenen, die man behutsam in ein schönes Geschenkpapier wickelte, mit einer bunten Schleife drum herum und in seine Erinnerungsschatulle legte, um sie bei Bedarf herauszuholen. Doch in den letzten Wochen hatte sich Marcelines Zustand beinahe über Nacht verschlechtert, und zwar so sehr, dass sie sich immer öfter nicht einmal mehr im eigenen Haus zurechtfand. Johanna, Leon und Kio strichen die Wände der Zimmer in jeweils anderer Farbe, damit sie sich auf diese Weise orientieren konnte. Die Küche wurde himmelblau, das Wohnzimmer sonnengelb, Marcelines Zimmer lindgrün, der Flur blieb weiß, das Badezimmer bekam eine rote Bordüre. Marceline fand die Idee lustig. Villa Kunterbunt. Nahm den Pinsel, tupfte Johanna, Kio und Leon einen roten Punkt auf die Nase, lachte, bis sie husten musste, vor allem jedoch wusste sie wieder, wo sie war.

Johanna war damit zufrieden.

Leon nicht.

Er überredete Johanna, Marceline zu überreden, zumindest den Hausarzt aufzusuchen. Als Johanna Zettel fand, auf denen Marceline notierte, was sie an jedem Morgen zu tun hatte, das

Gesicht waschen, Zähne putzen, anziehen, Unterhose nicht vergessen …, wusste Johanna, dass es an der Zeit war, der Krankheit offiziell den Namen zu geben, den sie längst alle kannten.

»Die offizielle Taufe?«, fragte Marceline.

»Nein, Marceline …«

»Warum nicht. In der Taufe bekennt sich Gott zu seinem Kind und will sein Begleiter sein. Bei mir ist es eben die Demenz, zu der ich mich bekennen muss. Offiziell.«

»Sag das bitte nicht, Marceline.«

»Und du steckst den Kopf nicht in den Sand. Sonst musst du ihn dir wieder herausbuddeln.«

Doktor Helmig war überrascht, Marceline in der Praxis zu sehen, da sie sich jahrelang beharrlich jedem Check-up verweigert hatte. »Fang ich vorn mit einer Tablette an, komm ich mit zwanzig Tabletten am Tag hinten wieder raus«, war Marcelines Argument gewesen, als Doktor Helmig sie erst vor ein paar Tagen wieder beim Whiskeykauf darauf angesprochen hatte, dass ein Arztbesuch nicht nur, aber vor allem bei einer über Achtzigjährigen dazugehören sollte. Möglicherweise könne Marceline mittlerweile doch das eine oder andere fehlen.

»Mir fehlt gar nichts«, hatte Marceline mit einem charmanten Lächeln erwidert. »Ich hab von allem mehr als genug. Vor allem vom Leben.«

»Das glaube ich Ihnen nicht. Sie sind eine so lebenslustige Frau«, hielt der Arzt dagegen, und Marceline hatte auf einmal verloren gewirkt. »Lebenslust wozu, wenn sie am Ende doch nur in schwarzen Löchern versickert.«

So deprimiert hatte Johanna ihre Großmutter noch nie erlebt wie an diesem Tag, und jetzt hatte sie sie auch noch direkt in Doktor Helmigs Praxis verschleppt. Fast bereute sie ihre

Entscheidung schon wieder. Marceline gehörte zu den Menschen, die aufrecht in den Sonnenuntergang ritten. Die nicht in sich zusammensanken wie jetzt Marceline auf dem Stuhl, der vor Doktor Helmigs Schreibtisch stand, der Stuhl, auf dem schon so viele beklagenswerte Menschen gesessen hatten. Die Praxis war voll von lautlosen Stimmen: »Ich hab Halsweh, Herr Doktor, Magenschmerzen, einen Knoten in der Brust ...« Ein Raum zugestopft mit Krankheiten. »Kein Millimeter ist da mehr frei, um durchatmen zu können und gesund zu werden.« Damit hatte Marceline die Arztbesuche immer abgelehnt.

Für diesen besonderen Tag, an dem sie jeden Widerstand über Bord warf, hatte Marceline ein schwarzes Kleid gewählt, passend zum Anlass, wie sie erklärte. Was Johanna jedoch noch nicht wusste, war, dass Marceline von nun an, mit einer Ausnahme, nur noch Schwarz tragen würde.

Doktor Helmig machte ihr noch ein Kompliment, dass sie Pfarrer Braun von der Kanzel aus förmlich dazu gezwungen hatte, Klartext zu reden, erkundigte sich nach Kio, war erfreut zu hören, dass es ihm gutging, und wollte wissen, ob man denjenigen gefunden habe, der »dieses widerliche Zeug« geschrieben hatte.

»Nein«, antwortete Marceline, »und das ist gut so.«

»Das ist gut so?« Doktor Helmig sah Marceline erstaunt an.

»Wäre er gefunden worden«, antwortete sie, »hätten alle anderen mit dem Finger auf ihn und damit von sich weg zeigen können, und das wäre nicht richtig gewesen. Wir alle sind Spiegel füreinander.«

Doktor Helmigs Blick flatterte in Johannas Richtung, als wolle er sie fragen, was genau sie hierhergeführt hatte.

Marceline beantwortete die Frage selbst. »Ich verblöde.«

Johanna senkte den Blick. Sie ertrug den Schleier über Marcelines Augen nicht, doch als sie den Blick wieder hob, war da überhaupt kein Schleier. Marcelines Augen waren klar.

»Eine gewisse Vergesslichkeit in Ihrem Alter …« Ein kurzer Blick in die Krankenakte. »Sie werden neunundachtzig, Marceline, da gehört das einfach dazu.«

»Ich verblöde«, wiederholte Marceline. Der Blick blieb klar, aber sie verschränkte die Finger fest in ihrem Schoß. Johanna sah, dass sie zitterten.

Doktor Helmig bat Johanna nun um Details. Johanna schilderte ihm, wie Marceline den Apfelbaum für Kio hatte ausgraben wollen, nachts umherirrte, mittlerweile auch im Haus die Orientierung verlor, was sie mit den verschiedenen Farben allerdings in den Griff bekommen hatten, und dass sie von einer Sekunde zur anderen vergaß, nicht immer, aber immer öfter, wer sie gerade angerufen, besucht oder einen Whiskey gekauft hatte. Noch immer gab es mehr klare als verschwommene Tage, aber das, was Marceline so verletzlich machte, sie so verwundbar wirken ließ, so durchsichtig, als löse sie sich bei lebendigem Leib allmählich auf, dieses Unheimliche, Bedrohliche, Nicht-Aufhaltbare nahm zu.

Doktor Helmig überwies Marceline zu einem Spezialisten, der bestätigte, was ohnehin schon alle vermutet, wenn nicht gewusst hatten. Marceline litt unter Alzheimer. Marceline nahm es stoisch hin, Johanna weinte eine Nacht und einen Tag, Leon kochte eine Nudelsuppe für sie, und Kio überlegte, wie er die Juju-Geister loswerden konnte, die Marceline immer mehr zu schaffen machten. Der Zauber der Gegenstände, die er im chinesischen Porzellan in Marcelines Vitrine versteckt hatte, waren für das Böse zu schwach.

Der schwarze Stein, eine Art Seife, die, sobald man sie benutzte, eine besondere Wirkung hatte, das Fläschchen mit Honig, den man sich vor wichtigen Gesprächen auf die Handflächen tröpfeln ließ, das Eisenstück, an dem man rieb und leckte und sich währenddessen wünschte, dass die eigenen Worte so süß sein mochten wie Honig, all das war nur dazu da, um in dem Gesprächspartner den unwiderstehlichen Drang zu wecken, sämtliche an ihn gerichtete Wünsche und Bitten zu erfüllen. Der Vater hatte ihm das alles auf die lange Reise mitgegeben. Mit der eindringlichen Aufforderung, es nur dann zu benutzen, wenn es darum ging, ob Kio in Deutschland bleiben durfte oder nicht. So bewahrte es Kio für die Anhörung auf, auf die er nun schon seit eineinhalb Jahren wartete und bei der entschieden wurde, ob er bleiben durfte oder nicht.

Marceline bekam Medikamente, die sie auch brav schluckte, weil sie das Ende vom Anfang ohnehin nicht mehr bei klarem Verstand erreichen würde, wie sie sich ausdrückte. Danach verbesserte sich ihr Zustand, aber der Arzt machte Johanna klar, dass es dennoch an der Zeit war, Vorkehrungen zu treffen. Johanna verständigte ihre Mutter, in der Hoffnung auf Unterstützung. Sie träumte sogar davon, dass die Mutter und ihre Tanten sich gemeinsam mit ihr die Fürsorge für Marceline teilen würden. Zwei Tage pro Woche für jeden, das war nicht zu viel für den Menschen, dem sie das Leben zu verdanken hatten.

Doch die Mutter und ihre Schwestern waren nur bereit, für Marceline einen Platz in einem guten Pflegeheim zu suchen.

Leon war der Einzige, der Johanna Kraft gab. Er musste nicht mehr auf Krücken gehen, brauchte auch den klobigen Schuh nicht mehr, und er begann, Johanna in der Whiskeybrennerei zu unterstützen, wenn Marceline wieder einmal ausfiel. Marceline hingegen rahmte das Foto, das sie vor vielen Wochen in ihrem Badezimmer von sich geschossen hatte. Sie selbst langsam verschwindend im Nebel aus Dampf. Sie packte ihre bunten Kleider aus aller Welt in riesige Müllsäcke, stopfte sie auf dem Wertstoffhof in den Container für Kleiderspenden und behielt nur, was schwarz war. Hosen, Röcke, Pullis, T-Shirts. Das Schwarz ließ ihr dunkles Haar noch dunkler wirken, die silbernen Strähnen noch heller, die Mandelaugen noch melancholischer. Mit zunehmend schwindendem Geist wurde Marceline immer schöner, und Johanna musste an ein Foto denken, das Marceline gelungen war. Die dunkle Silhouette einer Stadt, darüber dunkle Wolken, die von der Sonne zur Seite geschoben wurden und einen Engel aus Licht freigaben.

Marcelines Veränderung – bewusst, unumkehrbar, selbstbestimmt – löste in Leon Bewunderung aus, Johanna aber fühlte einen so unvorstellbaren Schmerz, dass sie das Gefühl hatte, in der Mitte des Körpers von zwei gewaltigen Händen auseinandergerissen zu werden. Sie flehte Marceline an, wieder bunt zu tragen – für alles andere sei es noch zu früh –, und dann weinte sie wieder.

Vielleicht blieb Leon auch deshalb bei ihnen, weil etwas in ihm sagte, Johanna, Marceline und Kio beizustehen, war endlich etwas Sinnvolles, das er tun konnte. Seine Sekretärin rief an, ob sie ihm »wieder mal was besorgen« sollte. Leon antwortete nur, er brauche nichts, er lebe. Wann er wiederkommen und die Geschäfte wieder ganz in die Hand nehmen würde, war die nächste Frage. Er sei noch immer krankgeschrieben, antwortete Leon, und er sei sicher, sein Kollege habe alles im Griff. »Er bootet dich aus«, gab Sigrun aufgeregt zurück, und Leon lachte. »Auf meiner kleinen Nussschale fühle ich mich ganz wohl.«

»Wann kommst du wieder zurück?« Sigrun flehte ihn auch diesmal wieder über *Facetime* an. »Ich halte es mit diesem Typen nicht aus.«

»Wenn der Wind richtig steht.« Leon gefiel es, bei dem Wortspiel zu bleiben.

»Du bist so ein Idiot.« Wütend legte Sigrun auf.

Leon lehnte sich auf seinem Schreibtischstuhl zurück, verschränkte die Hände hinter dem Kopf. Irgendwie fühlte es sich gut an, ohne jede Droge über den Dingen zu stehen und, ja, ein bescheuerter Idiot zu sein.

Es klopfte.

»Ja?«

Hatte er sich gerade wieder Sorgen um Johanna machen wollen, so stand sie jetzt vor ihm, mit Wangen, die ihn an die roten Äpfel erinnerten, die Marceline immer mit ihrem Pullover oder Rock polierte, ehe sie hineinbiss. Johanna sah so hübsch aus mit ihrem rotblonden Haar, das in den letzten Wochen um einiges gewachsen war und ihr Gesicht mit wilden Locken umschmeichelte.

Sein Herz zog sich zusammen.

Ihre Augen glänzten. »Ich hab einen Brief gekriegt!«

»Wahrlich eine Besonderheit in Zeiten von E-Mail, WhatsApp und Twitter …« Ironie half immer, wenn ihm die Gefühle entwischten.

»Spinner. Ich soll eine Rettungsmedaille kriegen …« Johanna flatterte mit dem Brief in der Hand ebenso aufgeregt vor ihm auf und ab, wie sein Herz schlug, das sich diesmal nicht mit Ironie beruhigen lassen wollte.

Leon schnappte sich den Brief und las ihn laut vor.

Sehr geehrte Frau Schmidtbauer,
mit der staatlichen Auszeichnung für die Rettung von Menschen aus Lebensgefahr wird der mutvolle und uneigennützige Einsatz zur Rettung von Menschenleben gewürdigt.

Es muss als Anliegen unserer Gesellschaft angesehen werden, dass der Staat den hohen ethischen Wert des Lebenseinsatzes zur Rettung von Menschenleben würdigt, denn die Retter setzen auch Zeichen: »Helfen statt wegsehen!«
Genau das haben Sie getan, sehr geehrte Frau Schmidtbauer, und deshalb freuen wir uns, Ihnen heute mitteilen zu können, dass Sie die Bayerische Rettungsmedaille erhalten, die seit 1. November 1952 verliehen wird an denjenigen, der zur Abwendung von Lebensgefahr für Menschen oder zur Rettung eines Menschen aus Lebensgefahr sein eigenes Leben einsetzt …

Verblüfft sah Leon sie an. »Wen hast du gerettet?«

»Na, dich!«

»Wann?«

Erst jetzt bemerkte Johanna sein Grinsen. Stürmte auf ihn los. »Du, du …« Gemeinsam fielen sie auf das Bett, das noch immer an der Wand gegenüber stand, damit Leon nicht hörte, wie Johanna schnarchte. Es war so schön, Johanna lachen zu hören. Leon sah sie an. Und ehe er es verhindern konnte, näherten sich ihre Lippen seinen Lippen. Vielleicht war es auch umgekehrt gewesen, später hätte er es nicht mehr zu sagen gewusst. Sie begannen sich zu küssen, wie es in einem Liebesfilm nicht besser hätte inszeniert werden können.

Nur dieser Kuss war mehr. Er war alles. Leon versuchte, diesen saudummen Gedanken beiseitezuschieben, aber der Gedanke machte einfach, was er wollte.

»Was ist Liebe für dich, Johanna?« Johanna hatte es sich gerade so wunderbar in Leons Armen und auf seinen Lippen gemütlich gemacht, als Leon sie fast zu heftig von sich wegschob. Er musste es wissen. Er musste von ihr wissen, was vor sich ging.

»Den, den man liebt, in allen Liedern hören?«

»In allen Liedern?« Wieder die Flucht in die ihn schützende Ironie. »Da höre ich nur alle möglichen Töne.«

»Dann, Leon, hast du noch kein bisserl geliebt.«

»Ja, vielleicht.« Er stand auf, wandte Johanna den Rücken zu, zündete sich eine Zigarette an und hoffte, dass sie dieses Signal verstand.

Er wollte nicht empfinden, was er empfand.

Er wollte frei und unabhängig bleiben.

Er sehnte sich in sein altes Leben zurück.

28

Das erste Mal. Nicht mit den Augen,
sondern mit dem Herzen fotografiert.

Hanami hatte Sarah verpasst. Das »Blütenbetrachten«, der Volkssport der mit Kameras bewaffneten Japaner. Tokio lag im Norden Japans, da begann das sanft rosarote Erstrahlen der Kirschbäume schon im März. Knapp vorbei war auch daneben. Sarah hoffte auf das nächste Jahr der Kirschblüte, die Zeit, in der ganz Japan zu einem glücklichen Land wurde. Und sie hoffte auf noch etwas. Dass Leon die Kirschblüte mit ihr erleben würde.

Sie liebte ihn.

Sie sehnte sich nach ihm.

Mehr, als sie gedacht hatte.

Tokio war aufregend. Die Untergrundbahnen pünktlich. Die Eisenbahnen schnell. Beim Friseur wurde ihr Haar vollautomatisch von einer Maschine gewaschen, geschnitten und gelegt. In Museen wurde man von einem Roboter empfangen statt von einem lächelnden Gesicht, im Land des ewigen Lächelns.

Sarahs winziges, vollautomatisch eingerichtetes Apartment lag inmitten des Wirtschafts-, Konsum- und Verwaltungszentrum Tokios. Von dort aus richtete sie die Wohnungen ein, die dem Lebenstakt Tokios entsprachen. Schnell, effizient, jedes Ding kannte seine Rolle. War die Wohnung verkauft, wurden ihre Einfälle rasch wieder entfernt, die allein dafür da waren, um die Preise hochzutreiben. Es kümmerte sie nicht. Auch das Leben war vergänglich. Sie ging eben zum nächsten Projekt über. Ihre Arbeit befriedigte sie ohnehin nicht mehr. Sie blieb auch sonst unbefriedigt. Und – Leon meldete sich immer seltener. Sie verstand nicht, warum, und es machte ihr Sorgen.

Sie verabschiedete sich nach einem kurzen Plausch von ihrer Nachbarin mit einer kleinen Verbeugung, nicht ohne das Händeschütteln zu vergessen, und kämpfte sich gleich darauf auf der linken Straßenseite zum Family Market, um für das Wochenende einzukaufen. Sich auf Fußwegen links zu halten, war sicherer, da man auf der falschen Straßenseite Gefahr lief, von den Entgegenkommenden überrannt zu werden. »Setz deine Ellbogen ein«, hatte ihr ein Kollege geraten, von dem sie sich vor einigen Tagen zu einem One-Night-Stand hatte verleiten lassen. Sie war betrunken gewesen und einsam. »In dieser engen Welt muss man die Distanz selbst herstellen.« Daraufhin hatte sie die Distanz zu ihm verringert und anschließend nur Scham empfunden. Sie war nicht der Typ für One-Night-Stands, und vor allem war der Kollege nicht ihr Typ. Vorbei und abgelegt in den Ordner »Unliebsame Geschehnisse«. Was sie liebte, war das Bunte, das Verwirrende an Tokio, das Andersartige. Die zierlichen Damen in ihren Designerkostümen, alles farblich aufeinander abgestimmt, mit ihren hohen Schuhen, die gekonnt über die Gehwege balancierten, als wären sie allein in Tokios immerwährendem, aber irgendwie doch geordnetem Chaos. Oder die anderen Frauen, das schwarze Haar kunstvoll hochgesteckt, perfekt blass geschminkt, makellos wie ein japanisches Schattenspiel, die Seidengewänder kostbar, in ihren Schuhen aus Holz vorwärtstrippelnd. Tokio flirrte bei Nacht, durchpeitschte einen bei Tag, aber es machte auch müde. Sarah war müde.

Jeden Abend allein im funktionellen Apartment zu sitzen mit einem Sandwich aus dem Automaten, dem Kaffee aus dem Automaten, die ebenso an jeder Straßenecke herumstanden wie die Polizisten an jeder Kreuzung, das machte traurig und leer. Auch deshalb wollte sie an diesem Abend kochen und danach vielleicht mit einer Bekannten, einer Amerikanerin, um die Hochhäuser ziehen, auf deren Fassaden die Neonleuchtreklamen in schrillen Farben im Rhythmus Tokios pulsierten. Wie so oft an den einsamen Wochenenden würden sie ziellos von einer Bar zur anderen wandern, wie auch die jungen Japaner, die dabei ebenso verloren wirkten, wie Sarah sich fühlte.

Doch dann überlegte sie es sich anders. Sie ging nicht in den Family Market, sondern ließ sich treiben, fand sich in einer engen Straße wieder, wo die Häuser zweistöckig waren und die kunstvollen Gärten mit Bonsai und Bambusbüschen schmal. Sie zog sich aus einem Automaten einen kalten grünen Tee, der bitter schmeckte, wurde von einer Passantin darauf aufmerksam gemacht, dass man in Japan auf offener Straße weder aß noch trank. Einen Augenblick hatte Sarah nicht daran gedacht, und es tat ihr leid, dass sie mit ihrem Verhalten die ältere Frau in Verlegenheit gebracht hatte, die wiederum gezwungen gewesen war, Sarah zu kritisieren. Damit hatte die Japanerin ein ebenso schlechtes Benehmen an den Tag gelegt wie Sarah.

Japan war nicht einfach zu verstehen. Die interkulturellen Unterschiede waren groß.

Sarah verbeugte sich leicht, entschuldigte sich mit vielen Worten und schüttelte die blasse, duftende Hand. Die Frau ging weiter, Sarah blieb zurück, versuchte, noch einmal Wohlgefühl herzustellen, indem sie Leon über *Facetime* anrief.

Wie so oft in letzter Zeit plauderten sie mehr oder weniger belangloses Zeug, bis Leon plötzlich nervös wurde und meinte, er müsse jetzt Schluss machen. Es sei wegen seines Unfalls, da käme was im Radio Chiemgau, ein Interview mit Johanna, von der er Sarah ja erzählte habe, dass sie ihn aus dem Wagen gezogen habe, mit Kio, dem Flüchtling aus Nigeria … Kuss, Gruß – und schon war das Gespräch vorbei. Sarah schüttelte sich leicht, verfolgte mit den Augen einige Comic-Helden und Manga-Figuren, die vermutlich zur Jingu-bashi-Brücke unterwegs waren, um dort ihre Kostüme zur Schau zu stellen, und dann wusste sie auf einmal, was sie beunruhigte.

Es war Leons Stimme gewesen. Bis jetzt hatte sie sich wegen dieser Johanna, bei der Leon wohnte, keine Sorgen gemacht. So wie Leon sie beschrieb, war sie alles andere als sein Typ. Zu naiv. Zu sehr nicht von dieser Welt, eher unbeholfen, ja als geradezu tollpatschig hatte Leon sie beschrieben. Dazu kam, dass sie offenbar auch optisch ein *No-Go* für einen Mann wie Leon war. Trotzdem, so weich hatte seine Stimme noch nie geklungen, und das letzte Mal hatte sie so vor Aufregung vibriert, als es in dem Unternehmen um einen Millionenabschluss ging, den er zu verantworten hatte.

Sarah winkte einem Taxi und ließ sich so schnell wie möglich in ihr Apartment zurückbringen. Dort machte sie sich auf die Suche nach der Kurzwellenfrequenz von Radio Chiemgau. Sie wollte schon einmal hören, was diese Johanna so zu erzählen hatte …

29

Der Afternoon Tea im Ritz-Carlton in Berlin.
London Feeling.

»Hier sind wir wieder, Ihr Radio Chiemgau 99,4, zu Gast beim Maxi Wildgruber. Heute sitzt mir eine junge Frau gegenüber, Johanna Schmidtbauer, grüß Gott, Frau Schmidtbauer, oder darf ich Johanna sagen?«

»Johanna ist schon okay.«

Leon, Kio und Marceline hatten es sich vor Marcelines Radio gemütlich gemacht, einem Röhrenradio, das noch aus den fünfziger Jahren stammte.

Leon und Marceline nippten am Whiskey. Kio trank Saft, alle knabberten an Chips, Salzstangen und den belegten Brötchen, die Marceline gemacht hatte, mit Schinken oder Salami, darauf Käse, Ei, Gürkchen und etwas Kaviar. Irgendwie war alles ein bisschen retro, was wiederum zum Radiohören passte.

»Also Johanna«, fuhr Maxi Wildgruber indessen fort. *»Sie haben … oder darf ich du sagen?«*

»Du ist schon okay. Sonst komm ich mir so alt vor. Und das bin ich nicht … ich meine, schon so alt. Ich bin ja noch nicht mal dreißig, also praktisch noch jung.«

»Du musst nicht nervös sein, Johanna.«

»Sie ist nervös«, sagte Marceline. »Sie muss jetzt atmen.«

»Ich bin nicht nervös. Ich muss nur kurz atmen. Ist das in Ordnung, wenn ich atme?«

Marceline, Kio und Leon lachten.

»Ich bitte darum.«

Etwa zehntausend Kilometer Luftlinie entfernt war Sarah, die ziemlich hektisch nach der entsprechenden Frequenz in ihrem Radio gesucht hatte, eher belustigt über den Verlauf, den das Interview nahm. Leon hatte recht. Johanna war ein naives kleines Ding. Sie hörte weiter zu, was nicht einfach war, da es immer wieder ziemlich rauschte. Ah, jetzt kam die Stelle, an der Johanna beschreiben sollte, wie sie Leon gerettet hatte. »Na dann bin ich mal gespannt«, murmelte Sarah.

»Der Leon meint, er hätte es auch allein geschafft, ohne mich und den Kio.«

»Hätte er auch!«, murmelte Sarah. »So ein Theater wegen dem bisschen Sprunggelenk.«

»Kann es sein, dass ihr beide euch recht ähnlich seid?« Der Moderator meldete sich wieder zu Wort. *»Du und dein Leon?«*

Du und dein Leon! Sarah richtete sich auf. Hatte sie etwas verpasst, während das verdammte Ding – sie schlug mit der flachen Hand dreimal fest gegen das Radio – gerauscht hatte?

»Er ist nicht mein Leon.«

Eben. Sarah hörte auf, das Radio zu malträtieren, lehnte sich wieder zurück. Offenbar wollte nur dieser Moderator eine Schmonzette daraus machen, damit das Interview nicht noch langweiliger wurde, als es ohnehin schon war. Sarah gähnte und bereute, dass sie ihrer Kollegin abgesagt hatte.

»Und gleich sind wir auch nicht … denn jeder Mensch ist anders. Einzigartig.«

Ganz was Neues. Sarah schleuderte den handbestickten Pantoffel weg, trennte die einzelnen Zehen mit Wattebäuschen voneinander und begann sich die Fußnägel zu lackieren. Sie konzentrierte sich so auf den Zehenschmuck, dass sie jetzt eher nebenbei zuhörte.

»Was ich meine ist: Du erkennst nicht an, was du getan hast, und dieser Leon rast wie ein Verrückter und möchte dir absprechen, dass du ihm das Leben gerettet hast.«

»Ein Raser? Nein, das ist der Leon ganz bestimmt nicht. Ein Raser rast, und der Leon ist nur ein bisserl zu schnell gefahren ... So was kommt vor. Und jetzt tut's dem Leon weh und nicht mir ...«

»Recht geschieht ihm.« Sarah grinste, schleuderte den zweiten Pantoffel weg. *The same procedure as every week*, nur mit dem anderen Fuß.

»Dreimal Leon in einem Statement, das nennt man Namenserwähnungszwang. Ist das der Beginn einer großen Liebesgeschichte?«

Eine zu heftige Bewegung. Mist. Jetzt war der Zeh voll von tiefrotem Nagellack und der weiße Marmorboden auch.

»Natürlich nicht! Aber a G'sicht hat er schon ... wie ein gemalter Engel vom Botticelli ...«

Verärgert humpelte Sarah in das angrenzende Badezimmer, das eher einer Nasszelle ähnelte. Holte sich den Nagellackentferner, humpelte zurück auf ihren Platz.

»Du weißt schon, Johanna, wenn man einem das Leben rettet, ist man den Rest seines Lebens für denjenigen verantwortlich.«

»Schmarrn!« Sarah wurde zunehmend wütend über den Schwachsinn, den der Moderator von sich gab.

»Ich hab sein Leben nicht gerettet. Aber wenn der Leon mich in Zukunft braucht, Herr Wildgruber, dann bin ich für ihn da.«

Im Grunde war nichts Besonderes an dem, was diese Johanna da von sich gab. Es passte zu dem, was Leon über sie erzählt hatte. Kindlich naiv und weltfremd. Allerdings lag in ihrer Stimme der gleiche weiche Unterton wie in Leons, als sie vorher miteinander telefoniert hatten und er gesagt hatte, er müsse sich jetzt dieses Interview anhören.

»Mit diesen wunderbaren Worten und einem kleinen Lehrgang über Achtsamkeit und Meditation …«

Konnte es tatsächlich sein? Sarah ließ Zehen Zehennägel sein.

»Darüber sollten Sie mal eine Sendung machen, nicht über mich …«

Niemals. Sie kannte Leon in- und auswendig. Er war schwierig. Sie war die einzige Frau, die mit ihm klarkam.

»… verabschiede ich mich, liebe Zuhörerinnen und Zuhörer, Ihr Maxi Wildgruber. Und jetzt, passend zum Thema, gibt's den Song von den Beatles: Help.«

Sarah fasste einen Entschluss. Sie war nicht die Frau, die etwas überstürzte. Sie würde den Auftrag zu Ende bringen und dann ihren Chef um Urlaub bitten. Sobald er genehmigt war, würde sie den ersten Flieger nach München nehmen, gleichgültig, wie viel es sie kostete.

Sie musste nach dem Rechten sehen.

Sie wollte Leon nicht verlieren.

Und wenn sie die Fingernägel, die sie jetzt zu lackieren begann, dazu benutzte, um dieser Johanna Leon so aus dem Herzen zu kratzen, dass sie langsam, ganz langsam daran verblutete.

Help
I need somebody, help,
not just anybody, help,
you know I need someone, help

»Das ist jetzt aber schon a bisserl kitschig, Herr Wildgruber, und passt auch nicht so ganz.«

»Mikro aus.«

»Oh, das war jetzt auf Sendung?«

»Mikro aus!«

»Atmen, Herr Wildgruber, ganz ruhig durchatmen … der Bauch hebt und senkt sich.«

»Auuuus!«

»Ich hab doch gar nichts gemacht?«

»Ich liebe diese Frau.« Vier Worte in das Lachen hinein, in das Marceline, Kio und Leon ausgebrochen waren. Kio verstummte zuerst und warf Leon einen Blick zu, der nichts Gutes versprach. Er duldete keine Rivalen. Marcelines Lachen endete im üblichen Hustenanfall. Zufrieden sah sie Leon an, und erst da merkte er, was er gesagt hatte.

»Also nicht, wie ihr jetzt denkt«, verbesserte er sich schnell. »Wie eine gute Freundin oder eine Schwester. Kein bisschen mehr, okay? Also hört mal nicht schon die Hochzeitsglocken läuten.«

Kio atmete auf.

Er musste nichts unternehmen.

Leon und er konnten Freunde bleiben.

30

Der Pfirsich so riesengroß.
Süßer Saft läuft in Strömen übers Kinn.

Ich liebe dich.«

Es war Johanna, die den Mut hatte, es auszusprechen, nicht Leon. Leon streichelte weiter. Ihr Gesicht unter seinen Fingern, als wollte er es besser sehen, jeden Millimeter ihrer Haut fühlen. Seine schön geschwungenen Brauen, die dichten, langen Wimpern. Seine ausgeprägten Wangenknochen. Härte und Zärtlichkeit zugleich. Schon lange hatte sie ihn nicht mehr so wahrgenommen, so bis ins Detail. Ihren Botticelli-Engel. Sie hielt den Atem an. Staunen und Glück. Während sich Leon weiter vortastete, unter ihr T-Shirt kroch, behutsam über ihre Schultern strich und über den Nacken. Seine Hände wanderten wieder nach vorn, glitten hinab bis zur Taille, als wollte er sie erneut formen, ihren Körper, wie aus einem besonders kostbaren Stoff.

Johanna hatte schon mit einigen Männern geschlafen, aber das war eher ein mehrfaches Stoßen gewesen, bis der Mann mit irgendeinem Geräusch signalisierte, dass er mit dem Ergebnis zufrieden war, und sie meist so getan hatte, als habe ihr das Ganze genauso viel Spaß gemacht.

Das mit Leon war anders. Zum ersten Mal begriff sie, dass Sex auch Kunst war und der eine mehr Talent dafür mitbrachte als ein anderer. Leon war hochbegabt. Allein seine Finger brachten sie zum Vibrieren. Und es war, als hätten zumindest ihre Körper einander schon immer gekannt. Aus einem anderen Leben in dieses Leben und als würden sie sich im nächsten ebenso erkennen. *Von zwei Welten zueinander und für immer vereint …*

Sie vertraute ihm uneingeschränkt, ließ sich dahin führen, an diesen wundersamen Ort, an dem die Lust jede Schranke fallen ließ. Der Unterschied zwischen Mann und Frau verwischte sich, als ob sie nur aufeinander gewartet hätten, auf diesen einen Moment, in dem sie sich ineinander auflösten bis zur Erschöpfung, die erste Lust verklingend, während schon erneut die Leidenschaft langsam in ihnen aufstieg.

Hätte jemand Johanna gefragt, wie es dazu gekommen war, dass sie sich in Leons Armen wiederfand, sie hätte keine Antwort gewusst.

Nach dem Interview war sie euphorisch gewesen, hatte Champagner mitgebracht, und sogar Kio hatte etwas davon getrunken. Sie hatten alle auf Johanna angestoßen, auf die Art, wie sie Maxi Wildgruber verbal zu Fall gebracht hatte, der aufgrund seiner Arroganz bei seinen Zuhörern gleichermaßen beliebt wie verschrien war. Sie hatten gelacht, Witze gerissen, und mittendrin hatte Leon sie angesehen und gesagt: »Ich höre dich …«

Sie hatte sofort gewusst, worauf er anspielte: »… in allen Liedern?«

»Aber hier ist doch überhaupt keine Musik«, hatte Kio noch richtigstellen wollen, doch Leon hatte schon genickt. »Nicht nur in allen Liedern, auch wenn es ganz, ganz still ist.«

Marceline hatte gelächelt, gemeint, ob Kio nicht mit seinem Freund Benedict habe zum Fußballspielen gehen wollen? Kio hatte protestiert. Da man Freunde jedoch nicht warten ließ, war er schließlich, wenn auch widerwillig, losgezogen. Marceline hatte irgendetwas gemurmelt, dass auch sie was zu erledigen hätte, hatte sich in ihr Vehikel gesetzt und ebenfalls den Schauplatz der kommenden Ereignisse verlassen. Im ersten Moment hatte Johanna hinter ihr herlaufen und sie aufhalten wollen. Was war, wenn Marceline plötzlich verwirrt mitten auf der Straße anhielt, weil sie sich nicht mehr auskannte? Wenn sie ausstieg, sich im Wald verirrte? Doch einmal, wenigstens einmal wollte Johanna an sich denken dürfen. Dem folgen, was Marceline sie gelehrt hatte. Alles fließen lassen. Dem Leben folgen, nicht dagegenhalten und sich sperren. Es gab Momente, die waren einmalig. Augenblicke ohne Wiederkehr. Und so nahm sie ihren Mut zusammen, legte die Hand provokant auf Leons Geschlecht und meinte: »Jetzt ist es richtig.«

»Ist es nicht«, antwortete Leon, nahm ihre Hand wieder fort, »jedenfalls nicht so …«, zog sie aus dem Haus, »das bist du nicht«, und in den Teil des Gartens, der nicht einsehbar war.

Es störten sie weder der langsam beginnende Nieselregen, Himmelswasser, das köstlich schmeckte, noch die allmählich zunehmende Wolkenschwärze oder die Melancholie des herannahenden Gewitters. Gänsehaut und Liebe, so schlicht, dass sie kaum auszuhalten gewesen war.

Johanna und Leon hatten miteinander geschlafen, nicht nur einmal an diesem Nachmittag, aber danach waren sie noch immer kein Paar. Denn als ihre Körper fürs Erste genug voneinander hatten, zog sich Leon sofort in sein emotionales Schneckenhaus zurück, und während der nächsten Tage war er fast noch weniger zugänglich als zu Beginn ihrer Begegnung.

»Ich halte das nicht mehr aus. Das sind mir einfach zu viele Gefühle, schau mal da …« Johanna nahm Marcelines Hand und ließ die Finger über ihre Haut gleiten. »Das tut mir schon weh. Keine Nerven mehr … und erst recht nichts, was über ihnen liegt. Ist das so mit der Liebe? Dass es irgendwie dauernd weh tut?«

»Ich glaube schon«, antwortete Marceline.

»Du glaubst?« Johanna sah ihre Großmutter erstaunt an. »Du weißt es nicht? Aber du hast mir doch so viel über die Liebe erzählt.«

»Lass ihm Zeit«, erwiderte Marceline, »die Männer kriegen Angst, wenn's ihnen zu ernst wird.«

»Du meinst, es ist ihm mit mir ernst?«

»Er versucht an sich zu arbeiten. Das seh ich.«

»Woran?«

»Gestern hat er sogar deine Spaghetti aglio e olio gegessen.«

Johanna lachte, umarmte ihre Großmutter und fragte sich, wie sie nur einen Tag ohne sie zurechtkommen sollte. Irgendwann. Wie verrückt fürchtete sie sich vor dem Tag, an dem Marceline sie nicht mehr erkennen, sogar unfähig sein würde, selbst Nahrung zu sich zu nehmen, und ihren Unwillen, ihre Freude und ihre Angst nur noch aus sich herausschreien würde, weil sie vergessen hatte, dass es auch anders ging. Wer sollte das auf Dauer aushalten? Würde sie es ertragen können? Und wie lange? Pflegeheim war keine Option. *Hab Vertrauen. Schritt für Schritt.*

Da sie ohnehin nichts anderes tun konnte, folgte Johanna erst einmal Marcelines Rat. Sie drängte Leon nicht, erwähnte weder den Nachmittag noch, dass er auf ihre Liebeserklärung nicht reagiert hatte. Stattdessen verbrachte sie die Zeit, um von Marceline alles über das Whiskeybrennen zu lernen, was sie noch nicht wusste. Es würde nicht mehr allzu lange dauern, und sie würde die Brennerei allein führen müssen. Und sie bereitete sich auf den großen Tag vor, in dem ihr in der Münchner Residenz die Rettungsmedaille verliehen werden würde.

Sie kaufte sich ein wunderschönes Dirndl, ging zum Friseur, der es tatsächlich schaffte, ihrem widerspenstigen Haar einen Schnitt zu geben, bei dem ihre Naturlocken sogar von Vorteil waren. Sie ging zur Kosmetikerin, die ihr zeigte, wie sie durch etwas Make-up ihre tiefblauen Augen noch betonen konnte ebenso wie die schönen, leicht nach oben geschwungenen Lippen, als würde Johanna immer lächeln. Sie kleidete Kio, wie von ihm gewünscht, bayerisch ein. Marceline nahm sie das Versprechen ab, dem außerordentlichen Ereignis nicht in Schwarz, sondern in Bunt beizuwohnen, und auch Leon sagte seine Anwesenheit zu. Immerhin hatte er bei dem Ganzen keine unwesentliche Rolle gespielt. Mehr noch, ohne ihn wäre es gar nicht zu dieser Ehrung gekommen. Und Johanna erreichte noch etwas: Leon war endlich damit einverstanden, mit ihr gemeinsam sein Elternhaus zu räumen.

Etwa zur selben Zeit hatte Sarah ihren Auftrag beendet, sich Urlaub genommen und einen freien Platz im Flug Tokio–München ergattert. Als Johanna und Leon mit dem Anhänger vorfuhren, auf dem sie all das, was Leon nicht behalten wollte, auf den Wertstoffhof verfrachten wollten, stand Sarah mit einer Reisetasche auf Tokios Flughafen Haneda.

Wie immer war Sarah fasziniert von den bunt bemalten Flugzeugen der japanischen Airlines. Knallgelbe Jumbojets im Comic-Look von Pokémon. Da sie bis zum Abflug noch Zeit hatte, verfolgte sie auf einer Aussichtsterrasse, wie sie vor der prachtvollen Hafenkulisse und dem Vulkankegel des Mount Fuji in den Himmel stiegen. Nicht weit von ihr stand ein

Hochzeitspaar, das sich vor dem herrlichen Panorama fotografieren ließ.

Sarah lächelte in sich hinein. Es wurde Zeit, Nägel mit Köpfen zu machen und Leon daran zu erinnern, dass er ihr schon längst hätte den Heiratsantrag machen sollen, der seit so langer Zeit unausgesprochen zwischen ihnen in der Luft hing. Sie war sicher, hätte sie auf Tokio verzichtet, wäre sie bereits Leons Frau.

Auf der Anzeigetafel wurde ihr Flug aufgerufen.

Sie nahm ihr Handgepäck und reihte sich vor dem Check-in in die Schlange der Fluggäste ein.

»Ausmisten! Aussortieren! Wegwerfen! Zerreißen! Zerschlagen! Ab damit in den Müll!« Leon tobte. Noch nie hatte ihn Johanna so wütend gesehen.

Sie versuchte, ihn zu beruhigen. »Was hast du? Ich hab doch gar nichts getan.«

»Hörst du dich nicht selbst reden!« Leons Gesicht war hochrot vor Aufregung.

»Ich weiß noch immer nicht, was ich falsch gemacht habe?« Johanna wusste es wirklich nicht. Im Gegenteil, sie schuftete wie ein Pferd, um ihm bei der Auflösung seines Elternhauses zu helfen. Es war nicht einfach. Weder körperlich noch seelisch, aber deswegen gleich so ausfallend werden?

Leon tobte weiter: »Du sprichst von dem, was das Leben meiner Eltern ausgemacht hat. Wie kann man nur so unsensibel sein!«

Unsensibel. Sie war also unsensibel. Sie, die nur noch auf Zehenspitzen um ihn herumschlich, sich jedes Wort fünfmal überlegte, immer wieder mit einem Seitenblick überprüfte, ob es ihm noch gutging. Wann es Zeit wurde, eine Pause zu machen oder das Entrümpeln für ein oder zwei Tage zu unterbrechen.

Und auch sonst hatte sie ausgehalten. Ihn ausgehalten. Versucht, Leon die Zeit zu geben, die er brauchte, war auf ihn eingegangen, hatte sich von ihm mehr gefallen lassen als jemals zuvor von einem Mann.

Jetzt war es genug. Keine Herumschleicherei auf Zehenspitzen mehr. »Ich bin unsensibel?«

»Kapierst du nicht, wenn du von Ausmisten und Müll redest, dann redest du auch von meinen Eltern.«

»Nein, Leon, das tue ich nicht!« Ihre Stimme klang fest. »Ich rede von den Dingen, die du nicht behalten willst und für die deine Eltern vermutlich dasselbe Vokabular benutzt hätten. Oder was willst du sonst mit zwanzig Jahre alten Steuererklärungen machen, außer sie schreddern. Einrahmen und übers Bett hängen?«

»Mach dich nicht lustig über mich.«

»Das tu ich nicht, Leon.« Sie war selbst überrascht, wie sanft ihre Stimme klang. »Wirklich nicht. Ich …«

»Es tut mir leid.« Auch Leon beruhigte sich. »Sorry. Aber ich bin auf einmal so wütend. Und weiß gar nicht, warum.«

»Aber ich weiß jetzt, weshalb du den Unfall gebaut hast.«

»Warum?«

»Weil du offenbar seit Jahren vor dem Trauern davonrast. Jetzt hat es dich gestoppt.« Johanna setzte sich auf eine Kiste, überlegte, wie sie es ausdrücken sollte. »Ich glaube, dass es nicht möglich ist, ein Gefühl zu unterdrücken und ein anderes, das uns besser in den Kram passt, zuzulassen. Wenn wir eins unterdrücken, unterdrücken wir alle anderen auch. Ohne Trauer keine Freude. Ohne Schmerz kein Glück.«

»Du bist ganz schön klug, weißt du das?« Leon setzte sich neben sie auf den Boden, lehnte den Rücken an die Kiste und bettete den Kopf in ihren Schoß.

»Nicht ich, die Trauer hat dich gestoppt.«

Leon schloss die Augen. Tränen bemächtigten sich seiner Wimpern, als seien sie gekommen, um sie ganz behutsam von Staub und Schmutz zu säubern, damit der Blick auch durch die geschlossenen Augen wieder klar wurde. Freier Blick auf das, was wirklich ist.

Johanna ließ ihm die Zeit, die er brauchte. Auch wenn ihr der Rücken vom absoluten Stillhalten allmählich weh tat. Aber sie wollte ihn nicht stören. Es war gut, wie es gerade war. Sie wusste nicht, wie viel Zeit vergangen war, Minuten oder Stunden, als er die Augen wieder aufschlug, sich aufsetzte, mit dem Handrücken über die Augen fuhr und meinte: »Na dann … Wie lange willst du noch so faul herumsitzen? Auf geht's.«

Und dann ging alles ganz leicht. Leon wählte die Gegenstände aus, die er behalten und nach und nach in sein Apartment einfügen wollte. Die Spieluhrsammlung seiner Mutter, die Bücher seines Vaters, die ihm besonders wichtig gewesen waren. Er nahm von allem etwas mit, was seine Eltern ausgemacht hatte. Ihre Handschrift auf einem unwichtigen Zettel, einen Brief, die Fotoalben. Er behielt den Schaukelstuhl und einen Seidenschal, in dem er noch den Geruch seiner Mutter fand. Die Lieblingsschuhe seines Vaters, die er immer und immer wieder mit Zeitungspapier poliert hatte, den handbemalten Lampenschirm, den seine Mutter sich von ihrem erstverdienten Geld gekauft hatte. Dazu kam die Kassette mit den Songs, jeder einzelne vom Vater aufgenommen als Liebeserklärung für die Mutter. Den Kassettenrekorder nahm er ebenfalls mit, um die Kassette überhaupt abspielen zu können. Das Kochbuch mit den handgeschriebenen Rezepten seiner Mutter suchte Johanna aus.

»Daraus werde ich für dich kochen.«

»Johanna, ich …«

»Wenn du mal zu Besuch kommst …«

Er lächelte, wurde wieder ernst. »Wenn wir das alles hinter uns haben, müssen wir reden.«

Johanna versuchte zu ergründen, was er ihr damit sagen wollte. Doch weder seine Augen oder seine Stimme noch seine Mimik verrieten es. Und das machte sie unruhig.

Sie nahm sich zusammen. Gemeinsam sortierten sie weiter aus, schleppten, vernichteten, bewahrten auf, fuhren zum Wertstoffhof, waren am Abend noch immer nicht fertig, versprachen einander, am nächsten Tag sofort weiterzumachen und sich vor allem die Zeit zu lassen, die Leon brauchte, um sich von seinem Elternhaus zu verabschieden.

»Loslassen ist wichtig.«

»Warum eigentlich?«

»Weil die Verstorbenen sonst zu *Deaddeads* werden und uns das Leben schwermachen.«

»Kio färbt schon auf dich ab.« Leon lächelte.

Johanna sah an sich herab. »Leider nicht. Bin immer noch käseweiß.«

»Eine Haut wie Alabaster.« Sein Blick veränderte sich. Wirkte irgendwie schüchtern und gleichzeitig aufgeregt, als sei es sein erstes Mal.

Johanna fühlte sich so stark und weiblich, dass diesmal sie die Führung übernahm. Sie zog ihn aus, genau an der Stelle im Wohnzimmer, an der er ihr beim ersten Besuch seines Elternhauses zu nah gekommen war. Ihre Zunge suchte seinen Körper. Lockend. Spielerisch. Zog sich wieder zurück. Sie verführte mit ihren Augen. Ihren Lippen. Ihrem ganzen Frausein. Unter seinem sich sehnenden Blick fühlte sie sich schön. Öffnete langsam die Bluse. Den BH. Streifte Jeans und Höschen ab. Legte sich auf den Boden. Lud Leon zwischen ihre Schenkel ein. Noch nie hatte sie diesen süßen Rausch der Macht gespürt. Bisher war sie die Unterlegene gewesen. Jetzt war sie es, die Leon auf eine Reise entführte, von der er nicht wusste, was als Nächstes auf ihn zukam.

Der Atem wurde zum leidenschaftlichen Stöhnen. Jeder Millimeter ihrer Körper ließ sich auf den anderen ein. Die Lippen fanden sich immer und immer wieder. Sie waren müde. Aber nur eine ganz leichte Bewegung des anderen, und schon konnten sie wieder nicht voneinander lassen. So lange, bis sich der Himmel vor den Fenstern zu verfärben begann.

»Für den Wertstoffhof ist es jetzt zu spät.« Johanna bohrte ihre Nase in seinen schlanken Bauch, damit sein Geruch den Platz in ihrem Gehirn fand, an dem er jederzeit für sie abrufbar sein würde.

»Es gibt ja auch noch ein Morgen.«

»Gibt es das?« Am liebsten hätte sie hinzugefügt – für uns? Doch etwas hielt sie zurück. Vielleicht war es die Art, wie er jetzt in seine Jeans schlüpfte. Fast, als bereue er, was gerade wieder geschehen war. Er war fremd, und Johanna wurde unsicher, verlagerte ihre Konversation auf ein Thema, bei dem sie sich sicher fühlte.

»Du willst den Schaukelstuhl wirklich behalten. Ich meine, mit der ganzen Erinnerung …«

Leons Gesichtsausdruck verriet noch immer nicht, was in ihm vorging. Ohne ein Wort packte er ihn mit beiden Händen, trug ihn nach draußen und stellte ihn in den Anhänger, mit dem sie für diesen Tag zum letzten Mal zum Wertstoffhof fahren würden. »Du hast recht.« Mit schmalen Lippen wandte er sich an Johanna. Es war seltsam. Gerade noch hatte sie ihn ohne jede Scheu so oft und überall dort berührt, wo es ihr gerade einfiel, und jetzt? Jetzt wagte sie nicht einmal, seine Hand zu fassen. Er stand vor ihr, als sei sie ihm völlig gleichgültig, mehr noch, als sei ihm ihre Nähe sogar unangenehm.

Was war das mit ihm?

Sie versuchte, das Gespräch unbefangen fortzuführen: »Wir müssen uns noch eine Opfergabe überlegen, mit der wir deine Eltern beschwichtigen.«

»Bitte, Johanna, das ist doch nigerianischer Quatsch.«

Sie wurde wütend. »Nigerianischer Quatsch? Wieso glaubst du, über anderen stehen zu können? Woher willst du wissen, dass es nicht so ist? Sie beerdigen ihre Toten nicht mit irgendwelchem Quatsch. Sie begraben sie mit demselben Schmerz, derselben Trauer und derselben Ernsthaftigkeit wie wir.«

Johanna hatte sich in Rage geredet, und inmitten ihres Wortschwalls packte Leon sie mit derselben Entschlossenheit wie den Schaukelstuhl und küsste sie hart auf die Lippen.

Sie hatte sich getäuscht.

Sie hatte keine einzige Sekunde lang die Führung.

Leon sagte, wo es mit ihnen langging.

Sie schluckte.

Wusste wieder nicht weiter, und Leon fragte wie nebenbei: »Und was für eine Opfergabe schlägst du vor?«

»Machst du dich lustig über mich?«

»Glaub mir«, er seufzte, als gefiele ihm die Vorstellung nicht besonders, »es gibt nichts, was du sagst, das ich nicht ernst nehme.«

In Johanna hüpfte und jubelte es. »Vielleicht machen wir es so wie an Mariä Himmelfahrt. Wir gehen in die Berge und sammeln alles an Kräutern, was wir finden. Im August ist die Auswahl zwar nicht mehr ganz so groß, aber Beifuß, Kamille, Johanniskraut, Hexenkraut, Goldrute – das wird schon dabei sein.«

»Und dann kochst du mir damit einen Kräutertee?«

»Daraus binde ich Kräuterbuschen, vielleicht noch mit ein paar Rosen und Ähren drin, die lasse ich von Pfarrer Braun segnen, und wir hängen sie überall im Haus auf … Das ganze Haus wird wunderbar duften.«

»Du bist ein verrücktes Huhn.«

»Bin ich.« Sie gackerte vergnügt.

»Und wie soll ich den Berg raufkommen? Ich bin noch rekonvaleszent.«

»Ich trage dich.«

»Oh Mann!« Leon gab Gas. »Das Dumme daran ist, ich traue es dir tatsächlich zu.« Sie fuhren zurück zu Marcelines Haus.

31

Dem Obdachlosen einen Euro in den Pappbecher werfen und erkennen, dass er nur ein Mann ist, der seinen Kaffee to go auf den Stufen der Basilika trinkt.

Das kostbare Porzellan, das Marceline vor vier Jahrzehnten in dem gepolsterten Überseekoffer aus Shanghai mitgebracht hatte, benutzte sie so gut wie nie. Um ehrlich zu sein, hatte sie es schon seit Jahren nicht mehr benutzt, daher wähnte Kio seine Devotionalien an einem sicheren Ort, bis zu dem Tag, an dem sie zum Einsatz kommen sollten. Dafür gab es einen einfachen Grund. Das wunderschöne, handbemalte Porzellan in Chinablau musste mit der Hand gespült werden

Warum Marceline ausgerechnet heute dennoch dieses spezielle Porzellan wählte, hätte sie nicht zu sagen gewusst. Vielleicht lag es an dem Eindruck, den die junge Frau auf sie machte, die völlig unerwartet vor ihrer Tür gestanden und sich als Leons Verlobte, Sarah Ritter, vorgestellt hatte.

Sarah, ähnlich schön wie die Eisskulpturen, die japanische Studenten in Sapporo aus Eis und Schnee geschnitzt hatten. Marceline fragte sich, ob es eine Sonne gab, die ihre tiefblauen Gletscheraugen zum Schmelzen bringen konnte. Leon? Sie hatte den Namen noch nicht zu Ende gedacht, da fühlte sie bereits den Schmerz, den Johanna fühlen würde, sobald sie erfuhr, dass Leon verlobt war. Am liebsten hätte sie dieser Schönheit die Tür so fest vor der Nase zugeknallt, dass ein Nasenbeinbruch noch das Mindeste gewesen wäre, das sie zu verarbeiten hatte. Doch Marceline blieb höflich, öffnete die Haustür mit den Willkommensgrüßen aus aller Welt gerade so weit, dass sich Sarah Ritter mit ihrer Luis-Vuitton-Reisetasche hineinzwängen konnte.

Damit war Marcelines einladende Geste aber auch schon wieder beendet: »Leon ist nicht da«, sagte sie nur, wollte Sarah schon im Flur stehen lassen und sich weiter um die Einladungskarten zu ihrer großen Geburtstagsparty kümmern. Sie wollte alle Menschen, die sie über die vielen Jahre begleitet hatten, um eine lange Tafel unter Kios Apfelbaum versammeln. So viele würden es nicht mehr sein. Sie hoffte, ihre Töchter Lilian, Samuela und Adriane mit ihrer Familie würden kommen.

»Wo ist er?«

Marceline war so in Gedanken versunken, dass sie sich der jungen Frau, die vor ihr stand, erst wieder bewusst wurde, als sie sie ansprach.

»Er räumt gerade mit Johanna, das ist meine Enkelin, sein Elternhaus aus.« Marceline öffnete die Wohnzimmertür und forderte Sarah mit den Augen auf einzutreten.

»Wurde auch Zeit.«

»Es ist sein Elternhaus«, widersprach Marceline ein wenig entrüstet. »So etwas braucht Zeit.«

»Hatte er ja. Aber mittlerweile ist es zur reinsten Geldverbrennungsmaschine geworden. Dabei ist die Lage perfekt. Er wird einen Haufen Geld dafür bekommen.«

»Geld ist nicht alles.« Sarah wollte sich schon auf den tiefroten Diwan setzen, doch Marceline deutete an, dass sie sich an den niedrigen Tisch auf eins der indischen Kissen setzen solle.

»Aber ohne Geld ist alles nichts.« Sarah mühte sich ab, in ihrem engen Kostüm eine einigermaßen elegante Sitzposition zu finden. »Durchs Leerstehen wird so ein Haus nicht besser.«

»Ich mach uns einen Tee«, kündigte Marceline an und ließ Sarah erst einmal allein.

War Sarah schon das Haus ziemlich seltsam erschienen, das sich windschief an einem Hang festkrallte, von Efeu überwuchert und von einem wild vor sich hin wuchernden Garten umgeben, so kam ihr das Wohnzimmer noch eigenartiger vor. Die Wände waren knallgelb gestrichen. Das Sammelsurium zusammengewürfelter Farben und Möbel war so ziemlich das Gegenteil eines geschmackvoll eingerichteten Raumes. Da stand der Uraltdiwan mit abgeschabtem, knallrotem Lederbezug. Daneben eine antike indische Kommode im Kolonialstil. Allein der Kamin traf Sarahs Geschmack, und nur allzu gern hätte sie in ihm Feuer gemacht.

»Kein Feuer.«

Sarah drehte sich um. Ein etwa zwölfjähriger dunkelhäutiger Junge hatte das Wohnzimmer betreten. »Du bist Kio, nicht wahr?«

Sein Gesichtsausdruck blieb unbewegt: »Feuer ist gefährlich. Feuer tötet Menschen.«

»Na, dann habt ihr beide euch schon gegenseitig vorgestellt?« Kios Bemerkung ignorierend stellte Marceline die Teekanne auf dem niedrigen Tisch ab.

»Nein, *Nne nne*.« Kio schüttelte den Kopf. »Ich weiß nicht, wer die Frau ist.«

»Ich bin Sarah«, antwortete Sarah lächelnd. »Leons Verlobte. Er hat doch sicher von mir erzählt.«

Kio schüttelte den Kopf. »Nein.«

»Ah ja … Nun, jedenfalls werden wir heiraten.«

»Gut!« Kio nickte mit großer Ernsthaftigkeit.

»Gut?« Sarah lächelte.

»Ja, gut. Ein Mann muss heiraten und eine Familie gründen.«

»Da hast du völlig recht.« Sarahs Lächeln breitete sich aus, und Marceline öffnete die Vitrine, um das Porzellan aus Shanghai herauszuholen.

Kio ahnte, was sie vorhatte, und wollte noch verhindern, dass Marceline seine Schätze entdeckte, aber es war zu spät. Marceline hielt das Zuckerdöschen schon in der Hand und mit ihm das Honigfläschchen, das kaum wahrnehmbar aus der Dose spitzte. Marceline warf Kio einen kurzen Blick zu, sagte nichts, stellte Zuckerdöschen und Honigfläschchen auf dem Tisch ab. Nahm vier Tassen und Untertassen, entdeckte in der zweiten Tasse ein Eisenstück. Erneut wanderte ihr Blick zu Kio, dann legte sie das Eisenstück neben den Honig, nahm das Milchkännchen, fischte den schwarzen Stein heraus, plazierte ihn neben die anderen Devotionalien.

»Was ist das?« Sarah wirkte etwas verblüfft.

»Magie aus Nigeria.« Marceline lächelte Kio an. Kio lächelte erleichtert zurück. »Sie hilft, dass komplizierte Gespräche gelingen.«

»Auch Geschäftsgespräche?«

»Jede Art von Gespräch. Es ist ein Juju-Zauber.«

»Juju-Zauber?«

»So was Ähnliches wie Voodoo«, erklärte Marceline gelassen.

»Sie meinen Affenschädel und Hühnerkrallen und all so was?« Sarah wirkte nun doch ein wenig irritiert.

»Und am Sonntag«, fuhr Kio fort, als sei es das Selbstverständlichste überhaupt, »schlagen die Juju-Männer den bösen Geistern die Köpfe ab.«

»Böse Geister?« Sarah lachte ungläubig auf. »Das ist doch alles nur Phantasie.«

»*Mmadu* ist keine Phantasie.«

»Was ist ein … *Mmadu?*« Sarah fragte sich nun ernsthaft, wo sie da hineingeraten war.

»Ein Mensch!«

»In Nigeria schlägt man Menschen die Köpfe ab?« Sarah zuckte zusammen.

»Nicht nur.« Marceline überlegte, ob sie Sarah noch einiges mehr über Nigeria erzählen sollte, ließ es dann aber und bot Sarah stattdessen an, eine heiße Dusche zu nehmen. »Nach dem langen Flug fühlen Sie sich bestimmt müde und ausgelaugt.«

Sarah lehnte dankend ab. Möglicherweise befürchtete sie, dass in diesem Haus noch etwas anderes als Wasser aus dem Duschkopf kommen würde. Und ganz so unrecht hatte sie damit nicht. Hatte Marceline doch zumindest kurz überlegt, ihr den schwarzen Stein von Kios Zauber als Seife zu verkaufen. Denn sobald der schwarze Stein mit Wasser in Berührung kam, verwandelte er sich in ein schlammiges, sandiges Etwas, das den Abfluss verstopfte und man nur schwer wieder loswurde.

Marceline hatte es sich recht amüsant vorgestellt, dass Sarah Leon als Beduinin nach einem besonders heftigen Sandsturm empfing. Dement zu sein, hatte auch seine Vorteile. Man konnte machen, was man wollte, ohne zur Rechenschaft gezogen zu werden. Für den Bruchteil einer Sekunde waren Marceline und Demenz einander sympathisch. Dann war die Traurigkeit wieder da, und die Melodie des Abschieds, die seit Tagen in Marcelines Kopf, ihrer Seele und im Herzen lauter wurde, auch wenn sie ständig versuchte, sie mit den Opernarien zu übertönen, die sie und Kio gemeinsam schmetterten. *Nessun dorma* aus *Turandot*, *Habanera* aus *Carmen*, *Mi chiamano Mimi* aus *La Bohème*.

Manchmal war die Abschiedsmelodie auch nicht in ihr, sondern kam von außen. Wehte durch die geöffneten Fenster, versteckte sich hinter dem Wind, der das hohe Gras durchstreifte. War im abklingenden Grillengezirpe des Spätsommers zu hören. Im Zwitschern der Vögel, die ihre Pläne für den baldigen Flug in den Süden schmiedeten, im Blöken der Kühe, im Hundegebell, im Miauen einer Besucherkatze, die nach einem Schälchen Wasser verlangte. Dem Leben würde es gleichgültig sein, ob es eine Marceline Schmidtbauer auch in Zukunft noch geistig einigermaßen gesund geben würde oder nicht. Aber ihr, Marceline Schmidtbauer, würden sie so sehr fehlen, der Verstand und das Leben.

Marceline hätte gern geweint. Nicht vor den anderen, sondern heimlich. Aber sie konnte nicht. Im Krieg und während der Vertreibung hatte sie zu viele Tränen verbraucht. Nicht umsonst hieß es, ihre Generation sei stärker als alle nachfolgenden Generationen. Hätten sie sich nicht diese Stärke, ja, sogar Härte zugelegt, keiner von ihnen hätte überlebt.

Wie dem auch sei. Marceline hätte Johanna den kleinen Triumph über die Rivalin gegönnt. Aber hätte die Blamage etwas geändert? Leon würde sich so oder so entscheiden müssen.

Marceline ließ sich geschickt auf den Kissen nieder, während Sarah erneut um eine einigermaßen bequeme Stellung kämpfte. Gleichzeitig nützte Marceline Sarahs körperliches Unbehagen, um sie auszufragen. Wem der Rücken weh tat, der trieb keine psychologischen Spielchen, der wollte es einfach nur hinter sich bringen. Sie erfuhr, dass Sarah und Leon seit fünf Jahren zusammen waren und nur nicht geheiratet hatten, weil Sarah unbedingt den Job in Tokio hatte annehmen wollen. Die Zukunft, das war ihre gemeinsame Devise, enthielt immer noch eine Steigerung zur Gegenwart. »Man muss nur eins haben …«

»Power?«, hakte Marceline nach.

»Leidenschaft für das, was man tut.« Sarah lächelte, und zum ersten Mal war sie Marceline sympathisch. »Leon und ich sind süchtig nach Leben und vor allem«, ihr Blick wurde bestimmt, als erlaube sie keinen Widerspruch, »nach uns.«

Marceline fragte sich, weshalb eine Frau, die sich ihres Mannes angeblich sicher war, das so betonen musste. Sie wertete es als interessante Erkenntnis, beließ es aber dabei. Erzählte Sarah stattdessen von ihren Reisen und ihrer Arbeit als Fotografin. Manchmal verlor sie den Faden, was Sarah nicht weiter wunderte, denn Frauen in Marcelines Alter bauten nun einmal ab, das gehörte dazu.

Stunde um Stunde verging. Kio hatte sich längst in sein Zimmer verzogen, Marceline und Sarah wussten inzwischen nicht mehr so recht etwas miteinander anzufangen. Während Marceline langsam aus der Zeit glitt, schlug bei Sarah allmählich der Jetlag zu. Beide nickten am Esstisch ein und hörten weder, dass ein Wagen vorfuhr, noch, dass die Haustür aufgesperrt wurde.

»Oh Mann, bin ich fertig.« Johanna pustete tief durch, als könne sie auf diese Weise Muskeln, Sehnen und Knochen von der Erschöpfung frei pusten. Leon reagierte nicht. Er stand ganz still. »Ich Muskel- und du Stimmbandlähmung?« Johanna versuchte noch einen Scherz, als sie die Reisetasche bemerkte, die offenbar von einem teuren Designer stammte und die Leon anstarrte wie ein Raumschiff aus einer fernen Galaxie, dem gleich irgendwelche Aliens entsteigen würden. »Oh, Besuch?«

Ohne ein weiteres Wort betrat Leon das Wohnzimmer.

Johanna folgte.

Zuerst schlug Marceline, dann Sarah die Augen auf.

Verdammt, war die Frau hübsch.

»Wer sind Sie?«, fragte Johanna ahnungsvoll.

Kio, der gerade die Treppe herunterkam, antwortete fast beiläufig: »Leons Verlobte. Es ist gut, wenn ein Mann eine Frau hat, die er heiraten will.«

Sarah lächelte und reichte Johanna die Hand.

32

Am Ufer der Donau inmitten von Millionen von herumschwirrenden Eintagsfliegen stehen. Nur wenige Stunden dauert ihr Leben, sobald sie erwachsen sind. Zeit genug, um ihre Eier abzulegen, damit neues Leben entsteht.

»Du hast mich benutzt.« Johannas Stimme klang gefährlich ruhig, als sie Leon in der Brennerei gegenüberstand. Ohne ihm oder Sarah auch noch die Möglichkeit zu geben, etwas zu sagen oder zu erklären, hatte Johanna Leon mit einem kräftigen Schubs aus der Küche befördert, was Leon ohne Gegenwehr mit sich geschehen ließ. Vermutlich, um es nicht schlimmer zu machen, als es ohnehin schon war. »Und belogen hast du mich auch!«

Sarah hatte ihnen spontan folgen wollen. Doch ehe sie ihre diversen Gliedmaßen geweckt, auseinanderdividiert und sich aufgerichtet hatte, waren Johanna und Leon schon verschwunden gewesen, und Marceline hatte die Hand beschwichtigend auf Sarahs Arm gelegt. »Lassen Sie sie! Bitte.«

»Lassen?« Mit einer heftigen Bewegung befreite sich Sarah von Marcelines Arm, sprang auf. »Wofür? Im Gegenteil, ich hab die beiden offensichtlich schon viel zu lange zugelassen. Ich werde …«

Sarah war schon fast aus der Tür, als Marceline sie mit ruhiger Stimme aufhielt. »Und dann?« Sie machte eine kurze Pause, auch auf die Gefahr hin, dass Sarah weglief, bevor sie sagen konnte, was sie zu sagen hatte. Sarah blieb. Marcelines Stimme wurde sanfter, aber auch eindringlicher. »Glauben Sie wirklich, Sie können mit Gewalt irgendetwas ändern? Wenn es Liebe ist?«

»Ist es Liebe?« Sarah kämpfte gegen die Tränen.

»Lassen Sie es die beiden herausfinden. Wenn es keine ist, wird er heute noch mit Ihnen fortgehen.«

»Danke.«

»Danken Sie mir nicht. Ich wünsche mir nichts so sehr, als dass er bleibt.«

»Nein, Johanna!« Leon versuchte, Johannas Blick zu erzwingen. »Ich hab dich weder benutzt noch belogen.«

»Stimmt, du hast nur einfach nichts gesagt.«

Leon wollte sie halten, doch Johanna schubste ihn mit einer schnellen Bewegung gegen den Tresen, auf dem drei Probiergläser standen, in denen der Whiskey durch Leons Aufprall erzitterte. Offenbar hatte Marceline ihn gerade verkosten wollen, als diese Sarah aufgetaucht war.

»Drei Jahrgänge.« Johanna griff nach dem ersten Glas, hielt es so, dass sich der Inhalt wieder beruhigte und sich in dem satten Bronzegoldton verspielte. Mit dem Whiskey wurde auch Johanna ruhig: »Drei verschiedene Lagerungen und Qualitäten. Wir haben tolle Arbeit gemacht, ja, auch du, Leon.«

»Was soll das jetzt?« Leon benahm sich, als habe sie Mist gebaut und nicht er.

Johanna probierte, unbeeindruckt von seiner Ungeduld. »Schmeckt nach Eiche und Frucht, gut, aber mehr Obstler als Whiskey, was meinst du?« Sie reichte ihm das Glas.

Leon nahm es, ohne daran zu nippen. »Ich hätte dir das mit Sarah erzählen sollen …«

Johanna nahm das zweite Glas. »Vielleicht ist der eher was für dich. Es hat mehr Aromen, kreist ölig im Glas, hat Nase und einen süßfruchtig nachschmeckenden Abgang.« Sie drückte ihm das Glas fast gewaltsam in die andere Hand. »Weich, ohne Kanten … Findest du nicht?«

Leon stand da, mit beiden Gläsern in den Händen, wusste einen Augenblick nicht, was er damit anfangen sollte, wirkte hilflos und stellte die Gläser zurück auf den Tresen.

»Sarah und ich sind seit fünf Jahren zusammen.«

»Vielleicht ist doch eher die dritte Sorte nach deinem Geschmack.« Johanna konnte nicht anders, drückte ihm das dritte Glas in die Hand. »Wenig Rauch, aber im Mund entfaltet sich ein torfiges Aroma. Hat was.«

»Was soll das!« Leon stellte das Glas so schwungvoll auf dem Tresen ab, dass der Whiskey überschwappte.

»Pass doch auf!« Johanna schrie ihn an. »Du … du … Trampel.«

»Reden wir … oder ich gehe.« Leon hatte sich wieder gefangen, seine Stimme klang fest.

»Du hast kein Recht, Bedingungen zu stellen.« Johanna schrie ihn an. »Kein Recht hast du.«

»Okay, dann mal los, wirf mir alles an den Kopf, was dir gerade in den Sinn kommt, aber denk dran, ich hab dir nichts versprochen.«

»Ach so, ja, das war ja so was von klar … nichts versprochen hast du, stimmt, mir immer nur in regelmäßigen Abständen klargemacht, dass du irgendwann wieder zurückgehst, in deine beschissene Welt, in der es nie nach Frühling riecht, sondern immer nur nach Geld stinkt. Schwäche zeigen. Niemals. Verletzlichkeit. Abtrainiert. Und wer braucht schon menschliche Wärme …«

»Oh Mann, Johanna. Was hast du dir gedacht? So ein bisschen Sex macht doch noch lange keinen Ehering.«

»Bist du wirklich so ein Arschloch?«

»Nein, Johanna, das bin ich nicht.« Er wirkte mit einem Mal müde. »Oder vielleicht doch. Ich weiß nicht. Ich weiß nur, Jojo …«

»Nenn mich nicht so!«

»Wir sind viel zu verschieden … Du musst doch wissen, dass es zwischen uns beiden nicht geht, nicht klappen kann.«

»Warum nicht, Leon? Sag mir, warum?« Sie flehte ihn mit Stimme und Augen an. »Ich hab es doch gefühlt. Das war nicht gelogen, das war ehrlich. Wie du jetzt vor mir stehst – das ist verlogen. Dass es mit uns beiden nicht geht, ist verlogen. Dass es nicht klappen kann … Leon?« Sie wurde noch leiser. »Hast du es wirklich nicht gefühlt?«

»Johanna …«

»Ich hab es gefühlt.«

»Weil du in einer Traumwelt lebst, Johanna. Diese Spaziergänge. Das Bäumeumarmen. Nur von Moment zu Moment leben … Wach auf, das Leben ist anders. Dafür musst du Leistung bringen, musst du auf Zack sein, sonst bist du weg vom Fenster.«

»Und was ist, wenn du weg bist vom Fenster?«

Er antwortete nicht, und Johanna fuhr fort. »Dann sieht dich keiner mehr? Ist es das, Leon? Dass du immer und überall von allen wahrgenommen werden willst? Und was, glaubst du, sehen sie, wenn du nicht einmal selbst weißt, wie du wirklich bist?«

»Und wie bin ich?« Seine Stimme klang spöttisch.

»Lebendig, Leon. Endlich. Bitte«, sie flehte fast, »frier nicht mehr ein.«

»Johanna, Jojo, Pumuckl.« Er konnte nicht anders. Alles an ihm war nun nichts als Zärtlichkeit. »Du bist so ein Kind wie Alice im Wunderland, in dem alle Pflanzen und Tiere sprechen und alles auf dem Kopf steht …«

»Und selbst wenn. Ist das nicht besser als diese auf Hochdruck laufende Geldmaschinerie? Diese Glitzerwelt, dieser Zynismus, mit dem die einfachen Leute fertiggemacht werden?«

»Nein, Johanna, weil du einer Illusion unterliegst.«

»Und wer bestimmt, was Illusion ist und was nicht? Wie wir leben möchten, das bestimmen doch wir. Die meisten von uns wissen es nur nicht.«

»Dann ist Marcelines Demenz selbstbestimmt? Genauso wie Kios Schicksal?«

»Nein, aber es liegt an uns, was wir daraus machen.«

»Das erklär Marceline, wenn sie ins Pflegeheim muss, weil es hier nicht mehr geht, und Kio, wenn er im Flugzeug sitzt, weil er nach allem, was er hinter sich hat, abgeschoben wird.«

»Dann ist deine Lösung aufgeben?«

»Meine Lösung ist, nicht gegen Windmühlen zu kämpfen, sondern der Realität ins Auge zu schauen. Und mit genügend Kohle ist das nun mal leichter …«

»Sarah denkt genauso.«

»Du jedenfalls«, er wirkte mit einem Mal wieder fast kalt, »würdest mich nur daran hindern.«

Leon hatte ihr mit Marceline geholfen, Kio aus seinem Flashback gerettet und Pfarrer Braun die Hölle heißgemacht, als Kio gemobbt worden war. Sie war so nah an ihm dran gewesen, so nah an dem, wer Leon wirklich war, und jetzt drohte diese Frau alles zu zerstören. Nein, Sarah konnte nichts dafür. Leon war es, der alles zerstörte.

Johanna wurde eindringlicher. »Macht dich das glücklich, Leon, so wie du leben willst? Bist du glücklich?«

»Ja!« Seine Stimme schwankte nicht.

»Und du liebst diese Sarah?«

»Ja!« Noch immer klang seine Stimme fest.

»Und das Leben mit ihr?«

Er nickte.

»Und den Sex …«

»Sie schreit wenigstens nicht immer, wenn sie kommt.«

Johanna sah Leon fassungslos an, und ehe ihr noch bewusst wurde, was sie tat, holte sie aus und verpasste ihm eine so heftige Ohrfeige, dass er kurz aus dem Tritt kam. Mit erhobenem Kopf ging sie zur Tür, drehte sich noch einmal kurz um. »Pack deine Sachen. In einer Stunde bist du nicht mehr da!«

War da in seinen Augen ein Hauch von … Scham? Nein! Sie hatte sich getäuscht. In seinen Augen stand nichts weiter als eine eigenartige Leere. Er drehte sich abrupt um und verließ ohne ein weiteres Wort die Brennerei.

Johanna konnte sich nicht erinnern, dass je etwas so weh getan hatte wie der Augenblick, in dem Leon ging.

Er hatte recht – versprochen hatte er ihr nie etwas. Nur sie hatte in allem, was er tat und sagte, ein Versprechen sehen wollen. War sicher gewesen, es sei nur eine Frage der Zeit, bis er bereit war, es einzulösen. Sie hatte im Moment leben wollen und war doch die ganze Zeit immer knapp am Moment vorbeigeschrammt. Sie hatte sich einfach nur getäuscht. Verdammte Illusionen. Verdammte Achtsamkeit. Verdammter riesengroßer, er hatte ja so recht, realitätsferner Scheißdreck.

Sie fragte sich nicht, wie Leon Sarah wohl die Situation erklären würde. Es interessierte sie nicht. Möglicherweise gab es auch nichts zu erklären. In den Augen einer Frau wie Sarah war eine Frau wie sie unwichtig. Ein unbedeutender Seitensprung, weiter nichts, falls Leon ihn ihr überhaupt gestand. Möglicherweise würde er auch nur sagen: »Die Kleine ist mir nachgelaufen wie ein nerviges Schoßhündchen. Du glaubst doch nicht, dass ich mich ernsthaft für so ein Landei interessiere.«

Zwei Stunden später verabschiedete sich Leon von Kio und Marceline. Sigrun war in ihrem VW-Bus gekommen, um gemeinsam mit Sarah Leons Klamottenberg zu verstauen und das, was er aus seinem Elternhaus schon in sein Zimmer geschafft hatte. Von Johanna verabschiedete er sich nicht. Wie am Tag seiner Ankunft stand sie am Fenster ihres Zimmers und beobachtete hinter der Gardine versteckt, wie er wieder ging.

Ob Sarah wusste, wie groß seine Angst vor Dachböden war und woher sie rührte? Hatte auch sie die kleine Bruchstelle in seinem ansonsten makellosen Erscheinungsbild entdecken dürfen? Diese winzige Stelle, durch die Johanna einen Blick in sein Inneres geworfen hatte, in dem noch immer ein verwirrter zwölfjähriger Knabe glaubte, er müsse den Schaukelstuhl nur lange genug in Bewegung halten, dann würde auch sein Vater irgendwann wieder anfangen, sich von selbst zu bewegen. Ihr Botticelli-Engel, der glaubte, göttergleich das Schicksal kontrollieren zu können, selbst wenn dabei auch noch der letzte Rest von Anstand draufging und – das letzte Gefühl. Der drohte, aus seinem Leben eine einzige verdammte Lüge zu machen.

Hau ab, Leon, oder war er mit allem, was er ihr in der Brennerei gesagt hatte, einfach nur ehrlich gewesen? *Hau ab!*

Sigrun ließ den Motor an, Sarah rief Leon vom Beifahrersitz etwas zu. Er reagierte nicht. Sein Blick ging zu Johannas Fenster, rasch trat sie zwei Schritte zurück. Sie wollte nicht, dass er sie sah. Wollte nur eines, ihn halten, behalten.

Tränen.

Er nickte kurz.

Wandte sich mit einem heftigen Ruck ab, als müsse er sich zwingen, stieg in den VW-Bus. Johanna sah ihm nach, solange sie konnte. Dann war nicht nur der Bus um die nächste Ecke, sondern auch Leon aus ihrem Leben verschwunden.

Für immer?

Die pinkfarbenen Krücken waren noch da. Sie lehnten gegen den Holztisch, so, als habe er mit ihnen auch noch den Rest abgelegt von dem, was er in Marcelines Haus gefunden hatte und wer er hier gewesen war.

33

Ein schlafendes Kind nach dem anderen ins Bett tragen.

Die nächsten Tage waren so leer, wie Tage nur leer sein können. Marceline hielt sich dank ihrer Medikamente recht gut. Opernarien füllten die kunterbunten Räume, wie der Duft von Lilien ein ganzes Haus erfüllen konnte. Marceline sang sich die Angst aus dem Leib, dass man ihren Gesichtsausdruck irgendwann nur noch als gefroren würde bezeichnen können, mit Augen, deren Pupillen sich selten bewegten, und einem Mund, der nur noch ein formloser Trichter war, aus dem mehr oder weniger sinnvolle Worte kamen.

Die Haustür schloss Johanna sicherheitshalber ab.

Kio hatte andere Sorgen. Erst vor ein paar Tagen war eine Familie, die er noch aus der Erstunterkunft kannte, nach Nigeria abgeschoben worden. Trotz Hungersnot, die daher rührte, dass die Boko Haram inzwischen auch das Vieh tötete. Von seiner Familie hatte er lange nichts mehr gehört. Musste er irgendwann zurück, würde es wohl niemanden mehr geben, der ihm weiterhelfen konnte. Ohne Familie hatte man in seiner Heimat kaum die Chance zu überleben.

»Ihr könnt mich adoptieren«, schlug Kio vor, doch allein der Gedanke, außer für Marceline auch noch für Kio voll verantwortlich zu sein, schreckte Johanna ab. Es war zu viel. Sie war zu jung. Außerdem war sie alleinstehend, eine Adoption würde sicher nicht einfach sein, und bis achtzehn würde er ohnehin bleiben dürfen. Damit beruhigte sie sich selbst. Nicht aber Kio. Seine Ängste nahmen zu. Leon fehlte ihm. Ihm fehlte der Schutz des starken Mannes. Er schickte ihm jeden Tag mehrere SMS, doch Leon antwortete nie. Also beschloss Kio, allein zu bekämpfen, wovor er sich am meisten fürchtete. Das Feuer. Sobald er sich überzeugt hatte, dass alle schliefen, schlich er sich in die Küche und zündete einen Kerzenstummel an, den er in der Kirche nach der Chorprobe hatte mitgehen lassen. Langsam fuhr er mit dem Zeigefinger durch die Flamme, um sich an sie zu gewöhnen. Es war heiß, sein Finger wurde schwarz, aber er fing nie an zu brennen, so wie seine Mutter gebrannt hatte. Vielleicht war er gegen Feuer immun? Schon bald jedenfalls würde er mit dem Feuerritual verhindern, dass ihm noch einmal ein Mensch genommen wurde, den er liebte.

Johanna indessen war mit ihrem großen Tag beschäftigt. In einer Woche würde sie in der Staatskanzlei die Rettungsmedaille in Empfang nehmen.

»Hast du deiner Mutter davon erzählt?«, wollte Marceline wissen und drehte und wendete sich in dem roten Sari, den sie bei dem Ereignis tragen würde. Kein Schwarz, sondern Farbe, wie sie es Johanna versprochen hatte.

»Nein.«

»Aber warum nicht, Liebes? Vielleicht würde Lilian gern kommen und stolz auf ihre Tochter sein?«

»Sie weiß doch gar nicht, wie das geht.«

»Stimmt, auch das hätte ich meinen Kindern beibringen sollen. Stolz auf ihre Kinder zu sein. Mein Fehler, sei mir deswegen bitte nicht böse.« Einen Augenblick lang sah Marceline unendlich traurig aus, und Johanna wünschte sich, sie hätte ihrer Mutter von der Rettungsmedaille erzählt. Stattdessen war das Gespräch so verlaufen, wie die Gespräche mit ihrer Mutter stets verliefen.

»Warum rufst du an?« Wie immer war das Lilians erste Frage gewesen, als sei es höchst ungewöhnlich, dass eine Tochter ihre Mutter einfach nur so anrief. »Kann ich dir irgendwie helfen?«, das war üblicherweise Lilians zweite Frage, vermutlich um ihr schlechtes Gewissen zu beruhigen oder zumindest sich selbst vorzugaukeln, eine gute Mutter zu sein.

Während Johanna sonst einfach abwiegelte und meinte, es sei alles okay, sie habe sich nur einmal melden wollen, ging sie diesmal auf Lilians Angebot ein. Es wäre durchaus möglich, antwortete sie, dass sie ihre Mutter schon sehr bald brauchen würde. »Es wäre schön, wenn du dann da wärst.«

»Es geht um Marceline?«

»Ich schaff das vielleicht irgendwann nicht mehr allein«, gab Johanna zu, in der vagen Hoffnung, dass sich Lilian endlich einmal sowohl wie eine Mutter als auch wie eine Tochter benahm. *Ich verlege meine Kanzlei von Berlin nach Altenmarkt, zieh bei euch ein, und ich rede mit meinen Schwestern. Zu viert schaffen wir Marcelines Betreuung spielend, sobald es noch schlimmer wird. Mach dir keine Sorgen, Johanna. Ich bin da!*

Lilians Stimme klang unbeschwert, als sie tatsächlich antwortete, Johanna solle sich keine Sorgen machen. Dann aber fuhr sie fort: »Ich werde mich bei Gelegenheit nach guten Pflegeheimen erkundigen. Was meinst du? Will Marceline in der Nähe von Offling bleiben, oder ist es ihr egal, wo sie wohnt? Vermutlich wird sie dann ohnehin nicht mehr so viel mitbekommen. Also können wir uns nach etwas umsehen, das nicht nur schön, sondern auch günstig ist.«

Dieser sachliche Ton. Leon und Lilian hätten sich in ihrem emotionslosen Pragmatismus vermutlich gut verstanden. Und so etwas war Familienanwältin.

Johanna erinnerte sich an eine Bemerkung ihrer Mutter. *»Wenn eine Mutter nie eine Mutter war, kann sie nicht erwarten, dass sich eine Tochter später wie eine Tochter benimmt.«*

»Warst du jemals eine richtige Mutter für mich?«, hatte Johanna nachgehakt, in der Hoffnung, dass Lilian zumindest zugab, nicht besonders gut in dem Job gewesen zu sein.

Lilian hatte gar nichts zugegeben: »Ich hab mein Bestes getan.«

Johanna hätte Lilian einiges an den Kopf werfen können, aber noch hoffte sie, dass sich ihr Verhältnis irgendwann bessern würde. So reagierte sie auch beim Thema Pflegeheim verhalten und schluckte die Enttäuschung herunter.

»Pflegeheim ist nicht nötig.«

»Irgendwann, Kind«, und zu Johannas Überraschung klang die Stimme ihrer Mutter aufrichtig besorgt, »wird das alles zu viel für dich werden.«

»Schon okay.«

»Wir reden darüber, wenn ich zu Marcelines Geburtstag komme.«

»Du kommst?«

»Aber natürlich, was denkst du denn?«

Das behielt Johanna lieber für sich. Es war nicht selbstverständlich, dass ihre Mutter zu Marcelines Geburtstag kam. Schließlich war auch Marceline nicht immer da gewesen, wenn Lilian oder eine ihrer Schwestern Geburtstag gehabt hatte.

»Deine Tanten kommen auch«, fuhr Lilian fort. »Dann setzen wir uns zusammen und besprechen, was zu tun ist.«

So waren sie. Lilian und ihre Schwestern. Setzten sich gemütlich mit Marceline an einen Tisch, ließen sie hochleben, um dann hinter ihrem Rücken zu besprechen, wie und wohin sie sie abschieben sollten. Abschiebung, was für ein schlimmes Wort, gleichgültig, in welchem Zusammenhang man es benutzte.

»Kein Pflegeheim, Lilian.« Johanna würde sich das Zepter nicht so einfach aus der Hand nehmen lassen. »Ich werde das auf keinen Fall zulassen.«

»Kannst du mich nicht einmal Mama nennen?«

Johanna sagte tschüss und legte auf.

»Lilian kommt also nicht.« Der Tag der Verleihung der Rettungsmedaille war gekommen, und Marceline ordnete Beine und Sari auf der Beifahrerseite ihres Vehikels so, dass nicht nur alles seinen Platz fand, sondern sie obendrein eine anmutige Haltung einnahm.

»Zu deinem Geburtstag schon, aber nicht heute«, antwortete Johanna und startete so abrupt, dass Marceline und Kio in die Rückenlehnen zurückfielen. Damit war für Johanna das Thema »Mutter« wieder einmal erledigt.

Hätte jemand den Wagen angehalten oder zumindest an einer Ampel einen längeren Blick ins Wageninnere geworfen, so hätte er sich vermutlich über die Insassen gewundert. Johanna, hinter dem Steuer, sah sehr hübsch aus in ihrem festlichen bodenlangen Dirndl. Das Haar, das ihr inzwischen fast bis auf die Schultern reichte, hatte Marceline kunstvoll hochgesteckt und mit kleinen weißen Blüten verziert. Marceline hatte zu ihrem roten Sari schweren goldenen Ohrschmuck gewählt und sich nach dem Vorbild indischer Frauen geschminkt. Die Augen hatte sie mit goldenem Lidschatten und viel schwarzem Kajal betont, Wangen und Lippen waren tiefrot. Die Stirn zierte schwerer Goldschmuck, wie indische Frauen ihn zur Hochzeit tragen.

»Du siehst wunderschön aus, *Nne nne*.«

»Du auch, Kio.«

Kio platzte fast vor Stolz über seinen Trachtenanzug, den sie in einem Chiemgauer Trachtenladen erstanden hatten. Doch dann war alles anders gekommen als geplant. Inmitten der feierlichen Rede war Johanna aus dem Festsaal der Münchner Residenz gestürmt und blieb erst wieder stehen, als sie den Brunnenhof erreichte, der mit neun anderen Höfen die Residenz umgab.

»Was ist Liebe für dich, Johanna?« Wie verrückt rieb sie an dem bronzenen Löwen um ein bisschen Glück.

»Den, den man liebt, in allen Liedern hören, Leon.«

»In allen Liedern? Da höre ich nur alle möglichen Töne.«

»Dann, Leon, hast du noch kein bisserl geliebt.«

Sie setzte sich auf eine Bank und fing an zu weinen.

Etwa zur selben Zeit nahm Kio die Rettungsmedaille in Empfang und versprach feierlich, auch in Zukunft für jeden da zu sein, der seine Hilfe brauchte. Ein Versprechen, von dem er schon bald gezwungen war, es auch einzulösen. Und zwar ganz allein.

34

Überlebt haben.

»Was machst du, Leon?«

»Ich atme, Sarah.« Leons Stimme klang so, als hätte sie ihn bei etwas äußerst Wichtigem gestört.

»Schon wieder?«

»Nun ja, ich hab keine Lust, zu ersticken.«

Und genau das Gefühl hatte er. Das Gefühl, zu ersticken. Seit er zurück in seiner Wohnung war, die Sarah im coolen Industrieschick eingerichtet hatte, der an das Interieur einer alten Werkstatt oder Industriehalle erinnerte. Leon mochte den Style, der vor allem seinen Zweck erfüllte. Das war nicht sein Problem. Sein Problem war, dass sich etwas wie unsichtbarer Smog über seine Seele legte. Überall. Wo er ging und stand. Septembergrau. Wenn er durch die Glasfront seines Büros sah, waren da nichts weiter als kalte Fassaden und Stahlgerüste, die weit in den Himmel ragten. Kaum Farbflecken, wie es sie in Offling zuhauf gab und an die er sich in den vergangenen Monaten gewöhnt hatte.

Die langen Spaziergänge durch den Nymphenburger Park taten Leon dagegen gut. Und zwar abseits, auf den verlassenen Wegen im eher stillen Teil des Parks. Manchmal zog Leon sogar seine Schuhe aus. Selbst jetzt, da die Erde allmählich auskühlte, ging er barfuß. Wenn auch nur, um wieder den festen Boden unter sich zu spüren.

Er hatte ihn verloren. Er, der so sicher gewesen war, alles kontrollieren zu können, kontrollierte gar nichts mehr. Weder seine Gedanken noch seine Gefühle. An diesem Tag zum Beispiel hatte er versucht, einem wichtigen Kunden neue Impulse für IT-Strategien zu liefern. Es war ihm nicht gelungen. Der Auftrag war an eine andere Firma gegangen. Jetzt stand er da, an einem versteckten Seitenarm des Hauptkanals, beobachtete ein Entenpaar und fragte sich, was mit ihm los war. Dabei war die Frage einfach zu beantworten. Die künstlichen neuronalen Netze, die Computersysteme intelligenter machen sollten, interessierten ihn im Moment ebenso wenig wie computertechnisch neue Herausforderungen, Data Science und all das andere, was mit seinem Beruf zusammenhing. Er hatte genug davon. Mehr noch, zum ersten Mal gab er vor sich selbst zu, dass es ihn noch nie besonders interessiert hatte, was er tat. Das Geld, das man in diesem Job verdienen konnte, war sein Antrieb gewesen. Reich zu werden und spätestens mit fünfzig nicht mehr arbeiten zu müssen, das war sein Plan gewesen. Und jetzt? *Gone with the wind*, der vergnügt und leise mit den Blättern der Sträucher und Bäume spielte.

Wie sollte er Kunden für die neuesten Entwicklungen begeistern können, wenn er selbst nicht begeistert war und nicht einmal mehr so tun konnte als ob? Verdammte Johanna, er hätte ihr nicht erlauben dürfen, ihm beizubringen, wie man auf seine innere Stimme und auf sein Bauchgefühl hört.

Wie fürsorglich das Entenpaar miteinander umging. Und genau das nervte ihn. Dass er jetzt hier ziemlich dämlich herumstand und es ihm Spaß machte, ein noch dämlicheres Entenpaar zu beobachten. Wie unproduktiv. Wie sinnlos. Er lächelte. Wie behutsam sie einander umkreisten. Wie entspannt sie sich unter der Trauerweide dahintreiben ließen, die auch zu seinem

Ruheort geworden war und in deren Stamm verliebte Paare unzählige Liebesbotschaften geritzt hatten. Auch ein von einem Herzen umrahmtes J und ein L hatte er entdeckt und sich spontan umgesehen in der Hoffnung, dass Johanna vielleicht in der Nähe war. Dabei hatte sein Herz wie wild zu klopfen begonnen, als wolle es lauter sein als sein Verstand. Wie albern. Wie verflucht albern er war. So albern, dass er nach diesem besonders harten Tag im Büro sogar versuchsweise den Stamm der Trauerweide umarmte und sich gleichzeitig beschützt fühlte von dem dichten Blätterwerk der langen Äste, die sich weit über das fließende Gewässer schwangen. Und nicht nur das. Er entschuldigte sich bei dem Baum sogar für die Störung, wie Johanna es ihn gelehrt hatte, und legte den Kopf an den Stamm, auch um sich von den Alpträumen zu erholen, mit denen er seit geraumer Zeit wieder zu kämpfen hatte.

Dass es in seiner Hotelsuite kein Badezimmer gab. Dass man obendrein vergessen hatte, die Obstschale aufzufüllen, obwohl er als Gast der gehobenen Preisklasse ein Anrecht darauf hatte, und dass das Toilettenpapier am Ende nicht in kleine Dreiecke gefaltet worden war. Geht man so mit seinem Gast um?, hatte er im Traum den Pagen angeschrien und nach dem Direktor verlangt.

Wie immer, wenn ihn Alpträume plagten, weckte ihn Sarah und versuchte ihn zu beruhigen. Seine Hotel-Alpträume waren ebenso wenig neu wie die Alpträume, in denen die Firma ihm die Business Class im Flugzeug verweigerte oder er in seinem Lieblingsrestaurant nicht den besten Tisch bekam. Dieser ständige Druck. Diese permanente Angst, zu versagen, sich nicht halten zu können, vom beruflichen Sockel gestoßen zu werden und im Niemandsland der Bedeutungslosigkeit zu verschwinden. Und nun hatte er tatsächlich versagt und würde sich vor seinen Kollegen rechtfertigen müssen. Er wollte weg. Weg, weg, weg, einfach nur weg.

In Marcelines Haus hatte er keine Alpträume gehabt.

In ihrem Haus hatte er sich sicher gefühlt.

Und glücklich.

Und lebendig.

So energiegeladen.

Er wollte das alles zurück.

Stattdessen benahm er sich wie ein vereinsamter alter Mann, setzte sich auf eine Bank und fütterte die Enten mit dem alten Brot, das Sarah normalerweise längst weggeworfen hätte. Brot ohne Marcelines drei Kreuze, mit denen sie das selbstgebackene Brot segnete. Marceline warf nie Lebensmittel fort, und er hatte sich das auch abgewöhnt. Er sehnte sich nach ihr und den gemeinsamen Gesprächen. In ihrem Wohnzimmer oder an lauen Sommerabenden auf der Terrasse. Manchmal redeten sie auch nicht, sondern beobachteten nur minutenlang, wie der Whiskey kleine Wellen bildete und sogar ein wenig zitterte, wenn sie das Glas zum Mund führten. Danach setzte Leon das Glas nach einem langen, die Eingeweide wärmenden Schluck wieder ab, spielte mit dem Glas und beobachtete weiter, wie sich die Flüssigkeit allmählich wieder glättete. Er war entspannt gewesen. So entspannt, dass er eines Abends mit Marceline die Erinnerung geteilt hatte von einem Familiensommer am Meer, in dem er begriffen hatte, dass sein Vater nicht vollkommen war, sondern Fehler hatte wie andere Väter auch. »Den ganzen Tag hab ich im Sand gebuddelt«, berichtete er Marceline, »weil ich gedacht hab, da ist es versteckt.«

»Du sprichst von dem Großartigen, das dir dein Vater versprochen hat?«

Leon nickte. »›Junge‹, hat er immer gesagt, ›gib nie auf, dann wirst du alles erreichen, was du erreichen willst.‹«

»Und du hast gegraben und gegraben, um das, was auch immer es sein soll, zu finden.«

»Irgendwann haben dann meine Eltern alles zusammengepackt. Sie wollten noch zurück in die kleine Ferienwohnung. Ich sag noch zu meinem Vater, ich muss weitermachen, weil ich noch immer nicht gefunden habe, wonach ich suche ...«

»Und was hat er geantwortet?«

»Er hat lachend alles wieder zugeschüttet, damit niemand in das Loch fällt, wenn es dunkel wird.«

»Hast du ihm nicht gesagt, dass du suchst, was er dir versprochen hat ... das Großartige?«

»Ich hab mich einfach nur verraten gefühlt.«

Marceline hatte lange nicht auf seine Worte reagiert, dann endlich hatte sie geantwortet und dabei ungewohnt ernst geklungen: »Es sind immer wir, die Eltern, die unsere Kinder schwer machen können und traurig oder leicht und fröhlich. Ich hab meinen Töchtern auch zu viel auf die Schultern gepackt. Die Töchter beladen, um selbst mit leichtem Gepäck durch die Welt reisen zu können.«

»Hast du nie darüber nachgedacht, was du ihnen damit antust?«, hatte Leon gefragt, und Marceline war ihm ausgewichen. »Es gibt Zeiten für Fragen, Leon, und Zeiten für Antworten. Für mich ist es zu spät, aber du solltest darüber nachdenken, in welcher Zeit du gerade angekommen bist.«

Jetzt, unter der Trauerweide sitzend und die Enten fütternd, sah er Marceline wieder vor sich. Wie sie aufstand, ihr leichtes, blumiges Sonnenkleid lüpfte und durch den Garten in die untergehende Sonne hineingetanzt war. Sie hatte schön ausgesehen und zerbrechlich. Ob er sie je wiedersehen würde?

Eine Einladung zu ihrem Geburtstag hatte er bisher nicht erhalten. Zunächst war er froh darüber gewesen. Wer nicht eingeladen wurde, musste auch keine Einladung ablehnen. Und er hätte abgelehnt. Ganz gewiss hätte er abgelehnt. Selbstverständlich unter irgendeinem Vorwand. Oder auch nicht?

Er vermisste Marceline. Dass er auch Johanna vermisste, hätte er niemals zugegeben. Nicht vor den Enten an diesem frühen Septemberabend, an dem die Sonne langsamer unterzugehen schien als sonst, und schon gar nicht vor sich selbst. Stattdessen wartete er geduldig darauf, dass er schon bald wieder der Alte sein würde. Die Zeit heilte nicht nur Wunden, sondern reparierte auch Veränderungen, die man sich nicht ausgesucht und die man vor allem nie gewollt hatte.

Auch Sarah wartete darauf, dass Leon wieder der Alte wurde. Selbstverständlich war ihr klar, dass zwischen Leon und Johanna etwas gelaufen war, sie war ja nicht bescheuert. Wer einen Mann wie Leon allein ließ, musste mit einem Ausrutscher rechnen, und mehr als ein Ausrutscher war diese Johanna gewiss nicht. Davon war sie überzeugt gewesen. Zunächst. Jetzt allerdings spürte sie, wie ihr Leon entglitt. Wollte sie ihn nicht verlieren, musste sie etwas dagegen tun.

Sie verlängerte ihren Urlaub um zwei weitere Wochen. Als Grund gab sie an, dass Leon nach seiner Sprunggelenksverletzung noch nicht allein zurechtkam. Eine Notlüge. Dann aber tat sie etwas, das weit über das hinausging, was okay war. Sie entsorgte Marcelines Einladung zu ihrem neunundachtzigsten Geburtstag, die schon vor einigen Tagen für Leon angekommen war und die sie bisher vor ihm versteckt hatte.

35

Glühende Lava, die dreißig Meter hoch in den Nachthimmel fliegt.

Kio saß wieder auf seinem Apfelbaum, der schon fast abgeerntet war, und schmetterte ein Kirchenlied, das sie gerade im Chor probten. »Erde singe, dass es klinge, laut und stark ein Jubellied! Himmel alle, singt zum Schalle dieses Liedes jubelnd mit! Singt ein Loblied eurem Meister, preist ihn laut ihr Himmelsgeister, was erschuf, was er gebaut, preist ihn laut!« Und in dem Augenblick als er das »laut« in die Welt hinausschmetterte, sprang er vom Apfelbaum, geradewegs vor die Füße einer elegant gekleideten Frau, die eigentlich auf Marcelines Haus hatte zusteuern wollen. Die elegante Frau blieb stehen, musterte ihn von oben bis unten und sagte dann trocken: »Du also bist Kio.«

Prompt fühlte sich Kio an das letzte Mal erinnert, als eine fremde Frau gewusst hatte, wer er war, ohne dass wiederum er auch nur die geringste Ahnung gehabt hatte, wer sie war. Mit dem Ergebnis, dass ihn Leon verlassen hatte, der beste Freund, den er außer Benedict jemals gehabt hatte.

Kio ahnte, mehr noch, er fühlte mit jeder Faser seines Herzens, dass auch von dieser Frau eine Bedrohung ausging. Wenn er nicht höllisch aufpasste, würde sie ihm ebenfalls jemanden wegnehmen, den er liebte. Also setzte er das grimmigste Gesicht auf, das ihm zur Verfügung stand, und fragte von oben herab: »Und wer sind Sie?«

»Lilian, Johannas Mutter.«

Sie hatte noch nicht ganz zu Ende gesprochen, als schon die Haustür aufgerissen wurde und Marceline mit ausgebreiteten Armen auf ihre Tochter zulief.

»Lilian, wie schön, dass du da bist – und schon so früh!«

»Ich hab mir Urlaub genommen, um euch bei den Vorbereitungen zu helfen.«

Marceline wollte ihre Tochter umarmen, doch Lilian trat einen Schritt zurück und musterte ihre Mutter mit einem ähnlich strengen Blick, mit dem sie auch Kio gemustert hatte. »Seit wann trägst du Schwarz, Mutter?«

»Jetzt komm erst mal rein, Kind. Johanna und ich backen gerade was mit …« Marcelines Blick wurde ratlos, »mit …« Hilfesuchend wandte sie sich an Kio. »Wie heißt das doch gleich das Runde, Rote, das du so gern magst?«

»Apfel.«

Marceline strahlte ihre Tochter an. »Richtig. Wir kochen etwas mit Apfel.«

»Kochen oder backen, Mutter?«, hakte Lilian nach.

Um ihre Tochter davon abzulenken, dass auch diese Frage nicht einfach für sie zu beantworten war, hielt Marceline erst einmal die Tür weit auf. Lilian trat ein und wurde von Johanna mit einer ähnlichen Zurückhaltung begrüßt, wie sie selbst ihre Mutter begrüßt hatte.

Nach einem Blick auf die verschiedenfarbig gestrichenen Wände sagte sie leise zu Johanna: »So weit ist es also schon?«

»Ja, so weit ist es schon«, antwortete Marceline knapp und fügte hinzu, im Gegensatz zu ihrem Verstand seien ihre Ohren noch völlig in Ordnung.

Die angespannte Atmosphäre wurde auch in den folgenden Tagen nicht besser. Lilian übernahm das Zepter und mischte sich in alles ein, was die Vorbereitungen für Marcelines große Geburtstagsparty betraf.

Johanna und Marceline erstellten die Einkaufsliste, Lilian veränderte sie, Johanna und Marceline planten die Sitzordnung der Gäste, die im Garten an einer langen Tafel sitzen sollten, Lilian warf sie wieder um.

»Ich weiß auch nicht, ob das mit der langen Tafel mitten im Gras angemessen ist.«

»Warum, mein Kind«, wollte Marceline wissen.

»Zecken? Du weißt schon, Mutter, welche Krankheiten man sich da holen kann?«

»Ach, Kind, sei doch nicht immer so negativ.«

Lilian verweigerte sich jeder weiteren Diskussion und bestellte kurzerhand ein Partyzelt, da auch die Möglichkeit bestand, dass es regnete.

»Sie ist unerträglich«, beklagte sich Johanna bei Marceline.

»Sie lebt einfach schon viel zu lange allein«, antwortete Marceline. »Das tut niemandem gut.«

Kio dagegen machte am Vorabend von *Nne nnes* Geburtstag eine Entdeckung, die seinen Verdacht bestätigte, dass mit Lilian nicht nur eine schlechte Stimmung ins Haus gekommen war, sondern auch das Unheil.

Während Marceline, Johanna, die noch immer vergeblich auf eine Antwort von Leon wartete, und Lilian in der Küche beschäftigt waren, hatte er sich in Lilians Zimmer geschlichen, um etwas an sich zu nehmen, das er, falls nötig, für den Feuerzauber verwenden konnte. Ein Foto, einen Schal oder etwas anderes, das er verbrennen konnte, damit mit dem Rauch auch Lilian wieder aus ihrem Leben verschwand. Und da entdeckte er den Prospekt, in dem vor allem alte Leute abgebildet waren. »Haus Sonnenschein«, buchstabierte er. »Seniorenresidenz.« Nur das Haus Sonnenschein hatte nichts von einem Sonnenschein. Die alten Menschen, die abgebildet waren, lächelten zwar in die Kamera, aber ihre Augen waren so, als hätten sie ihren Blick nicht nur für die Sonne, sondern auch für alles andere Schöne verloren. Als seien sie ratlos, was sie an diesen Ort gebracht hatte, in dem alle Zimmer aussahen wie die Container in den Traglufzelten. Klein, eng und stickig.

Kio wusste nicht, worum es sich genau bei diesen Prospekten handelte, aber eines ahnte er – für Marceline hatte es nichts Gutes zu bedeuten. Erst am Vorabend hatten Lilian und Johanna heftig miteinander gestritten. Dabei hatte er immer wieder ein Wort herausgehört, das ihm noch mehr Angst machte als Feuer. Johanna hatte es verwendet. Ihre Mutter wolle Marceline doch nur abschieben, hatte sie gesagt, und in diesem Moment hatte Kio begriffen, dass man in Deutschland nicht nur Flüchtlinge, sondern auch alte Menschen abschob. Mit dem Prospekt in der Hand traf Kio eine Entscheidung. Er würde das Feuerritual noch in dieser Nacht vor *Nne nnes* Geburtstag durchführen und dafür sorgen, dass sich das Haus Sonnenschein in Rauch auflöste und von ihm nichts anderes übrig blieb als Asche.

Während in der Küche gekocht, gebacken und alles für die Verköstigung von etwa vierzig Leuten vorbereitet wurde, setzte sich Kio aufs Fahrrad, fuhr nach Truchtlaching, klaute aus der Kirche zwei geweihte Kerzen und schnappte sich drei Papiertaschentücher, die Pfarrer Braun am vergangenen Sonntag wieder einmal drei Gläubigen abgenommen hatte, die damit ihre vom Weihwasser bespritzten Brillengläser gereinigt hatten. In einem Schreibwarengeschäft kaufte er Kreide, schlich sich kurz darauf mit all seinen Schätzen in sein Zimmer und holte aus einer Schublade die Devotionalien, die er nach Sarahs Besuch sicherheitshalber an sich genommen hatte. Zu guter Letzt nahm er auch noch den Turmalin von Johannas Nachttisch, den Schutzstein vor negativer Energie, wie sie ihm einmal erklärt hatte, den Hämatit, den Blutstein, der mutig machen sollte, entscheidungsfreudig und achtsam, und den Blue John, der die Konzentration stärken und die Gedanken in Ordnung bringen sollte.

So ausgestattet, würde er in der Lage sein, mit den Juju-Geistern in Kontakt zu treten und sie zu beschwören, die bösen Geister der *Deaddeads* aus dem Haus und für immer aus *Nnennes* Kopf zu vertreiben.

Kio saß aufrecht im Bett. Wie jeden Abend hatte Johanna ihm eine Geschichte erzählt und das passende Foto dazu an die Decke über seinem Kopfkissen geklebt. Die Lichtspur führte zu Johannas und Marcelines Zimmern, deren Türen immer geöffnet waren. Ums Haus flatterte eine Krähe und schrie unentwegt. Das endgültige Zeichen für Kio, dass es an der Zeit war zu handeln. Er nahm die Devotionalien, die Papiertaschentücher, die Schutzsteine, die Kerzen, den Prospekt vom Haus Sonnenschein und die Kreide und schlich in die Küche, in der es noch duftete wie im Schlaraffenland, von dem Johanna ihm an diesem Abend erzählt hatte. Alle Wohlgerüche dieser Erde schienen sich in der Küche versammelt zu haben. Ein guter Ort für einen guten Zauber. Er war Kio Achebe, ein Krieger, und ein Krieger hatte keine Angst. Dass seine Hände zitterten, während er die Kerzen anzündete, ignorierte er ebenso wie den Schweiß, der ihm über den bloßen Oberkörper lief. Trotz des schwachen Lichts waren die entsetzlichen Narben auf seinem Rücken deutlich zu sehen. Sein Herz klopfte zum Zerspringen, und es kostete ihn Kraft, alles aus den Taschen seiner Shorts zu ziehen, in die er geschlüpft war: die Papiertaschentücher, das Schälchen mit Honig, das Eisenstück, den schwarzen Stein und Johannas Schutzsteine. Er drapierte alles zusammen mit dem Prospekt um die Kerzen. Mit der Kreide zeichnete er, noch immer leicht zitternd, auf ein Blatt Papier ein Veve, ein graphisches Symbol des Juju. Alles war perfekt, bis auf eines. Der Feuerbeschwörungsweihrauch fehlte, der von Juju-Priestern in Handarbeit gefertigt wurde, angereichert mit geheimen Zusätzen, magisch aufgeladen und mit Energien des Loa, einem Geistwesen, ausgestattet. Da es in Bayern jedoch keine ihm bekannten Juju-Priester gab, hoffte er, dass die mit Weihwasser besprenkelten Papiertaschentücher ein guter Ersatz dafür sein würden.

Kio trat einen Schritt zurück, atmete tief durch, nahm eine Rassel und rief Loa an. Die Krähe antwortete mit einem spitzen Schrei, und durch das gekippte Fenster ließ ein Luftzug die Kerzen flackern. Kios Herz pochte bis zum Hals, und er betete, dass er nicht den falschen Loa angerufen hatte. Erneut atmete er tief durch, nahm das Eisenstück in den Mund, wollte schon den Honig hinzufügen, um die Worte an Loa zu versüßen, als er ein Geräusch hörte, das nicht von der Krähe stammte. Es waren Schritte. Im ersten Stock war jemand aufgewacht und würde vermutlich jeden Augenblick die Treppe herunterkommen. Rasch spuckte Kio das Eisenstück wieder aus, schlüpfte aus der Küche, um sich im Wohnzimmer zu verstecken, und vergaß dabei, die brennenden Kerzen zu löschen.

Gleich darauf betrat Marceline die Küche. Auch sie war nervös. Vor allem jedoch war sie aufgeregt. Bisher hatte sie jeden ihrer Geburtstage gern gefeiert, weil sie in der Gegenwart lebte, die sie trotz ihres hohen Alters nie verraten und immer wieder Neues und Aufregendes für sie bereitgehalten hatte. Aber mit diesem Geburtstag würde eine andere Zeit über sie hereinbrechen. Eine dunkle Zeit, in der sie schon bald nicht mehr verstehen würde, was ihr der Moment an Schönem und Neuem anbot. Noch wusste sie nicht, wie es sein würde, ganz ohne Verstand zu leben, mit dieser Leere im Kopf, in den letzten Wochen jedoch hatte sie eine Ahnung davon bekommen. Und es würde schlimmer werden. Sehr viel schlimmer. Am Ende würde sie sein wie auf dem Foto, das zeigte, wie sie allmählich im Nebel verschwand.

Ein Beruhigungstee würde sicher helfen. Sie ging zum Herd, setzte Wasser auf, ließ sich an dem hübsch gedeckten Tisch nieder, beobachtete entzückt das Flackern der Kerzen, entdeckte den Prospekt, schob ihn etwas von sich fort, sah die Devotionalien und die Schutzsteine, wunderte sich, vergaß es aber wieder, weil der Wasserkessel pfiff. Sie stand auf, nahm einen Teebeutel, hängte ihn in ihre Gute-Laune-Tasse, goss ihn mit heißem Wasser auf und verließ mit der Teetasse die Küche. Kaum war sie gegangen, schlüpfte Kio wieder herein und drehte die Herdplatte ab, die Marceline wieder einmal vergessen hatte auszuschalten.

Kaum hatte er sich an den Tisch gesetzt, hinderte ihn erneut ein Geräusch, seinen Zauber durchzuführen.

Doch diesmal blieb ihm keine Zeit mehr, um aus der Küche zu laufen. Rasch verkroch er sich unter dem Tisch und machte sich so klein, wie er nur konnte. Es war Marceline, die noch einmal zurückkam, um die Herdplatte zu kontrollieren. Kio atmete auf.

Und auch für Marceline war alles gut. Sie hatte den Herd abgedreht. Ein guter Tag. Ein Tag, an dem sie sich auf sich verlassen konnte. Sie begann, sich auf ihre Geburtstagsfeier zu freuen, bei der ihr der Kirchenchor Liedgut aus ihrer Heimat Böhmen schenken würde. Kio hatte ihr verraten, woran er und die anderen unter der Leitung von Klaus Hofstätter seit Tagen probten.

Mit sich und der Welt zufrieden wollte Marceline die Küche verlassen und stieß dabei gegen den Tisch. Die Kerzen fielen um, und im nächsten Moment schon hatte das Feuer die Papiertaschentücher, den Prospekt vom Haus Sonnenschein und das Blatt Papier mit dem Veve-Symbol erfasst. Damit nicht genug. Ein Windzug, und schon hingen die Flammen wie rotglühend züngelnde Schlangen an den weiß-blauen Gardinen, die gleich darauf lichterloh brannten.

Marceline stand wie erstarrt.

Kio saß wie erstarrt unter dem Tisch. Er hatte all die Bilder vor sich, gegen die er kämpfte, seit er Nigeria verlassen hatte, die nun wie einzelne Steine eines teuflischen Mosaiks aufblitzten und sich jetzt im Rauch und im Feuer zu einem Gesamtbild zusammensetzten: seine Mutter Mariama, auf einmal sind auch die anderen da, Nachbarn, Freunde, Frauen, mit denen sie gemeinsam die Kinder gehütet hat. Sie schreien sie an, sie habe das Hexenkind fortgebracht, und nun sei das Böse in ihr. Man sehe es in der Wölbung unter ihrer weiten Tunika. Die bösen Geister haben sich in ihrem Gedärm festgesetzt und würden nicht nur sie, sondern auch das ganze Dorf allmählich auffressen und zerstören. Mariama will noch erklären, zeigen, was sie bei sich hat, doch da wirft ihr schon jemand einen Gummireifen über den Hals. Ein Nachbar übergießt sie mit Öl, ein anderer zündet sie an. Vor Kios Augen wird die Mutter zur brennenden Fackel, sein Vater will helfen. Die Männer halten ihn zurück, so wie die Frauen Kio zurückhalten. Mariama lässt los, was sie unter der Tunika getragen hat. Eine große saftige Melone. Das Geschenk der kanadischen Familie, die das Hexenbaby aufgenommen hat. Noch jubelt die Menge, doch dann rollt ihnen die Melone vor die Füße. Sie lassen den Vater los. Er macht noch einen Versuch, die Mutter zu löschen. Zu spät. Sie liegt schon auf dem Boden, versucht noch einmal verzweifelt, dem Feuer zu entkommen, aus dem Feuer herauszurobben, zu kriechen, bis sie sich irgendwann nicht mehr bewegt. Ihre Schreie verstummen. Es ist still … vollkommen still.

Auch in der Küche ist es vollkommen still. Und jetzt war es Marceline, die im Rauch, ähnlich wie aus dem vom Boden aufsteigenden Nebel, allmählich verschwand …

36

Pollenschauerregen in der Wintersonne.

Leon hasste den Münchner Flughafen. Wie so oft verhinderte der Morgennebel den pünktlichen Abflug. Sarah würde zurück nach Tokio fliegen. In den vergangenen Tagen hatten sie kaum noch miteinander gesprochen. Nicht, weil sie Streit hatten, sondern – womöglich schlimmer noch – sie hatten sich kaum noch etwas zu sagen gehabt. Während Leon davon ausging, dass sich das mit der Zeit wieder legen würde wie eine unangenehme Erkältung, hatte Sarah ein Flugticket gebucht und ihre Reisetasche gepackt.

Jetzt stand sie vor ihm. Um sie herum die übliche Hektik, die üblichen missmutigen Gesichter, weil es niemand schätzte, wenn der Flug wegen Nebels verschoben wurde. Doch nun endlich war ihr Flug aufgerufen worden.

»Ja dann.« Sie lächelte Leon an.

»Ja dann.« Leon lächelte zurück, wollte sie in den Arm nehmen, doch Sarah wich ihm aus und meinte: »Vergiss nicht, dass Marceline heute Geburtstag hat.«

Tatsächlich hatte Leon schon den ganzen Morgen an kaum etwas anderes gedacht und daran, dass er keine Einladung bekommen hatte. Er kam sich vor wie ausradiert, als habe es die vergangenen Wochen für Marceline und Johanna nie gegeben. »Woher weißt du das?« Leon sah sie erstaunt an.

»Es stand auf der Einladung.« Nur für den Bruchteil einer Sekunde wich Sarah seinem Blick aus.

»Welche Einladung?«

»Die ich in den Müll geworfen habe.«

Leon musste ihre Worte wiederholen, um sie wirklich zu hören. »Du hast Marcelines Einladung an mich in den Müll geworfen?« Noch immer war er zu verblüfft, um verärgert zu sein: »Warum?«

»Weil ich Angst hatte, dich zu verlieren?« Sarah sprach leise. »So große Angst.« Sarahs Stimme ebbte ab.

»Und warum sagst du es mir jetzt?«

»Weil ich dich verloren habe …« Leon konnte sich nicht erinnern, Sarah jemals so traurig gesehen zu haben. Selbst bei der Beerdigung seiner Mutter war sie ihm eher unbeteiligt erschienen. Nun, sie hatten einander auch nicht besonders gut gekannt, seine Mutter und Sarah. Sarah trat den einen Schritt näher, den sie gerade noch zurückgewichen war. Strich ihm eine Locke aus der Stirn. »Hol sie dir, hol dir deine Johanna.« Küsste ihn leicht auf die Wange. Lächelte. »Werdet glücklich, ihr zwei.«

Leon wusste nicht, was er tun oder sagen sollte. Er wusste nicht einmal, ob er sie zurückhalten und vom Gegenteil überzeugen wollte. Vielleicht hatte Sarah das erwartet. Dieser Hauch von Hoffnung, der nie ganz schwand, wenn man liebte.

Doch Leon sagte nur: »Und du?« Da war sie, die endgültige Trennung.

»Ich bleibe vorerst in Tokio, ja, und dann …« Sarah hatte sich wieder unter Kontrolle. »Nun, man wird sehen.«

Es war Leon, der auf einmal Tränen in den Augen hatte. Reue stieg in ihm auf über all das, was er und Sarah hätten sein können, ohne diesen unbedingten Willen, so völlig, so durch und durch erwachsen zu sein. Sarah hatte keine Tränen.

Nur ein kühles Lächeln.
Ein letztes Winken.
Ein letzter Gruß.
Dann war sie aus Leons Blickfeld verschwunden.

Er brauchte noch einen Augenblick, um zu begreifen, was gerade geschehen war. Dann sah er Johanna vor sich, so wie er sie zum ersten Mal gesehen hatte. Das kurze, rotblonde, kaum zu bändigende Haar, die blauen Augen, die dazu einluden, ganz in sie hinein- und für eine Weile vor dieser Welt abzutauchen. Ihre Sommersprossen hatte er noch immer nicht gezählt. Mit etwas Mut würde er es noch heute tun.

Falls sie es zuließ.

Marceline hatte Geburtstag.

Und – er hatte eine Einladung bekommen.

Minuten später saß Leon in seinem Porsche, der endlich repariert worden war, drückte den Fuß noch stärker aufs Gaspedal. Um ihn herum die Farben des Spätsommers. Diesmal nahm er sie wahr. Sein Fuß tanzte noch immer mit dem Gaspedal, aber eher Slow Fox als Rock 'n' Roll. Im Rückspiegel sah er einen Wagen heranrasen, Lichthupe, dann setzte der Idiot auch noch in einer unübersichtlichen Kurve zum Überholen an, brüllte ihm auf gleicher Höhe durch das geöffnete Seitenfenster zu: »Das Gaspedal aus dem Fenster geworfen, oder was!« Der Fahrer tippte sich noch gegen die Stirn, gab wieder Gas und scherte knapp vor einem entgegenkommenden Wagen ein. Lautes Hupen. Leon schüttelte den Kopf und musste grinsen.

Eine Stunde später bog er auf die vertraute Zufahrt, hielt und stand fassungslos vor dem, was einmal Marcelines Haus gewesen war.

37

Das Sterben des Lichts.

Noch nie hatte Johanna einen so traurigen Geburtstag erlebt. Man konnte nicht behaupten, dass der Raum, in dem sie alle um einen Tisch saßen, unfreundlich gestaltet war. Ganz sicher nicht. Er war hell, und durch die Schiebetür konnte man den kleinen Garten mit der großen Terrasse betreten. Es gab viele Bänke und Blumen und Haltegriffe. In dem Gemeinschaftsraum wiederum gab es ein Tischchen mit allen möglichen Zeitschriften, so wie beim Arzt, vor allem gab es ein Regal mit Büchern, die wohl kaum jemand las, und einen Fernseher, der nicht lief. Eine Theke trennte die gut einsehbare Küche vom Essbereich. So konnten die Bewohner und auch ihre Besucher jederzeit verfolgen, wie die Schwestern und Pfleger das Essen aufwärmten, das von einer Cateringfirma angeliefert wurde. Es gab auch Pflanzen, aber es waren zu wenige, um den Uringeruch zu absorbieren, der in der Luft hing wie schlechtes Parfum.

Marceline saß am Kopf des kleinen Tisches, den sie für diejenigen reserviert hatten, die von den Geburtstagsgästen übrig geblieben waren. Auf ihren Wunsch hatte Johanna dem Kirchenchor abgesagt und die musikalische Reise durch das Land, in dem Marceline geboren war, auf später verschoben. Auch die Nachbarn und Freunde, die Marceline eingeladen hatte, hatten versprochen, zu einem späteren Zeitpunkt mit ihr zu feiern. Sobald sie aus der Kurzzeitpflege wieder zurück war. Niemand, der nicht unbedingt musste, war bereit gewesen, das Pflegeheim zu betreten. Marceline hatte nur gelächelt und gemeint, nach der aufregenden Nacht, in der Kio auf einmal wie ein Geist vor ihr gestanden und sie aus der Küche nach draußen gezogen hatte, sei sie ohnehin viel zu erschöpft, um zu feiern. Möglicherweise auch wegen der leichten Rauchvergiftung, die sie erlitten hatte, und deretwegen sie eigentlich zumindest einen Tag im Krankenhaus hätte bleiben sollen. Doch Marceline wollte nach Hause, ohne zu ahnen, dass Lilian inzwischen schon im Haus Sonnenschein die Kurzzeitpflege klargemacht hatte, mit der Möglichkeit, daraus einen kontinuierlichen Pflegeplatz zu schaffen. Pfarrer Braun und Rosa waren vorbeigekommen, um zu gratulieren, und ihre Töchter Samuela und Adriane. Ihre Familie hatte Adriane zu Hause gelassen. Sie würden später kommen, erklärte sie, sobald Marceline sich eingelebt hatte. Damit hatte sie sich einen scharfen Blick von Lilian eingehandelt. Doch Marceline war nicht dumm. Auch ohne Adrianes Versprecher ahnte sie, dass dieser Aufbewahrungsort von Menschen, die ihre sieben Sinne nicht mehr beieinander hatten, das Letzte sein sollte, was sie von dieser großen und so wunderbaren Welt sehen würde.

Nun saßen sie alle um den kleinen Tisch, eine Schwester hatte noch von einer verstorbenen Patientin frische Kleidung für Marceline besorgt, daher trug sie auch nicht Schwarz, sondern Bunt, Lilian, Adriane und Samuela sorgten etwas hilflos für Stimmung. Johanna sprach kein Wort. Auch weil sie unentwegt überlegte, wie sie so schnell wie möglich das Haus renovieren konnte, in dem vor allem die Küche, der Flur und das Wohnzimmer erheblichen Schaden erlitten hatten. Bis dahin würde sich Johanna irgendwie in der Whiskeybrennerei einrichten, und Kio würde bei Benedicts Familie unterkommen. Ohne zu zögern hatten es Benedicts Eltern angeboten, Benedict allerdings hatte sich das Versprechen geben lassen, dass Kio in seiner Gegenwart nicht sang. Nun, dann würde er eben gemeinsam mit *Nne nne* singen, die er ohnehin jeden Tag besuchen würde. Und den Opernbesuch war sie ihm auch noch schuldig.

Kio schlürfte eine heiße Schokolade. Er war stolz, dass er Marceline hatte retten können, während Johanna, vom Rauchgeruch wach geworden, die Feuerwehr verständigt hatte. Vergnügt erzählte er, dass er nun eine weitere Rettungsmedaille bekommen würde. Den Rest seiner Geschichte erzählte er noch immer nicht. Er erzählte nicht, dass er nach dem Tod seiner Mutter eine Machete geholt hatte, um diejenigen zu töten, die seine Mutter umgebracht hatten. Er erzählte nicht, dass sie stärker gewesen waren als er, ihn überwältigt und lebendig begraben hatten, und damit auch seinen Traum, Arzt zu werden. Dass es Sunita gewesen war, die ihn befreit hatte, während die Verhandlungen zwischen dem Dorfältesten und der Boko Haram schon liefen. Er sollte als Sklave an sie verkauft werden, und Sunita hatte nur zu ihm gesagt: »Lauf, lauf so weit und so schnell du kannst.« Auch der Vater hatte es zu ihm gesagt, ihm das wenige Geld gegeben, das sie besaßen, und ihn beschworen, nie wieder zurückzukehren. »Nigeria ist nicht mehr dein Land. In Nigeria wirst du sterben.«

Irgendwann, wenn die Zeit gekommen war, würde er darüber reden. Er würde darüber reden müssen, um – vielleicht – bleiben zu dürfen.

Lilian und ihre Schwestern standen ebenso auf wie Rosa und Pfarrer Braun, die Kio bei Benedict und seinen Eltern abliefern würden. Auch die Schwestern verabschiedeten sich. Der Heimweg war weit, und es war an der Zeit, ihn anzutreten. Sie versprachen ihrer Mutter, sie regelmäßig zu besuchen, ebenso wie sie ihr versprachen, dass sie sich bald eingewöhnen und vielleicht sogar neue Freunde finden würde. Um die Kosten solle sie sich keine Sorgen machen, die würde sich Lilian selbstverständlich mit ihren Schwestern teilen.

Es sah fast nach Flucht aus, als sie gingen. Fort von den traurigen Gesichtern der anderen Pflegeheimbewohner. Fort von dem Haus, in dem, warum auch immer, einige Menschen noch ein wenig nachsitzen mussten, ehe sie endlich in den Himmel oder wohin auch immer abzischen durften. So drückte sich Marceline über ihr neues Zuhause aus.

Lilian, ihre Schwestern, Kio, Pfarrer Braun und Rosa gingen, Marceline folgte ihnen mit ihren wunderschönen Mandelaugen, über die sich ein Schleier gelegt hatte.

»Ich hol dich hier raus«, versprach Johanna. »Ich verspreche es dir, ich hol dich hier raus!«

Das Licht kehrte in Marcelines Augen zurück. Sie lächelte: »Erinnerst du dich, wie ich dir von der Teezeremonie erzählt habe, in der mich eine alte Geisha etwas gelehrt hat?«

»Sie hat dich aufgefordert, die Tasse zu nehmen«, antwortete Johanna, »und sie hat zu dir gesagt: ›In diesem Moment gibt es nur dich und die Tasse. Die Gedanken kommen aus der Vergangenheit. Dort sitzt auch der Schmerz. Genau wie er in der Zukunft sitzt, gefüttert durch Angst.‹«

Marceline nickte und fuhr fort: »Was wird sein. Wie werde ich darin bestehen. ›Dein Schmerz, Marceline‹, hat sie gesagt ›und deine Angst sind Vergangenheit und Zukunft, niemals das Jetzt. Versuche deshalb, nur im Moment zu sein, denn der Moment kennt keinen Schmerz. Versuch, nicht zu denken, denn nur die Gedanken verursachen den Schmerz. So wirst du es schaffen.‹«

»Du musst das hier nicht schaffen, Marceline.«

»Du, mein Liebes«, Marceline nahm Johannas Hand und drückte sie fest, »du wirst es schaffen …«

Johanna wollte noch etwas sagen, widersprechen, doch Marceline ließ sie los. »Er ist da«, sagte sie nur. »Er ist gekommen.«

Johanna folgte ihrem Blick und hielt den Atem an.

Was ist Glück? »In Bhutan«, so hatte Marceline Johanna berichtet, »wurde das Glück sogar zum wichtigsten Staatsziel ernannt. Denn für den König von Bhutan war das Bruttonationalglück wichtiger als das Bruttoinlandprodukt.« Und da stand es, Johannas Bruttonationalüberallesglück. Ihr Botticelli-Engel. Der Mann, den sie aus einem verqualmten Wagen gezogen und der ihr so viele Tränen bereitet hatte. Leon war gekommen.

»Jetzt bin ich müde«, sagte Marceline. »Kommt, ihr beiden, bringt mich ins Bett.« Sie fing an zu lachen, ihr unglaublich lautes, fröhliches Lachen. Sie lachte noch immer, als Johanna und Leon die Tür hinter sich zuzogen. Sie lachte, bis sie irgendwann anfing zu husten.

Johanna und Leon wussten es noch nicht, aber ihr im Husten endendes Lachen war das Letzte, was sie von Marceline hören sollten.

38

Die Stare gehen auf die Reise.
Altweibersommer weht im Wind.
Das ist ein Abschied laut und leise.
Die Karussells drehn sich im Kreise.
Und was vorüber schien, beginnt.

Mein Lieblingsgedicht von Erich Kästner

Das Feuer hatte gewütet, aber noch mehr hatte das Wasser der Feuerwehr zerstört. Johanna und Leon wussten nicht, was sie erwartete, als Johanna fast feierlich den Schlüssel zum Zimmer der besonderen Momente nahm und ihn ins Schloss steckte.

»Es ist an der Zeit«, hatte Marceline gesagt und Johanna den Schlüssel gegeben, den sie wie immer um den Hals an einer Kette trug.

»Zeit wofür, Marceline?«

»Zeit, dass ihr meine besonderen Momente kennenlernt, um die euren zu finden.«

Sie hatte Johanna auf die Stirn geküsst und Leons Hand gedrückt. Mehr musste sie nicht sagen. Es hieß, pass gut auf sie auf. Dann hatte sie Johannas Hand genommen und in seine gelegt, und Leon hatte Johanna nicht mehr losgelassen. Bis zu dem Augenblick, in dem sie in dem völlig verrauchten und verwässerten Haus vor dem Zimmer der besonderen Momente standen.

Johanna sperrte auf.

Sie traten ein.

Sahen sich in dem Raum um, der wie durch ein Wunder von Wasser und Feuer verschont geblieben war.

Es gab nur zwei gerahmte Fotos an der Wand. Marceline, wie sie allmählich im Nebel verschwand – und Johanna und Leon, wie sie einander zum ersten Mal umarmten. Darüber hatte Marceline in großen, bunten Lettern gesprayt: »Das Glück umarmen.«

»Ist das alles?« Enttäuscht sah Johanna Leon an.

»Das Glück umarmen.« Leon lächelte. »Ist das nicht mehr als genug?«

Er wollte Johanna schon in die Arme nehmen und küssen, als ihr Blick auf eine Kiste fiel, die trotz ihrer Größe fast unscheinbar in einer Ecke stand. Johanna schubste Leon spontan fort, ging auf die Kiste zu. Sie war nicht verschlossen. Sie öffnete sie und sah, dass sie vollgestopft war mit beschriebenen Notizzetteln, mit Fotos, ein uraltes Taschenbuch. Sie schlug es auf und fand die Initialen ihres Urgroßvaters. Es gab drei steinharte Herzen mit Liebesperlen obendrauf und Fotos, die auf den ersten Blick nicht von dem abwichen, was Marceline sonst fotografiert hatte, aber diese Fotos schienen eine besondere Bedeutung zu haben. Eins von ihnen drehte Johanna um und las: »*Polarwinter, nächtliche Umrisse von Schwertwalen, ihnen acht Stunden lang folgen und sich nur am Geräusch der Blasen orientieren.*«

»Das war auch Marceline?« Leon sah Johanna erstaunt an.

»Das ist Marceline«, entgegnete Johanna fest. »Schau mal, da schreibt sie: *gut gelandet, aufatmen*. Sie hat Flugangst, das wusste ich gar nicht.«

»Und sie liebt ihre Töchter«, ergänzte Leon. »Hier schreibt sie: *Der besondere Moment ist, schlafende Kinder ins Bett zu tragen.*«

Schon bald war der ganze Boden mit Fotos, Kinderzeichnungen, Notizen, Gedichtfragmenten bedeckt, da gab es ein Freundschaftsarmband, Kinderbücher, aus denen Marceline ihren Töchtern vorgelesen hatte, in einem Büchlein hatte sie lustige Aussprüche von Lilian, Samuela und Adriane notiert, die sie als Kinder von sich gegeben haben. *Mama, was hat die Dame da, einen Popo?* Dabei hatte Samuela wohl auf das aussichtsreiche Dekolleté einer Bedienung im Dirndl gezeigt. Es gab Fotos von einer Nebelbank im Meer, von einem Orang-Utan-Baby, das sich für eine Blume interessiert, die seine Mutter gerade pflückt, und eine Menschenfamilie, die am Frühstückstisch sitzt und verlassene Kängurubabys füttert.

»Was für ein Leben«, sagte Leon leise, und Johanna ergänzte hoffnungsvoll: »Wenn Lilian das alles sieht, wird sie vielleicht verstehen, dass Marceline beides sein musste, Mutter … und in die Welt hinaus!«

Dann endlich nahm Leon sie in die Arme, küsste sie, und irgendwann schliefen sie zwischen all dem ein, was sie in der Kiste entdeckt hatten.

Der Morgen graute, als Johanna vom Klingelton ihres Handys geweckt wurde. Sie nahm ab, hörte zu, sah Leon an und sagte tonlos: »Marceline ist gegangen.«

»Wohin?« Leon schluckte. »Gestorben?«

»Nein, einfach nur gegangen.«

Leon wusste nicht, was sie ihm damit sagen wollte, aber Johanna ahnte, welche Entscheidung Marceline getroffen hatte, als sie wohl irgendwann nachts aus dem Bett gestiegen war und sich auf ihre letzte Reise begeben hatte.

Polizei, private Suchtrupps, auch Johanna, Leon und Kio suchten ebenso nach Marceline wie ihre Töchter. Die Suche ging tagelang, ohne Ergebnis … Irgendwann gab die Polizei die Suche auf. Die Töchter nicht. Sie suchten, bis Johanna ihnen die Kiste übergab. *Es gibt eine Zeit für Fragen und eine Zeit für Antworten*. Ihre Fragen an Marceline zu stellen, hatten Lilian, Samuela und Adriane versäumt, aber vielleicht würden sie auf diese Weise noch so manche Antwort von ihrer Mutter bekommen.

39

Irgendwann gehe ich einfach los, immer an den Gleisen entlang, und wenn ich zu müde bin, um weiterzugehen, lege ich mein Ohr auf die Schiene und werde für immer mit der ganzen Welt verbunden sein … Shangri-La.

Johanna fühlte Marceline in sich. Es war, als sei sie nun endgültig ganz geworden. All das, was Marceline ausgemacht hatte, war nun in ihr. Ihre Stärke. Ihr Mut. Ihre wunderbare Eigenschaft, dem Leben zu vertrauen. »Es einfach zu leben, Johanna. Ohne Angst. Aber mit Neugier.« *Hab Vertrauen, Johanna, vertrau einfach mal dem Leben.*

Was hast du getan, Marceline, wenn du nicht weitergewusst hast, in deinen schlimmsten Krisen? Nach dem Krieg? Ich hab einfach weitergemacht. Immer weiter. Ja, Marceline war in ihr, sie war nicht nur in den Genen, sie war in jede von Johannas Zellen geschlüpft. Vielleicht war es das, das ewige Leben. Vielleicht aber auch nicht. Vielleicht saß Marceline jetzt einfach da oben, mit all den Menschen, die sie getroffen hatte und die vor ihr gegangen waren, all diejenigen, die sie fotografiert und mit denen sie ihr Leben geteilt hatte. Ein buntes Sammelsurium aller Nationalitäten, aller Religionen, an diesem Tisch, an dem es keine Unterschiede mehr gab, an denen man sich austauschte und verständnislos herunterblickte auf die Menschen mit ihren

Streitigkeiten, ihren Kriegen, ihrer Machtgier, ihrem Neid, ihrem Narzissmus. Wie unnötig dies alles war, in dieser kurzen Zeit, die einem blieb. Ein Augenzwinkern in Anbetracht der Unendlichkeit, die jetzt wohl Marcelines Zuhause geworden war.

Johanna und Leon waren nun auch offiziell ein Paar. Mit ihren eigenen Händen renovierten sie Marcelines Haus, in das sie, zusammen mit Kio, einziehen wollten. Die Whiskeybrennerei würden sie gemeinsam weiterführen und – so ganz und gar war Leon nicht in der Lage, sich zu ändern – vergrößern. Einmal im Jahr würden sie reisen, zuerst an all die Orte, von denen sie wussten, dass Marceline dort ihre besonderen Momente erlebt hatte. Danach würden sie beginnen, ihre eigenen Momente zu suchen.

Johanna hatte schon damit begonnen, bewahrte sie sorgsam in einer Schatulle auf, da sie noch lange keine Kiste füllen konnte, wie Marceline es getan hatte. *Das, was die Stille ausfüllt*, stand zum Beispiel auf einem Notizzettel, oder: *Wenn man nicht aufpasst, rast das Glück so schnell an einem vorbei, dass man ihm nur noch nachwinken kann*. Es gab einen Schnappschuss von ihr, Kio und Leon auf einem Kettenkarussell. Sie saß in der Mitte und hielt ihre beiden Männer an der Hand. Am liebsten hatte sie jedoch das Foto, das Marceline von ihr und Leon geschossen hatte, und sie schwor sich, nie zu vergessen, was Marceline ihr beigebracht hatte. Leben und Glück waren dazu da – es zu umarmen.

Dank

Nun ist es an der Zeit, mich bei all denjenigen zu bedanken, ohne die der Roman vielleicht nie geschrieben worden wäre.

Zunächst geht mein Dank an meinen Freund und Kollegen Peter Gust, der mich auf Jon Kabat-Zinns wissenschaftlich fundierte Methode der Achtsamkeitspraxis aufmerksam gemacht hat, die weltweit auf dem Vormarsch ist. Sein empfehlenswertes Standardwerk: »Gesund durch Meditation«. Dann an das Schicksal, das Universum oder was auch immer, das mir das Achtsamkeitsseminar von Mignon von Scanzoni in die E-Mails gelegt hat, an meine Yogalehrerin und Freundin Margit Tetz, die mich immer wieder aufs Neue inspiriert und mich Achtsamkeit und Geduld lehrt …

Ich bedanke mich bei meinem Mann und Lebensmenschen, Manfred Lingen, der nicht nur seit fünfundzwanzig Jahren das Leben mit einer Autorin erträgt, sondern mich auch zu der großen Liebesgeschichte zwischen Johanna und Leon inspiriert hat, und bei meiner Mutter, Edith Walter, die mir gezeigt hat, wie würdevoll man mit dem Altwerden und dem Sterben umgehen kann und dass Liebe und Beziehung auch nach dem Tod weiterexistieren.

Meine Schwägerin Emmi ist meine Kommaheldin und so vieles mehr, mein Bruder Ernst-Manfred hat mir das Reisen und einen guten Musikgeschmack beigebracht, beides spielt beim Schreiben keine unerhebliche Rolle, meiner Nichte Milena danke ich – sie ist Künstlerin – dafür, dass sie mich auf ihre besondere und unnachahmliche Art die Welt neu entdecken lässt. Daniel, mein Sohn, und Kathi, wundervolle Schwiegertochter, so schön, dass es euch gibt und ihr mich mit Abwechslung und Ideen immer wieder vom Schreibtisch fortlockt.

Nur was wäre ich ohne meine Freunde, die durch gute Gespräche, Zuhören, gemeinsame Erlebnisse, Lachen und Heiterkeit mein Leben bereichern, mich aber auch durch ihre – zum Teil unendlich traurigen – Geschichten immer wieder ohne Worte und nur durch ihr starkes und kämpferisches Ringen mit dem Schicksal darauf aufmerksam machen, wie wichtig es ist, achtsam zu sein und zu bleiben.

Ich bedanke mich bei allen Pfarrern, deren Predigten ich im Internet gefunden habe und die mich auch zu Pfarrer Brauns großer und entscheidender Predigt inspiriert haben, ebenso wie bei den Fotografen von National Geographic mit ihrer großartigen marcelinischen Art, die Welt zu sehen, und bei meinen nigerianischen Freunden. Sie haben mir erst gezeigt, wie schwierig es ist, dasselbe in zwei so unterschiedlichen Sprachen wie Deutsch und Igbo auszudrücken. Manchmal gibt es eben keine gemeinsamen Worte, und wir sind aufgerufen, uns auf andere Art und Weise anzunähern. Über das Gefühl und oder einfach nur darüber – Mensch zu sein.

Mein ganz herzlicher Dank geht an meine feinfühlige Lektorin Regine Weisbrod, die durch ihre Genauigkeit und ihre Fragen meine Angst schmälert, Unsinn zu schreiben, an Michaela Lichtblau für die feinfühlige Gestaltung, meine Agentur, die Dörnersche Verlagsgesellschaft, mit Brigitte Dörner und Dirk Meynecke, und an meine Verlagslektorin Christine Steffen-

Reimann, die es mir erst ermöglicht hat, diesen Roman überhaupt für den Knaur Verlag schreiben zu dürfen, und mir Kio geschenkt hat. Danke, Christine, ohne dich hätte es diesen wundervollen jungen Mann nicht gegeben.

Noch eine kleine Anmerkung an die Truchtlachinger und die Offlinger. Sie mögen mir bitte verzeihen, wenn ich aus ihrer Welt mein ganz eigenes kleines Universum geschaffen habe. Alle Figuren sind frei erfunden und haben mit den realen Bewohnern des herrlichen Chiemgaus nichts zu tun. Zumindest nicht im Negativen, im Positiven natürlich schon.